Todos los libros de Linkgua Ediciones cuentan con modelos de Inteligencia Artificial entrenados por hispanistas. Pregúntale al chat de tu libro lo que desees acerca de la obra o su autor/a.

Para **ebooks**: Accede a nuestro modelo de IA a través de este enlace.

Para **libros impresos**: Escanea el código QR de la portada con tu dispositivo móvil.

Obtén análisis detallados de nuestros libros, resúmenes, respuestas a tus preguntas y accede a nuestras ediciones críticas generativas para una experiencia de lectura más enriquecedora.
La transparencia y el respeto hacia la autoría de las fuentes utilizadas son distintivos básicos de nuestro proyecto. Por ello, las respuestas ofrecen, mediante un sistema de citas, las fuentes con las que han sido elaboradas.

Garci Rodríguez de Montalvo

Amadís de Gaula

Parte III

Barcelona **2024**
Linkgua-ediciones.com

Créditos

Título original: Amadís de Gaula.

© 2024, Red ediciones S.L.

e-mail: info@linkgua.com

Diseño de cubierta: Michel Mallard.

ISBN tapa dura: 978-84-1126-968-1.
ISBN rústica: 978-84-9816-816-7.
ISBN ebook: 978-84-9897-797-4.

Sumario

Créditos _____ 4

Brevísima presentación _____ 9
    La vida _____ 9
    Libros de caballería _____ 9

Libro tercero _____ 11

Comienza el tercer libro de Amadís de Gaula _____ 13
    Capítulo 65. De cómo Amadís preguntó a su amo don Gandales nuevas de las
    cosas que pasó en la corte, y de allí se partieron él y sus compañeros para
    Gaula, y de las cosas que les avino de aventuras en una isla que arribaron, donde
    defendieron del peligro de la muerte a don Galaor, su hermano de Amadís, y al rey
    Cildadán del poder del gigante Madarque _____ 30
    Capítulo 66. Cómo el rey Cildadán y don Galaor, yendo su camino para la corte del
    rey Lisuarte encontraron una dueña que traía un hermoso doncel acompañado de
    doce caballeros y fueles rogado por la dueña que suplicasen al rey que lo armase
    caballero, lo cual fue hecho, y después el mismo rey reconoció ser su hijo _____ 42
    Capítulo 67. Era el que se recita la cruda batalla que hubo entre el rey Lisuarte y
    su gente con don Galvanes y sus compañeros, y de la liberalidad y grandeza que
    hizo el rey después del vencimiento, dando la tierra a don Galvanes y a Madasima
    quedando por sus vasallos en tanto que en ella habitase _____ 56
    Capítulo 68. Que recuenta cómo Amadís y don Bruneo quedaron en Gaula, y don
    Bruneo estaba muy contento y Amadís triste, y como se acordó de apartar don
    Bruneo de Amadís, yendo a buscar aventuras, y. Amadís y su padre, el rey Perión,
    y Florestán acordaron de venir a socorrer al rey Lisuarte _____ 66
    Capítulo 69. Cómo los caballeros de las armas de las sierpes embarcaron para su
    reino de Gaula, y la fortuna los echó donde por engaño fueron puestos en gran
    peligro de la vida, en poder de Arcalaus el Encantador, y de cómo delibrados
    de allí embarcaron tornando su viaje, y don Galaor y Norandel vinieron acaso el
    mismo camino buscando aventuras, y de lo que les acaeció _____ 86
    Capítulo 70. En que recuenta de Esplandián cómo estaba en componía de
    Nasciano el ermitaño, y de cómo Amadís, su padre, fue a buscar aventuras,

mudado el nombre en el Caballero de la Verde Espada, y de las grandes aventuras que hubo _____ 106

Capítulo 71. Cómo el rey Lisuarte salió de caza con la reina y sus hijos, acompañado bien de caballero, y se fue a la montaña, donde tenía la ermita aquel santo hombre Nasciano, donde halló un muy apuesto doncel con una extraña aventura, el cual era hijo de Oriana y de Amadís, y fue por él muy bien tratado sin conocerle _____ 123

Capítulo 72. De cómo el Caballero de la Verde Espada, después que se partió del rey Tafinor de Bohemia para las Ínsulas de Romania, vio venir una muchedumbre de compañía, donde venía Grasinda y un caballero suyo llamado Brandasidel, y quiso por fuerza hacer al Caballero de la Verde Espada venir ante su señora Grasinda, y de cómo se combatió con él y lo venció _____ 131

Capítulo 73. De cómo el noble Caballero de la Verde Espada, después de partido de Grasinda para ir a Constantinopla, le forzó fortuna en el mar, de tal manera que te arribó en la Ínsula del Diablo, donde halló una bestia fiera llamada Endriago _____ 140

Capítulo 74. De cómo el Caballero de la Verde Espada escribió al emperador de Constantinopla, cuya era aquella ínsula, cómo había muerto aquella fiera bestia y de la falta que tenía de abastecimiento, lo cual el emperador proyectó con mucha diligencia, y al caballero pagó con mucha honra y amor la honra y servicio que le había hecho en le librar aquella ínsula que perdida tenía tanto tiempo había _____ 156

Capítulo 75. De cómo el Caballero de la Verde Espada se partió de Constantinopla para cumplir la promesa por él hecha a la muy hermosa Grasinda, y cómo estando determinado de partir con esta señora a la Gran Bretaña por cumplir su mandado, acaeció, andando a caza, que halló a don Bruneo de Bonamar malamente herido. Y también cuenta la aventura con que Angriote de Estravaus se topó con ellos y se vinieron juntos a casa de la hermosa Grasinda _____ 175

Capítulo 76. Cómo llegaron a la alta Bretaña la reina Sardamira con los otros embajadores que el emperador de Roma enviaba para que se llevasen a Oriana, hija del rey Lisuarte, y de lo que les acaeció en una floresta donde se salieron a recrear con un caballero andante que los embajadores maltrataron de lengua, y el pago que les dio de las desmesuras que le dijeron _____ 191

Capítulo 77. De cómo la reina Sardamira envió su mensaje a don Florestán rogándole, pues que había vencido los caballeros poniéndolos malparados, que quisiere ser su guardador hasta el castillo de Miraflores, donde ella iba a hablar con Oriana, y de lo que allí pasaron _____ 203

Capítulo 78. Cómo el Caballero de la Verde Espada, que después llamaron el
Caballero Griego, y don Bruneo de Bonamar y Angriote de Estravaus se vinieron
juntos por el mar acompañando aquella muy hermosa Grasinda, que venía a
la corte del rey Lisuarte, el cual estaba delibrado de enviar su hija Oriana al
emperador de Roma por mujer, y de las cosas que pasaron declarando su demanda 214

Capítulo 79. De cómo el Caballero Griego y sus compañeros sacaron del mar a
Grasinda y la llevaron con su compaña a la plaza de las batallas, donde su caballero
había de defender su partido cumpliendo su demanda _____229

Capítulo 80. Cómo el rey Lisuarte envió por Oriana para la entregar a los romanos,
y de lo que acaeció con un caballero de la Ínsula Firme, y de la batalla que pasó
entre don Grumedán y los compañeros del Caballero Griego contra los tres
romanos desafiadores, y de cómo, después de ser vencidos los romanos, se fueron
a la Ínsula Firme los compañeros del Caballero Griego, y de lo que allí hicieron ____239

Capítulo 81. Cómo el rey Lisuarte entregó su hija muy contra su gana, y del socorro
que Amadís, con todos los otros caballeros de la Ínsula Firme, hicieron a la muy
hermosa Oriana _____259

Libros a la carta _____ **271**

Brevísima presentación

La vida
Garci Rodríguez de Montalvo. España.
Vivió a finales del siglo XV o principios del XVI. Fue Regidor de Medina del Campo.

Libros de caballería
Este es el más famoso de los libros de caballería. La edición más antigua conocida es la de Zaragoza de 1508, aunque el texto original es del siglo XIV, y es referido por Pero López de Ayala y Pero Ferrús. El propio Montalvo admite haber reescrito los tres primeros libros y ser el autor del cuarto.

Se cree que la versión original de Amadís es portuguesa. Se ha atribuido a diversos autores, la Crónica portuguesa de Gomes Eanes de Azurara, escrita en 1454, menciona como su autor a Vasco de Lobeira que fue armado caballero en la batalla de Aljubarrota (1385). Otras fuentes dicen que el autor fue João de Lobeira, y que se trata de una refundición de una obra anterior, tal vez de principios del siglo XIV. Pero no se conoce ninguna versión del texto portugués original.

La novela se inicia con el relato del amor secreto del rey Perión de Gaula y de la infanta Elisena de Bretaña del que nació Amadís que fue abandonado en una barca. El niño fue criado por el caballero Gandales y recorre el mundo en busca de su origen en una trama de aventuras fantásticas, protegido por la hechicera Urganda, y perseguido por el mago Arcaláus el encantador.

Libro tercero

Comienza el tercer libro de Amadís de Gaula

EN EL CUAL SE CUENTA DE LAS GRANDES DISCORDIAS Y CIZAÑAS QUE EN LA CASA Y CORTE DEL REY LISUARTE HUBO POR EL MAL CONSEJO QUE GANDANDEL DIO AL REY POR DAÑAR A AMADÍS Y SUS PARIENTES Y AMIGOS, PARA EN COMIENZO DE LO CUAL MANDÓ EL REY A ANGRIOTE Y A SU SOBRINO QUE SALIESEN DE SU CORTE Y DE TODOS SUS SEÑORÍOS Y LOS ENVIÓ A DESAFIAR Y ELLOS LE TORNARON LA CONFIRMACIÓN DEL DESAFÍO, COMO ADELANTE SE CONTARÁ.

Cuenta la historia que siendo muertos los hijos de Gandandel y Brocadán por las manos de Angriote de Estravaus y de su sobrino Sarquiles (como hemos oído), los doce caballeros, con Madasima, con mucha alegría los llevaron a sus tiendas, mas el rey Lisuarte, que de la finiestra se quitó por los no ver morir, no por el bien que los quería, que ya como a sus padres los tenía por malos, mas por la honra que de ello Amadís alcanzaba con algún menoscabo de su corte. Pasando algunos días que supo cómo Angriote y su sobrino estaban mejores de sus llagas que podían cabalgar, envióles a decir que se fuesen de sus reinos y que no anduviesen más por ellos, sino que él lo mandaría remediar, de lo cual muy quejados aquellos caballeros, grandes quejas mostraron de ello a don Grumedán y a otros caballeros de la corte que allí les hacer honra los iba a ver, especialmente don Brián de Monjaste y Gavarte de Valtemeroso, diciendo que, pues el rey olvidando los grandes servicios que le hicieran así los trataba y extrañaba de sí, que se no maravillase si tornados al contrario pesase en mayor cantidad lo por venir que lo pasado, y levantando sus tiendas, recogida toda su compaña, en el camino de la Ínsula Firme se pusieron, y al tercer día hallaron en una ermita a Gandeza, la sobrina de Brocadán y amiga de Sarquiles, aquélla que le tuvo encerrado donde oyó y supo toda la maldad que su tío Gandandel contra Amadís urdiera, así como es ya contado. La cual huyó del miedo que por ello hubo, y hubieron mucho placer con ella, en especial Sarquiles, que la mucho amaba, y tomándola consigo continuaron su camino. El rey Lisuarte, que por no ver la buenaventura de Angriote y su sobrino, se quitó de la finiestra, como se ha dicho, entróse a su palacio muy sañudo, porque las cosas se iban haciendo a la honra y prez de Amadís y de sus amigos, y allí se hallaron don Grumedán y los otros caballeros que venían de salir con los que a la Ínsula Firme iban, y dijéronle todo lo que les habían dicho, y la queja que de él llevaban, lo cual en mucha más saña y alteración le puso, y dijo:

—Aunque el sufrimiento es una discreción muy precisada y en todas las más cosas provechosa, algunas veces da gran ocasión a mayores yerros, así como con estos caballeros me acontece, que si como ellos de mí se apartaron, me apartara yo de les mostrar buena voluntad, y el gesto amoroso no fueran osados, no solamente decir aquello que os dijeron, mas ni aun venir a mi corte, ni entrar en mi tierra. Pero como yo hice lo que la razón me obligaba, así Dios tendrá por bien en el cabo de me dar la honra, y a ellos la paga de su locura, y quiero que luego me los vaya a desafiar y a Amadís con ellos, por quienes todos se mandan y allí se mostrará a lo que sus soberbias bastan.

Arbán, rey de Norgales, que amaba el servicio del rey, le dijo:

—Señor, mucho debéis mirar esto que decís antes que se haga, así por el gran valor de aquellos caballeros que tanto pueden como por haber mostrado Dios tan claramente ser la justicia de su parte, que si así no fuera, aunque Angriote es buen caballero, no se partiera de los dos hijos de Gandandel, que por tan valientes y esforzados eran tenidos de tal forma, ni Sarquiles de Adamás como se partió, por donde parece que la gran razón que mantenían les dio y otorgó aquella victoria, y por esto, señor, tendría yo por bien que se tornase para vuestro servicio, que no es pro de ningún rey trabar guerra con los suyos, pudiéndola excusar, que todos los daños que de la una parte a otra se hacen y las gentes y haberes que se pierden, el rey lo pierde sin ganar honra ninguna en vencer ni sobrar a sus vasallos, y muchas veces de tales discordias se causan grandes daños, que se da ocasión de poner en nuevos pensamientos a los reyes y grandes señores comarcanos, que con alguna premia de sujección estaban de trabajar de salir de ella y cobrar en lo presente mucho más de lo que en lo pasado perdido tenían, y lo que más se debe temer es no dar lugar a que los vasallos pierdan el temor y la vergüenza a sus señores, que gobernándolos con templada discreción, sojuzgándolos con más amor que temor, puédenlos tener y mandar como el buen pastor al ganado, mas si más premia que pueden sufrir les ponen, acaece muchas veces saltar todos por do el primero salta, y cuando el yerro es conocido ser la enmienda dificultosa de recibir. Así que, señor, ahora es tiempo de lo remediar, antes que más la saña se encienda, que Amadís es tan humilde en vuestras cosas que con poca premia lo podéis cobrar y con él a todos aquéllos que por el de vos se partieron.

El rey dijo:

—Bien decís en todo, mas yo no daré aquello que di a mi hija Leonoreta, que ellos me demandaron, ni su poder aunque grande, es no es nada con el mío, y no me habléis más de esto, mas aderezad armas y caballos para que me servir, y de mañana partirá Cendil de Ganota para los desafiar a la Ínsula Firme.

—En el nombre de Dios —dijeron ellos— y Él haga lo que tuviese por bien, y nosotros os serviremos.

Entonces se fueron a sus posadas y el rey quedó en su palacio. Gandandel y Brocadán sabréis que como vieron sus hijos muertos y ellos haber perdido este mundo y el otro recibiendo aquello que en nuestros tiempos otros muchos semejantes no reciben, guardándolos Dios o por su piedad para que se enmienden, o por su justicia para que junto lo paguen, no se enmendando sin les quedar redención, acordaron de se ir a una ínsula pequeña que había Gandandel de poca población, y tomando sus muertos hijos y sus mujeres y compañas, se metieron en dos barcas que tenían para pasar a la Ínsula de Mongaza, si Gromadaza la giganta no entregare los castillos, y con muchas lágrimas de todos ellos y maldiciones de los que los veían ir, movieron del puerto y llegaron donde más la historia no hace mención de ellos, pero puédese con razón creer que aquéllos que las malas obras acompañan hasta la vejez que con ellas dan fin a sus días si la gracia del muy alto Señor, más por su santa misericordia que por sus méritos, no les viene para que con tiempo sean reparados. Hizo después el rey Lisuarte juntar en su palacio todos los grandes señores de su corte, y los caballeros de menor estado, y quejándoseles de Amadís y de sus amigos de las soberbias que contra él habían dicho, les rogó que de ello se doliesen, así como él lo hacía en las cosas que a ellos tocaba. Todos le dijeron que le servirían como a su señor en lo que les mandase. Entonces él llamó a Cendil de Ganota, y dijo:

—Cabalgad luego y con una carta de creencia id a la Ínsula Firme y desafiadme a Amadís y a todos aquéllos que la razón de don Galvanes mantener querrán, y decidles que se guarden de mí, que si puedo yo les destruiré los cuerpos y los haberes doquiera que los halle, y que así lo harán todos los de mis señoríos.

Don Cendil, tomando recaudo, armado en su caballo, se puso luego en el camino, como aquel que deseaba cumplir mandado de su señor. El rey estuvo allí algunos días y partióse para una villa suya que Gracedonia había nombre, porque era muy viciosa de todas las cosas, de que mucho plugo a Oriana y a Mabilia y por ser cerca de Miraflores, y esto era porque se le acercaba a Oriana el tiempo en que debía partir y pensaban que de allí mejor que de otra parte pondrían en ello remedio. Y los doce caballeros que llevaban a Madasima anduvieron por sus jornadas sin intervalo alguno, hasta que llegaron a dos leguas de la Ínsula Firme, y allí, cabe una ribera, hallaron a Amadís que les atendía con hasta dos mil y trescientos caballeros muy bien armados y cabalgados que los recibió con mucho placer, haciendo y mostrando gran amor y acatamiento a Madasima y abrazando muchas veces Amadís a Angriote, que por un mensajero de su hermano don Florestán ya sabía todo lo que les aviniera en la batalla. Y así estando juntos con mucho placer, vieron descender por un camino de un alto monte a don Cendil de Ganota, caballero del rey Lisuarte, el que los venía a desafiar. Él, desde que vio tanta gente y tan bien armada, las lágrimas le vinieron a los ojos considerando ser todos aquellos partidos del servicio del rey su señor, a quien él, muy leal y servidor era, con los cuales muy honrado y acrecentado estaba, mas limpiando sus ojos hizo el mejor semblante que pudo como él lo tenía, que era muy hermoso caballero y muy razonado y esforzado, y llegó a la gente preguntando por Amadís, y mostráronselo que estaba con Madasima y con los caballeros, que de camino llegaba. Él se fue para ellos, y como le conocieron, recibiéronle muy bien, y él los saludó con mucha cortesía, y díjoles:

—Señores, yo vengo a Amadís y a todos vosotros con mandado del rey, y pues os halla juntos, bien será que lo oigáis.

Entonces se llegaron todos por oír lo que diría, y Cendil dijo contra Amadís:

—Señor, haced leer esta carta.

Y como fue leída, díjole:

—Ésta es de creencia, ahora decid la embajada.

—Señor Amadís, el rey mi señor os manda desafiar a vos y a cuantos son de vuestro linaje, y a cuantos aquí estáis, y a los que se han de trabajar de ir a la Ínsula de Moganza, y díceos que de aquí adelante pugnéis de guardar vuestras tierras y haberes y cuerpos que todo lo entiende de destruir si pudiere, y díceos que excuséis de andar por su tierra, que no tomará ninguno que no lo haga matar.

Don Cuadragante dijo:

—Don Cendil, vos habéis dicho lo que os mandaron e hicisteis derecho, pues vuestro señor, nos amenaza los cuerpos y haberes, estos caballeros digan por sí lo que quisieren, pero decidle vos por mí que aunque él es rey y señor de grandes tierras, que tanto amo yo mi cuerpo pobre como él ama el suyo rico, y aunque de hidalguía no le debo nada, que no es él de más derechos reyes de ambas partes que yo, y pues me tengo de guardar, que se guarde él de mí y toda su tierra.

A Amadís le pluguiera que con más acuerdo fuera la respuesta, y díjole:

—Señor don Cuadragante, sufríos para que este caballero sea respondido por vos y por todos cuantos aquí son, y pues que oído habéis la embajada, acordaréis la respuesta de consuno, como a nuestras honras conviene, y vos, don Cendil de Ganota, podréis decir al rey que muy duro le será de hacer lo que dice, e id vos con nosotros a la Ínsula Firme y probaros habéis en el arco de los leales amadores, porque si lo acabareis de vuestra amiga seréis más tenido y más preciado, y hallarla habéis contra vos de mejor voluntad.

—Pues a vos place —dijo don Cendil—, así lo haré, pero en hecho de amores no quiero dar más a entender de mi hacienda de lo que mi corazón sabe.

Luego movieron todos para la Ínsula Firme, mas cuando Cendil vio la peña tan alta y la fuerza tan grande, mucho fue maravillado, y más lo fue después que fue dentro, y vio la tierra tan abundosa, así que conoció que todos los del mundo no le podían hacer mal. Amadís lo llevó a su posada y le hizo mucha honra, porque Cendil era de muy alto lugar. Otro día se juntaron todos aquellos señores y acordaron enviar a desafiar al rey Lisuarte, y que fuese por un caballero que allí con gente de Dragonís y Palomir era venido, que había nombre Sadamón, que estos dos hermanos eran hijos de Grasujis, rey de la profunda Alemania, que era casado con Saduva, hermana del rey

Perión de Gaula, y así éstos como todos los otros que eran de gran guisa hijos de reyes y de duques y condes habían allí traído gentes de sus padres y muchas fustas para pasar con don Galvanes a la Ínsula de Mongaza, y diéronle a este Sadamón un carta de creencia firmada de todos los nombres de ellos, y dijéronle:

—Decid al rey Lisuarte, que pues él nos desafía y amenaza, que así se guarde de nosotros que en todo tiempo le empeceremos, y que sepa que cuanto hayamos tiempo enderezado, pasaremos a la Ínsula de Mongaza, y que si él es gran señor, que cerca estamos donde se conocerá su esfuerzo y el nuestro, y si algo nos dijere, respondedle como caballero, que nosotros lo haremos todo firme si a Dios pluguiere, con tal que no sea en camino de paz, porque ésta nunca le será otorgada hasta que don Galvanes restituido sea en la Ínsula de Mongaza.

Sadamón dijo que como lo mandaba lo haría enteramente. Amadís habló con su amo don Gandales, y díjole:

—Conviene de mi parte vayáis al rey Lisuarte, y decidle, sin temor ninguno que de él hayáis, que en muy poco tengo su desafío y sus amenazas, menos aún de lo que él piensa, y que si yo supiera que tan desagradecido me había de ser de cuantos servicios hechos le tengo, que me no pusiera a tales peligros por le servir, y que aquella soberbia y grande estado suyo con que me amenaza y a mis amigos y parientes, que la sangre de mi cuerpo se lo ha sostenido y que fío en Dios, Aquél que todas las cosas sabe, que este desconocimiento será enmendado más por mis fuerzas que por grado suyo, y decidle que por cuanto yo le gané la Ínsula de Mongaza, no será por mi persona en que la pierda ni haré enojo en el lugar donde la reina estuviere por la honra de ella, que lo merece, y así se lo decid si la viereis, y que pues él mi enemistad quiere, que la habrá en cuanto yo viva y de tal forma que las pasadas que ha tenido no le vengan a la memoria.

Agrajes dijo:

—Don Gandales, haced mucho por ver a la reina y besadle las manos por mí, y decidle que me mande dar a mi hermana Mabilia, que pues a tal estado somos llegados con el rey, ya no le hace menester estar en su casa.

De esto que Agrajes dijo, pesó mucho a Amadís, porque en esta infanta tenía él todo su esfuerzo para con su señora y no la quería más ver apartada de ella que si a él le apartasen el corazón de las carnes, mas no osó contradecirlo por no descubrir el secreto de sus amores. Esto así hecho, movieron los mensajeros en compañía de don Cendil de Ganota con gran placer, albergando en lugares poblados. En cabo de los diez días, llegaron a la villa donde el rey Lisuarte estaba en su palacio con asaz caballeros y otros hombres buenos, el cual los recibió con buen talante, aunque ya sabía por mensajero de Cendil de Ganota cómo los venían a desafiar. Los mensajeros le dieron la carta, y el rey les mandó que dijesen todo lo que les encomendaron. Don Gandales le dijo:

—Señor, Sadamón os dirá lo que los altos hombres y caballeros que están en la Ínsula Firme os envían decir, y después deciros he a lo que Amadís me envía, porque yo a vos vengo con mandado y a la reina con mensaje de Agrajes, si os pluguiere que la vea.

—Mucho me place —dijo el rey—, y ella habrá placer con vos, que servísteis muy bien a su hija Oriana en tanto que en vuestra tierra moró, lo cual os agradezco yo.

—Muchas mercedes —dijo Gandales—, y Dios sabe si me pluguiera de vos poder servir y si me pesa en lo contrario.

—Así lo tengo yo —dijo el rey—, y no os pese de hacer lo que debéis cumpliendo con aquel que criasteis, que de otra guisa seros había mal contado.

Entonces Sadomón dijo al rey su embajada, así como es ya contado, y en el cabo desasiólo a él y a todo su reino y a todos los suyos como lo traía en cargo, y cuando le dijo que no esperase de haber paz con ellos si antes no restituyese a don Galvanes y a Madasima en la Ínsula de Mongaza, dijo el rey:

—Tarde vendrá esa concordia, si ellos eso esperan. Así Dios me ayude, nunca tendré que soy rey si no les quebranto aquella gran locura que tienen.

—Señor —dijo Sadomón—, dicho os he lo que me mandaron, y si algo de aquí adelante os dijere, esto va fuera de mi embajada, y respondiendo a lo que dijisteis, yo os digo, señor, que mucho ha de valer y de muy gran poder será el que su orgullo de aquellos caballeros quebrantare y más duro os será de lo que pensar se puede.

—Bien sea eso verdad —dijo el rey—, mas ahora parecerá a que basta mi poder y de los míos o el suyo.

Don Gandales le dijo de parte de Amadís todo lo que, ya oísteis, que nada faltó, así como aquel que era muy bien razonado, y cuando vino a decir que no iría Amadís a la Ínsula de Mongaza, pues que él se la hizo ganar, ni al lugar donde la reina estuviese por la no hacer enojo, todos lo tuvieron a bien y a gran lealtad y así lo razonaban entre sí, y el rey así lo tuvo. Entonces mandó a los mensajeros que se desarmasen y comerían, que era tiempo, y así se hizo, que en la sala a donde él comía los hizo sentar a una mesa enfrente de la suya donde comían su sobrino Giontes y don Guilán el cuidador y otros caballeros preciados, que por su valor extremadamente se les hacía esta grande honra entre todos los otros, que daba causa a que su bondad creciese y la de los otros, si tal no era procurar de ser sus iguales, porque en igual grado del rey, su señor, fuesen tenidos, y si los reyes este semejante estilo tuviesen, harían a los suyos ser virtuosos, esforzados, leales, amorosos en su servicio y tenerlos en mucho más que las riquezas temporales, recordando en sus memorias aquellas palabras del famoso Fabricio, cónsul de los romanos, que a los embajadores de los Gamutas, a quien iba a conquistar, dijo, sobre traerle muy grandes presentes de oro y de plata y otras ricas joyas, habiéndole visto comer en platos de tierra, pensando con aquello aplacadle y desviarle de aquello que el senador de Roma le mandara que contra ellos hiciese, mas él usando de su alta virtud, desechando aquello que muchos por cobrar en grande aventura sus vidas y ánimas ponen. Pues estando en aquel comer, el rey estaba muy alegre, y diciendo a todos los caballeros que allí estaban que se aderezasen lo más presto que pudiesen para la ida de la Ínsula de Mongaza y que si menester fuese él por su persona iría con ellos. Y desde que los manteles alzaron, llevó don Grumedán a Gandales a la reina que lo ver quería, de que mucho plugo a Oriana y a Mabilia porque de él sabrían nuevas de Amadís, que mucho deseaban saber, y entrando donde ella estaba recibiólo muy bien y con gran amor e hízolo sentar ante sí cabe Oriana, y díjole:

—Don Gandales, amigo, ¿conocéis esa doncella que cabe vos está, a quien vos mucho servisteis?

—Señora —dijo él—, si yo algún servicio le he hecho, téngome por bien aventurado, y así me tendré cada que a vos, señora, o a ella servir pueda, y así lo haría al rey si no fuese contra Amadís mi criado y mi señor.

La reina le dijo:

—Pues así sea por mi amor como dicho habéis.

Gandales le dijo:

—Señora, yo vine con mandado de Amadís al rey, y mandóme que si veros pudiese, que por él os besase las manos como aquel a quien mucho pesa de ser apartado de vuestro servicio, y otro tanto digo por Agrajes, el cual os pide de merced le mandéis dar a su hermana Mabilia, que pues él don Galvanes no son en amor del rey, no tiene ya ella por qué estar en su casa.

Cuando esto Oriana oyó, muy gran pesar hubo que las lágrimas le vinieron a los ojos que sufrir no se pudo, así porque la amaba mucho de corazón como porque sin ella no sabía qué hacer en su parto, que se le allegaba ya el tiempo. Mas Mabilia, que así la vio, hubo gran duelo de ella, y díjole:

—¡Ay, señora!, qué gran tuerto me haría vuestro padre y madre si de vos me partiesen.

—No lloréis —dijo Gandales—, que vuestro hecho está muy bien parado, que cuando de aquí vais seréis llevada a vuestra tía la reina Elisena de Gaula, que después de ésta ante quien estamos no se halla otra más honrada, y holgaréis con vuestra cohermana Melicia que os mucho desea.

—Don Gandales —dijo la reina—, mucho me pesa de esto que Agrajes quiere y hablarlo he con el rey, y si mi consejo toma, no irá de aquí esta infanta sino casada como persona de tan alto lugar.

—Pues sea luego, señora —dijo él—, porque yo no puedo más detenerme.

La reina lo envió a llamar, y Oriana, que lo vio venir y que en su voluntad estaba el remedio, fue contra él e hincando los hinojos le dijo:

—Señor, ya sabéis cuánta honra recibí en la casa del rey de Escocia y cómo al tiempo que por mí enviasteis me dieron a su hija Mabilia y cuánto mal contado me sería si a ella no se lo pagase y de más de esto ella es todo el remedio de mis dolencias y males, ahora envía Agrajes por ella, y si me la quitaseis, haréisme la mayor crudeza y sin razón que nunca a persona se hizo sin que primero le sea galardonado las honras que de su padre recibí.

Mabilia estaba de hinojos con ella y tenía por las manos al rey y llorando le suplicaba que la no dejase llevar, sino que con gran desesperación se mataría, y abrazábase con Oriana. El rey, que muy mesurado era y de gran entendimiento, dijo:

—No penséis vos, mi hija Mabilia, que por la discordia que entre mí y los de vuestro linaje está tengo yo de olvidar lo que me habéis servido, ni por eso dejaría de tomar todos los que de vuestra sangre servirme quisiesen, y hacerles mercedes, que por los unos, no desamaría a los otros, cuanto más a vos, a quien tanto debemos, y hasta el galardón de vuestros merecimientos hayáis no seréis de mi casa partida.

Ella le quiso besar las manos, mas el rey no quiso, y alzándolas suso, las hizo sentar en un estrado, y él se sentó sobre ellas. Don Gandales, que todo lo vio, dijo:

—Señora, pues tanto os amáis y habéis estado de consuno, desaguisado haría quien os partiese, y de vos, señora Oriana, al mi grado ni por mi consejo Mabilia no será partida sino en la forma que el rey y vos decís; yo he dicho al rey y a la reina mi embajada y la respuesta daré a don Galvanes, vuestro tío, y Agrajes, vuestro hermano, y como cualquier que de ello les pese o plega todos tendrán por bien lo que el rey hace y lo que vos, señora, queréis.

El rey le dijo:

—Id con Dios y decid a Amadís que esto que me envió a decir que no irá a la Ínsula de Mongaza, pues que me la hizo haber que yo bien entiendo que más lo hace por guardar su provecho que por adelantar mi honra, y como yo lo entiendo así, se lo agradezco y de hoy más haga cada uno lo que entendiere.

Y salióse de la cámara al palacio. La reina dijo:

—Don Gandales, mi amigo, no paréis mientes a las sañudas palabras del rey ni de Amadís, sino todavía os ruego que se os acuerde de poner paz entre ellos, que yo así lo haré, y saludádmelo mucho y decidle que le agradezco la cortesía que me envió decir, que no haría enojo en el lugar donde yo estuviese, y que le ruego mucho que me honre cuando viene mi mandado.

—Señora —dijo él—, todo lo haré a todo mi poder como lo mandáis.

Y despidióse de ella, y ella lo encomendó a Dios que le guardase y le diese gracia que entre el rey y Amadís pusiese amistad como tener solían. Oriana y Mabilia lo llamaron, y díjole Oriana:

—Señor don Gandales, mi leal amigo; gran pesar tengo porque no os puedo galardonar lo que me servísteis, que el tiempo no da lugar ni yo tengo para satisfacer vuestro tan gran merecimiento; mas placerá a Dios que ello se hará como lo yo debo y deseo. Mas mucho me desplace de este desamor, porque según el corazón del uno y del otro no se espera sino mucho mal y daño según de cada día va creciendo si Dios por su piedad no lo remedia, mas yo espero en Él que atajará este mal, y saludármelo mucho y decirle que le ruego yo mucho que teniendo él en su memoria las cosas que en esta casa de mi padre pasó, tiemple las presentes y por venir tomando el consejo de mi padre, que le mucho precia y ama.

Mabilia le dijo:

—Gandales, de merced os pido me encomendéis mucho mi cohermano y señor Amadís y a mi señor hermano Agrajes y al virtuoso señor don Galvanes, mi tío, y decidles que de mí no hayan cuidado ni se trabajen de me apartar de mi señora Oriana, porque les sería afán perdido que antes perdería la vida, que me partir de ella siendo a su grado, y dad esta carta a Amadís y decidle que en ella hallará todo el hecho de mi hacienda, y creo que con ella gran consolación recibirá.

Oído esto por Gandales, saludólas, y luego se partió de ellas, y tomando a Sadamón consigo, que con el rey estaba, se armaron y entraron en su camino, y a la salida de la villa hallaron gran gente del rey y muy bien amada que hacían alarde para ir a la Ínsula de Mongaza, lo, cual él mandó hacer porque ellos viesen tanta y tan buena gente y lo dijesen a los que allí los enviaron por les meter pavor. Y vieron cómo andaban entre ellos por mayorales el rey Arbán de Norgales, que era un esforzado caballero, y Gasquilán el follón, hijo de Madarque, el gigante bravo de la Ínsula Triste, y de una hermana de Lanzino, rey de Suecia. Este Gasquilán follón salió tan esforzado y tan valiente en armas, que cuando su tío Lanzino murió sin heredero todos los del reino tuvieron por bien de lo tomar por su rey y señor, y cuando este Gasquilán oyó decir de esta guerra de entre el rey Lisuarte y Amadís, partió de su reino así por ser en ella como por se probar en batalla con Amadís por mandado de una señora a quien él mucho amaba. Lo cual todo por extenso y enteramente en el cuarto libro se recontará, donde se dirá más cumplidamente de este caballero y la batalla que hubo con Amadís.

Don Gandales y Salomón, después que aquellos caballeros hubieron mirado, fueron su camino hablando y razonando en cómo era muy buena gente, pero que con hombres lo habían que se no espantaría de ellos, y tanto anduvieron por sus jornadas que llegaron a la Ínsula Firme, donde con ellos mucho les plugo a aquéllos que los atendían, y cuando fueron desarmados entráronse en una hermosa huerta donde Amadís y todos aquéllos señores holgando estaban, y dijéronles todo cuanto con el rey les avino y la gente que vieran que estaba para ir a la Ínsula de Mongaza, y cómo llevaban aquellos dos caudillos; el rey Arbán de Norgales y Gasquilán, rey de Suecia, y la razón porque éste de tan lueña tierra había venido, que la principal causa era para se combatir con Amadís y con todos ellos, y como era valiente y ligero y de muy gran fama de todos aquéllos que le conocían. Gabarte de Val Temeroso dijo:

—Para sanar ese gran deseó y dolencia que trae, aquí hallarán muy buenos y discretos maestros, a don Florestán y a don Cuadragante. Y si ellos son ocupados, aquí soy yo que le presentaré este mi cuerpo, porque no sería razón que tan luengo camino como anduvo saliese en vano.

Don Cuadragante dijo a Amadís:

—Dígoos que si yo fuese doliente, antes dejaría toda la física y pondría toda mi esperanza en Dios que probar vuestra medicina ni letuario.

Brián de Monjaste dijo:

—Señor, así no andáis vos con tan gran cuidado como aquel que nos demanda, y bien será de lo socorrer porque sepa decir en su tierra los maestros que acá halló para semejantes enfermedades.

Y desde que así estuvieron por espacio de una gran pieza hablando y riendo, y con gran placer preguntó Amadís si había ahí alguno que lo conociese. Y Listorán de la Torre Blanca dijo:

—Yo le conozco muy bien y sé harto de su hacienda.

—Decídnoslo —dijo Amadís. Entonces les contó quién era su padre y madre, y cómo fuera rey por su gran valentía, y cómo se combatía muy bravamente, y como había ocho años que seguía las armas y que hiciera tanto con ellas que en toda su tierra ni en las comarcanas no se hallaba su igual.

—Mas digo que no se ha hallado con aquéllos que ahora viene a demandar y yo me hallé contra él en un torneo que hubimos en Valtierra y de los primeros encuentros caímos con los caballos en el suelo, mas la prisa fue tan grande que nos pudimos más herir y el torneo fue vencido a la parte donde yo estaba por falta de los caballeros que no hicieron lo que debían hacer, y por la gran valentía de Gasquillán que nos fue mortal enemigo, así que hubo el prez de ambas partes y no cayó aquel día del caballo, sino aquella vez que nos encontramos.

—Ciertamente —dijo Amadís—, vos habláis de grande hombre, que viene como rey de gran prez por hacer conocer su bondad.

—Decid verdad —dijo don Cuadragante—, mas en tanto lo erró que debiera venirse a nosotros, que somos los menos, y mostrará en ello más esfuerzo, pues sin tocar en su honra lo pudiera hacer.

—En eso acertó mejor —dijo don Galvanes—, porque se vino aunque a los más, a los que son más flacos, que no pudiera él experimentar su esfuerzo si no tuviera contra los mejores, más fuertes.

En esto hablando, llegaron los maestros de las naves y dijeron:

—Señores, armaos y aderezad lo que menester habéis y entrad en las naos, que el viento habemos muy aderezado para el viaje que hacer queréis.

Entonces salieron todos de la huerta con mucho placer, y la prisa y el ruido era tan grande, así de las gentes como de los instrumentos de la flota, que apenas se podían oír, y muy presto fueron armados y metieron sus caballos en las fustas, que todas las otras cosas que menester habían dentro estaban, y con mucho placer acogiéronse a la mar y Amadís y don Bruneo de Bonamar, que en una barca entre ellos andaba, hallaron juntos en una fusta a don Florestán y a Brián de Monjaste y a don Cuadragante y Angrote de Estravaus, y entraron con ellos, y Amadís los abrazaba como si pasara gran pieza que los no viera, viniéndole las lágrimas a los ojos de muy gran amor que les había, y con soledad que de ellos tomaba y díjoles:

—Mis buenos señores, mucho huelgo en veros así juntos.

Don Cuadragante le dijo:

—Mi señor, así iremos por la mar y aun por la tierra, si alguna ventura no nos parte, y así lo habemos puesto entre nos de nos guardar en esta jornada.

Y mostráronle un pendón muy hermoso a maravilla que llevaban, en que iban figuradas doce doncellas con flores blancas en las manos. Cuando Amadís el pendón vio, hubo gran placer porque se lo mostraron y allí les dijo que mucho mirasen de haber cuerdamente. Y dioles consejo cómo se habían de regir y se despidió de ellos, y tomando consigo en la barca a don Bruneo de Bonamar y a Gandales, su amo, anduvo por toda la flota hablando con todos aquellos caballeros hasta que salió en tierra y la flota movía tras la nao en que don Galvanes iba y Madasima, que la delantera llevara, con gran ruido de trompetas y añafiles que maravilla era de los ver, así como oís, partió esta gran flota de aquel puerto de la Ínsula Firme para ir al castillo del lago Ferviente, donde era la Ínsula de Mongaza, y fue por la mar, con tal tiempo, que a los siete días arribaron un día, antes del alba, al castillo del lago Ferviente que cabe el puerto de la mar estaba, y luego se armaron todos y aparejaron los bateles para saltar en tierra y ponían puentes de tablas y de cañizos por donde los caballos saliesen, y esto hacían muy calladamente porque el conde Latine y Galdar de Rascuil, que en la villa estaban con trescientos caballeros, no les sintiesen, mas luego de los veladores fueron sentidos y dijéronlo a aquéllos sus señores que había gente, mas no supieron qué tanta, que la noche era muy oscura, y luego el conde y Galdar se vistieron y subieron al castillo y oyeron la vuelta de la gente y semejóles gran compaña que con el alba del día parecieron muchas naves y dijo Galdar:

—Verdaderamente éste es don Galvanes y sus compañeros y amigos, que contra nos vienen, y ya Dios no me salve si a mi poder el puerto tomaren tan ligeramente como ellos cuidan.

Y mandando armar toda su gente y ellos asimismo, salieron de la villa contra ellos, y Galdar fue a un puerto que con la villa contenía y el conde Latine a otro, a la parte del castillo, en el cual estaba don Galvanes y Agrajes con todos los que le ayudaban, e iban en la delantera Gavarte de Valtemeroso y Orlandín y Osinán de Borgoña, y Mandancil de la Puente de la Plata, y allí el conde Latine, con gran gente de pie y de caballo, y Galdar con otra gran compaña, llegó al otro puerto donde venía don Florestán y Cuadragante y Brián de Monjaste y Angriote y los otros sus compañeros. Entonces se comenzó entre ellos una cruel y peligrosa batalla con lanzas y saetas y piedras, así que muchos heridos y muertos hubo, y los de la tierra defendieron los puertos hasta hora de tercia, más don Florestán, que a una barca se halló con Brián de Monjaste, y don Cuadragante y Angriote. Don Florestán tenía a Enil, aquel buen caballero que ya oíste en el segundo libro, y Amorantes de Salvatierra, que era su cohermano, y los de Brián eran Común y Nicorán, y los de Cuadragante, Landí y Orián, el valiente, y los de Angriote, su hermano

Gradovo y Sarquiles, su sobrino. Y Florestán dio grandes voces que derribasen el puente y saldrían por ella en sus caballos. Angriote le dijo:

—¿Por qué queréis acometer tan gran locura que, aunque de la puente salgamos, el agua es tan aleta antes que lleguemos a la tierra que los caballos nadarán?

Y así lo decía don Cuadragante, más Brián de Monjaste fue del voto de Florestán y echada la puente pasaron entrambos por ella, y llegando al cabo hicieron soltar los caballos en el agua, que era tan alta que les daba a los arzones de las sillas, y allí acudieron muchos de los contrarios, que de grandes golpes y mortales los herían, y llegó don Cuadragante y Angriote y juntáronse con ellos y así lo hicieron aquéllos sus compañeros, más la subida del puerto era tan alta y la gente tan grande que la defendían, que no sabían dar remedio. Allí fue el ruido tan grande y tantos alaridos de un cabo y otro que no parecía sino ser todo el mundo asonado. Dragonís y Palomir quedaron en el agua que les daba a los pescuezos y sus caballos con ellos, trabándose a las tablas de las galeras quebradas, y pujándose unos a otros, yendo con gran trabajo adelante hasta que ya el agua les daba a las cintas y aunque la gente de la ribera, mucha y bien armada y resistían con gran esfuerzo, no pudieron excusar que don Florestán y sus compañeros no tomasen tierra, y luego, asimismo, Dragonís y Palomir con todos los suyos. Cuando Galdar esto vio, que los suyos perdían el campo, no pudiendo sufrir a sus contrarios por estar ya muy apoderados, con gran ánimo, lo mejor que él pudo hízolos retraer, porque todos no se perdiesen, que él estaba muy mal herido de la mano de don Florestán y de Brián de Monjaste que lo derribó del caballo, y fue tan quebrantado que apenas sé podía tener en otro caballo que los suyos le dieron, y yéndose contra la villa vio cómo el conde Latine se venía con toda su gente a más andar, que ya le habían tomado el puerto don Galvanes y Agrajes y sus compañeros, como aquéllos que a su causa la batalla se hacía, y ahora sabed aquí que el conde había prendido a Dandásido, hijo del gigante viejo, y otros veinte hombres de la villa con él, teniéndoles por sospechosos que le habían de ser contrarios, los cuales estaban en el castillo en una prisión que era en la más alta torre, y hombres que los guardaban, y como la batalla fue entre los caballeros, los carceleros que los tenían salieron encima de la torre por mirar la batalla. Y cuando Dandásido vio que no los guardaban y vio que tenía tiempo de se soltar, dijo a aquéllos que con él estaban:

—Ayudadme y salgamos de aquí.

—¿Cómo será? —dijeron ellos.

—Quebrantemos este candado de esta cadena que a todos tiene.

Entonces, con una gruesa soga de cáñamo con que de noche les ataban las manos y pies, metiéronla por el candado lo más presto que pudieron y con la gran fuerza de Dandásido y de todos los otros, quebráronle el ramo, aunque asaz grueso, y salieron todos muy presto, tomando las espadas de los carceleros que encima de la torre estaban, como oído habéis, fueron a ellos que no entendían sino en mirar la batalla que en los puertos se hacía y matáronlos todos y dieron grandes voces:

—¡Armas, armas por Madasima, nuestra señora!

Cuando los de la villa esto vieron tomaron las torres más fuertes de la villa y mataban todos los que alcanzar podían. Cuando el conde Latine esto vio, entró por la puerta que saliera y paró en una casa cerca de ella, y Galdar de Rascuil con él, que no osaron pasar adelante, atendiendo más la muerte que la vida. Los de la villa trababan las calles de entre ellos y esforzaban cuanto podían con aquel gran socorro y daban voces a los de fuera que llegasen allí a su señora Madasima, y que le entregasen la villa. Cuadragante y Angriote llegaron a una puerta por saber la verdad y sabiendo de Dandásido el hecho cómo estaba, fuéronlo a decir a don Galvanes y luego cabalgaron todos y llevaron a Madasima, su hermoso rostro descubierto, en un palafrén blanco, vestida de un capete de oro, y llegando cerca de la villa abrieron las puertas y salieron a ella cien hombres de los más honrados y besáronle las manos, y ella le dijo:

—Besadlas a mi señor y marido don Galvanes, que después de Dios él me libró de la muerte y me ha hecho cobrar a vosotros que sois mis naturales y contra toda razón os tenía perdidos y a él tomad por señor si a mí amáis.

Entonces llegaron todos a don Galvanes e hincados los hinojos en tierra, con palabras muy humildes, le besaron las manos y él los recibió con buena voluntad y muy buen talante, agradeciéndoles y loándoles mucho la gran lealtad y el buen amor que a Madasima, su buena señora, habían tenido, y luego se metieron a la villa donde llegó Dandásido que muy honrado de

Madasima y de todos aquellos señores fue. Esto así hecho dijo Ymosil de Borgoña:

—Muy bien sería que de todos nuestros enemigos que aún en la villa están nos despachásemos.

Agrajes, el cual con muy gran saña encendido estaba, dijo:

—Yo he mandado destrabar las calles y el despacho será que todos sean despachados sin que ninguno de todos ellos vivo quede.

—Señor —dijo Florestán—, no deis a la ira ni saña tanto señorío sobre vos, que os haga hacer cosa que después de apartada querríais más presto ser muerto.

—Bien os dice —dijo don Cuadragante—, basta que se metan todos en la prisión de don Galvanes, vuestro tío, si alcanzar se puede, porque mayor reparo es de los vencedores tener vivos los vencidos que muertos, considerando las vueltas de la mudable e incierta fortuna, que así como a ellos a los prosperados tomar en breve podría.

Acordóse, pues, que Angriote de Estravaus y Gavarte de Valtemeroso fuesen a lo despachar, los cuales llegados a la parte de donde el conde Latine y Galdar de Rascuil estaban, hallaron toda su gente muy mal parada, y a ellos mal heridos, con gran dolor de sus ánimos, porque la cosa en tal estado contra ellos venido había; sobre algunas razones entre ellos habidas, tuvieron por bien de se poner en la voluntad y buena mesura de don Galvanes. Acabado, pues, esto que la villa y el castillo enteramente fue en poder de Madasima y de sus valedores, con gran placer de todos ellos, otro día siguiente supieron por nuevas cómo el rey Arbán de Norgales y Garquilán, rey de Suecia, con tres mil caballeros eran llegados al puerto de aquella Ínsula y cómo salían todos en tierra a gran prisa y enviaban la flota para que viandas les trajesen. En gran alteración les puso esto, sabiendo la muchedumbre de la gente y los suyos estar tan malparados, pero como los hombres de vergüenza dudaban aconsejándoles de lo que Amadís les dijera, que sus cosas hiciesen con acuerdo comoquiera que el parecer de algunos fuere de salir a pelear con ellos, no lo hicieron hasta que todos reparados fuesen de sus llagas y los caballos y armas en mejor disposición. Así que en esto quedando unos y otros, contará la historia de Amadís y de don Bruneo de Bonamar que en la Ínsula Firme quedado habían.

Capítulo 65. De cómo Amadís preguntó a su amo don Gandales nuevas de las cosas que pasó en la corte, y de allí se partieron él y sus compañeros para Gaula, y de las cosas que les avino de aventuras en una isla que arribaron, donde defendieron del peligro de la muerte a don Galaor, su hermano de Amadís, y al rey Cildadán del poder del gigante Madarque

Después que la flota se partió de la Ínsula Firme para la Ínsula de Mongaza, como oído habéis, Amadís quedó en la Ínsula Firme y don Bruneo de Bonamar con él, y con la prisa de la partida no tuvo lugar de saber de su amo don Gandales las cosas que pasó en la corte del rey Lisuarte y llamándole aparte, paseándose por una huerta donde él posaba, quiso saber lo que pasara. Don Galvanes le dijo lo que en la reina halló y con el amor que recibió su mensaje y en cuánto lo tuvo y cómo le enviaba a rogar por la paz con el rey y asimismo le contó lo que pasara con Oriana y Mabilia y lo que ellas le respondieron y diole la carta que traía de Mabilia, por la cual supo cómo había acrecentado en su linaje, dándole a entender que Oriana estaba preñada. Todo lo oyó Amadís con gran placer, aunque con mucha soledad de su señora, que su corazón no hallaba en ninguna cosa reposo ni descanso alguno, y así estuvo solo en la torre de la huerta con gran pensamiento, cayéndole las lágrimas de sus ojos, que las faces le mojaban como hombre fuera de sentido, mas tornando en sí, fuese a donde don Bruneo andaba y mandó a Gandalín que metiese las armas en una fusta y las de don Bruneo y las otras cosas necesarias, porque en todo caso, quería partir otro día para Gaula. Esto se hizo luego, y venida la mañana entraron en la mar con tiempo aderezado, y a las veces con contrario, y a las cinco halláronse cabe una Ínsula que les pareció muy poblada de árboles y tierra hermosa al parecer. Don Bruneo dijo:

—Ved, señor, qué hermosa tierra.

—Tal me parece —dijo Amadís.

—Pues paremos aquí, señor —dijo don Bruneo— unos días y podrá ser que en ella hallemos algunas extrañas aventuras.

—Así se haga —dijo Amadís. Entonces mandaron al patrón que acostase la galera a la tierra que querían salir a ver aquella Ínsula que muy hermosa les parecía y también para si alguna aventura hallasen.

—Dios os guarde de ella —dijo el maestro de la nao.

—¿Por qué? —dijo Amadís.

—Por os guardar de la muerte —dijo él— o de muy cruel prisión, que sabed que ésta es la Ínsula Triste, donde es señor aquel muy bravo gigante Madarque, más cruel y esquivo que en el mundo hay, y dígoos que pasa de quince años que no entró en ella caballero, ni dueña, ni doncella que no fuesen muertos o presos.

Cuando esto oyeron mucho se maravillaron y no con poco temor de acometer tal aventura, más con ellos fuesen de tales corazones y que el su oficio verdadero para quitar del mundo tan malas costumbres, no temiendo el peligro de sus vidas mas que la gran vergüenza que dejándolos se les podría seguir, dijeron al maestro que en todo caso llegase la fusta a la tierra, lo cual muy a duro y casi por fuerza acabaron, y tomando sus armas y sus caballos solamente consigo, llevando a Gandalín y a Lasindo, escudero de Bruneo entraron por la Ínsula adelante y mandaron aquéllos sus escuderos que si fuesen acometidos de otros hombres que caballeros no fuesen, que les ayudasen como mejor pudiesen. Ellos dijeron que así lo harían. Así anduvieron una pieza hasta que fueron encima de la montaña y vieron cerca de sí un castillo que les pareció muy fuerte y hermoso y fuéronse para allá, por saber algunas nuevas del gigante, y llegando cerca oyeron tañer en la más alta torre un cuerno, tan bravamente, que todos aquellos valles hacía reteñir.

—Señor —dijo don Bruneo—, aquel cuerno se tañe, según dijo el maestro de la galera, cuando el gigante sale a batalla, y esto es si los suyos no pueden vencer o matar algunos caballeros con que se combaten, y cuando él así sale es tan sañudo, que mata a todos los que haya y aun algunas veces de los suyos.

—Pues vamos adelante —dijo Amadís. Y no tardó mucho que oyeron muy grande ruido de mucha gente y de muy grandes golpes de lanzas y de espadas muy agudas y bien tajantes. Y tomando todas sus armas fueron todos para allá y vieron muy grande gente que tenían cercados dos caballeros y dos escuderos que estaban de pie, que los caballos les habían muerto, y queríanlos matar, mas todos cuatro se defendían con las espadas tan bravamente que era maravilla verlos, y Amadís vio venir contra ellos a Ardián, el su enano, y como vio el escudo de Amadís conociólo luego y dijo a grandes voces:

—¡Oh, señor Amadís, socorred a vuestro hermano don Galaor, que lo matan, y a su amigo el rey Cildadán!

Cuando esto oyeron moviéronse al más correr de sus caballos juntos uno con otro, que don Bruneo a su poder a él ni a otro en tal menester no daría la ventaja. Y yendo así, vieron venir a Madarque, el bravo gigante que era señor de la Ínsula y venía en un gran caballo y armado de hojas de muy fuerte acero y loriga de muy gruesa malla, y en lugar de yelmo, una capellina gruesa y limpia y reluciente como espejo, y en su mano un muy fuerte venablo tan pesado que otro cualquier caballero o persona que sea apenas y con gran trabajo lo podría levantar, y un escudo muy grande y pesado, y venía diciendo a grandes voces:

—¡Tiraos afuera, gente cautiva de poca pro, que no podéis matar dos caballeros lasos y sin poder como vos! ¡Tiraos afuera y dejadlos a este mi venablo que goce de la sangre de ellos!

¡Oh, cómo Dios se venga de los injustos y se descontenta de los que la soberbia seguir quieren, y este orgullo soberbioso cuán presto es derrotado, y tú, lector, mira cuán por experiencia se vio en aquel Nemrod que la torre de Babel edificó y otros que por escritura decirse podría, los cuales dejo por no dar causa a prolijidad! Así aconteció a mandar que en esta batalla. Y Amadís, que todo lo oyó, en gran pavor fue puesto por le ver tan grande y tan desemejado, y encomendándose a Dios, dijo:

—Ahora es tiempo de ser socorrido de vos, mi buena señora Oriana.

Y rogó a don Bruneo que hiriese él en los otros caballeros, que él quería resistir al gigante. Y apretó la lanza contra Madarque cuanto más recio pudo, y encontróle tan fuertemente en el pecho que por fuerza le hizo doblar sobre las ancas del caballo y el gigante que apretó las riendas en la mano tiró tan fuertemente que hizo enarmonar el caballo, así que cayó sobre él y le quebró la una pierna y el caballo hubo sacado la una espalda, de manera que ninguno de ellos se pudo levantar. Amadís, que así lo vio, puso mano a su espada y dio voces diciendo:

—¡A ellos, hermano Galaor, que yo soy Amadís que os socorreré!

Y fue para ellos y vio. cómo don Bruneo había muerto de un encuentro por la garganta a un sobrino del gigante y con la espada hacía cosas extrañas, de que mucho se maravilló, y dio un golpe por cima del yelmo a otro caballero que no le prestó el yelmo que no le cortase hasta el casco y dio con él en el suelo. Galaor saltó en el caballo y no se quitó de cabo el rey Cildadán mas llegó Gandalín y apeóse del suyo y diolo al rey, y él juntóse a caballo, allí pudierais ver las maravillas que hacían en derribar y matar cuantos delante se les paraban y los escuderos, por su parte, hacían gran daño en la gente de pie.

Así que, en poco rato, fueron todos los más muertos y heridos y los otros huyeron al castillo con miedo de los bravos golpes que les venían dar, y los cuatro caballeros iban en pos de ellos por los matar, hasta que llegaron a la puerta del castillo, que estaba cerrada y no la habían de abrir hasta que el gigante viniese, que así les era mandado y defendido, y los que huían, cuando se vieron sin remedio los que a caballo estaban, apeáronse y todos juntos echaron las espadas de las manos y fueron contra Amadís, que delante venía, e hincando los hinojos ante los pies de su caballo le demandaron merced que los no matase y trabáronle de la falda de la loriga por escapar de los otros que contra ellos venían. Amadís los amparó del rey Cildadán y don Galaor, que por el gran daño que de ellos recibieran, a su grado no dejaran ningún vivo y tomó fianza de ellos que harían lo que les él mandase. Entonces se fueron donde el gigante estaba muy desapoderado de su fuerza, que el caballo le yacía sobre la pierna quebrada y teníale que contra ellos venían. Amadís los amparó del rey Cildadán se apeó de su caballo y mandó a los escuderos que le ayudasen y trastornando el caballo quedó el gigante más libre de él y dejólo holgar, que aunque por su causa fueron llegados al punto de la muerte él y don Galaor, como habéis oído, no tenía en corazón de lo matar, no por el que mala cosa y soberbia era, mas por amor de su hijo Gasquilán, rey de Suecia, que era muy buen caballero, a quien él amaba y así lo rogó a Amadís que le no hiciese mal. Amadís se lo otorgó y dijo al gigante que en más acuerdo estaba:

—Madarque, ya veis vuestra hacienda cómo está, y si quisieres tomar consejo, hacerte he vivir y si no la muerte es contigo.

El gigante le dijo:

—Buen caballero, pues en mí dejas la muerte y la vida, yo haré tu voluntad por vivir y de ello te haré fianza.

Amadís le dijo:

—Pues lo que yo de ti quiero es que seas cristiano y mantengas tú y todos los tuyos esta ley, haciendo en este señorío iglesias y monasterios y que sueltes todos los presos que tienes y de aquí adelante que no mantengas esta mala costumbre que hasta aquí tuviste.

El gigante, que ál tenía en el corazón, dijo con miedo de la muerte.

—Todo lo haré como lo mandáis, que bien veo según mis fuerzas y de los míos con las de vosotros que si por mis pecados no por otra cosa no pudiera ser vencido, especialmente por un golpe solo como lo fui, y si os pluguiere, hacedme llevar al castillo y allí holgaré y se hará lo que mandáis.

—Así se haga —dijo Amadís.

Entonces mandó llamar a sus hombres, que los había asegurado, y tomaron al gigante y lleváronlo al castillo, donde entró él y Amadís y sus compañeros, y desde que fueron desarmados, abrazáronse muchas veces Amadís y don Galaor, llorando del placer que en se ver habían, y estuvieron todos cuatro con mucho placer hasta que de parte del gigante les dijeron que tenían adelezado de comer, que ya era sazón. Amadís dijo que no comería hasta que todos los presos allí fuesen venidos, porque delante de ellos comiesen.

—Eso luego se hará —dijeron los hombres del gigante—, que ya los ha mandado soltar.

Entonces los hicieron venir y eran ciento, en que habían treinta caballeros y más cuarenta dueñas y doncellas. Todos llegaron con mucha humildad a besar las manos a Amadís, diciéndole que les mandase lo que hiciesen. Él les dijo:

—Amigos, lo que a mí me placerá es que os vayáis a la reina Brisena y le digáis cómo os envía el su caballero de la Ínsula Firme y que hallé a don Galaor, mi hermano, y besadles las manos por mí.

Ellos le dijeron que lo harían todo como lo mandaba, así aquello como todo lo otro en que le servir pudiesen. Luego se sentaron a comer y fueron muy bien servidos de muchos manjares. Amadís mandó que diesen a aquellos presos sus navíos en que se fuesen y así se hizo luego, y todos juntos tomaron la vía de donde la reina Brisena estaba por cumplir lo que les era mandado. Amadís y sus compañeros, después que hubieron comido, entráronse en la cámara del gigante por le ver y hallaron que le curaba una giganta, su hermana, que se llamaba Andandona, la más brava y esquiva que en el mundo había. Ésta nació quince años antes que Madarque y ella le ayudó a criar. Tenía todos los cabellos blancos y tan crespos que los no podía peinar. Era muy fea de rostro, que no semejaba sino diablo. Su grandeza era demasiada y su ligereza no había caballo, por bravo que fuese, ni otra bestia cualquiera, en que no cabalgase y las amansaba. Tiraba con arco y con dardos tan recio y cierto que mataba muchos osos y leones y puercos, y de las pieles de ellos andaba vestida todo lo más del tiempo. Albergaba en aquellas montañas por cazar las bestias fieras, era muy enemiga de los cristianos y hacíales mucho mal, y mucho más lo fue de allí adelante y lo hizo ser a su hermano Madarque, hasta que en la batalla que el rey Lisuarte hubo con el rey Arábigo y los otros seis reyes lo mató el rey Perión, así como adelante se dirá.

Después que aquellos caballeros estuvieron una pieza con el gigante y él les prometió de se tornar cristiano, salieron a su aposentamiento donde aquella noche albergaron, y otro día, entrando en sus navíos, tomaron la vía de Gaula por un brazo de mar que de una parte y de otra cercada de grandes arboledas era, en las cuales aquella endiablada giganta Andandona aguardando estaba por les hacer algún pesar, y como los vio dentro en el agua, descendióse por la cuesta ayuso hasta se poner sobre ellos encima de una peña y escogía el mejor dardo de los que traía sin que de ellos vista fuese, y como tan cerca los vio, esgrimió el dardo y lanzólo muy fuertemente y dio a don Bruneo con él en la una pierna que se la pasó hasta dar en la galera donde fue quebrado, y con la gran fuerza que puso y la codicia de los herir, fuéronsele los pies de la peña y dio consigo en el agua tan gran caída que no semejaba sino que cayera una torre, y aquéllos que le miraban y la vieron tan desemejada y vestida de cueros negros de osos, cuidaron verdaderamente que algún diablo era y comenzáronse a santiguar y encomendarse a Dios, y luego la vieron salir nadando tan recio que era maravilla y tirábanle con saetas y con arcos, mas ella se metía so el agua hasta que salió en salvo a la ribera, y al salir en tierra la hirieron Amadís y el rey Cilda-dán de sendas saetas por la una espalda. Mas como salió fuera, comenzó de huir por las espesas matas, así la vio con las saetas hincadas, no pudo estar que no riese y acorrieron a don Bruneo haciéndole restañar la sangre y echándole en su cama, mas a poco rato la giganta apareció encima de un otero, y comenzó a decir a muy grandes voces:

—¡Si pensáis que soy diablo, no lo creáis: mas soy Andandona, que os haré todo el mal que pudiese, y no lo dejaré por afán ni trabajo que me venga!

Y fuese corriendo por aquellas peñas con tanta ligereza, que no había cosa que la alcanzar pudiese, de lo cual fueron todos maravillados, que bien creían que de las heridas muriera. Entonces supieron toda su hacienda de dos hombres de los presos que Gandalín allí metiera en la galera para los llevar a Gaula, donde eran naturales, de que muy maravillados fueron, y si no fuera por don Bruneo, que muy ahincadamente les rogó que lo más presto que ser pudiese lo llevasen a algún lugar donde curado de aquella llaga fue-se, querían volver a la Ínsula y buscar por toda aquella endiablada giganta y hacerla quemar. Así fueron cómo oís hasta salir de aquella vía, y entraron en la alta mar y hablando en muchas cosas como aquéllos que de corazón se amaban sin cautela ninguna. Y Amadís les contó cómo era desavenido del rey Lisuarte y todos sus amigos y parientes que en la corte estaban a su causa y por cuál razón, y el casamiento de don Galvanes y de la muy hermo-sa Madasima, y cómo era ido con aquella gran flota a la Ínsula de Mongaza para la haber de ganar, pues que de herencia le venía, y diciéndole todos los caballeros que con él iban y el deseo grande que de le ayudar llevaban. Cuando esto oyó don Galaor, muy triste fue de estas nuevas y gran dolor su corazón sintió, que bien entendía los grandes males que se podían recrecer y en gran cuidado fue puesto, porque aunque su hermano Amadís, a quien él tanto amaba y tanto acatamiento debiese, fuese de la una parte, no pudo tanto con su corazón que no otorgase de servir al rey Lisuarte con quien él vivía como adelante se dirá. Así que, en esto pensando y acordándose cómo Amadís de él se había partido de la Ínsula Firme, apartándolo a un cabo de la nave, le dijo:

—Señor hermano, ¿qué tan grave ni tan gran cosa os pudo ocurrir que no fuese mayor el deudo y amor de entre nosotros, que así como de persona extraña de mí os encubristeis?

—Buen hermano —dijo Amadís—, pues la causa de ello tuvo tal fuerza de romper aquellas fuertes ataduras de ese deudo y amor que decías, bien podéis creer que sería muy más peligrosa que la misma muerte, y ruégoos mucho que no lo queráis esta vez saber.

Galaor, tornando en mejor semblante, que algo estaba sañudo, viendo que todavía era su voluntad de se encubrir, se dejó de ello y hablaron en otras cosas.

Así anduvieron cuatro días navegando, en cabo de los cuales aportaron a una villa de Gaula que había nombre Mostrol, y allí estaba a la sazón su padre el rey Perión y la reina su madre, porque era puerto de mar descontra la Gran Bretaña, donde mejor podían saber nuevas de aquéllos sus hijos, y como vieron la galera, enviaron a saber quién eran los que allí venían, y llegando el mensajero, mandó Amadís que le respondiesen que dijese al rey cómo venía el rey Cildadán y don Bruneo de Bonamar, que de sí ni su hermano no quiso que por entonces nada supiesen. Cuando el rey Perión esto oyó, fue mucho alegre, porque el rey Cildadán le diría nuevas de don Galaor, que Amadís le hizo saber cómo entrambos eran en casa de Urganda, y mandó cabalgar toda su compaña, y saliólos a recibir, que a don Bruneo amaba él mucho porque había estado algunas veces en su corte y sabía que aguardaba a sus hijos. Amadís y don Galaor cabalgaron en sus caballos ricamente vestidos y fueron por otra parte al palacio de la reina, y como a su aposentamiento llegaron, dijeron al portero:

—Decid a la reina que están aquí dos caballeros de su linaje que la quieren hablar.

La reina mandó que entrasen, y como los vio conoció a Amadís y a don Galaor por él, que mucho se parecían, y no lo viera desde que el gigante se lo hurtó, y dijo en una voz:

—¡Ay, Virgen María Señora! ¿Y qué es esto, que mis hijos veo ante mí?

Y cerrándosele la palabra, cayó en el estrado como fuera de sentido, y ellos hincaron los hinojos y besáronle las manos muy humildosamente, y la reina se descendió del estrado y tomólos entre sus brazos y llególos a sí y besaba al uno y al otro muchas veces sin que se pudiesen hablar, hasta que entró su hermana Melicia, que la reina los dejó porque la hablasen, que de su gran hermosura fueron mucho maravillados. Quien podría contar el placer de aquella noble reina en ver delante de sí aquellos caballeros sus hijos, tan hermosos, considerando las grandes angustias y dolores de que siempre su ánimo atormentado era, sabiendo los peligros en que Amadís andaba, esperando de su vida o muerte a ella venir lo semejante, y haber perdido por tal ventura a don Galaor, cuando el gigante se lo llevó, y viéndolo todo reparado con tanta honra, con tanta fama, por cierto ninguno podría bastar a lo decir si no fuese ella u otra que en lo semejante estuviese. Amadís dijo a la reina:

—Señora, aquí traemos mal herido a don Bruneo de Bonamar; mandadle hacer honra como a uno de los mejores caballeros del mundo.

—Hijo mío —dijo ella—, así se hará porque lo queréis vos y porque mucho nos ha servido, y cuando yo no le pudiere ver, verlo ha vuestra hermana Melicia.

—Así lo haced, señora hermana —dijo don Galaor—, que sois doncella que vos y todas las que sois le debéis honrar mucho como a aquél que las sirve y honra más que otro alguno, y por muy bienaventurada se debe tener aquélla que él ama, pues que sin entrevalo pudo ir so el arco encantado de los leales amadores, que fue cierta señal de la nunca haber errado.

Cuando Melicia esto oyó, estremeciósele el corazón, que bien sabía que por ella fue acabada aquella aventura y respondióle como aquélla que muy mesurada era, y dijo:

—Señor, yo haré en ello lo mejor que pudiere y Dios haga su querer. Esto haré porque lo mandáis y que mucho os ama.

Estando así la reina con sus hijos como oís, llegó el rey Perión y el rey Cildadán, y como lo vieron, Amadís y Galaor fueron a él hincando los hinojos. Cada uno le besó la una mano, y él los besó viniéndole las lágrimas a los ojos de placer que en sí había. El rey Cildadán les dijo:

—Buenos amigos, acuérdeseos de don Bruneo.

Entonces, habiendo ya el rey Cildadán hablado a la reina y a su hija, fueron todos juntos a don Bruneo que lo traían de la galera caballeros en sus brazos por mandado del rey Perión, y pusiéronlo en un lecho asaz rico, en una cámara del aposentamiento de la reina que salía una finiestra de ella a una huerta de muchas rosas y flores. Allí fue la reina y su hija a lo ver, mostrando la reina mucho sentimiento de su mal, y él teniéndoselo en gran merced, y desde que allí una pieza estuvo, díjole:

—Don Bruneo, yo os veré lo que más pudiera, y cuando otra cosa me impidiere será con vos Melicia, vuestra amiga, que os curará de la herida.

Y él besó las manos por ello y la reina se fue, y Melicia y las doncellas que la guardaban quedaron allí y ella se sentó delante de la cama donde él podía muy bien ver el su hermoso rostro, que tan ledo le hacía que si así lo pudiese tener no desearía ser sano, porque aquella vista le curaba y sanaba otra llaga más cruel y peligrosa para su vida. Ella le desató la herida y viola grande, más en estar abierta de ambas partes tuvo esperanza de lo presto sanar, y díjole:

—Don Bruneo, yo os cuido sanar de esta llaga, mas es menester que se no salgáis de mandado por ninguna guisa que de ello os podría recrecer gran peligro.

—Señora —dijo don Bruneo—, nunca Dios quiera que demandado os salga, que cierto soy que si lo hiciese que ninguno me podría poner consejo.

Esta palabra entendió ella a la fin, que dio mejor que ninguna de las doncellas que ahí estaban. Entonces le puso un tal ungüento en la pierna y en la herida que le quitó todo lo más de la hinchazón y dolor que tenía, y dióle de comer con aquéllas sus muy hermosas manos, y díjole:

—Asosegad ahora, que cuando tiempo fuere yo os veré.

Y saliendo de la cámara encontró con Lasindo, escudero de don Bruneo, que sabía su hacienda de cómo se amaban, y díjole Melicia:

—Lasindo, vos sois aquí más conocido; demandad lo que a vuestro señor cumpliré.

—Señora —dijo él— plega a Dios de le llegar a tiempo que os sirva esta merced que le hacéis.

Y llegándose más a ella sin que lo oyesen, le dijo:

—Señora, quien ha gana de guarecer alguno, hale de acorrer a la llaga más peligrosa, do más cuita le viene. Por Dios, señora, habed de él merced, pues que tanto menester la tiene, no del mal que padece de la herida, mas de aquel que por vos con tanta crudeza sufre y sostiene.

Cuando esto le oyó Melicia, díjole:

—Amigo, a esto que veo pondré yo remedio si puedo, que de lo otro no sé ninguna cosa.

—Señora —dijo él—, conocido es a vos que las mortales cuitas y dolores que por vos pasa, tuvieron tanta fuerza de le poner ante las imágenes de Apolidón y Grimanesa.

—Lasindo —dijo ella—, muchas veces acaece sanar las personas de tales dolencias como ésta que dices que tu señor ha tenido con la dilación del tiempo, sin que otro remedio se les ponga, y así puede haber acaecido a tu señor, y por eso no es menester demandar remedio para él a quien no se le puede dar.

Y dejándole se fue a su madre y comoquiera que esta respuesta se le dijo por Lasindo a don Bruneo, no fue turbado, que creído tenía él tener ella lo contrario de aquello, antes muchas veces bendecía a la giganta Andandona porque le había servido, pues que con ella gozaba de aquel placer que sin él todo lo ál del mundo le daba gran pena y soledad.

Así como oís, estaban en Gaula el rey Cildadán y Amadís y Galaor con el rey Perión de Gaula, con mucho vicio y placer de todos ellos, y don Bruneo en guarda de aquella señora que él tanto amaba y avino así que un día, apartando don Galaor al rey su padre y al rey Cildadán y a su hermano Amadís, les dijo:

—Creído tengo yo, señores, que aunque mucho me trabajase no podría hallar otros tres que me tanto amasen y mi honra quisiesen como vosotros, y por esta causa quiero que me deis consejo en aquello que después del ánima en más se debe tener, y esto es que vos, señor hermano Amadís, me pusisteis con el rey Lisuarte, mandándome con mucha afición que suyo fuese, y ahora, viéndoos con él en tan gran rotura, si ser yo despedido de su vivienda ciertamente muy atormentado me hallo, porque si a vos acudiese, mi honra mucho menoscabada sería, y si a él es para mí el estrago de la muerte pensar de ser en vuestro estorbo. Así que, buenos señores, poned remedio en esto mío, que lo propio vuestro es, y quered más mi honra que la satisfacción de vuestras voluntades.

El rey Perión le dijo:

—Hijo, no podéis vos errar en seguir a vuestro hermano contra un rey tan desconocido y tan desmesurado, que si con él quedaste fue salvando la voluntad de Amadís, y con justa causa os podéis de él despedir, pues que como enemigo quiere y procura destruir o vuestro linaje, que tanto le ha servido.

Don Galaor dijo:

—Señor, esperanza tengo yo en Dios y en la vuestra merced, en quien yo mi honra pongo, que nunca por el mundo dirán que en tiempo de tal rotura y que tanto ha menester aquel rey mi servicio, me despedí de él, no me habiendo antes despedido.

—Buen hermano —dijo Amadís—, comoquiera que tan obligados seamos de obedecer al mandamiento de nuestro padre y señor, sabiendo ser su discreción tal que muy mejor que nosotros lo sabríamos cumplir, será lo que mandare, atreviéndome a su merced digo, que en tal sazón no seáis apartado ni despedido de aquel rey si no fuese con tal causa que sin perjuicio de ninguno hacerse pudiese, que en lo que entre él y mí toca no pueden ser ningunos caballeros de su parte tan fuertes, por fuertes que sean, que no lo sea más el alto señor que sabe los grandes servicios que yo le hice y el mal galardón sin le yo merecer que de él hube, y pues él es el juez, bien creo yo que dará a cada uno lo que merece.

Nota razón con dos entendimientos, la una referirlo a Dios, en quien es todo el poder, la otra, conociendo Amadís la gran afición que su hermano tenía al servicio del rey Lisuarte, no lo tener en mucho.

Determinado por todos que Galaor se fuese al rey Lisuarte, luego el rey Cildadán dijo contra Amadís y don Galaor:

—Buenos amigos, vosotros sabéis la hacienda de mi batalla y de aquel rey Lisuarte, que por la bondad de vosotros fue vencida y que quitaste aquella gran gloria que yo y mi gente alcanzáramos, y también sabéis, señores, las posturas y firmezas que tengo prometidas, que son que el que vencido fuese sirviese al otro en cierta manera, y pues mi fuerte ventura fue tal que yo vencido fuese por vosotros, conviéneme cumplirlas, aunque a mi pesar sea, todos los días de mi vida, y de la queja y pesar que de esto mi corazón tiene, anda siempre muy quebrantado, pero como todas las cosas pospongamos por la honra, y la honra sea negar la propia voluntad por seguir aquello a que hombre es obligado, forzado me es de acudir a aquel rey con el número de los caballeros que le prometí, hasta que Dios quiera, y quiérome ir con don

Galaor, que hoy, saliendo de la misa, me llegó una carta suya llamándome que le acuda como debo.

Con esto se despidieron de su habla, y otro día, despedidos de la reina y de su hija Melicia, entraron en una nave para pasar en la Gran Bretaña, donde sin entrevalo alguno arribaron, y salidos en tierra fueron derechamente donde supieron que el rey Lisuarte era, el cual tenía muy gran saña de lo que a su gente aviniera en la Ínsula de Mongaza, y el gran destrozo que sobre ellos fue, y acordó de no esperar la mucha gente que mandara llamar, antes ir con aquellos caballeros que más presto se hallasen, y tres días antes que en las barcas entrasen dijo a la reina que tomase a Oriana, su hija, y dueñas y doncellas, porque quería ir a caza a la floresta y holgar allí con ellas, y ella así lo hizo, que otro día, llevando tiendas y lo que menester habían, partieron con mucho placer y fueron aposentados en una vega cubierta de árboles que en la floresta estaba, y allí holgó el rey aquel día, y hubo gran suma de venados y otras maneras de caza con que hizo mucha fiesta a todos los que allí había. Y cierto comoquiera que allí estaba su corazón y pensamiento, más estaba puesto en el destrozo que sus gentes recibido habían en la isla, y pasada la fiesta y caza hizo aderezar las cosas que había menester para su pasaje.

Capítulo 66. Cómo el rey Cildadán y don Galaor, yendo su camino para la corte del rey Lisuarte encontraron una dueña que traía un hermoso doncel acompañado de doce caballeros y fueles rogado por la dueña que suplicasen al rey que lo armase caballero, lo cual fue hecho, y después el mismo rey reconoció ser su hijo

Andando por sus jornadas el rey Cildadán y don Galaor donde el rey Lisuarte estaba, dijéronle cómo se aparejaba para pasar a la Ínsula de Mongaza, y por esta causa se dieron prisa en su camino por llegar a tiempo de pasar con él, y acaecióles que habiendo dormido en una floresta, al alba del día oyeron una campana que a misa tañía, y fueron allá para la oír, y entrando en la ermita vieron doce escudos muy hermosos alrededor del altar, ricamente pintados, el campo cárdeno y los castillos de oro por él, y en medio de ellos estaba un escudo blanco, muy hermoso, orlado con oro y piedras preciosas, y desde que hicieron su oración preguntaron a unos escuderos que allí estaban cuyos eran aquellos escudos, y ellos les dijeron que en ninguna manera lo podían decir, mas si iban a casa del rey Lisuarte, que cedo lo sabrían, y ellos así estando vieron venir por el corral dos caballeros señores de los escudos con sendas doncellas por las manos, y tras ellos venía el novel caballero hablando con una dueña que no era muy moza, y él era de muy buen talle y muy hermoso y apuesto, que a duro se hallaría quien lo tanto fuese. Mucho se maravillaron el rey Cildadán y don Galaor de ver hombre tan extraño y bien pensaron que de lejos tierra vendría, pues que en aquélla hasta entonces no hubo de él memoria. Pasaron hasta el mar, donde todos oyeron la misa, y desde que fue dicha, la dueña les preguntó si eran de casa del rey Lisuarte.

—¿Por qué lo preguntáis? —dijeron ellos.

—Porque querríamos, si os pluguiese, vuestra compañía; que el rey está en aquella floresta cerca de aquí con la reina y muchas de sus compañas en tiendas, cazando y holgando.

—Pues, ¿qué queréis de nosotros —dijeron ellos— que vuestro placer sea?

—Queremos —dijo la dueña— por cortesía que reguéis al rey y a la reina y su hija Oriana que se lleguen aquí y nos hagan a este escudero caballero, que él es tal que merece bien toda la honra que le fuere hecha.

—Dueña —dijeron ellos—, muy de grado haremos esto que nos decís, y creemos que el rey lo hará según en todas las cosas es comedido y mesurado.

Entonces luego cabalgaron la dueña y las doncellas y ellos de consuno, y fuéronse poner en un otero que cerca del camino por donde el rey había de venir estaba, y no tardó mucho que le vieron venir y a la reina y su compaña, y el rey venía delante, y vio las doncellas y los dos caballeros armados, y pensando que querían justar, mandó a don Grumedán, que con él venía, con treinta caballeros que le aguardaban, que fuese a ellos y les dijese que no se trabajasen de querer justar, sino que se viniesen para él. Don Grumedán se fue a ellos y el rey se detuvo, y como él rey Cildadán y don Galaor vieron que se detenía, descendieron del otero con las doncellas y fuéronse contra él. Cuando alguna pieza anduvieron, conoció don Galaor a Grumedán y dijo al rey Cildadán:

—Señor, veis, allí viene uno de los buenos hombres del mundo.

—¿Quién es? —dijo el rey.

—Don Grumedán —dijo Galaor—, aquel que tuvo la seña del rey Lisuarte en la batalla contra vos.

—Eso podéis vos decir con verdad —dijo el rey—, que yo fui el que le trabé de la seña y nunca de sus manos la pude sacar hasta que la asta quebró y vile hacer tanto en armas en mí y en los míos que por ninguna guisa se la quisiera haber quebrado.

Desde que se quitaron los yelmos porque los conociesen, don Grumedán, que ya más cerca era, conoció a don Galaor y dijo en una voz alta, como él había manera de hablar:

—iAy, mi amigo don Galaor!, vos seáis tan bien venido como los ángeles del paraíso —y fue cuanto más pudo contra él, y como llegó díjole Galaor:

—Señor don Grumedán, llegad al rey Cildadán.

Y fue por le besar las manos y el rey lo recibió muy bien y tornó luego a don Galaor, y abrazáronse muchas veces, como aquéllos que de corazón se amaban, y díjoles:

—Señores, venid vuestro paso y haré saber al rey vuestra venida.

Y partido de ellos llegó al rey y díjole:

—Señor, nuevas os traigo con que seréis alegre, que allí viene vuestro vasallo y amigo don Galaor, que os nunca faltó en el tiempo del menester, y el otro es el rey Cildadán.

—Mucho soy alegre —dijo el rey— con su venida, que bien sabía yo que siendo él sano y en su libre poder no faltaría de se venir a mí, así como lo yo haría en lo que su honra fuese.

En esto llegaron los caballeros. El rey los recibió con mucho amor. Don Galaor le quiso besar las manos, mas él no quiso, antes lo abrazó de tal forma que bien dio a entender a los que lo miraban que de corazón le amaba. Entonces le dijeron lo que la dueña y las doncellas querían, y como vieran aquel novel que caballero quería ser que era muy hermoso y de buen talle, el rey, que estuvo pensando una pieza, porque no acostumbraba hacer caballero sino a hombre de gran valor, y preguntó cuyo hijo era. La dueña dijo:

—Eso no sabréis ahora, pero yo os juro por la fe que a Dios debo que de ambas partes viene de reyes lindos.

El rey dijo a don Galaor:

—¿Qué os parece que se hará en esto?

—Paréceme, señor, que lo debéis hacer y no poner en ello excusa, que el novel es muy extraño en su donaire y hermosura y no puede errar de ser buen caballero.

—Pues así os parece —dijo el rey—, hágase.

Y mandó a don Grumedán que llevase al rey Cildadán y a don Galaor a la reina y le dijese que se viniese con ellos a aquella ermita donde él iba. Ellos se fueron luego y cómo de la reina y de Oriana y de todas las otras fueron recibidos no es necesario decirlo, que nunca otros mejor ni con más amor lo fueron, y sabido la reina lo que el rey mandaba, fuéronse todas tras él hasta que a la ermita llegaron y cuando vieron aquellos escudos y el blanco tan hermoso y tan rico entre ellos, maravilláronse de ello, mas mucho más de la gran hermosura del novel, y no podían pensar quién fuese, pues que hasta entonces nunca de él oyeron decir. El novel besó las manos al rey con gran humildad y la reina no se las quiso dar, ni Oriana, por ser hombre de alto lugar. El rey le hizo caballero y díjole:

—Tomad la espada de quien más os pluguiere.

—Si a la vuestra merced placerá —dijo él—, tomarla he de Oriana, que con esto será mi voluntad satisfecha y será cumplido aquello que mi corazón deseaba.

—Hágase así —dijo el rey— como vos lo decís, pues que os place.

Y llamando a Oriana le dijo:

—Mi amada hija, si a vos place, dad la espada a este caballero, que de vuestra mano antes que de otra ninguna la quiere tomar.

Oriana, con gran vergüenza, como aquélla que por muy extraño lo tenía, tomando la espada se la dio y así fue cumplida enteramente su caballería. Esto así hecho como habéis oído, la dueña dijo al rey:

—Señor, a mí me conviene con estas doncellas partirme luego, que así me es mandado, y en esto ál no puedo hacer, que por mi voluntad bien querría algunos días aquí estar, y quedará en vuestro servicio si mandareis Norandel, éste que armasteis caballero, y los otros doce caballeros que con él vinieron.

Cuando esto oyó el rey, él hubo gran placer, que muy pagado del caballero novel era, y díjole:

—Dueña, a Dios vais.

Ella se despidió de la reina y de la muy hermosa Oriana, su hija. Y cuando del rey se hubo de despedir metióle en la mano una carta que ninguno lo vio, y díjole aparte lo más paso que pudo:

—Leed esta carta sin que ninguno la vea, y después haced lo que más os agradare.

Con esto se fue a su barca y el rey quedó pensando en aquello que le dijera, y dijo a la reina que tomase consigo al rey Cildadán y a don Galaor y se fuese a las tiendas, y si él tardase en la caza, que holgasen y comiesen. La reina así lo hizo y cuando el rey fue apartado abrió la carta.

CARTA DE LA INFANTA CELINDA AL REY LISUARTE

Muy alto Lisuarte, rey de la Gran Bretaña: Yo, la infanta Celinda, hija del rey Hegido, mando besar vuestras manos. Bien se os acordará, mi señor, cuando al tiempo que, como caballero andante, buscando las grandes aventuras andabais, habiendo muchas de ellas a vuestra gran honra acabado, que la ventura y buena dicha os hizo aportar al reino de mi padre, que a la sazón partido de este mundo era, donde me vos hallasteis, cercada en el mi castillo, que del Gran Rosal se nombra, de Antifón el Bravo, que por ser de mí desechado en casamiento por no ser en linaje mi igual, toda mi tierra tomarme quería, con el cual aplazada batalla de vuestra persona a la suya, él confiando en la su gran valentía y vos en ser yo una flaca doncella, a gran peligro de vuestra persona os combatisteis, y al cabo vencido, muerto fue. Así que ganando vos la gloria de tan esquiva batalla, a mí pusisteis en libertad y en toda buena ventura; pues entrando vos, mi señor, en el mi castillo, o porque mi hermosura lo causase, o porque la fortuna lo quiso, siendo yo de vos muy pagada, debajo de aquel hermoso rosal, teniendo sobre nos muchas rosas y flores, perdiendo yo las mías que hasta entonces poseyera, fue engendrado ese doncel, que, según su gran hermosura, hermoso fruto aquel pecado acarreó, y como tal del más poderoso señor perdonado será, y este anillo que con tanto amor por vos me fue dado y por mí guardado, os envío con él como testigo que a todo presente fue. Honradle y amadle, mi buen señor, haciéndole caballero, que de todas partes de reyes viene, y tomando de la vuestra el gran ardimiento y de la mía el muy sobrado encendimiento de amor que yo os tuve, mucha esperanza se debe tener, que todo será muy bien empleado.

Leída, pues, la carta, luego le vino en la memoria a la sazón que él anduvo como caballero andante por el reino de Dinamarca, cuando por sus grandes hechos que en armas pasó fue amado de la muy hermosa Brisena, infanta hija de aquel rey, y la hubo por mujer, como ya es contado, y cómo hallara cercada esta infanta Celinda, y pasara con ella todo aquello que le enviara en la carta, y viendo el anillo le hizo más cierto ser aquello verdad, y comoquiera que la gran hermosura del novel gran esperanza de ser bueno le pusiese, acordó de lo encubrir hasta que la obra diese testimonio de su virtud. Así se fue a su caza, y tomando mucha de ella se tornó a las tiendas con mucho placer donde la reina estaba y fuese a la tienda donde le dijeron que estaba el rey Cildadán y don Galaor por les dar honra, e iba acompañado de los más honrados caballeros de su corte y ricamente ataviados, y ante todos los comenzó mucho a loar de sus grandes hechos, así como lo merecían y por la gran ayuda que de ellos esperaba en aquella guerra que tenía con los mejores caballeros del mundo, y con mucho placer les contó la caza que hiciera y que les no daría de ella ninguna cosa, riendo y burlando por los agradar, y mandóla llevar a Oriana su hija y a las otras infantas y envióles decir que la partiesen con el rey Cildadán y don Galaor, y él comió allí con ellos con mucho placer, y desde que los manteles alzaron, tomando a don Galaor consigo, se fue debajo de unos árboles y, echándole el brazo sobre el hombro, le dijo:

—Mi buen amigo don Galaor, de como os yo amo y precio, Dios lo sabe, porque siempre de vuestro gran esfuerzo y de vuestro consejo me vino mucho bien y en la vuestra confianza tengo yo gran seguridad, tanto que lo que a vos no descubriese no lo diría a mi mismo corazón, y dejando las más graves cosas que siempre por mi manifiestas os serán, quiero que una que al presente me ocurre sepáis.

Entonces le dio la carta que la leyese, y visto por don Galaor que Norandel era su hijo mucho fue ledo, y díjole:

—Señor, si afán y peligro pasasteis en el socorro de aquella infanta, bien os lo pagó con tan hermoso hijo, que así Dios me salve, yo creo que él será tan bueno que aquel cuidado que ahora tenéis de lo encubrir será mucho mayor de lo divulgar, y si a vos, señor, place, yo lo quiero por compañero todo este año porque algo del deseo que yo tengo de os servir sea empleado en aquel que es tan junto a vuestra sangre.

—Mucho os lo agradezco yo —dijo el rey— esto que decís, porque como ninguna cosa secreta sea, toda la honra que a éste se hiciere es mía. Mas, ¿cómo os daré yo por compañero un rapaz que aún no sabemos a qué pujará su hecho? Pues que yo me tendría por muy contento y honrado de lo ser; pero pues a vos os place, así se haga.

Entonces se tornaron a la tienda donde el rey Cildadán y Norandel y otros muchos caballeros de gran guisa estaban. Y cuando todos asosegados fueron, Galaor se levantó y dijo al rey:

—Señor, vos sabéis bien la costumbre de vuestra casa y de todo el reino de Londres. Es que el primer don que cualquier caballero o doncella demandare al caballero novel, debe ser otorgado con derecho.

—Así es verdad —dijo el rey—, mas, ¿por qué lo decís?

—Porque yo soy caballero —dijo Galaor— y pido a Norandel que me otorgue un don que le demandare, y es que mi compañía y la suya sea por un año cumplido, en el cual nos tengamos buena lealtad y no nos pueda partir sino la muerte o prisión en que no podamos más hacer.

Cuando Norandel esto oyó, fue muy maravillado de lo que Galaor había dicho, y fue muy alegre porque ya sabía la gran fama suya, y vio la honra que el rey le hacía extremadamente entre tantos y buenos caballeros, y que después de su hermano Amadís no había en el mundo otro que de bondad de armas le pasase, y dijo:

—Mi señor don Galaor, según vuestra gran bondad y merecimiento y el poco mío, bien parece que este don se pide más por vuestra gran virtud que por lo yo merecer, mas, comoquiera que sea, yo os lo otorgo y agradezco como la cosa que en este mundo fuera del servicio de mi señor el rey me pudiera venir que más alegre hacerme pudiera.

Visto por el rey Cildadán las cosas como pasaban, dijo:

—Según vuestra edad y hermosura de ambos, con mucha causa se pudo pedir el don y otorgarse, y Dios mande que sea por bien, y así será, como en las cosas que más con razón que con voluntad se piden se hace.

Otorgada compañía entre don Galaor y Norandel, así como habéis oído, el rey Lisuarte les dijo cómo tenía determinado de al tercero día entrar en la mar, porque según las nuevas de la Ínsula de Mongaza le vinieron era muy necesaria su ida.

—En el nombre de Dios sea —dijo el Cildadán—, y nos os serviremos en todo lo que vuestra honra fuere.

Y don Galaor le dijo:

—Señor, pues que los corazones de los vuestros enteramente habéis, no temáis sino a Dios.

—Así lo tengo yo —dijo el rey—, que, aunque el esfuerzo de vosotros grande sea, mucho más el amor y afición vuestro me hace seguro.

Aquel día pasaron allí con gran placer, y otro día, habiendo oído misa, cabalgaron todos para se tornar a la villa. Y el rey dijo a don Galaor y a Grumedán que se fuesen con la reina, y sacando aparte a don Galaor, le dio licencia para que a Oriana dijese el secreto de cómo Norandel era su hermano y que lo tuviese en poridad. Con esto se fue para sus cazadores y ellos a la reina, que ya cabalgaba, y don Galaor, llegándose a Oriana, la tomó por la rienda y se fue hablando con ella, a la cual mucho con él plugo, así por el gran amor que su padre le tenía como porque le parecía, siendo hermano de su amigo Amadís, le daba su presencia gran descanso. Pues así hablando en muchas cosas, vinieron a hablar en Norandel, y dijo Oriana:

—¿Sabéis algo de la hacienda de este caballero que os vi venir en su compañía y ahora por compañero lo tomasteis? Según vuestro gran valor, no debiera ser esto sin ser sabedor de alguna cosa de su hecho, que todos los que os conocen no saben otro que igual os sea, si no es vuestro hermano Amadís.

—Mi señora —dijo don Galaor—, tanto hay de la igualanza y ardimiento mío al de Amadís, como de la tierra al cielo, y muy gran locura sería de ninguno pensar de serle igual, porque Dios lo extremó sobre todos cuantos en el mundo son, así en fortaleza como en todas las otras buenas maneras que caballero debe tener.

Oriana, cuando esto oyó, comenzó a pensar consigo misma, y decía:

—¡Ay, Oriana!, ¿si ha de venir algún día que tú te halles sin el amor de tal como Amadís? ¿Y sin que por ti sea poseída tal fama, así en armas como en hermosura? —y porque no fuese sentida hízose muy leda y lozana por tener tal amigo que ninguna otro semejante alcanzar podría.

—Y en lo que, señora, decís de la compañía que yo tomé con Norandel, bien creo yo que según su disposición y en el acto tan honrado que usaba, que será hombre bueno, mas otra cosa yo supe de él que cuando se supiere a todos parecerá muy extraña, que dio causa a que lo hiciese.

—Así lo creo yo —dijo Oriana—, que no os movierais vos siendo tal sin gran causa a lo tomar por compañero, y si decirse puede sin dañar algo de vuestra honra, placer habría de lo saber.

—Mucho cara sería la cosa en que vos, señora, placer hubieseis por saberla de mí, que yo la callase —dijo él—. Yo lo que de esto sé yo os lo diré, pero es menester que por ninguna guisa otra persona lo sepa.

—De esto seréis bien cierto y seguro —dijo ella—, que así se hará.

—Pues sabed, señora —dijo Galaor—, que Norandel es hijo de vuestro padre.

Y contóle cómo viera la carta de la infanta Celinda y el anillo y todo lo que con el rey su padre hablara.

—Galaor —dijo Oriana—, alegre me hiciste con esto que me dijiste, y yo os lo agradezco, así porque de otro alguno no lo pudiera saber como por la gran honra que habéis dado a este caballero, con quien yo tanto deudo tengo, que ciertamente si él ha de ser bueno, en muy mayor grado lo será con vos, y si al contrario, la vuestra gran bondad se lo hará ser.

—En mucha merced tengo, señora, la honra que me dais —dijo él—, aunque en mí haya lo contrario, pero comoquiera que sea, siempre se pondrá en vuestro servicio y del rey vuestro padre y de vuestra madre.

—Así lo tengo yo, don Galaor —dijo ella—, y a Dios plega por su merced, que ellos y yo os lo podamos galardonar.

Allí llegaron a la villa donde Oriana quedando con su madre la reina, Galaor se fue a su posada llevando consigo a Norandel, su compañero, y otro día luego, después que el rey oyó misa, mandó que le llevasen de comer a las naos, que ya toda la gente que con él pasaba estaban dentro con sus armas y caballos, y él, llevando consigo al rey Cildadán y Galaor y Norandel, despedido de la reina y de su hija y de las dueñas y doncellas, quedando llorando todas, se fue al puerto de Jafoque, donde su armada estaba, y metido en ella, tomó la vía de la Ínsula de Mongaza, donde con buen tiempo y a las veces contrario, en cabo de cinco días fue llegado al puerto de aquella villa, de que la Ínsula tomaba el nombre, y halló allí en un real muy fuerte al rey Arbán de Norgales con la gente que ya oisteis, y supo cómo habían habido una gran batalla con los caballeros que la villa tenían y que fueron arrancados del campo los suyos y fueran todos perdidos si el rey Arbán de Norgales no tomara una ventaja de unas muy bravas peñas donde fueron reparados de sus enemigos, y cómo aquel muy esforzado Gasquilán, rey de Suecia, fuera mal herido por don Florestán y los suyos, le habían llevado por la mar donde guareciese, y también cómo tenía preso a Brián de Monjaste, que se metiera por herir al rey Arbán de Norgales entre los enemigos, y que después de esta pelea nunca más osaron salir de aquellas peñas donde los halló el rey Lisuarte, y que comoquiera que los caballeros de la Ínsula de Mongaza los habían muchas veces acometido, que nunca los pudieron dañar por ser el lugar tan fuerte. Esto sabido por el rey Lisuarte, hubo gran saña de los caballeros de la Ínsula y mandó salir toda la gente de las fustas y tiendas y otras cosas necesarias y asentó en el campo hasta saber sus enemigos.

A Oriana le plugo mucho de la partida del rey su padre, porque se le llegaba el tiempo en que le convenía parir, y llamó a Mabilia y díjole que, según los desmayos y lo que sentía que no era otra cosa sino que quería parir, y mandando a las otras doncellas que la dejasen, se fue a su cámara, y con ella Mabilia y la doncella de Dinamarca, que de antes tenían ya guisado todas las cosas que menester habían convenientes al parto. Allí estuvo Oriana con algunos dolores hasta la noche y con ellos recibiendo algún tanto de fatiga, mas de allí adelante la ahincaron mucho más en cantidad, así que pasó muy gran cuita y grande afán, como aquélla que de aquel menester hasta entonces nada sabía, pero el gran miedo que tenía de ser descubierta de aquella afrenta en que estaba la esforzó de tal suerte, que sin quejarse lo sufría, y a la medianoche plugo al muy alto Señor, remediador de todos, que fue parida de un hijo, muy apuesta criatura, quedando ella libre, el cual fue luego envuelto en muy ricos paños, y Oriana dijo que se lo llegasen a la cama, y tomándolo en sus brazos, lo besó muchas veces. La doncella de Dinamarca dijo a Mabilia:

—¿Viste lo que este niño tiene en el cuerpo?

—No —dijo ella—, que estoy ocupada y tanto tengo que hacer en socorrer a él y a su madre para que lo pariese, que no miré a otra parte.

—Pues ciertamente —dijo la doncella— algo tiene en los pechos que las otras criaturas no han.

Entonces encendieron una vela, y desenvolviéndolo vieron que tenía debajo de la teta derecha unas letras tan blancas como la nieve y so la teta izquierda siete letras tan coloradas como brasas vivas, pero ni las unas ni las otras no supieron leer ni qué decían, porque las blancas eran de latín muy oscuro y las coloradas en lenguaje griego muy cerrado, y de que esto vieron tornáronlo a envolver y pusiéronlo cabe su madre y acordaron que luego fuese llevado donde lo criasen, así como lo concertaran, y así se hizo, que la doncella de Dinamarca se salió del palacio encubiertamente y rodeó por fuera a la parte donde la finiestra que a la cámara salía estaba su hermano Durín con ella en sus palafrenes, y Mabilia, en tanto, había puesto el niño en una canasta, y liado con una venda por encima y colgándolo por una cuerda lo bajó hasta lo poner en las manos de la doncella, la cual lo soltó y fuese con él a la vía de Miraflores, donde como su hijo propio de ella se había de criar secretamente; mas a poco rato, dejando el derecho camino, tomaron un sendero que Durín sabía que por la floresta muy espesa de árboles guiaba, y esto hicieron por ir más encubiertos, y Durín iba delante y la doncella lo seguía. Así llegaron a una fuente que en un llano desombrado de árboles estaba, pero luego ende había un valle tan espeso y tan esquivo que ninguna persona a mala vez en él podría entrar, según la braveza y espesura de la montaña, y allí criaban leones y otras fieras animatías, y en el lomo de este valle había una pequeña ermita antigua en que moraba aquel Nasciano ermitaño que por muy santo y devoto hombre de todos era tenido y acatado en tanto que era opinión de las gentes comarcanas que algunas veces era de celestial manjar gobernado, y cuando el comer le faltaba, íbalo a buscar por la tierra, sin que el león ni otra animalia alguna mal le hiciese, aunque muchos de ellos, yendo en su asno, continuamente encontraba; antes semejaba que humildanza le hiciesen, y cerca de esta ermita había una cueva entre unas peñas, donde una leona sus hijos pequeñuelos criaba y muchas veces el hombre bueno los visitaba y daba de comer, cuando lo tenía, sin temer la leona; antes ella, cuando con ellos lo veía, se apartaba dende hasta que él se iba, con estos leoncillos, después que había sus horas rezado, pasaba su tiempo, habiendo placer de los ver trabajar por la cueva. Y cuando la doncella de Dinamarca y su hermano llegaron a aquella fuente, ella traía gran sed de trabajo de la noche y del camino, y dijo a su hermano:

—Descendamos y tomad este niño, que quiero beber.

Él tomó el niño así envuelto en sus ricos paños y púsolo en un tronco de un árbol que ahí estaba, y queriendo descender a su hermana, oyeron unos grandes bramidos de león que en el espeso valle sonaban, así que aquellos palafraneros fueron tan espantados, que comenzaron de huir a más correr, sin que la doncella el suyo tener pudiese; antes pensó que la mataría entre los árboles e iba llamando a Dios que la socorriese, y Durín, corriendo tras ella, pensando tomarla del freno y detener el palafrén. Tanto corrió, que le salió delante y lo detuvo y halló a su hermana tan maltrecha y desacordada que a duro podía hablar, e hízola descender y dijo:

—Hermana, estad aquí, y yo iré en este palafrén por el mío.

—Mas id por el niño —dijo ella— y traédmelo, no le acaezca alguna cosa.

—Así lo haré —dijo él—, y tened este palafrén por la rienda, que miedo he si lo llevase de le no poder llevar a la fuente.

Y así se fue a pie. Pero antes acaeció una extraña aventura, que aquella leona que criaba a sus hijos que ya oísteis y diera el bramido, continuaba mucho venir cada día aquella fuente por tomar el rastro de los venados que en ella bebían, y como allí llegó, anduvo al derredor rastreando a un cabo y a otro, y así andando oyó llorar el niño que en el tronco del árbol estaba, y fue para él y tomólo con su boca entre aquellos muy agudos dientes suyos por los paños, sin que en la carne lo tocase, que fue porque así plugo a Dios, y conociendo ser vianda para sus hijos, se fue con él, y esto era ya a tal sazón que el Sol salía, mas aquel Señor del mundo, piadoso con aquéllos que misericordia le demandan y con los inocentes que edad ni sentido para la demandar no tienen, acorrióle en esta guisa, que habiendo aquel santo Nasciano cantado misa al alba del día y yéndose a la fuente por holgar, ya que la noche había sido muy calurosa, vio cómo la leona llevaba el niño en su boca, el cual lloraba con flaca voz, como de esa noche nacido, y conoció ser criatura, de lo cual fue muy espantado a donde tomándolo había, y luego alzó la mano y santiguólo y dijo a la leona:

—Vete, bestia, mala, y deja la criatura de Dios, que la no hizo para tu gobierno.

Y la leona, blandeando las orejas como que la halagaba, se vino a él muy mansa y puso el niño a sus pies, y luego se fue. Y Nasciano hizo sobre él la señal de la vera cruz, después tomólo en sus brazos y fuese con él a la ermita, y pasando cabe la cueva donde la leona criaba a sus hijos, viola que les daba la teta, y díjole:

—Yo te mando de parte de Dios, en cuyo poder son todas las cosas, que quitando las tetas a tus hijos las des a este niño y como a ello lo guardes de todo mal.

La leona se fue a echar a sus pies y el hombre bueno puso el niño a las tetas, y echándole de la leche en la boca le hizo tomar la teta, y mamó, y de allí adelante venía con mucha mansedad a darle a mamar todas las veces que era menester. Mas el ermitaño envió luego a un su mozuelo que a las misas le ayudaba, que era su sobrino, que muy presto fuese y llamase a su madre y a su padre, que luego fuesen con él sin otra compañía alguna, porque mucho los había menester. El mozo fue luego a un lugar donde moraban, que era la salida de la floresta; pero porque el padre allí en el lugar no estaba, no pudieron venir hasta diez días pasados, en los cuales el niño fue muy bien gobernado de la leche de la leona y de una cabra y una oveja que pariera un cordero; éstas lo mantenían en tanto que la leona iba a cazar para sus hijos.

Cuando Durín de su hermana se partió, como ya oísteis, se fue a pie lo más presto que pudo a la fuente donde el niño dejara, y cuando no lo halló fue muy espantado y cantó a todas partes, mas no halló sino el rastro de la leona, por donde creyó verdaderamente que ella lo comiera, y con muy gran pesar y tristeza se tornó a su hermana, y como se lo dijo, ella se hirió con sus palmas en el rostro e hizo un gran llanto, maldiciendo su ventura y la hora en que naciera, que así por tal caso había perdido todo su bien, no sabiendo cómo ante su señora pareciese. Durín la consolaba llorando, mas consuelo no era menester, que su pasión y su tristeza era tan demasiada que por más de dos horas estuvo como fuera de sentido. Durín le dijo:

—Mi buena señora hermana, esto que haces es sin provecho, y de ello podría recrecer gran daño a vuestra señora y a su amigo que algo de su hacienda se supiese.

Ella vio que le decía verdad y díjole:

—Pues, ¿qué haremos, que mi sentido no basta para lo saber?

—Paréceme —dijo él— que mi palafrén es perdido, que nos debemos ir a Miraflores y estar allí tres o cuatro días por dar a entender que alguna causa allí os trajo, y volviendo a Oriana no decirle cosa de esto, sino que el niño queda a buen recaudo, hasta que sea sana, y después tomaréis consejo con Mabilia de lo que hacerse debe.

Ella dijo que lo tenía por bien, y cabalgaron entrambos en su palafrén se fueron a Miraflores y en cabo de tres días se tornaron a Oriana y, mostrando la doncella buen semblante, le dijo cómo todo quedaba hecho según lo había concertado.

Pues tornando al ermitaño que el niño criaba, sabed que a los diez días llegaron a él su hermana y su marido, y díjoles cómo hallara aquel niño por gran ventura y Dios le amaba, pues así le quiso guardar, y que le rogaba lo criasen en su casa hasta que hablar supiese y se lo trajesen para lo enseñar. Ellos dijeron que así como él lo mandaba lo harían.

—Pues quiérole bautizar —dijo el hombre bueno. Y así se hizo, mas cuando aquella dueña lo desenvolvió cabe la pila, viole las letras blancas y coloradas que tenía y mostrólas al hombre bueno, que mucho de ello se espantó, y leyéndolas vio que decían las blancas, en latín, Esplandián, y pensó que aquél debía ser su nombre, y así se lo puso, pero las coloradas, aunque mucho se trabajó no las supo leer ni entender lo que decían, y luego fue bautizado con el nombre de Esplandián, con el cual fue conocido en muchas tierras extrañas en grandes cosas que por él pasaron, así como adelante será contado. Esto así hecho, el ama lo llevó, con mucho placer, a su casa, y con esperanza que por él había de ser bien librada, no solamente ella, mas todo su linaje, y con mucha diligencia le criaba como quien tenía su esperanza en él.

Y al tiempo que el ermitaño mandó, se lo trajeron, muy hermoso y bien criado, que todos los que le veían holgaban mucho de lo ver.

Capítulo 67. Era el que se recita la cruda batalla que hubo entre el rey Lisuarte y su gente con don Galvanes y sus compañeros, y de la liberalidad y grandeza que hizo el rey después del vencimiento, dando la tierra a don Galvanes y a Madasima quedando por sus vasallos en tanto que en ella habitase

Como habéis oído, el rey Lisuarte desembarcó en el puerto de la Ínsula de Mongaza, donde halló al rey Arbán de Norgales y la gente que con él eran retraídos en un real metido en unas peñas, la cual mandó salir luego a los llanos y se juntase con la que él traía, y supo cómo don Galvanes y sus compañeros, que en el Lago Hirviente estaban, pasaron las sierras que en medio tenían aparejados para darle batalla, y luego él movió con todos los suyos contra ellos, esforzándose cuanto podía, como aquel que lo había con los mejores caballeros del mundo, y tanto anduvo que llegó a una legua de ellos ribera de un río, y allí paró aquella noche, y cuando el alba del día apareció oyeron todos misa y armáronse e hizo el rey de ellos tres haces. La primera hubo don Galaor, de quinientos caballeros, y con él iba su compañero Norandel y don Guilán el Cuidador y su cohermano Ladasín, y Grimeo el valiente, y Cendil de Ganota, y Nicorán de la Puente Medrosa, el muy buen justador; la segunda haz dio al rey Cildadán, con setecientos caballeros, e iban con él Ganides de Ganota, y Acedís el sobrino del rey, y Guadasonel Fallistre, y Brandoibás, y Tasián, y Filispinel, que todos éstos eran caballeros de gran cuenta, y en medio de esta haz iba don Grumedán de Noruega y otros caballeros que iban con el rey Arbán de Norgales, que tenían cargo de guardar al rey sin tener que ver en otra cosa. Así movieron por el campo, que en gran manera parecía hermosa gente y bien armada, que tantos añafiles y trompas sonaban que apenas se podía oír, y pusiéronse en un campo llano y a las espaldas del rey iban Baladán y Leonís, con treinta caballeros. Sabido por don Galvanes y por los altos hombres que con él estaban la hacienda del rey Lisuarte y la gente que traía, comoquiera que hubiese para cada uno de ellos cinco hombres, no desmayares y les hiciese gran mengua la prisión de don Brián de Monjaste y la ida de Agrajes para les traer viandas que les faltaron, no desmayaron por eso, antes con gran esfuerzo animaba su gente, que era poca para la batalla, como aquéllos que eran de alto hecho de armas, según esta historia ha contado, y acordaron de hacer de si dos haces, la una fue de ciento seis caballeros y la otra de ciento nueve. En la primera iban don Florestán, y don Cuadragante, y Angriote de Estravaus, y su hermano Grovadán, y su sobrino Sarquiles, y su cuñado Gasinán, el cual llevaba el pendón de las doncellas, y cerca del pendón iban Bransil y el bueno de Gavarte de Val Temeroso, y Olivas y Balais de Carsante, y Enil, el buen caballero, que Beltenebros metió en la batalla del rey Cildadán. En la otra haz iban don Galvanes y con él los dos buenos hermanos Palomir y Dragonís, y Listorán de la Torre, y Dandales de Sadoca, y Tantalis el Orgulloso; y cabe estas haces iban algunos ballesteros y arqueros. Con esta compaña tan desigualada del gran número de la gente del rey fueron a entrar en el campo llano, donde los otros los atendían, y don Florestán y don Cuadragante llamaron a Elián el Lozano, que era uno de los más apuestos caballeros y que mejor parecía armado, que en gran parte se hallaba, y dijéronle que fuese al rey Lisuarte él y otros dos caballeros con él, que eran sus primos, y le dijesen que si mandaba quitar los ballesteros y arqueros de en medio de las haces de los caballeros, que habrían una de las más hermosas batallas que él viera.

Estos tres fueron luego a lo cumplir, arredrados de las batallas, pareciendo también que mucho de todos fueron mirados, y sabed que este Elián el Lozano era sobrino de don Cuadragante, hijo de su hermana y del conde Liquedo, primo cohermano del rey Perión de Gaula, y llegados a la primera haz de don Galaor, demandaron seguranza que venían al rey con mandado. Don Galaor los aseguró y envió con ellos a Cendil de Ganota, porque de los otros seguros fuesen, y llegados ante el rey, dijéronle:

—Señor, envíaos decir don Florestán y don Cuadragante y los otros caballeros que ahí están para defender la tierra de Madasima, que hagáis, si os place, apartar los ballesteros y arqueros de entre vos y ellos, y veréis una hermosa batalla.

—En el nombre de Dios —dijo el rey—, tirad los vuestros, y Cendil de Ganota apartar ha los míos.

Esto fue luego hecho, y aquellos tres caballeros se fueron a su compañía, y Cendil se fue a don Galaor por le contar con lo que aquellos habían al rey venido; y luego movieron los haces unos contra otros, tan de cerca que no había tres trechos de arco, y don Galaor conoció a su hermano don Florestán por la sobrevista de las armas, y a don Cuadragante y a Gabarte de Val Temeroso que adelante los suyos venían y dijo contra Norandel:

—Mi buen amigo, veis allí do están tres caballeros juntos, los mejores que hombre podía hallar; aquél de las armas coloradas y leones blancos es don Florestán, y el de las armas indias y flores de oro y leones cárdenos es Angriote de Estravaus, y aquel que tiene el campo indio y flores de plata es don Cuadragante, y este delantero de todos, de las armas verdes, es Gabarte de Val Temeroso, el muy buen caballero que mató la sierpe, por donde cobró este nombre. Ahora vámoslos herir.

Luego movieron las lanzas bajas y cubiertos de sus escudos, y los tres caballeros contrarios vinieron a los recibir, mas Norandel hirió el caballo de las espuelas y enderezó a Gabarte de Val Temeroso, e hiriólo tan fuertemente que lo lanzó del caballo a tierra y la silla sobre él. Éste fue el primer golpe que él hizo, que por todos en muy alto comienzo fue tenido, y don Galaor se juntó con don Cuadragante, e hiriéronse ambos tan fieramente que sus caballos y ellos fueron a tierra, y Cendil se hirió con Elián el Lozano, y comoquiera que las lanzas quebraron y fueron llagados, quedaron en sus caballos. A esta hora fueron las haces juntas, y el ruido de las voces y de las heridas fue tan grande que los añafiles y trompetas no se oían. Muchos caballeros fueron muertos y heridos y otros derribados de los caballos. Gran ira y saña crecía en los corazones de ambas partes, pero la mayor prisa fue sobre defender a don Galaor y a don Cuadragante que se combatían a prisa, trabándose a brazos, hiriéndose con sus espadas por se vencer, que espanto ponían a los que los miraban, y ya eran de un cabo y otro más de cien caballeros apeados con ellos para los ayudar y dar sus caballos, pero ellos estaban tan juntos y se daban tanta prisa que los no podían apartar; mas aquella hora que lo hacían sobre don Galaor, Norandel y Guilán el Cuidador, no se os podría contar, y don Florestán y Angriote, sobre don Cuadragante, que como la gente más que la suya fuese, cargaban sobre ellos; mas de sus golpes eran tan escarmentados que les hacía lugar y se no osaban llegar a ellos, pero en la fin tanto se metieron entre ellos que don Galaor y don Cuadragante hubieron tiempo de tomar sus caballos y, como los leones sañudos, se metieron entre la gente, derribando e hiriendo los que delante se hallaban, ayudando cada uno a los de su parte. Aquella hora hirió el rey Cildadán con su haz tan bravamente, que muchos caballeros fueron a tierra de ambas partes, pero don Galvanes socorrió luego y entró tan bravo hiriendo en los contrarios que bien daba a entender que suyo era el debate y por su causa aquella batalla se había juntado, que ni muerte ni peligro recelaba ni en nada tenía en comparación de hacer daño a aquéllos que tanto desamaba y venían por le desheredar, y los de su haz iban con él teniendo, y como todos eran muy esforzados y escogidos caballeros, hicieron gran daño en los contrarios. Don Florestán, que gran saña traía, considerando ser el cabo de esta cuestión Amadís su hermano, aunque allí no estaba, y si aquellos caballeros de su parte les convenía por su gran valor hacer cosas extrañas que a él, mucho más, andaba como un rabioso can buscando en qué mayor daño hacer pudiese, y vio al rey Cildadán que bravamente se combatía y mucho daño hacían los contrarios, tanto que aquella hora a los suyos pasaba en bien hacer, y dejóse a él por medio de los caballeros, que por muchos golpes que le dieron no le pudieron estorbar y llegó a él tan recio y tan codicioso de lo herir que otra cosa no pudo hacer sino echar en él los sus fuertes brazos y el rey los suyos en él, y luego fueron socorridos de muchos caballeros que les guardaban, mas desviándose los caballos uno de otro, ellos fueron en el suelo de pies, y poniendo mano a sus espadas se hirieron de. duros y mortales golpes; mas Enil, el buen caballero y Angriote de Estravaus, que a don Florestán aguardaban, hicieron tanto que le dieron el caballo, y cuando don Florestán se vio a caballo, metióse por la prisa haciendo maravillas de armas, teniendo en la memoria lo que su hermano Amadís pudiera hacer si allí estuviera, y Norandel, que las armas traía rotas y por muchos lugares salía la sangre, y traía la su espada hasta el puño de muchos golpes que con ella diera, como vio al rey Cildadán a pie, llamó a don Galaor y dijo:

—Señor don Galaor, veis cuál está vuestro amigo el rey Cildadán; socorrámosle, si no muerto es.

—Ahora, mi buen amigo don Galaor, parezca la vuestra gran bondad y démosle caballo, y quedemos con él.

Entonces entraron por la gente, hiriendo y derribando cuantos alcanzaban, y con grande afán le pusieron en su caballo, porque él estaba mal llagado de un golpe de espada que Dragonís le diera en la cabeza, de la que mucha sangre se le iba hasta los ojos, y aquella hora no pudo tanto la gente del rey Lisuarte a la gran fuerza de los contrarios que no fuesen movidos del campo, vueltas las espaldas sin golpe atender, sino don Galaor y algunos otros señalados caballeros que los iban amparando y recogiendo hasta llegar donde el rey Lisuarte estaba. Él, cuando así los vio venir vencidos, dijo a altas voces:

—Ahora, mis buenos amigos, parezca vuestra bondad, y guardemos la honra del reino de Londres —e hirió el caballo de las espuelas diciendo:

—Clarencia, Clarencia, que era su apellido, y dejóse ir a sus enemigos por la mayor prisa, y vio a don Galvanes que bravamente se combatía, y diole tan fuerte encuentro que la lanza fue en piezas e hízole perder las estriberas y abrazóse al cuello del caballo y puso mano a su espada y comenzó a herir a todas partes, así que allí mostró mucha parte de su esfuerzo y valentía y los suyos animosamente tenían y esforzábanse con él, mas todo no valía nada que don Florestán y don Cuadragante y Angriote y Gabarte, que todos juntos se hallaron, hacía tales cosas en armas que por sus grandes fuerzas parecía que los enemigos fuesen vencidos, así que todos pensaron que de allí adelante no les tendrían campo. El rey Lisuarte que así vio su gente retraída y maltratada, fue en todo pavor de ser vencido y llamó a don Guilán el Cuidador, que malherido estaba, y llegóse al rey Arbán de Norgales, y Grumedán de Noruega, y díjoles:

—Veo mal parar nuestra gente y temo me dé Dios, que nunca serví como debía, de me no dar la honra de esta batalla. Ahora, pues, haremos que yo rey vencido, muerto se podría decir a su honra, mas no vencido viva a su deshonra.

Entonces hirió el caballo de las espuelas y metióse por ellos, sin ningún pavor de su muerte, y como vio a don Cuadragante venir para él, él volvió su caballo a él y diéronse con las espadas por encima de los yelmos tan fuertes golpes que se hubieron de abrazar a las cervices de sus caballos mas como la espada del rey era mucho mejor, cortó tanto que lo hizo en la cabeza una llaga, mas luego fueron socorridos el rey de don Galaor de Norandel y de aquéllos que con él iban, y don Cuadragante de don Florestán y de Angriote de Estravaus, y el rey, que vio las maravillas que don Florestán hacía, fue a él y diole con su espada tal golpe en la cabeza de su caballo que lo derribó con el entre los caballeros, mas no tardó mucho que no llevó el pago, que Florestán salió del caballo luego y fue para el rey, aunque muchos le aguardaban, y no lo alcanzó sino en la pierna del caballo, y cortándosela toda dio con él en tierra; el rey salió de él muy ligeramente, tanto que don Florestán fue maravillado, y dio a don Florestán dos golpes de la su buena espada, así que las armas no defendieron que la carne no le cortase, mas Florestán, acordándose de cómo fuera suyo y las honras que de él recibiera, sufrióse de le herir, cubriéndose con lo poco que del escudo le había quedado; mas el rey, con la gran saña que tenía, no dejaba de lo herir cuanto podía, y don Florestán ni por eso le quería herir; mas trabóle a brazos y no le dejaba cabalgar ni apartar de sí. Allí fue gran prisa de los unos y de los otros por les socorrer, y el rey se nombraba porque los suyos lo conociesen, y a estas voces acudió don Galaor y llegó al rey, y dijo:

—Señor, acoged vos a este mi caballo —y ya estaban con él a pie Filispinel y Brandoibás, que le daban sus caballos, y Galaor le dijo:

—Señor, a este mi caballo os acoged.

Mas él, haciéndole que se no apease, se acogió al de Filispinel, dejando a don Florestán bien llagado con aquélla su buena espada, que nunca golpe le dio que las armas y las carnes no le cortase, sin que el otro le quisiese herir como dicho es, y don Florestán fue puesto en un caballo que don Cuadragante le trajo. El rey, poniendo su cuerpo endonadamente a todo peligro, llamando a don Galaor y a Norandel y al rey Cildadán y a otros que le seguían, se metió por la mayor prisa de la gente, hiriendo y estragando cuanto ante sí hallaba, de guisa que a él era otorgada a aquella sazón la mejoría de todos los de su parte y don Florestán y Cuadragante y Gabarte y otros preciados caballeros resistían al rey y a los suyos cuanto podían, haciendo maravillas en armas. Pero como ellos eran pocos y muchos de ellos maltratados y heridos, y los contrarios gran muchedumbre de gente que con el esfuerzo del rey había cobrado corazón, cargaron tan de golpe y tan fuertemente sobre ellos, que así con las muchas heridas como con la fuerza de los caballos los arrancaron del campo hasta los poner al pie de la sierra, donde don Florestán y don Cuadragante y Angriote y Gabarte de Val Temeroso, despedazadas sus armas, recibiendo muchas heridas, no solamente por reparar los de su parte, mas por tornar a ganar el campo perdido, muertos los caballos y ellos casi muertos, quedaron en el campo tendidos en poder del rey y de los suyos y junto con ellos, que asimismo fueron presos por los socorrer, Palomir y Elián el Lozano, y Bransil y Enil, y Sarquiles y Maratros de Lisanda, cohermano de don Florestán, y hubo muchos muertos y heridos de ambas partes. Y don Galvanes se hubiera perder muchas veces si Dragonís no le socorriera con su gente, pero al cabo lo sacó de entre la prisa tan mal llagado que no se podía tener, así era de sentido, e hízole llevar al Lago Ferviente, y él quedó con aquella poca compañía que escapara defendiendo la sierra a los contrarios, así que se puede decir con mucha razón que por la fortaleza del rey y gran simpleza de don Florestán no le queriendo herir ni estrechar teniéndole en su poder, fue esta batalla vencida como oís, que se debe comparar a aquel fuerte Héctor, cuando hubo la primera batalla con los griegos en la sazón que desembarcar querían en el su gran puerto de Troya, que teniéndolos casi vencidos y puestos luego por muchas partes en la flota, donde ya resistencia no había, hallóse acaso en aquella gran prisa su cohermano Ayax Telamón, hijo de Ansiona, su tía. Y conociéndose y abrazándose, a ruego suyo, sacó de la lid a los troyanos, quitándoles aquella gran victoria de las manos, y los hizo volver a la ciudad, que fue causa que salidos los griegos. en tierra, fortalecido su real de con tantas muertes y tantos fuegos, tan gran destrucción, aquella tan fuerte gente, tan famosa ciudad en el mundo señalada, aterrada y destruida fuese en tal forma que nunca de la memoria de las gentes caerá en tanto que el mundo durare, por donde se da a entender que en las semejantes afrentas la piedad y cortesía no se debe obrar con amigo ni pariente hasta que el vencimiento haya fin y cabo, porque muchas veces acaece por lo semejante a aquella buena dicha y ventura que los hombres aparejada por sí tienen, no la sabiendo conocer ni usar de ella como debían la tornasen en ayuda de aquéllos que teniéndola perdida, quitándola de sí a ellos se la hacen cobrar. Pues al propósito tornando, como el rey Lisuarte vio sus enemigos fuera del campo y acogidos a la sierra, y que el Sol se ponía, mandó que ninguno de los suyos no pasase por entonces adelante y puso sus guardar por estar seguro y porque Dragonís, que con la gente a la montaña se acogiera, tenía los más fuertes pasos de ella tomados, mandó levantar sus tiendas de donde antes las tenía, e hízolas asentar en la ribera de una agua que al pie de la montaña descendía, y dijo que llamasen al rey Cildadán y a don Galaor, más fuele dicho que estaban haciendo gran duelo por don Florestán y don Cuadragante, que eran al punto de la muerte llegados, y como él ya apeado fuese, demandó el caballo, mas por los consolar que con sabor de mandar poner remedio a aquellos caballeros por les ser contrarios, comoquiera que algo a piedad fue movido, en se le acordar de cómo don Florestán en la batalla que él hubo con el rey Cildadán, puso su cabeza desarmada delante de él, y recibió aquel gran golpe del valiente Gandacuriel, porque al rey no le diese, y también como aquel día mismo le dejó de herir por virtud, y fuese donde estaban y consolándolos con palabras amorosas y de los hacer curar los dejó contentos, pero esto no tuvo tanta fuerza que antes don Galaor no se amorteciese muchas veces sobre su hermano don Florestán; mas el rey los mandó llamar a una muy buena tienda, y sus maestros, que los curasen, y llevando consigo al rey Cildadán dio licencia a don Galaor que allí con ellos en aquella noche quedase, y llevó consigo a la tienda misma los siete caballeros presos qué ya oísteis, donde los hizo con los otros curar. Así fueron, como oís, en guarda de don Galaor aquellos caballeros heridos desacordados, y los que presos fueron, donde con ayuda de Dios principalmente y de los maestros que muy sabios eran, antes que el alba del día viniese fueron todos en su acuerdo certificando a don Galaor que según la disposición de sus heridas, que se los darían sanos y libres.

Otro día, estando don Galaor y Norandel su amigo y don Guilán el Cuidador con él por le hacer compañía en aquella gran tristeza en que por su hermano y por otros de su linaje estaba, oyeron tocar las trompetas y anafiles en la tienda del rey, lo cual era señal de se armar la gente, y ellos ligaron muy bien las llagas por la sangre que no saliese, y armándose, cabalgando en sus caballos, se fueron luego allá, y hallaron que el rey estaba armado de armas frescas y en un caballo holgado, acordando con el rey Arbán de Norgales, y el rey Cildadán y don Grumedán, que haría en el acometimiento de los caballeros que en la sierra estaban, y los acuerdos eran diversos, que unos decían que según su gente estaba mal parada que no era razón, hasta que reparados fuesen, de acometer a sus enemigos, y otros decían que como para entonces estaban todos encendidos en saña, si para más dilación no dejasen que serían malos de meter en la hacienda, especialmente si Agrajes viniese en aquella sazón que a la pequeña Bretaña fuera por viandas y gente, qué con él tomarían grande esfuerzo, y preguntado don Galaor por el rey qué le parecía que se debía hacer, dijo:

—Señor, si vuestra gente es maltratada y cansada, así lo son vuestros contrarios, pues ellos pocos y nosotros muchos, bien sería que luego fuesen acometidos.

—Así se haga —dijo el rey. Entonces, ordenada su gente, acometieron la sierra, siendo don Galaor el delantero y Norandel su compañero, que le seguía, y todos los otros en pos de ellos. Y como quiera que Dragonís, con la gente que tenía, defendió alguna pieza los pasos y subidas de la sierra, tantos ballesteros y arqueros allí cargaron que, hiriendo muchos de ellos, se los hicieron mal su grado dejar, y subiendo los caballeros a lo llano, hubo entre ellos una batalla asaz peligrosa, mas en la fin, no pudiendo sufrir la gran gente, por fuerza les convino retraer a la villa y castillo y luego el rey llegó, y Mandando traer sus tiendas y aparejos, asentó sobre ellos y cercólos y mandó venir la flota que cercasen el castillo por la mar y porque no atañe mucho a esta historia contar los cosas que allí pasaron, pues que es de Amadís y él no se halló en esta guerra, cesará aquí este cuento. Solamente sabed que el rey los tuvo cercados trece meses por la tierra y por la mar, que de ninguna parte fueron socorridos, que Agrajes fuera doliente y tampoco no tenía tal aparejo que a la gran flota del rey dañar pudiese, y faltando las viandas a los de dentro, se comenzó pleitesía entre ellos que el rey soltase todos los presos libremente, y don Galvanes asimismo los que en su poder tenía; y que entregase la villa, y tuviesen treguas por dos años, y comoquiera que esto fuese ventaja del rey, según el gran rigor suyo, no lo quería otorgar, sino que hubo cartas del conde Argamonte, su tío, que en la tierra quedara, como todos los reyes de las Ínsulas se levantaban contra él viéndole en aquélla guerra que estaba y que tomaban por mayor y caudillo el rey Arábigo, señor de las Ínsulas de Landas, que era el más poderoso de ellos, y que todo esto había urdido Arcalaus el Encantador, que él por su persona anduviera por todas aquellas Ínsulas levantándolos, juntándoles, haciéndoles ciertos que no hallarían defensa ninguna y que podrían partir entre sí aquel reino de la Gran Bretaña, aconsejando aquel conde Argamonte al rey que dejadas todas las cosas se volviese al su reino. Esta nueva fue causa de traer al rey al concierto que él por su voluntad no quisiera sino tomarlos y matarlos todos.

Así que, el concierto hecho, el rey, acompañado de muchos hombres buenos, se fue a la villa, que las puertas hallo abiertas, y de allí al castillo, y salió con Galvanes y aquellos caballeros que con él estaban, y Madasima, cayéndole las lágrimas por sus hermosas faces, y llegó al rey y diole las llaves y dijo:

—Señor, haced de esto lo que vuestra voluntad fuere.

El rey las tomó, y las dio a Brandoibás. Galaor se llegó a él, y díjole:

—Señor, mesura y merced, que menester es, y si yo os serví, miémbreseos a esta hora.

—Don Gadaor —dijo el rey—, si los servicios que me habéis hecho yo mirase, no se hallaría galardón, y aunque yo mil tanto de lo que valgo valiese y lo que aquí haré, no será contado en lo que a vos debo.

Entonces dijo don Galvanes:

—Esto es por fuerza contra mi voluntad me tomaste, y por fuerza lo torné a ganar, quiero yo de mi grado, por lo que vos valéis y por la bondad de Madasima, y por don Galaor, que ahincadamente me lo ruega, que sea vuestro, quedando en él mi señorío, y vos en mi servicio, y los que de vos vinieren que como suyo lo harán.

—Señor —dijo don Galvanes—, pues que mi ventura no me dio lugar a lo que yo hubiese por aquella vía que mi corazón deseaba, como quien ha cumplido todo lo que debía sin faltar ninguna cosa, lo recibió en merced a tal condición que en tanto que lo poseyese sea vuestro vasallo, y si otra cosa mi corazón se otorgare, que dejándooslo libre, libre quede yo para hacer lo que quisiese.

Luego los caballeros del rey que allí estaban le besaron las manos por aquello que hiciese, y don Galvanes y Madasima por sus vasallos. Acabada esta guerra, el rey Lisuarte acordó de tornarse luego a su reino, y así lo hizo, que él holgando allí quince días, en que así él como los otros que heridos estaban fueron reparados, tomando consigo a don Galvanes, y de los otros los que con él ir quisieron, entró en la flota y navegando por la mar aportó en su tierra, donde halló nuevas de aquellos siete reyes que contra él venían, y aunque en mucho lo tuviese no lo daba a entender a los suyos antes mostraba lo que tenía en tanto como nada, y salido de la mar fuese donde la reina estaba, de la cual fue recibido con aquel verdadero amor que de ella amado era; y allí sabiendo las nuevas ciertas cómo aquellos reyes venían, no dejando de holgar y haber placer con la reina y su hija y con sus caballeros, aparejaba las cosas necesarias para resistir a aquella afrenta.

Capítulo 68. Que recuenta cómo Amadís y don Bruneo quedaron en Gaula, y don Bruneo estaba muy contento y Amadís triste, y como se acordó de apartar don Bruneo de Amadís, yendo a buscar aventuras, y. Amadís y su padre, el rey Perión, y Florestán acordaron de venir a socorrer al rey Lisuarte

Como el rey Cildadán y don Galaor partieron de Gaula, quedaron allí Amadís y don Bruneo de Bonamar; mas, aunque se amaban de voluntad, eran muy diversos en las vidas, que don Bruneo estando allí donde su señora Melicia era y hablando con ella, todas las otras cosas del mundo eran huidas y apartadas de su memoria; pero Amadís, siendo alejado de su señora Oriana sin ninguna esperanza de poder ver, ninguna cosa presente le podía ser sino causa de gran tristeza y soledad, y así acaeció que cabalgando un día por la ribera de la mar, solamente llevando consigo a Gandalín, fuese poner encima de unas peñas por mirar desde allí si vería algunas fustas que de la Gran Bretaña viniesen por saber nuevas de aquella tierra donde su señora estaba, y en cabo de una pieza que allí estuvo, vio venir de aquella parte que él deseaba una barca, y como al puerto llegó, dijo a Gandalín:

—Ve a saber nuevas de aquéllos que allí vienen y apréndelas bien porque me las sepas contar —y esto hacía él más por cuidar en su señora, de que siempre Gandalín le estorbaba, que por otra cosa alguna, y como de él se partía, apeóse de su caballo, y atándolo a unos ramos de un árbol, se asentó en una peña por mejor mirar a la Gran Bretaña, y así estando trayendo a su memoria los vicios y placeres que en aquella tierra hubiera en presencia de su señora, donde por su mandato todas las cosas hacía, tener aquello tan alongado y tan sin esperanza de lo cobrar, fue en tan gran cuita puesto que nunca otra cosa miraba sino la tierra, cayendo de sus ojos en mucha abundancia las lágrimas.

Gandalín se fue a la barca, y mirando los que en ella venían, vio entre ellos a Durín, hermano de la doncella de Dinamarca, y descendió presto, y llamólo aparte, y abrazáronse mucho como aquéllos que se amaban, y tomándole consigo, llevólo a Amadís, y llegando cerca donde él estaba, vieron una forma de diablo de hechura de gigante que tenía las espaldas contra ellos, y estaba esgrimiendo un venablo y lanzólo contra Amadís muy recio y pasóle por encima de la cabeza, y aquel golpe erró por las grandes voces que Gandalín dio, y recordando Amadís, vio cómo aquel gran diablo le lanzó otro venablo; mas él, dando un salto, le hizo perder el golpe, y poniendo mano a su espada fue para él por lo herir, mas violo ir corriendo tan ligeramente que no había cosa que alcanzarle pudiese. Y llegó al caballo de Amadís y, cabalgando en él, dijo en una voz alta:

—¡Ay, Amadís, mi enemigo! Yo soy Andandona, la giganta de la Ínsula Triste, y si ahora no acabé lo que deseaba, no faltará tiempo en que me vengue.

Amadís, que en pos de ella quisiera ir en el caballo de Gandalín, como vio que era mujer dejóse de ella, y dijo a Gandalín:

—Cabalga en ese caballo, y si aquel diablo pudieses cortar la cabeza, mucho bien sería.

Gandalín, cabalgando, se fue al más ir que pudo tras ella, y Amadís, cuando a Durín vio, fuelo a abrazar con mucho placer, que bien creía traer las nuevas de su señora. Llevándolo a la peña donde antes estaba, le preguntó de su venida; Durín le dio una carta de Oriana, que era de creencia, y Amadís le dijo:

—Ahora me di lo que te mandaron.

Él le dijo:

—Señor, vuestra amiga está buena y saludaos mucho, y os ruega que no toméis congoja, sino que os consoléis como ella hasta que Dios otro tiempo traiga, y haceos saber cómo parió un hijo, el cual, mi hermana y yo, llevamos a Adalas a la abadesa de Miraflores, que por hijo de mi hermana lo crie, mas no le dijo cómo le perdiera. Y ruégaos mucho por aquél grande amor que os ha, que no os apartéis de esta tierra hasta que hayáis su mandado.

Amadís fue ledo en saber de su señora y del niño, pero de aquel mandado que allí estuviese no le plugo, porque con ella menoscabaría su honra, según lo que las gentes de él dirían, mas comoquiera que fuese, no pasaría el su mandado. Y estando allí una pieza sabiendo nuevas de Durín vio venir a Gandalín, que tras aquel diablo fuera, y traía el caballo de Amadís y la cabeza de Andandona atada al petral por los cabellos, luengos y canos, de que Amadís y Durín tuvieron mucho placer, y preguntóle cómo la matara y él dijo que yendo tras ella por la alcanzarla y queriendo ella descabalgar del caballo en que iba para se meter en un barco que enramado tenía, que con la prisa hizo enarmonar el caballo y la tomó debajo, así que la quebrantó.

—Y yo llegué y atropelléla de manera que cayó en el suelo tendida y entonces le corté la cabeza.

Luego cabalgó Amadís y se fue a la villa y mandó llevar la cabeza de Andandona a don Bruneo para que la viese, y dijo a Durín:

—Mi amigo, vete a mi señora y dile que le beso las manos por la carta que me envió, y por lo que tú de su parte me dijiste, que le pido por merced halla mancilla de mi honra en no me dejar holgar aquí mucho, pues no tengo de pasar su mandado que los que en tanta holganza me vieren, no sabiendo la causa de ello atribuirle han a cobardía y poquedad de corazón, y como la virtud muy dificultosamente se alcance y con pequeño olvido y estorbo sea dañada aquella gran gloria y fama que hasta aquí he procurado de ganar con su membranza y favor, si mucho oscurecerla dejase como todos los hombres, naturalmente, sean más inclinados a dañar lo bueno que abogados tener con sus malas lenguas, muy presto quedaría en tanta mengua y deshonra que la misma muerte no sería a ello igual.

Con esto se tornó Durín por donde viniera, y don Bruneo de Bonamar, como ya muy mejorado de la llaga corporal estuviese y de la del espíritu más fuerte herido, como aquel que veía a su señora Melicia, muchas veces, que era causa de ser su corazón encendido en mayores dolores, considerando que aquello alcanzar no se podía sin que gran afán tomase, y mayor el peligro, haciendo tales cosas que por su gran valor de tan alta señora querido y amado fuese, acordó de se apartar de aquel gran vicio por seguir aquello por lo cual efecto de lo que el más deseado alcanzar podría, y siendo en disposición de tomar armas estando en el monte con Amadís que otra vida no tenía sino cazar, le dijo:

—Señor, mi edad y lo poco de honra que he ganado me mandan que dejando esta tan holgada vida vaya a otra, donde con más loor y prez sea ensalzado, y si vos estáis en disposición de buscar las aventuras aguardaros he y si no demándoos licencia que mañana quiero andar mi camino.

Amadís que esto le oyó de gran congoja fue atormentado, deseando él con mucha afición aquel camino y por el defendimiento de su señora no lo poder hacer y dijo:

—Don Bruneo, yo quisiera ser en vuestra compañía, porque mucha honra de ella me podría ocurrir, pero el mandamiento del rey mi padre me lo defiende, que me dice haberme menester para el reparo de algunos de sus reinos, así que por el presente no puedo ál hacer sino encomendaros a Dios que os guarde.

Tornados a la villa esa noche, habló don Bruneo con Melicia y certificado de ella que siendo voluntad del rey, su padre, y de la reina le placería casar con él. Se despidió de ella. Y así se despidió del rey y de la reina, teniéndoles en mucha merced el bien que le hicieran, y que siempre en su servicio sería, se fue a dormir, y al alba del día, oyendo misa y armado en su caballo, saliendo con él el rey y Amadís, y con gran humildad de ellos despedido entró en su camino donde la ventura lo guiaba, en el cual hizo muchas cosas y extrañas en armas que sería largo de las contar, mas por ahora no se dirá más de él hasta su tiempo. Amadís quedó en Gaula como oís, donde moró trece meses y medio, en tanto que el rey Lisuarte tuvo el castillo del Lago Ferviente cercado, andando a caza y monte, que a esto más que otras cosas era inclinado, y en este medio tiempo aquélla su gran fama y alta proeza era oscurecida y tan avietada de todos que bendiciendo a los otros caballeros que las venturas de las armas seguían a él muchas maldiciones daban, diciendo haber dejado en el mejor tiempo de su edad aquello de que Dios tan cumplidamente sobre todos los otros ornado le había, especialmente las dueñas y las doncellas que a él con grandes tuertos y desaguisados venían para que remedio les pusiese, y no hallándolo como solían, iban con gran pasión por los caminos publicando el menoscabo de su honra, y como quiera que todo o la mayor parte de sus oídos viniese, y por gran desventura suya lo tuviese, ni por eso ni por otra cosa más grave no osaba pasar, ni quebrantar el mandamiento de su señora. Así estuvo este dicho tiempo que oís disfamado y avietado de todos, esperando lo que su señora le mandase, hasta tanto que el rey Arábigo y los otros seis reyes eran ya con todas sus gentes en la península Leónida para pasar en la Gran Bretaña y Arcalaus el Encantador, que con mucha acucia los movía, haciéndoles seguros que no estaba en más ser señores de aquel reino de cuanto en él pasasen, y otras muchas cosas por traerles que otro medio no tomasen, aderezaba toda cuanta más gente podría para resistirlos, y aunque él con su fuerte corazón y gran discreción en poco aquella afrenta mostraba tener, no lo hacía así la reina, antes con mucha angustia decía a todos la gran pérdida que el rey hizo en perder a Amadís y su linaje, que si ellos así fuesen, en poco tendría lo que aquella gente pudiese hacer. Pero aquellos caballeros que en la Península de Mongaza desbaratados fueron, aunque el bien del rey no deseasen, viendo de su parte a don Galaor y a don Brián de Monjaste que por mandado del rey Ladasán de España venían con dos mil caballeros que en su ayuda envió, de que él había de ser caudillo, y que le había de seguir don Galvanes, que era su vasallo, acordaron de ser en su ayuda en aquella batalla donde gran peligro de armas se esperaban, y los que se hallaron allí, eran don Cuadragante, Listorán de la Torre Blanca, e Ymosil de Borgoña, y Mandasiel de la Puente de la Plata, y otros sus compañeros que por amor de ellos allí quedaron. Todos ponían acucia en aderezar sus armas y caballos y lo necesario, esperando que en saliendo aquellos reyes de aquella península, moviera el rey Lisuarte contra ellos. Mabilia habló un día con Oriana diciéndole que era mal recaudo en tal tiempo no tomar acuerdo de lo que Amadís debía hacer, que si por ventura fuese contra su padre, podría recrecer peligro a algunos de ellos, que si la parte de su padre fuese vencida de más del gran daño que a ella venía perdiéndose la tierra que suya había de ser, según su esfuerzo cierto estaba que allí quedaría muerto, y por el semejante si la parte donde Amadís se hallase vencida fuese. Oriana, conociendo que verdad decía, acordó de tomar por partido de escribir a Amadís que no fuese en aquella batalla contra su padre, pero que a otra parte que le contentase pudiese ir o estar en Gaula si le agradase. Esta carta de Oriana fue metida en otra de Mabilia, y llevada por una doncella que a la corte era venida con dones de la reina Elisena a Oriana y a Mabilia, la cual, despedida de ellas y pasando en Gaula, dio la carta a Amadís, del cual mensaje que después de haberla leído fue tan alegre, que cierto más ser no podía, así como aquel que le parecía salir de la tiniebla a la claridad. Pero fue puesto en grande cuidado, no sabiéndose determinar en lo que haría, que por su voluntad no tenía gana de ser en la batalla a la parte del rey Lisuarte y contra él no podía hacer, porque su señora se lo defendía, así que estaba suspenso sin saber qué hiciese y luego se fue al rey su padre con el continente más alegre que hasta allí lo tuviera, y hablando entrambos se partieron a la sombra de unos olmos que en una plaza cabe la playa de la mar estaba, y allí hablaron en algunas cosas y todo lo más en aquellas grandes nuevas que de la Gran Bretaña oyeran del levantamiento de aquellos reyes con tan grandes compañías contra el rey Lisuarte. Pues así estando como oís, el rey Perión y Amadís vieron venir un caballero en un caballo laso y cansado, y las armas que un escudero le traía cortadas por muchos lugares, así que las sobreseñales no mostraban de quién fuesen, y la loriga rota y mal parada, en que poca defensa había. El caballero era grande y parecía muy bien armado, ellos se levantaron de donde estaban e iban a recibirlo por hacerle toda honra como a caballero que las venturas demandaba, y siendo más cerca conociólo Amadís que era su hermano don Florestán, y dijo al rey:

—Señor, veis allí el mejor caballero que después de don Galaor yo sé, y sabed que don Florestán vuestro hijo es.

El rey fue muy alegre que lo nunca viera, y sabía su gran fama, y anduvo más que antes, pero llegado don Florestán apeóse del caballo, e hincados los hinojos, quiso besar el pie al rey, mas el rey lo levantó y diole la mano y besolo en la boca. Entonces lo llevaron consigo al palacio, e hiciéronlo desarmar y lavar su rostro y sus manos, y Amadís le hizo vestir una paños suyos muy ricos y bien hechos, que hasta entonces no se vistieran, y como era grande de cuerpo y bien tallado y hermoso de rostro, parecía tan bien que pocos hubiera que tan apuestos como él pareciesen. Así lo llevaron a la reina, que de ella y de su hija Melicia fue con tanto amor recibido como lo fuera cualquiera de sus hermanos, que en no menos le tenían, según los hechos en armas porque había pasado que de él se sabían, y hablando con él en algunas de ellas, él respondía como caballero cuerdo y bien criado. Preguntáronle, pues de la Gran Bretaña venía, por qué cosa era aquello de los reyes de las penínsulas y de sus compañías. Don Florestán les dijo:

—Eso sé yo bien cierto, y creed, señores, que el poder de aquellos reyes es tan grande y de tan extraña y fuerte gente, que creo yo que el rey Lisuarte no podrá valer a sí ni a su tierra, de que no nos debe mucho pesar, según las cosas pasadas.

—Hijo, don Florestán —dijo el rey—, yo tengo al rey Lisuarte por lo que de él me dicen en tal posesión, así de esfuerzo como de las otras buenas maneras que el rey debe tener, que saliera de esta afrenta con la honra que de las otras no ha salido, y puesto que al contrario fuese, no nos debe placer de ello, porque ningún rey debe ser alegre con la destrucción de otro rey, si él mismo no le destruye por legítimas causas que a ello le obligasen.

Así estuvieron allí una pieza, y el rey se acogió a su cámara. Amadís y don Florestán a la suya, y cuando solos estaban, Florestán dijo:

—Señor, yo os viene demandar por vos decir una cosa que he oído por todas las partes donde anduve, de que gran dolor mi corazón siente, y no os pese de lo oír.

—Hermano —dijo Amadís—, toda cosa por vos dicha he yo placer de la oír, y si es tal que deba ser castigada, con vuestro acuerdo así lo haré.

Don Florestán dijo:

—Creed, señor, que profazan de vos todas las gentes, menoscabando vuestra honra, pensando que con maldad habéis dejado las armas, y aquello para que señaladamente extremado todos nacisteis.

Amadís le dijo riendo:

—Ellos piensan de mí lo que no deben, y de aquí adelante se hará de otra guisa y de otra guisa lo dirán.

Aquel día pasaron con mucho placer con la venida de aquel caballero, al cual muchas gentes ocurrieron por le ver y hacer honra. La noche venida acostáronse en ricos lechos y Amadís no podía dormir pensando en dos cosas. La una en hacer tanto aquel daño en armas que lo contrario se purgase. Y la otra qué haría en aquella batalla que se esperaba que según la grandeza de ella no podía él sin gran vergüenza excusarse no ser en ella, pues ser contra el rey Lisuarte su señora se lo defendía, y ser en su ayuda defendíalo la razón, según le fuera desagradecido y había malparado a los de su linaje, pero en la fin determinóse de ser en la batalla en la ayuda del rey Lisuarte por dos cosas. La una porque su gente era mucho menos que los contrarios, y la otra porque siendo vencidos perdíase la tierra que de su señora Oriana había de ser.

Otro día en la mañana, Amadís tomó consigo a Florestán y fuese a la cámara del rey su padre, y mandando salir a todos les dijo:

—Señor, yo no he dormido esta noche pensando en esta batalla que se apareja entre aquellos reyes de las ínsulas y el rey Lisuarte, que como ésta será una cosa señalada todos los que armas traen debían ser en tan gran cosa como ésta será de la una o de la otra parte, y como yo haya estado tanto tiempo sin ejercitar mi persona y con ello haya cobrado tan mala fama, como vos, hermano, sabéis, en fin de mi cuidado determiné ser en ella y de la parte del rey Lisuarte, no por le tener amor, más por dos cosas que ahora oiréis. La primera por tener menos gente a que todo bueno debe socorrer, y la segunda porque mi pensamiento es de morir allí o hacer más que en ninguna parte donde me hallase y de la parte contraria del rey Lisuarte fuese, está en ella Galaor y don Cuadragante y Brián de Monjaste, que cada uno de éstos según su bondad tendrán este mismo pensamiento y no pudiendo excusar de encontrar conmigo, ver que de esto podrá redundar no otra cosa, sino su muerte o la mía, pero mi ida será tan encubierta que a todo mi poder no seré conocido.

El rey le dijo:

—Hijo, yo soy amigo de los buenos y como sepa ser este rey que decís uno de ellos, siempre mi voluntad fue aparejada de le honrar y ayudar en lo que pudiese, y si de ello por ahora soy apartado, ha sido por estas diferencias que con vos y vuestros amigos ha tenido, y pues que vuestra intención es tal, también quiero ser en su ayuda, y ver las cosas que allí se harán. Pésame que el negocio es tan breve que no podré llevar la gente que querría, pero con la que pudiere haber iremos.

Oído esto por don Florestán estuvo una pieza cuidando y después dijo:

—Señor, es acordándoseme de la crudeza de aquel rey y como nos dejara morir en el campo si por don Galaor no fuera y de la enemistad que sin causa nos tiene, no hay en el mundo cosa porque mi corazón fuese otorgado a le ayudar, pero dos cosas que al presente me ocurren hacen que mi propósito mudado sea. La una es querer vosotros, señores, a quien yo de servir tengo ser en su ayuda, y la otra que al tiempo que don Galvanes con el pleito cuando la Ínsula de Mongaza le fue entregada, asentamos treguas por dos años, así que pues yo no le puedo de servir, conviene que mal de mi grado le sirva. Y quiero ir en vuestra compañía, que siempre en gran congoja mi ánimo sería si tal batalla pasase sin que yo en ella fuese en cualquiera de las partes.

Amadís fue muy alegre de cómo se hacía todo a su voluntad y dijo al rey:

—Señor, por mucha gente se debe contar vuestra sola persona, y nosotros que os serviremos, solamente queda en dar orden como encubiertos vamos y con armas señaladas y conocidas que nos guíen y a que socorremos podamos, que si más gente llevaseis imposible sería nuestra ida ser secreta.

—Pues que así os parece —dijo el rey—, vamos a la mi cámara de las armas y tomemos de ellas las más olvidadas y señaladas que allí halláremos.

Entonces, saliendo de la cámara entraron en un corral donde había unos árboles, y siendo debajo de ellos vieron venir una doncella ricamente vestida y en un palafrén muy hermoso, y tres escuderos con ella y un rocín con un lío encima de él. Llegó al rey después que los escuderos la apearon y saludólos, y el rey la recibió muy bien, y díjole:

—Doncella, ¿queréis a la reina?

—No —dijo ella—, sino a vos y a esos dos caballeros, y vengo de parte de la dueña de la Ínsula no Hallada y os traigo aquí unos dones que os envía, por ende mandar apartar toda la gente y mostrároslos he.

El rey mandó que se tirasen afuera.

La doncella hizo a sus escuderos desliar el lío que el palafrén traía y sacó de él tres escudos, el campo de plata, y sierpes de oro por él tan extrañamente puestas, que no parecían sino vivas, y las orlas eran de fino oro con piedras preciosas. Y luego sacó tres sobreseñales de aquella misma obra, que los estudos y tres yelmos diversos unos de otros, el uno blanco el otro cárdeno y el otro dorado. El blanco con el escudo, y su sobreseñal dio al rey Perión, y el cárdeno a don Florestán, y el dorado con el otro a Amadís, y díjole:

—Señor Amadís, mi señora os envía estas armas que lo habéis hecho después que en esta tierra entrasteis.

Amadís hubo recelo que descubriera la causa de ello, y dijo:

—Doncella, decid a vuestra señora que en más tengo ese consejo que me da que las armas, aunque son ricas y hermosas, y que a todo mi poder así como ella lo manda lo haré.

La doncella dijo:

—Señores, estas armas os envía mi señora, porque por ellas en la batalla conozcáis y ayudéis donde fuere menester.

—¿Cómo supo vuestra señora —dijo el rey— que seríamos en la batalla que aún nosotros no lo sabemos?

—No sé —dijo la doncella—, sino que me dijo que a esta hora os hallaría juntos en este lugar, y que aquí os diese las armas.

El rey mandó que le diesen de comer y le hiciesen mucha honra. La doncella, desde que hubo comido, partió luego a la Gran Bretaña, donde la mandaban ir. Amadís como tal aparejo de armas vio, aquejábase mucho por la partida, con recelo que la batalla se daría sin que él en ella se hallase, y conocido esto por el rey su padre mandó secretamente que una nave fuese aderezada, en la cual con achaque de ir a monte una noche a la medianoche entrados en ella sin ningún entrevalo pasaron en la Gran Bretaña, aquella parte donde antes sabía que los siete reyes eran arribados, y pasaron en una floresta entre espesas matas, donde sus hombres les armaron un tendejón, y de allí enviaron un escudero que supiese lo que hacían los siete reyes, y en qué parte estaban, que pugnase por saber en qué día se daría la batalla, y allí mismo enviaron una carta al rey del rey Lisuarte para don Galaor, como que de Gaula se la enviaban, y que de palabra le dijese cómo ellos quedaban en Gaula todos tres, que le rogaban mucho que en pasando la batalla les hiciese saber de su salud, esto hacían por ser más encubiertos.

El escudero volvió otro día tarde, y díjoles que la gente de los reyes no tenía número y que entre ellos había muy extraños hombres y de lenguajes desvariados, y que tenían cercado un castillo de unas doncellas cuyo era, y aunque el castillo muy fuerte era, ellas estaban en gran fatiga según oyera decir, y que andando por el real viera a Arcalaus el Encantador que iba hablando con dos reyes y diciendo que convenía darse la batalla en cabo de seis días, porque las viandas serían malas de haber para tanta gente. Así estuvieron en aquel albergue viciosos y con mucho placer, matando de las aves con sus arcos que a una fuente que cerca de sí tenían venían a beber, y aun algunos venados, al cuarto día llegó el otro mensajero y díjoles:

—Señores, yo dejo a don Galaor muy bueno y esforzado, tanto que todos se esfuerzan con él y cuando le dije vuestro mandado y que quedabais todos tres en Gaula juntos, las lágrimas le vinieron a los ojos y suspirando dijo: «¡Oh, señor, si a vos pluguiera que así juntos fueran en esta batalla de parte del rey como sabían perdiera todo pavor», y díjome: «Si de la batalla vivo saliese, que luego os haría saber de su hacienda y de todo lo que pasase».

—Dios le guarde —dijeron ellos—, y ahora nos decid de la gente del rey Lisuarte.

—Señores —dijo él—, muy buena compañía trae y de caballeros muy señalados y conocidos, pero con la de los contrarios muy poca dicen que es, y el rey será estos dos días a vista de sus enemigos, por socorrer las doncellas que están cercadas.

Y así fue que el rey Lisuarte vino con sus gentes y puso en un monté a media legua de la vega donde sus enemigos estaban, donde se veían los unos a los otros, pero bien serían dos tantos la gente de los reyes, allí estuvo aquella noche aderezando todas sus armas y caballos para darles la batallar otro día. Ahora sabed que los seis reyes y otros grandes señores hicieron aquella noche homenaje al rey Arábigo de tenerle en aquella afrenta por mayor, y guiarse por su mandado, y él les juró de no tomar más parte de aquel reino que cualquiera de ellos, solamente quería para sí la honra y luego hicieron pasar toda su gente un río que entre ellos y el rey Lisuarte estaba, así que se pusieron muy cerca de él. Otro día de mañana armáronse todos y paráronse delante del rey Arábigo tan gran número de gente y tan bien armados, que no tenían a los contrarios en tanto como nada y decían que pues el rey les osaba dar batalla, que la Gran Bretaña suya era. El rey Arábigo hizo de su gente nueve haces, cala una de mil caballeros; pero en la suya había mil y quinientos, y diolas a los reyes y otros caballeros y puso las unas y las otras muy juntas. El rey Lisuarte mandó a don Grumedán, y a don Galaor, y a don Cuadragante y Angriote Destravaus que repartiese sus gentes y las parasen en el campo como había de pelear, que éstos sabían mucho en todo hecho de armas, y luego descendió del monte por el recuesto ayuso a ponerse en lo llano, y como era a tal hora que salía el Sol, hería en las armas y parecían tan bien y tan apuestos que aquéllos sus contrarios que de ante en poco los tenían, de otra manera los juzgaba. Aquellos caballeros que os digo hicieron de la gente cinco haces, y la primera hubo don Brián de Monjaste con mil caballeros de España que lo aguardaban que su padre enviaría al rey Lisuarte. Y la segunda tuvo el rey Cildadán con su gente y con otra que le dieron. La tercera tuvo don Galvanes y Cavarte, su sobrino, que allí viniera por amor de él y de los amigos que allí eran más que por servir al rey. En la cuarta iba Giontes, sobrino del rey con asaz de buenos caballeros. La quinta llevaba el rey Lisuarte, en que había dos mil caballeros, y rogó y mandó a don Galaor y a don Cuadragante y Angriote Destravaus y a Gayarte de Valtemeroso y Agrimón el Valiente que le guardasen y mirasen por él, y por esta causa no les daba cargo de gente.

Así como oís, en esta orden movieron por el campo muy paso los unos contra los otros. Mas a esta sazón eran ya llegados a la vega el rey Perión y sus hijos Amadís y Florestán con sus hermosos caballos y con las armas de las sierpes, que mucho con el Sol resplandecían, y veníanse derechos a poner entre los unos y los otros blandiendo sus lanzas con unos hierros tan limpios que lucían como estrellas, e iba el padre entre los hijos. Mucho fueron mirados de ambas partes y de grado los quisiera cada una de ellas de su parte, mas ninguno sabía a quién querían ayudar ni los conocían, y ellos como vieron que la haz de Brián de Monjaste iba por juntarse con los enemigos, pusieron las espuelas a los caballos y llegaron cerca de la seña de Brián de Monjaste y luego se volvieron contra el rey Targadán, que contra él venían. Alegre fue don Brián con su ayuda, y aunque no los conocía y cuando vieron que era tiempo fueron los tres a herir en la haz de aquel rey Targadán tan duramente que a todos ponían gran pavor, de aquella ida irió el rey Pedís hirió a Abdasián el Bravo que no puso en tierra y entróle por el pecho una parte del hierro de la lanza. Amadís hirió a Abdasian el Bravo que no le prestó armadura, y pasó la lanza de un costado a otro y cayó como hombre de muerte. Don Florestán derribó a Carduel a los pies del caballo y la silla sobre él, aquestos tres como los más preciados de aquella haz vinieron delante por se combatir con los de las sierpes, y luego pusieron por aquella haz primera, derribando cuantos ante sí hallaban, y dieron en la otra segunda, y cuando allí se vieron enmedio de entrambas allí pudierais ver las sus grandes maravillas que con las espadas hacían tanto que de la una ni otra parte no había hombre que a ellos se negase, y tenían debajo de sus caballos más de diez caballeros que habían derribado, pero al fin, como los contrarios viesen que no eran más de tres, cargaban ya sobre ellos de todas partes con grandes golpes, así que fue bien menester la ayuda de don Brián de Monjaste, que llegó luego con los sus españoles, que era fuerte gente y bien cabalgada y entraron tan recio por ellos derribando y matando y de ellos también muriendo y cayendo por el suelo que los de las sierpes fueron socorridos, y los contrarios tan afrentados que por fuerza llevaron aquellas dos haces hasta dar en la tercera, y allí fue muy gran prisa y gran peligro de todos, y murieron muchos caballeros de ambas partes; pero lo que el rey Perión y sus hijos hacían, no se puede contar. La revuelta fue tan grande que el rey Arábigo temió que los mismos suyos que se habían retraído harían huir a los otros y dio grandes voces a Arcalaus que hiciese mover todas las haces y rompiesen de golpe, así se hizo que todos rompieron juntos y el rey Arábigo con ellos, mas no tardó que lo mismo se hiciese por el rey Lisuarte. Así que las batallas todas fueron mezcladas y las heridas fueron tantas y las voces y el estruendo de los caballeros que la tierra temblaba y los valles reteñían. A esta hora el rey Perión, que muy bravo andaba en los delanteros, metióse tan de rondón por ellos que se hubiera de perder; mas luego fue socorrido de sus hijos, que muchos de los que le herían fueron por ellos muertos, y decían las doncellas desde la torre a voces:

—¡Ea, caballeros, que el del yelmo blanco lo hace mejor! —pero en este socorro fue el caballo de Amadís muerto y cayó con él en la mayor prisa, y los de su padre y hermanos mal heridos, y como a pie le vieron y con tan gran peligro descabalgaron de los suyos y pusiéronse con él.

Allí cargó mucha gente por matarlos y otros por socorrerlos, pero en gran peligro estaban que si no fuera por los duros y crueles golpes de que herían, que se no osaban a ellos llegar fueran muertos, y como el rey Lisuarte anduviese discurriendo por las batallas a un cabo y a otro con aquéllos sus siete compañeros que ya oístes, vio a los de las sierpes en tan gran afrenta, y dijo a don Galaor y a los otros:

—Ahora, mis buenos amigos, parezca vuestra bondad, socorramos aquéllos que tan bien nos ayudan.

—Ahora, a ellos —dijo don Galaor.

Y entonces hirieron de las espuelas a sus caballos y entraron por medio de aquella gran prisa hasta llegar a la seña del rey Arábigo, el cual daba voces esforzando los suyos, y el rey Lisuarte iba tan bravo y aquélla su muy buena espada en la mano, y daba tantos y tan mortales golpes, que todos eran espantados de verlo y sus guardadores apenas lo podían seguir, y por mucho que lo hirieron no pudieron tanto resistir que él no llegase a la seña y la no sacase por fuerza de las manos del que la tenía, y echándola a los pies de los caballos dijo a grandes voces:

—¡Clarencia, Clarencia, que yo soy el rey Lisuarte! —que éste era su apellido.

Tanto hizo y tanto duró entre sus enemigos que matáronle el caballo y cayó, de que fue muy quebrantado, así que los que le guardaban no le podían subir en otro, mas llegaron luego allí Angriote y Antimón el Valiente y Landín de Fajarque; descendiendo de su caballo le pusieron a él en el de Angriote a mal de su grado de los enemigos, con ayuda de aquéllos que lo aguardaban, y como quiera que mal herido y quebrantado estuviese, no se partió de allí hasta que cabalgaron Arcamón y Landín de Fajarque y trajeron otro caballo a Angriote de los que el rey mandara andar por la batalla para socorrerse de ellos.

Aquella hora que esto acaeció quedó todo el hecho de la batalla y afrenta en don Galaor y Cuadragante, y allí mostraron bien su gran valentía en sufrir y dar golpes mortales, y sabed que si por ellos no fuera que con su gran esfuerzo destruyera la gente que el rey Lisuarte y los que con él eran estaban a pie, se vieran en gran peligro y las doncellas de la torre daban voces diciendo que aquellos dos caballeros de las divisas de las flores llevaban lo mejor, pero ni por eso no se pudo excusar que la gente del rey Arábigo en aquella sazón no tuviese la mejoría y cobraban campo reciamente, y la causa principal de ello fue que entraron de refresco dos caballeros de tan alto hecho de armas y tan valientes, que con ellos cuidaban vencer a sus enemigos, porque pensaban que a la parte del rey Lisuarte no había caballero que les tuviese campo; el uno había nombre Brontajar Dafania y el otro Argomades de la Ínsula Prófuga. Éste traía armas verdes y palomas blancas sembradas por ellas, y Brontajar de veros de oro y colorado, y como fueron en la batalla parecían tan grandes que los yelmos y los hombros mostraban sobre todos, y cuanto las lanzas les tiraron les quedó caballero en la silla, y como quebradas fueron metieron mano a sus espadas grandes y descomunales. ¿Qué os diré? Tales golpes dieron con ellas que ya casi no hallaban a quien herir, tanto escarmentaban con ellos a todos, y así iban delante librando el campo de todos, y las doncellas de la torre decían:

—Caballeros, no huyáis, que hombres son, que no diablos.

Mas los suyos dieron grandes voces, diciendo:

—Vencido es el rey Lisuarte.

Cuando el rey esto oyó comenzó a esforzar a los suyos diciendo:

—Aquí quedaré muerto o vencedor porque el señorío de la Gran Bretaña no se pierda.

Todos los más se llegaban a él, que mucho era menester. Amadís tomara ya otro caballo muy bueno y holgado y atendía a su padre que cabalgase, y cuando oyó aquellas grandes voces y decir que el rey Lisuarte era vencido, dijo contra don Florestán que a caballo estaba:

—¿Qué es esto? ¿Por qué brama aquella astrosa gente?

Él le dijo:

—No veis aquellos dos más fuertes y valientes caballeros que se nunca vieron que estragan y destruyen cuantos ante sí hallan, y aunque en esta batalla hasta ahora no han parecido y hacen con su fortaleza ganar campo a la gente de su parte.

Amadís volvió la cabeza y vio venir contra aquella parte do él estaba a Brontajar Danfania hiriendo y derribando caballeros con su espada, y algunas veces la dejaba colgar de una cadena con que trabada la tenía y tomaba a brazos y a manos los caballeros que alcanzaba, así que ninguno le quedaba en la silla y todos se alongaban de él huyendo.

—¡Santa María val! —dijo Amadís—, ¿qué puede ser esto?

Entonces tomó una fuerte lanza que el escudero que el caballo le dio tenía, y membrándose aquella hora de Oriana y de aquel gran daño si su padre se perdiese que ella recibía, enderezóse en la silla y dijo a don Florestán:

—Guardad a nuestro padre.

Y a esta hora llegaba Brontajar más cerca, y vio a Amadís cómo enderezaba contra él y cómo tenía el yelmo dorado, y por las nuevas de las grandes cosas que de él le dijeron, antes que él en la batalla entrase, andaba con gran saña rabiando por encontrarle, y tomó luego una lanza muy gruesa y dio a una voz alta:

—Ahora veréis hermoso golpe si aquel del yelmo de oro me osase atender, e hirió el caballo de las espuelas, la lanza so el sobaco —y fue contra él, y Amadís, que ya movía por el semejante e hiriéronse con las lanzas en los escudos que luego fueron falsados y las lanzas quebradas, y ellos se toparon de los cuerpos de los caballos uno con otro tan fuertemente que cada uno le pareció que una peña dura topara, y Brontajar fue tan desvanecido de la cabeza que no se pudo tener en el caballo y cayó en el suelo como si fuese muerto, y con la gran pesadumbre suya dio todo el cuerpo sobre un pie y quebró la pierna cabe él y llevó un trozo de la lanza metido por el escudo, aunque era fuerte. El caballo de Amadís se hizo atrás bien dos brazadas, y estuvo por caer, y Amadís fue tan desacordado que no le pudo dar de las espuelas, ni poder mano a la espada para se defender de los que le herían, pero el rey Perión, que ya era a caballo y vio el gran caballero y el encuentro que Amadís le diera tan fuerte, fue muy espantado, y dijo:

—Señor Dios, guarda aquel caballero.

—Ahora —dijo Florestán—, acorrámosle.

Entonces llegaron tan bravos que maravilla era de los ver, y metiéronse por entre todos hiriendo y derribando hasta llegar a Amadís, díjole el rey:

—¿Qué es esto, caballeros? Esforzad, esforzad, que aquí estoy yo.

Amadís conoció la voz de su padre, aunque no era enteramente en su acuerdo, y puso mano a su espada y vio cómo herían muchos a su padre y a su hermano y comenzó a dar por los unos y por los otros, aunque no con mucha fuerza, y aquí hubieran de recibir mucho peligro, Porque la gente contraria era muy esforzada y los del rey Lisuarte habían perdido mucho campo y estaban muchos sobre ellos por los matar y muy pocos en su defensa, más aquella sazón acudieron Agrajes y don Galvanes y Brián de Monjaste que venían a gran prisa por se encontrar con Brontajar Danfanía, que tanto estrago como ya oísteis hacía, y viendo los tres caballeros de las sierpes en tal afrenta, llegaron en su socorro como aquéllos que en ninguna cosa de peligro les fallecían los corazones, y en su llegada fueron muchos de los contrarios muertos y derribados, así que los de las armas de las sierpes tuvieron lugar de poder herir más a su salud a los enemigos.

Amadís, que ya en su acuerdo estaba, miró a la diestra parte y vio al rey Lisuarte con alguna compañía de caballeros que atendía al rey Arábigo que contra él venía con gran poder de gentes, y Argomades delante todos y dos sobrinos del rey Arábigo, valientes caballeros, y el mismo rey Arábigo dando voces y esforzando a los suyos, porque oía decir desde la torre:

—El del yelmo de oro mató al gran diablo.

Entonces dijo:

—Caballeros, socorramos al rey que menester se hace.

Luego fueron todos de consuno y entraron por la prisa de la gente hasta llegar donde el rey Lisuarte estaba, el cual cuando cerca de sí vio los tres caballeros de las sierpes, mucho fue esforzado, porque vio que el del yelmo dorado había muerto de un golpe aquel tan valiente Brontajar Dafania, y luego movió contra el rey Arábigo que cerca de él venía, y Argomades, que venía con su espada en la mano esgrimiéndola por herir al rey Lisuarte, parósele delante el del yelmo dorado, y su batalla fue partida por el primer golpe. El del yelmo de oro de que vio venir la gran espada contra él alzó el escudo y recibió en él el golpe, y la espada descendió por el brocal bien un palmo, y entró por el yelmo tres dedos, así que por poco lo hubiera muerto. Amadís lo hirió en el hombro siniestro de tal golpe que le tajó la loriga, que era de muy gruesa malla, y cortóle la carne y los huesos hasta el costado, de guisa que el brazo con gran parte del hombro fue del cuerpo colgado. Éste fue el más fuerte golpe de espada que en toda la batalla se dio.

Argomades comenzó a huir como hombre tullido que no salía de sí, y el caballo lo tornó por donde viniera, y los de la torre decían a grandes voces:

—El del yelmo dorado espanta las palomas.

Y el uno de aquellos sobrinos del rey Arábigo que llamaban Ancidel dejóse ir a Amadís y diole un golpe de espada en el rostro del caballo que se lo cortó todo a través y cayó el caballo muerto en tierra. Don Florestán cuando esto vio dejóse ir a él, que se estaba alabando e hiriéndolo por encima del yelmo de tal golpe que le hizo abajar al cuello del caballo y trabóle tan recio que al sacar de la cabeza dio con él a los pies de Amadís, y don Florestán fue llagado en el costado de la punta de la espada de Ancidel. A esta hora se juntó el rey Lisuarte con el rey Arábigo y la una gente con la otra, así que entre ellos hubo una esquiva y cruel batalla, y todos tenían mucho que hacer en se defender los unos de los otros y en socorrer a los que muertos y heridos caían.

Durín, el doncel de Oriana que allí viera por llevar nuevas de la batalla, estaba en uno de los caballos que el rey Lisuarte mandara traer por la batalla para socorro de los caballeros que menester los hubiesen, y cuando vio al del yelmo dorado en tierra, dijo contra los otros donceles que en otros caballos estaban:

—Quiero socorrer con este caballo a aquel caballero, que no puedo hacer mayor servicio al rey.

Y luego se metió a gran peligro por donde era la menos gente y llegó a él y dijo:

—Yo no sé quién vos sois, mas por lo que he visto, os traigo este caballo.

Él lo tomó y cabalgó en él y dijo de paso:

—¡Ay, amigo Durín, éste es el primer servicio que tú me hiciste.

Durín lo trajo del brazo y dijo:

—No os dejaré hasta que me digáis quién sois.

Y él se abajó lo más que pudo y díjole:

—Yo soy Amadís y no lo sepa de ti ninguno sino aquélla que tú sabes.

Y luego se fue donde dio la mayor prisa, haciendo cosas extrañas y maravillosas en armas, como las hiciera si su señora estuviera delante, que así lo tenía estándolo aquel que muy bien se lo sabría contar.

El rey Lisuarte, que se combatía con el rey Arábigo, diole con la su buena espada tales tres golpes que no le osó más atender que como sabía que aquel era el cabo y caudillo de sus enemigos puso todas sus fuerzas por le herir y retrájose detrás de los suyos maldiciendo a Arcaláus el Encantador, que a aquella tierra le hizo venir, esforzándole que se la haría ganar. Don Galaor se hería con Salmadán, un valiente caballero, y como el brazo traía cansado de los golpes que diera y la espada no cortara, trabóle con sus muy duros brazos, y sacándolo de la silla dio con él en tierra y cayó sobre el pescuezo así que luego fue muerto. Y dígoos de Amadís que membrándose aquella hora del perdido tiempo que en Gaula estuvo, y de cómo su honra fue tan avietada y menoscabada y que aquello no se lo podía cobrar sino con lo contrario, hizo tales cosas que ya no hallaba quien delante se le osase parar, e iban teniendo con él su padre y don Florestán y Agrajes y don Galvanes y Brián de Monjaste y Norandel y Guilán el Cuidador y el rey Lisuarte, que muy bravo aquella hora se mostraba. Así que tantos derribaron de los contrarios y tanto los estrecharon y pusieron en pavor que no lo pudiendo sufrir y habiendo visto al rey Arábigo ir huyendo herido desamparado al campo, se metieron en huida trabajando de se acoger a las barcas, y otros a las sierras que cerca tenían. Mas el rey Lisuarte y los suyos iban hiriendo y matando muy cruelmente y los de las armas de las sierpes delante todos, que no los dejaban, y todos los más se acogían a una fusta con el rey Arábigo, y a las otras que podían alcanzar, mas muchos murieron en el agua y otros presos. A esta sazón que la batalla se venció era ya noche cerrada y el rey Lisuarte se tornó a las tiendas de sus enemigos, y allí albergó aquella noche con muy gran alegría del vencimiento que Dios le había dado. Mas los caballeros de las armas de las sierpes como vieron el campo despachado, y que no quedaba defensa ninguna, desviáronse todos tres del camino por donde cuidaban que el rey tornaría, y metiéronse debajo de unos árboles donde hallaron una fuente, y allí descabalgaron y bebieron del agua, y sus caballos que mucho menester lo sabían, según lo que trabajaran aquel día, y queriendo cabalgar para ser ir, vieron venir un escudero en un rocín y poniéndose los yelmos porque los no conociese lo llamaron encubiertamente. El escudero dudaba pensando ser de los enemigos, mas como las armas de las sierpes les vio, si ningún recelo se llegó a ellos. Y Amadís le dijo:

—Buen escudero, decid vuestro mensaje al rey si vos pluguiere.

—Decid lo que os pluguiere —dijo él—, que yo se lo diré.

—Pues decidle —dijo él— que los caballeros de las armas de las sierpes que en su batalla nos hallamos le pedimos por merced que no nos culpe porque no le vemos, porque nos conviene de andar muy lejos de aquí extraña tierra, y a nos poner a mesura y merced de quien no creemos que la habrá de nosotros, y que le rogamos que la parte del despojo que a nosotros daría lo mande dar a las doncellas de la torre, por el daño que les hicieron, y llevadle este caballo que tomé a un doncel suyo en la batalla, que no queremos de él otro galardón mas de éste que decimos.

El escudero tomó el caballo y se partió de ellos, y se fue al rey para se lo decir. Y ellos cabalgaron y anduvieron tanto hasta que llegaron a su albergue que en la floresta tenían, y después de ser desarmados y lavados sus rostros y manos de la sangre y del polvo, y reparando sus heridas como mejor pudieron, cenaron, que muy bien guisado lo tenían, y acostáronse en sus lechos, donde con mucho reposo durmieron aquella noche.

El rey Lisuarte como fue tornado a las tiendas de sus enemigos, siendo ya todos ellos destruidos, preguntó por los tres caballeros de las armas de las sierpes, mas no halló que en otra cosa le dijese sino que los vieran ir a más andar hacia la floresta. El rey dijo a don Galaor:

—Por ventura sería aquel del yelmo dorado vuestro hermano Amadís, que según lo que él hizo no podía ser otorgado a otro sino a él.

—Creed, señor —dijo Galaor—, que no es él, porque no pasan cuatro días que de él supe nuevas que está en Gaula con su padre y con don Florestán, su hermano.

—¡Santa María! —dijo el rey—, ¿quién será?

—No sé —dijo don Galaor—, pero quienquiera que sea. Dios le dé buena ventura que a grande afán y peligro ganó honra y prez sobre todos.

Estando en esto llegó el escudero y dijo al rey todo lo que le mandaron, y mucho le pesó cuando le dijo que iban a tal peligro como ya oísteis, mas si Amadís lo dijo burlando muy de verdad salió, como adelante se dirá. Así que los hombres siempre deberían dar buenas nuncias y hados en sus cosas, y el caballo que el escudero llevaba cayó delante del rey muerto de las grandes heridas que tenía. Aquella noche albergaron don Galaor y Agrajes y otros muchos de sus amigos en la tienda de Arcalaus, que muy rica y hermosa era, en la cual hallaron broslada de seda la batalla que con Amadís hubo, y cómo lo encantó y otras que había hecho.

Otro día, luego el rey partió el despojo por todos los suyos, y dio gran parte a las doncellas de la torre, y dando licencia a los que quisiesen a sus tierras ir, con los otros se fue a una villa, que Gandapa había nombre, donde la reina y su hija estaban. El placer que entre sí hubieron no es de contar, pues que cada uno según lo pasado puede pensar que tal sería.

Capítulo 69. Cómo los caballeros de las armas de las sierpes embarcaron para su reino de Gaula, y la fortuna los echó donde por engaño fueron puestos en gran peligro de la vida, en poder de Arcalaus el Encantador, y de cómo delibrados de allí embarcaron tornando su viaje, y don Galaor y Norandel vinieron acaso el mismo camino buscando aventuras, y de lo que les acaeció

Algunos días holgaron en aquella floresta el rey Perión y sus hijos, y como el tiempo bueno y enderezado viesen, metiéronse luego a la mar en su galera, pensando ser breve en Gaula, mas de otra guisa les avino, que aquel viento fue presto trocado e hizo embravecer la mar, así que por fuerza les convino tornar a la Gran Bretaña, no a la parte donde antes estaban, sino a otra más desviada, y llegaron la galera al pie de una montaña que tocaba con la mar en cabo de cinco días de tormenta, e hicieron sacar sus caballos y armas, por andar por aquella tierra, en tanto que la mar asosegase y les viniese más enderezado viento, y sus hombres metiesen agua dulce en la galera que les había faltado, y desde que hubieron comido armáronse y cabalgaron y entraron por la tierra por saber dónde habían aportado y mandaron a los de la galera que los atendiesen. Llevaron tres escuderos consigo, pero Gandalín no iba allí, porque era muy conocido.

Así como oís subieron por un valle, encima del cual hallaron un llano, y no anduvieron mucho por él que hallaron cabe una fuente una doncella que a su palafrén a beber daba, vestida ricamente, y encima una capa de escarla que con hebillas y ojales de oro se abrochaba, y dos escuderos y dos doncellas con ella que le traían halcones y canes con que cazaba, y como ella los vio conociólos luego en las armas de las sierpes y fue haciendo gran alegría contra ellos, y como llegó saludólos con mucha humildad, haciendo señas que era muda; ellos la saludaron y parecióles muy hermosa y hubieron mancilla que fuese muda. Ella se llegaba al del yelmo dorado y abrazábalo y quería le besar las manos, y cuando allí una pieza estuvo convidábalos por señas que fuesen aquella noche sus huéspedes en un su castillo, mas ellos no la entendían; ella hizo señas a sus escuderos que se lo declarasen, y así lo hicieron. Ellos viendo aquella buena voluntad, y que era ya muy tarde, fuéronse con ella a salvarle, y no anduvieron mucho que llegaron a un hermoso castillo, teniendo a la doncella por muy rica, pues que de él era señora, y entrando en él hallaron gentes que le recibieron humildosamente, y otras dueñas y doncellas, que todas acataban a la muda como a señora. Luego les tomaron los caballos, y subieron a ellos a una rica cámara que sería veinte codos en alto de la tienda, y haciéndolos desarmar les trajeron ricos mantos que cubriesen; y desde que hubieron hablado con la muda y con las otras doncellas, trajéronles de cenar, y fueron muy bien servidos, y ellas se fueron a sus aposentamientos, mas no tardó mucho que luego volvieron con muchas candelas e instrumentos acordados para les dar placer, y cuando fue tiempo de dormir dejáronlos y fuéronse. En aquella cámara había tres camas muy ricas que la doncella muda mandara hacer, y pusiéronlas sus armas cabe cada cama. Ellos se acostaron y durmieron so-segadamente como aquéllos que trabajados y fatigados andaban, y aunque sus espíritus reposaban, no lo hacían sus vidas, según en el peligroso lazo en que metidos eran, que con mucha causa se puede comparar a las cosas de este mundo, que sabed que aquella cámara era hecha por una muy engañosa arte, que toda ella se sostenía sobre un estello de hierro hecho como un husillo de lagar cerrado en otro de madero que en medio de la cámara estaba y podíase bajar y alzar por debajo, trayendo una palanca de hierro alrededor, que la cámara no llegaba a pared ninguna. Así que cuando a la mañana despertaron halláronse en hondos otros veinte codos que en alto estaba cuando en ella entraron.

A esta doncella muda, hermosa, podemos comparar el mundo en que vivimos, que pareciéndonos hermoso sin boca, sin lengua, halagándolos, lisonjeándonos, nos convida con muchos deleites y placeres, con los cuales sin recelo alguno siguiéndole nos abrazamos, y perdiendo de nuestras memorias las angustias y tribulaciones que por albergue de ellas se nos aparejan después de las haber seguido y tratado, echámonos a dormir con muy reposado sueño, y cuando despertamos, siendo ya pasados de la vida a la muerte, aunque con más razón se debería decir de la muerte a la vida, por ser perdurable, hallámonos en tan gran hondura que ya apartada de nos aquella gran piedad del muy alto Señor, no nos queda redención alguna, y si estos caballeros la hubieran fue por ser aún esta vida, donde ninguno por malo, por pecador que sea debe perder la esperanza del perdón, tanto que dejando las malas obras siga las que son conformes al servicio de aquel Señor que se lo puede dar.

Pues tomando a los tres caballeros, cuando fueron despiertos y no vieron señal ninguna de claridad, y sentían cómo la gente del castillo sobre ellos andaba, mucho se maravillaron, y levantáronse de los lechos y buscando a tientas las puertas y las finiestras, halláronlas, pero metiendo las manos por ellas topaban en el muro del castillo. Así que luego conocieron que eran traídos a engaño.

Estando con gran pesar de se ver en tal peligro pareció suso a una finiestra de la cámara un caballero grande y membrudo, y el rostro había medroso y en la barba y cabeza más cabellos blancos que negros, y vestía paños de duelo; en la mano diestra tenía una lúa de paño blanco que al codo le llegaba, y dijo a una voz alta:

—¿Quién yace allá dentro? Que mal seáis albergados, que según el gran pesar que me habéis hecho así hallaréis la mesura y merced, que serán muy crueles y amargas muertes, y aun con esto no seré vengado, según lo que de vos recibí en la batalla del falso rey Lisuarte. Sabed que yo soy Arcalaus el Encantador, si me nunca visteis, ahora me conoced, que nunca ninguno me hizo pensar que de él no me vengase sino es de uno solo, que aún yo cuido tener donde vos estáis, y cortarles las manos por ésta que él me cortó, si yo antes no muero.

Y la doncella que cabe él estaba, dijo:

—Buen tío, aquel mancebo que allí está es el que traía el yelmo dorado, y tendió la mano contra Amadís.

Cuando ellos vieron que aquél era Arcalaus fueron en gran pavor de muerte y por extraña cosa tuvieron ver hablar a la doncella muda que vos allí trajera, y saber que esta doncella se llamaba Dinarda, y era hija de Ardán Canileo, y era muy sutil en las maldades y viniera a aquella tierra y hacer por algún arte matar a Amadís y por ello se hacía muda.

Arcalaus les dijo:

—Caballeros, yo os haré ante mí tajar las cabezas y enviarlas he al rey Arábigo, en alguna enmienda de lo que le deservísteis.

Y tiróse de la finiestra, y mandóla cerrar, y quedó la cámara tan oscura que no se veían unos a otros.

El rey Perión les dijo:

—Mis buenos hijos, esto en que somos nos muestra las grandes mudanzas de la fortuna. ¿Quién pudiera pensar que siendo escapados de una tal batalla do tantos caballeros, donde tantos peligros pasamos con tanta fama, con tanta gloria, que por una flaca doncella sin lengua y sin habla engañados de tal forma fuésemos? Por cierto, maravillosa cosa sería a aquéllos que en las mundanales y perecederas cosas ponen su esperanza sin se les acordar cuán poco vales y en cuán poco aprecio deben de ser tenidas. Pero a nosotros, que muchas veces por la experiencia lo hemos ya ensayado, no se nos debe hacer extraño ni grave, porque siendo nuestro principal oficio buscar las aventuras, así las buenas como las contrarias, conviene de las tomar como vinieren, y poniendo nuestras fuerzas en el remedio de ellas lo restante donde ellas no bastaren dejarlo a aquel alto Señor, en quien el poder es entero, así que hijos, dejando aparte el gran dolor que la humanidad nos acarrea de haber vosotros de mí, y yo más de vosotros, a él dejemos que como más su servicio sea ponga el remedio.

Los hijos que en más tenían la piedad del padre que la afrenta ni peligro en que estaban cuando aquel tan gran esfuerzo en él sintieron, mucho fueron alegres, e hincados los hinojos le besaron las manos, y él les echó su bendición. Así como oís pasaron aquel día sin comer y sin beber. Y desde que Arcaláus cenó y pasó ya parte de la noche, vínose a la finiestra donde ellos estaban con dos hachas encendidas y Dinarda y dos hombres ancianos con él, y mandándola abrir, dijo:

—Vos, caballeros, que allá yacéis, cuido que comierais si tuvieseis qué.

—De grado —dijo don Florestán—, si nos lo mandaseis dar.

Él dijo:

—Si en voluntad lo tengo, Dios me la quite, pero porque del todo no quedéis desconsolados en enmienda de la comida os quiero decir unas nuevas. Sabed cómo ahora, después que fue noche vinieron a la puerta del castillo dos escuderos y un Enano, que preguntaban por los caballeros de las armas de las sierpes, y mandólos prender y echar en una prisión, que ende debajo tenéis, de éstos sabré mañana quien sois o los haré cortar miembro a miembro.

Sabed que esto que Arcalaus les dijo, era allí verdad, que los de la galería viendo que tardaba y tenían el tiempo enderezado para navegar, acordaron que los buscase Gandalín y el Enano y Orfeo, el repostero del rey, y a éstos tenían en la prisión, como es dicho.

Mucho les pesó al rey y a sus hijos de estas nuevas, porque muy peligrosas eran. Amadís respondió a Arcalaus diciendo:

—Bien cierto soy yo que después que sepáis quién somos, que no nos haréis tanto mal como antes, porque como vos seáis caballeros y hayáis pasado por muchas cosas no tendréis a mal lo que nosotros hicimos en ayudar a nuestros amigos sin ninguna fealdad, y así lo hiciéramos. siendo de vuestra parte, y si alguna bondad en nosotros. hubo por eso deberíamos ser en más tenidos y hecha más honra. Lo cual al contrario, dentro en la batalla merecíamos, mas teniéndonos así presos y tratarnos de tal manera, no hacéis en ello cortesía.

—¿Quién se pusiese con vos en disputa sobre eso? —dijo Arcalaus.

—La honra que vos yo, haré será la que haría a Amadís de Gaula si ahí lo tuviese, que es el hombre del mundo que yo peor quiero y de quien más me querría vengar.

Dinarda dijo:

—Tío, como quiera que las cabezas de estos enviéis al rey Arábigo, entretanto no los matéis de hambre, sostenerles las vidas porque con ella mayor pena sostengan.

—Pues que así os parece, sobrina —dijo él—, yo lo haré.

Y díjoles entonces:

—Caballeros, decidme en vuestra fe cual os aqueja más, el hambre o la sed.

—Pues que hemos de decir verdad —dijeron ellos—, aunque el comer era más conveniente, primero la sed nos aqueja mucho.

—Entonces —dijo Arcalaus a una doncella—, sobrina, echadles una empanada de tocino, porque no digan que no acorro a su menester.

Y fuese de allí y todos los otros. Aquella doncella vio a Amadís tan apuesto, y sabiendo las grandes caballerías que en la batalla hiciera, que era mucho movida a piedad de él y de los otros, y luego puso en un cesto un barril de agua y otro de vino y la empanada, y colgándolo por una cuerda se lo dio diciendo:

—Tomad esto, y tenédmelo poridad, que si yo puedo no lo pasaréis mal.

Amadís se lo agradeció mucho, y ella se fue. Con aquello cenaron y acostáronse en sus camas, y mandaron a sus escuderos que allí con ellos estaban, que tuviesen las armas en tal parte donde las hallasen, que si de hambre no morían, de otra manera ellos venderían bien sus vidas.

Gandalín y Orfeo y el Enano fueron metidos en la prisión, que era de suyo de aquel sobrado donde sus señores estaban, y hallaron ahí una dueña y dos caballeros, el uno que era su marido y ya de días, y el otro su hijo asaz mancebo, y había un año que allí estaban, y hablando unos con otros, dijo Gandalín cómo viniendo en busca de los tres caballeros de las armas de las sierpes, los han prendido:

—¡Santa María! —dijo el caballero—, sabed que ellos que decís fueron en este castillo muy bien recibidos, y estando durmiendo entraron aquí cuatro hombres, y trayendo alrededor esta palanca de hierro que aquí veis, bajaron con ella este sobrado, así que han recibido gran traición.

Gandalín, que muy avisado era, entendió luego que su señor y los otros estaban allí y el peligro grande de muerte en que estaban, y dijo:

—Pues que así es, trabajémonos de lo subir suso, sino ellos ni nosotros nunca saldremos de aquí, y creed que si ellos se salvan, que nosotros seremos libres.

Entonces el caballero, su hijo de una parte y Gandalín y Orfeo de la otra, comenzaron a rodear la palanca así que el sobrado comenzó luego a subir, y el rey Perión que no dormía sosegado más con cuita de sus hijos que de sí, sintiólo luego y despertólos y dijoles:

—Veis cómo el sobrado se alza no sé por cuál razón.

Amadís dijo:

—Sea por cualquiera que morir como caballeros o como ladrones gran diferencia es —y luego saltaron de los lechos e hicieron a sus escuderos que los armasen y esperaron qué sería aquello, mas el sobrado fue alzado a gran afán de los que lo subían tanto como era menester, y el rey Perión y sus hijos que a la puerta estaban vieron por entre las tablas la claridad y conocieron que por allí habían entrado, y trabaron de ella todos tres tan fuerte que la derribaron, y salieron al muro donde eran los veladores con tan gran coraje y braveza que maravilla era, y comenzaron a matar y derribar del muro cuantos hallaban y decir:

—Gaula, Gaula, que nuestro es el castillo.

Arcalaus que lo oyó fue muy espantado y cuidando que traición era de alguno de los suyos que allí había traído sus enemigos huyó desnudo a una torre y subió consigo la escalera que andadiza era y no se temía de los presos que aquellos a buen recaudo a su parecer estaban, y asomándose a una finiestra vio a los de las armas de las sierpes andar por el castillo a gran prisa, y aunque los conoció, no osó salir ni bajar a ellos, mas daba voces diciendo a los suyos que no les temiesen, que no eran más de tres hombres. Algunos de los suyos que abajo posaban comenzáronse a armar, mas los tres caballeros que ya el muro habían de los veladores deliberado, bajaron luego a ellos que los oyeron y en poca de hora los pararon tales así muertos ante ellos. Los que habían en la cárcel que oyeron lo que se hacía, dieron voces que los acorriesen. Amadís conoció la voz de su Enano, que éste y la dueña habían más temor, y fueron luego para los sacar, y así lo hicieron, que a gran fuerza quebrantaron las armellas y abrieron la puerta por donde salieron, y buscando por las casas bajas que al corral salían hallaron los caballos suyos y de sus señores y otros de Arcalaus, que dijeron al caballero y a su hijo y un palafrén de Dinarda para la dueña, y sacáronlos todos fuera del castillo, y cuando fueron a caballo mandó el rey poner fuego a las casas que dentro eran y comenzó a arder tan bravamente que todo parecía una llama; el fuego era grande que daba en la torre, el Enano decía a grandes voces:

—Señor Arcalaus, recibid en paciencia ese humo, como yo lo hacía cuando me colgaste por las piernas al tiempo que hiciste la gran traición a Amadís.

Mucho se pagó el rey cómo el Enano deshonraba a Arcalaus, y mucho reían todos al ver que aquél era el cabo de su esfuerzo. Entonces se fueron por el camino que allí vinieran a la galera, y subiendo una sierra vieron las grandes llamas del castillo y las voces de la gente que hubieron placer. Así anduvieron hasta ser en el monte alto, entonces esclarecido el día, y vieron ayuso en la ribera su galera y fueron para allá y entraron dentro desarmándose para holgar. La dueña, cuando el rey vio desarmado, fuesele a hincar de hinojos delante y él la conoció y levantóla por la mano abrazándola de buen talante que la mucho amaba, y la dueña dijo al rey:

—Señor, ¿cuál de aquellos es Amadís?

Él le dijo:

—Aquel del gambax verde.

Entonces se fue a él, e hincando los hinojos le quiso besar el pie, mas él la levantó y hubo vergüenza de aquello. La dueña se lo hizo conocer diciéndole cómo ella era aquélla que en la mar lo echara al tiempo que nació por salvar la vida de su madre, y que le demandaba perdón. Amadís le dijo:

—Dueña, ahora sé lo que nunca supe, que aunque de mi amo Gandales había sabido por qué causa fue, y yo os perdono lo que me no errasteis, pues lo que se hizo fue por servicio de aquélla a quien yo con toda mi vida tengo de servir.

El rey holgó mucho de hablar de aquel tiempo, y estuvo riendo con ellas gran pieza, y allí fueron por la mar adelante mucho alegres de sus venturas, hasta que llegaron en el reino de Gaula. Arcalaus, como ya oísteis, estaba en la torre desnudo, donde se acogiera, y como la llama daba en la puerta, nunca pudo descender. El humo y el calor eran tan demasiados, que no se podía valer ni darse ningún remedio, aunque se metió en una bóveda, pero allí era el humo tan espeso que le puso en gran cuita, y así estuvo dos días que ninguno en el castillo pudo entrar, tanto era el fuego grande, mas al tercer día entraron sin peligro, y subieron a la torre y hallaron a Arcalaus tan desacordado que estaba ya para le salir el alma, y echándole del agua por la boca le hicieron acordar, mas a gran trabajo suyo, y tomáronle en sus brazos para lo llevar a la villa, y como vio el castillo quemado y todo muy destrozado, dijo suspirando y con gran dolor de su corazón:

—¡Ay, Amadís de Gaula, cuánto daño por ti me viene! Si yo te puedo haber, yo haré en ti tantas crueldades, que mi corazón sea vengado de cuantos daños de ti recibidos tengo, y por tu causa juro y prometo de nunca dar la vida a caballero que tome, porque si en mis manos cayeres, no escapes de ellas como ahora lo hiciste.

Él estuvo en la villa cuatro días por tomar alguna recreación, y poniéndose en unas andas con siete caballeros que lo guardasen, se partió para el su castillo de Monte Aldín, y Dinarda, la muy hermosa, y otra doncella con él, esta noche durmieron en casa de un su amigo, y otro día había de llegar al su castillo, y siendo ya pasadas las partes del día que iba por su camino, vieron ir por la falda de una floresta dos caballeros que cabe una fuente que allí era habían holgado, e iban muy ricamente armados, y cabalgaban por saber qué cosa era, y ellos así estando allegóse Dinarda a Arcalaus y dijo:

—Buen tío, ¿veis allí dos caballeros extraños?

Él levantó la cabeza, y como los vio, llamó a los suyos y les dijo:

—Tomad vuestras armas y traedme aquellos caballeros no les diciendo quien soy, y si se defendieren traedme sus cabezas.

Y sabed que los caballeros eran don Galaor y su compañero Norandel, y los caballeros de Arcalaus les dijeron llegando a ellos que dejasen las armas y fuesen a mandado del que en las andas venía.

—En el nombre de Dios —dijo Galaor—, y, ¿quién es ese que lo manda, o qué va a él que vamos armados o desarmados?

—No sabemos —dijeron ellos—, mas conviene que lo hagáis o llevaremos vuestras cabezas.

—Aún no estamos en tal punto —dijo Norandel—, que lo hacer podáis.

—Ahora lo veréis —dijeron ellos. Entonces se fueron a herir, y de los primeros encuentros cayeron los dos de ellos en el suelo heridos de muerte, pero los otros quebraron en ellos sus lanzas y no los movieron de las sillas, y luego pusieron mano a sus espadas y hubieron entre sí una esquiva y cruel batalla, mas al fin siendo los tres de ellos derribados y mal heridos, los dos que quedaron no osaron atender aquellos mortales golpes y fuéronse por la floresta al más correr de sus caballos. Los dos compañeros no los siguieron, antes fueron luego a saber quién en las andas venía, y cuando llegaron, toda la otra compañía que con Arcalaus estaba echaron a huir, sino dos hombres que en sendos rocines, y alzaron el paño y dijeron:

—Don caballero que Dios maldiga, ¿así tratáis los caballeros que van por el camino seguros? Si fueseis armado haceros íbamos conocer que sois malo y falso a Dios y al mundo, y pues que sois doliente enviaros hemos a don Grumedán que os juzgue de la pena que merecéis.

Arcalaus, cuando esto oyó, fue muy espantado, que bien veía si don Grumedán le viese que su muerte era llegada, y como era sutil en todas las cosas, respondió haciendo buen semblante, y dijo:

—Cierto, señor, en vos me enviad a don Grumedán, mi primo y señor, mucha merced me hacéis que él sabe muy bien mi maldad y mi bondad, pero téngome por malaventurado de ser quejosos de mí contra razón ni mi pensamiento es sino de servir a todos los caballeros andantes, y ruégoos, señores, por cortesía, que me oigáis mi desventura y después haced de mí lo que vuestra voluntad fuere.

Como ellos oyeron decir que era primo de don Grumedán, a quien ellos tanto amaban, pesóles por las palabras deshonestas que le habían dicho y dijéronle:

—Ahora decid, que de grado os oiremos.

Él dijo:

—Sabed, señores, que yo cabalgaba un día armado por la floresta de la Laguna Negra en la cual hallé una dueña que se me quejó de un tuerto que le hacían y yo fui con ella e hícele alcanzar su derecho ante el conde Guncestre, y tornándome a un mi castillo no anduve mucho que encontré con aquel caballero que allí matasteis, que Dios maldiga, que era muy perverso hombre, y con otros dos caballeros que consigo traía, y por haber de mí aquel castillo acometióme, y yo cuando esto vi enderecé mi lanza y fuime para ellos, e hice mi poder, defendiéndome, mas fui vencido y preso y túvome en un castillo suyo un año, y si alguna honra me hizo fue curarme de estas llagas. Entonces se las mostró, que muchas tenía, que él era valiente caballero y había dado y recibido muchas, y como yo desesperado fuese, acordé por salir de su prisión de la entregar el castillo, pero estaba tan flaco que no me pudo traer sino en estas andas, y yo tenía pensado de me ir luego a don Grumedán, mi primo, y al rey Lisuarte, mi señor, y demandar justicia de aquel traidor que me tenía robado, lo cual, señores, me parece que sin lo yo pedir partisteis mejor que lo yo pensaba, y si allí no hallase remedio, buscar a Amadís de Gaula o a su hermano don Galaor, y pedirles que habiendo piedad de mí me pusiesen el remedio que a todos los que agravio reciben ponen, y la causa por que aquellos traidores os acometieron fue porque no supieseis de mí que en estas andas venía, la razón que os he dicho.

Cuando esto oyeron pensaron de todo en todo que verdad decían, y demandándole perdón por las palabras deshonestas que le había dicho, le preguntaron cómo había nombre, él le dijo:

—A mí me llaman Granfiles, no sé si de mi habréis noticia.

—Sí he —dijo don Galaor—, y sé que hacéis mucha honra a todos los caballeros andantes, según me ha dicho vuestro primo.

—A Dios merced —dijo él—, que ya por eso me conocéis, y pues que sabéis mi nombre, mucho os ruego por mesura que os quitéis los yelmos y me digáis vuestros nombres.

Galaor le dijo:

—Sabed que este caballero ha nombre Norandel y es hijo del rey Lisuarte, y yo he nombre don Galaor, hermano de Amadís, y quitáronse los yelmos.

—A Dios merced —dijo Arcalaus— que de tales caballeros fui socorrido —y mirando mucho a don Galaor por lo conocer para le dañar si la dicha se lo pusiera en poder, dijo:

—Yo fío en Dios, señores, que a un tiempo vendrá que la ventura os ponga en parte donde el deseo que yo con vos tengo se pueda satisfacer, y ruégeos que me digáis lo que haga.

—Lo que vuestra voluntad sea —dijeron ellos. Así se partió luego a tal hora que era noche cerrada. Pero hacía Luna clara, y como traspuso un recuesto dejó aquel camino y tomó otro más encubierto que él sabía. Los dos caballeros acordaron que pues sus caballos eran cansados y la noche sobrevenida que holgasen cabe aquella fuente.

—Pues así os parece —dijo el escudero de don Galaor—, aún mejor albergue se os apareja de lo que pensáis.

—¿Cómo es ello? —dijo Norandel.

—Sabed —dijo él— que en aquel edificio antiguo entre aquellos zarzales se escondieron dos doncellas que venían con el caballero de las andas.

Entonces se apearon de los caballos cabe la fuente y lavaron sus rostros y manos y fuéronse donde las doncellas estaban y entraron por unos lugares estrechos, y dijo don Galaor a una voz alta:

—¿Quién está aquí escondido? Dame acá fuego, que yo los haré salir.

Dinarda, cuando esto oyó, tuvo miedo y dijo:

—¡Ay, señor caballero, merced, que yo saldré fuera!

—Pues salid —dijo él—, y veré quién sois.

—Ayudadme —dijo ella—, que de otra guisa no podré salir.

Galaor se allegó y ella tendió los brazos que con la Luna se parecían, y él la tomó por las manos y sacóla de donde estaba, y pagóse tanto de ella que no viera otra que tan bien le pareciese, y ella tenía saya de escarlata y capa de jamate blanco, y Norandel sacó la otra y lleváronlas a la fuente, donde con mucho placer cenaron de lo que sus escuderos traían y dé lo que hallaron en un rocín de Arcalaus.

Dinarda estaba con miedo, que Galaor sabía cómo ella metiera en la prisión a su padre y hermanos, y había gana que se pagase de ella y quisiese su amor, el cual hasta entonces a ninguno había dado, y por esto siempre le miraba con ojos amorosos y hacía señas a su doncella loando la gran hermosura de él; todo esto con pensamiento que si aquello con ella pasase que después no sería tal que la mal quisiese hacer; pero Galaor que, según su maña en aquel caso no tenía el pensamiento sino como a su grado de ella por amiga la pudiese haber, no tardó en haber el conocimiento que ella tenía mucho, así que después de la cena, dejando a Norandel con la doncella, él se fue con Dinarda, hablando por entre las matas de la floresta e íbala abrazando, y ella echábale los brazos al cuello, mostrándole mucho amor, aunque los desamaba como algunas lo suele hacer, o por miedo o por codicia de interés más que por contentamiento, donde se siguió que aquélla que hasta allí requerida de muchos, por guardar su honestidad deseándolos por amigos los desechara, aquel su enemigo, queriéndolo la su contraria fortuna, teniéndolo ella por merced de doncella, en dueña la tornó. Norandel, que con la doncella quedara, ahincóla mucho que le diese su amor, porque estaba de ella pagado, mas ella le dijo:

—Por fuerza podéis hacer vuestra voluntad, pero por la mía no será ni si señora Dinarda no lo manda.

Norandel dijo:

—¿Ésta es Dinarda, la hija de Ardán Canileo, que nos dicen que es venida a esta tierra por haber consejo con Arcalaus el Encantador para vengar la muerte de su padre?

—No sé la causa de su venida —dijo ella—; mas ésta es la que decís, y creed que es bienaventurado el caballero que su amor alcanzó, porque es mujer de todos codiciada más que otra y requerida. Pero hasta ahora no la pudo ninguno haber.

En esto estando, llegaron a ellos Galaor y Dinarda, que mucho habían holgado, no entrambos, antes digo que en mayor grado era la tristeza de ella que el placer de él, y Norandel tomó a don Galaor aparte y díjole:

—¿No sabéis quién es esta doncella?

—No más de lo que vos —dijo él.

—Pues sabed que ésta es Dinarda, hija de Ardán Canileo, aquélla que os dijo vuestra prima Mabilia que viniera a esta tierra por buscar por alguna arte la muerte de Amadís.

Don Galaor estuvo cuidando y dijo:

—De su corazón no sé nada, mas de lo que parece mucho muestra que me ama, y por cosa del mundo no le haría mal, que es la mujer de cuantas yo vi que más me ha contentado y no la quiero partir por ahora de mí, y pues que a Gaula vamos, yo tendré manera como con alguna enmienda que Amadís le haga, de ella sea perdonado.

En tanto que ellos hablaban, estuvo Dinarda con su doncella y supo cómo no quisiera consentir en el ruego de Norandel y cómo la había descubierto, de que mucho le pesó, y dijo:

—Amiga, en tales tiempos es menester la discreción para negar nuestras voluntades, que de otra guisa seríamos en gran peligro, ruégoos que hagáis mandado de aquel caballero y mostrémoles amor hasta que veamos tiempo de ser de ellos partidas.

Ella dijo que así lo haría.

Don Galaor y Norandel, desde que una pieza hablaron, tornando a las doncellas y estuvieron parte de la noche hablando y jugando con ellas en risa y placer. Entonces, tomando cada uno la suya, se acostaron en camas de hierba que los escuderos habían hecho, y allí durmieron y holgaron toda aquella noche.

Don Galaor preguntó entonces a Dinarda cómo había por nombre aquel caballero malo que los quería matar, y decíalo por el que matara, y entendió que por el de las andas, y díjole:

—¿Cómo no supisteis al allegar de las andas que era Arcalaus? Y los caballeros que desbaratasteis suyos eran.

—¿Es cierto —dijo don Galaor— que aquél era Arcalaus?

—Sí, verdaderamente —dijo ella.

—¡Oh, Santa María! —dijo él—. ¡Cómo escapó de la muerte con tales sotilezas!

Cuando Dinarda oyó que no lo habían muerto fue la más alegre del mundo; pero no lo mostró y dijo:

—Hora fue hoy que pusiera yo mi vida por la suya, mas ahora que soy en vuestro amor y en la vuestra merced y mesura, quiera que fuera de mala muerte muerto, porque sé yo que os desama en mucho grado, y lo cual os desea y a vuestro linaje, a Dios plega que presto sobre él caía, y abrazándose con él le mostraba todo el amor que podía.

Así como oís albergó aquella noche, y venido el día armáronse y tomaron sus amigas y sus escuderos, que les llevaban las armas, y fuéronse la vía de Gaula a entrar en la mar.

Arcalaus llegó a la medianoche a su castillo, con gran espanto de lo que le aviniera, y mandó cerrar las puertas y que persona no entrase sin su mandado e hízose curar con intención de ser peor que no de ante y hacer mayores males qué de antes, como hacen los malos, que, aunque Dios en ellos espera, no quieren ni desear ser desatados de aquellas fuertes cadenas que el enemigo malo les tiene echadas, antes con ella son llevados al fondo del infierno, como se debe creer que este malo lo fue.

Don Galaor y Norandel y sus amigas anduvieron dos días contra un puerto para pasar en Gaula, y al tercero día llegaron a un castillo, en el cual acordaron de albergar, y hallando la puerta abierta metiéronse dentro sin hallar persona alguna; mas luego salió de un palacio un caballero, que era el señor del castillo, y cuando dentro los vio hizo mal semblante contra los suyos porque dejaran la puerta abierta, mas hízolo bueno con los caballeros y recibiólos muy bien e hízoles hacer mucha honra, pero contra su voluntad: porque este caballero había nombre Ambades y era primo de Arcalaus el Encantador, y conoció a Dinarda, que era su sobrina, y supo de ella cómo la traían forzada, y la madre de este Ambades lloró con ella encubiertamente y quisiera hacerlos matar, mas Dinarda le dijo:

—No entre en vos ni en mi tío tal locura.

Entonces les contó cómo desbarataran a los siete caballeros de Arcalaus y todo lo que con él pasaron y dijo:

—Señora, hacedles honra, que son muy esforzados caballeros y a la mañana yo y mis doncellas quedaremos zagueras, y como ellos salieren echen la puerta colgadiza y allí quedaremos en salvo.

Esto así concertado con Ambades y su madre, dieron de cenar a don Galaor y a Norandel y a sus escuderos y buenas camas en que durmiesen, y Ambades no durmió en toda la noche, tanto estaba espantado en tener tales hombres en su castillo, y como fue a mañana levantóse y armóse y fuese a sus huéspedes y dijo:

—Señores, quiero haceros compañía y mostraros el camino, que éste es mi oficio: andar armado buscando las aventuras.

—Huésped —dijo don Galaor—, mucho os lo agradecemos.

Entonces se armaron e hicieron cabalgar a sus amigas en sus palafrenes, y salieron del castillo, mas el huésped y las doncellas quedaron atrás, y como ellos y sus escuderos eran fuera, echaron la puerta colgadiza, de manera que el engaño hubo efecto. Ambades descendió del caballo con mucho placer y subióse al muro y vio a los caballeros que aguardaban si verían alguno para les pedir las doncellas, y dijo:

—Id vos, malos huéspedes y falsos, a quien Dios confunda y dé mala noche, como a mí vosotros la disteis, que las dueñas que gozar pensabais conmigo quedan.

Don Galaor le dijo:

—Huésped, ¿qué es ello que decís? No seréis vos tal que habiéndonos hecho en esta vuestra casa tanto servicio y placer, en la fin hagáis tan gran deslealtad en nos tomar nuestras dueñas por fuerza.

—Si así fuese —dijo él—, más placer habría, porque el enojo sería mayor; más de su grado las tomé, porque andaban forzadas con sus enemigos.

—Pues parezcan ellas —dijo don Galaor—, y veremos si es así como decís.

—Hacerlo he —dijo él—, no por os dar placer, mas porque veáis cuán aborrecidos de ellas sois.

Entonces se puso Dinarda en el muro, y don Galaor le dijo:

—Dinarda, mi señora, ese caballero dice que quedáis aquí de vuestro grado, y no lo puedo creer según el gran amor que es entre nosotros.

Dinarda dijo:

—Si yo os mostré amor fue con sobrado miedo que tenía, pero sabiendo vos ser yo hija de Ardán Canileo y vos hermano de Amadís, ¿cómo se podía hacer que os amase?, especialmente en me querer llevar a Gaula en poder de mis enemigos; idos, don Galaor, y si algo por vos hice, no me lo agradezcáis ni se os acuerde de mí, sino como enemiga.

—Ahora quedad —dijo Galaor— con la mala ventura que Dios os dé, que de tal raíz como Arcalaus no podía salir sino tal pimpollo.

Norandel, que muy sañudo estaba —dijo contra su amiga:

—Y vos, ¿qué haréis?

—La voluntad de mi señora —dijo ella.

—Dios confunda su voluntad —dijo él— y la de ese mal hombre que así nos engañó.

—Si yo soy malo —dijo Ambades—, aunque no sois tales vosotros que me tuviese por honrado de vencer tales dos hombres.

—Si tú eres caballero, como te alabas —dijo Norandel—, sal fuera y combátete conmigo, yo a pie y tú a caballo, y si me matas, cree que quitas un enemigo mortal de Arcalaus, y si yo te venciese, danos las dos doncellas.

—Como eres necio —dijo Ambades—, a entrambos no tengo en nada, pues que haré a ti solo a pie estando y yo a caballo, y en esto que dices de Arcalaus, mi señor, por tales veinte como tú ni como ese otro tu compañero, no daría él una paja.

Y tomando un arco turquí les comenzó a tirar con flechas. Ellos se tiraron afuera y tornaron al camino que de antes iban, hablando como la maldad de Arcalaus alcanzaba a todos los de su linaje y riendo mucho uno con otro de la respuesta de Dinarda y de su huésped y de la gran saña de Norandel y de cómo el huésped, estando a salvo, en cuán poco la tenía. Así anduvieron tres días albergando en poblados y a su placer, y al cuarto, día llegaron a una villa que era puerto de mar, que había nombre Alfial, y hallaron dos barcas que pasaban a Gaula, y entrando en ellas aportaron sin entrevalo alguno dónde era el rey Perión, y Amadís, y Florestán.

Así acaeció que estando Amadís en Gaula aderezando para se partir a buscar las aventuras, por enderezar y cobrar el tiempo que en tanto menoscabo de su honra allí estuvo, continuando cada día de cabalgar por la ribera de la mar, mirando la Gran Bretaña, que allí eran sus deseos y todo su bien, andando un día él y don Florestán paseando, vieron venir las barcas y fueron allá por saber nuevas, y llegando a la ribera venían ya don Galaor y Norandel en un batel por salir en tierra. Amadís conoció a su hermano y dijo:

—¡Santa María, aquél es nuestro hermano don Galaor!, él sea muy bien venido.

Y dijo a don Florestán:

—¿Conocéis vos al otro que con él viene?

—Sí —dijo él—; aquél es Norandel, hijo del rey Lisuarte, compañero de don Galaor, y sabed que es muy buen caballero y por tal en tal batalla se mostró que con su padre habimos en la Ínsula de Mongaza, pero entonces no era conocido por su hijo, hasta ahora, cuando fue la gran batalla de los siete reyes, que al rey plugo que se divulgase por la bondad que en sí tiene.

Mucho fue alegre Amadís con él, por ser hermano de su señora, y que sabía que ella lo amaba, según Durín se lo había dicho. En esto, llegaron los caballeros a la ribera y salieron en tierra, donde hallaron a Amadís y Florestán, apeados, que los recibieron y abrazaron muchas veces, y dándoles sendos palafrenes se fueron al rey Perión, que quería cabalgar para los recibir. Y cuando a él llegaron, quisiéronle besar las manos, mas éste no las dio a Norandel, antes lo abrazó e hizo mucha honra, y llevólo a la reina, donde no recibieron menos. Amadís, como ya os dije, tenía aderezado para partir allí al cuarto día, antes habló con el rey y con sus hermanos, diciéndoles cómo le convenía partir de ellos y que otro día entraría en su camino. El rey le dijo:

—Mi hijo, Dios sabe la soledad que de ello yo siento, pero ni por eso seré en vos estorbar, que vais a ganar honra y prez, como siempre lo hicisteis.

Don Galaor dijo:

—Señor hermano, si no fuese por una demanda de que con derecho no nos podemos partir, en que Norandel y yo somos metidos, haceros habríamos compañía; pero conviene que la acabemos o pase primero año y un día como es costumbre en la Gran Bretaña.

El rey dijo:

—Hijo, qué demanda es ésa, puédese saber?

—Sí, señor —dijo él—, que sea sabido que en la batalla que hubimos con los siete reyes de las ínsulas, fueron de la parte del rey Lisuarte tres caballeros con unas armas de sierpes de una manera, mas los yelmos eran diferentes, que el uno era blanco y el otro cárdeno y el otro dorado, éstos hicieron maravillas, tanto que todos somos maravillados, en especial el que traía el yelmo dorado, que a la bondad de éste no creo que ninguno se podrá igualar. Ciertamente se cree que si por éstos no fuera que el rey Lisuarte no hubiera la victoria que hubo, y como la batalla fue vencida partieron todos tres del campo tan encubiertos que no pudieron ser conocidos, y por lo que de ellos se habla hemos prometido de los buscar y conocer.

El rey dijo:

—Aquí nos han dicho de esos caballeros, y Dios os dé de ellos buenas nuevas.

Así pasaron aquel día hasta la noche. Y Amadís apartó a su padre y a don Florestán y díjoles:

—Señor, yo me quiero partir de mañana y paréceme que después de ido yo, se debe decir a don Galaor la verdad de esto en que anda, porque su trabajo en vano sería, que si por nosotros, no por ninguno lo puedo saber y mostradle las armas, que bien las conocerá.

—Bien decís —dijo el rey—, y así se hará.

Esa noche estuvieron con la reina y su hija y con muchas dueñas y doncellas suyas holgando con gran placer, mas todas sentían gran soledad de Amadís, que se quería ir y no sabían dónde. Pues despedidos de todas ellas se fueron a dormir, y otro día oyeron todos misa y salieron con Amadís, que iba armado en su caballo, y Gandalín y el Enano, sin otro alguno que le hacían compañía, al cual dio la reina tanto haber que por un año bastase a su señor. Don Florestán le rogó muy ahincadamente que lo llevase consigo, mas no lo pudo con él acabar por dos cosas: la una por ser más desembargado para pensar en su señora. Y la otra porque las cosas de grandes afrentas porque él esperaba pasar, pasándolas solo, así solo la muerte o la gloria alcanzase. Y cuanto una legua anduvieron, despidióse Amadís de ellos, entrando en su camino, y el rey y sus hijos se volvieron a la villa, donde habló aparte con don Galaor, su hijo, y con Norandel, y díjoles:

—Vosotros sois metidos en una demanda que si aquí no, en todo el mundo no hallaréis recaudo de ellas, de lo cual doy gracias a Dios, que a esta parte os guió, por os haber quitado de gran trabajo sin provecho; ahora sabed que los tres caballeros de las armas de las sierpes que demandáis somos yo y Amadís y don Florestán, y yo llevaba el yelmo blanco y don Florestán el cárdeno, y Amadís el dorado con que hizo las grandes extrañezas que visteis.

Y contóle el concierto que para aquella ida tuvieron y cómo Urganda les enviara las armas.

—Y porque enteramente los creáis y tengáis vuestras ventura por acabada, venid conmigo.

Y llevándolos a otra cámara de las armas les mostró las de las sierpes, por muchas partes de grandes golpes horadadas, las cuales fueron muy bien de ellos conocidas, porque mucho en la batalla las miraron, algunas veces placiéndoles ser en su ayuda y otras habiendo grande envidia de lo que sus señores hacían con ellas. Don Galaor dijo:

—Señor, mucha merced nos ha hecho Dios y vos en nos quitar de este afán, porque nuestro pensamiento era de con todas nuestras fuerzas buscar los caballeros de estas armas, y si no nos cayeran en parte que sin gran vergüenza no nos pudiéramos de su enojo partir, de combatirnos con ellos hasta la muerte y dar a entender a todos que aunque allí a lo general más que todos hicieron, en lo participar de otra manera se juzgara o morir sobre ello.

—Mejor lo ha hecho Dios —dijo el rey— por su merced.

Norandel le demandó aquellas armas con ahincamiento, mas con mucha más gravedad por el rey le fueron otorgadas. Entonces les contó el rey cómo fueron metidos en la prisión de Arcalaus y por cuál ventura fueron della salidos. A Galaor le vinieron las lágrimas a los ojos habiendo duelo de tan gran peligro, y contó lo que les aviniera aél y a Norandel con Arcalaus y cómo llamándose Granfiles se les había escapado y todo lo que con Dinarda pasaron y cómo se les quedó en el castillo y lo que con Ambades el huésped les acometió. Así estuvieron despedidos del rey y reina, entraron en una barca llevando consigo aquellas armas de las sierpes. Con buen tiempo pasaron en la Gran Bretaña, y llegados a la villa donde el rey Lisuarte y la reina eran, desarmándose en su posada, se fueron al palacio por mostrarle cómo su demanda habían acabado, y llevaron consigo las armas de las sierpes, y fueron bien recibidos del rey y de todos los de la corte. Galaor dijo al rey:

—Señor, si os pluguiere mandarnos oír ante la reina.

—Sí —dijo él. Y fuéronse luego a su aposentamiento, y todos con ellos, por ver lo que traían. La reina hubo placer con su venida y ellos le besaron las manos. Galaor dijo:

—Señores, ya sabéis cómo Norandel y yo salimos de aquí con demanda de buscar los tres caballeros de las armas de las sierpes que en vuestra batalla y servicio fueron, y, loado Dios, sin trabajo cumplido lo hemos, así como Norandel lo mostrará.

Entonces, Norandel tomó en sus manos el yelmo blanco y dijo:

—Señor, este yelmo bien lo conocéis.

—Sí —dijo él—, que muchas veces lo vi donde yo verlo deseaba.

—Pues éste trajo en la cabeza el rey Perión, que mucho os ama.

Y luego tomó el cárdeno y dijo:

—Veis aquí, éste trajo don Florestán.

Y sacando el dorado dijo:

—Veis, señora, éste que tanto en vuestro servicio hizo, cual ninguno otro hacer pudiera, trajo Amadís, si yo digo verdad en ello o no sois vos el mejor testigo que muchas veces entre ellos os hallasteis, ellos gozando de la fama y vos del vencimiento.

Y contóles cómo vinieran el rey Perión y sus hijos encubiertos a la batalla y por cuál razón después se habían ido sin que los conociesen y cómo fueron metidos en la prisión de Arcalaus y de cómo salieron quemando el castillo y cómo lo hallaran en las andas él y don Galaor y cómo se les escapara llamándose Granfiles, primo de don Grumedán, de lo cual mucho con él, que allí presente estaba, se reían, y con ellos, diciendo que muy alegre era en haber hallado tal deudo de que no sabían.

El rey preguntó mucho por el rey Perión, y Norandel le dijo:

—Creed, señor, que en el mundo no hay rey de tanta tierra como él tiene que su igual sea.

—Pues no se perderá nada —dijo don Grumedán— por sus hijos.

El rey calló por no loar a Galaor, que estaba presente, ni a los otros, de que muy poco por entonces se pagaba; pero mandó poner las armas en el arco de cristal de su palacio, donde otras de hombres famosos eran puestas.

Don Galaor y Norandel hablaron con Oriana y con Mabilia y diéronles las saludes y encomiendas de la reina Elisena y de su hija, y por ellas fueron con gran amor recibidas, como aquéllas que las mucho amaban, y hubieron gran pesar en que les dijeron que Amadís se iba solo a tierras extrañas de diversos lenguajes a buscar las aventuras más fuertes y peligrosas.

Entonces se fueron a sus posadas y el rey quedó hablando con sus caballeros en muchas cosas.

Capítulo 70. En que recuenta de Esplandián cómo estaba en componía de Nasciano el ermitaño, y de cómo Amadís, su padre, fue a buscar aventuras, mudado el nombre en el Caballero de la Verde Espada, y de las grandes aventuras que hubo

Habiendo Esplandián cuatro años que naciera, Nasciano el ermitaño envió por él que se lo trajesen, y él vino bien criado de su tiempo, y violo tan hermoso que fue maravillado, y santiguándolo lo llegó a sí, y el niño lo abrazaba como si lo conociera. Entonces hizo volver al ama y quedando allí un su hijo, que de leche de él criara a Espladián, y entrambos estos niños andaban jugando cabe la ermita de que el santo hombre era muy alegre, y daba gracias a Dios porque había querido guardar tal criatura. Pues así acaeció, que siendo Esplandián cansado de holgar echóse a dormir debajo de un árbol, y la leona que ya oísteis que algunas veces venía al ermitaño y él le daba de comer cuando lo había, vio al niño y fuese a él y anduvo un poco alrededor, oliéndolo, y después echóse cabe él. Y el otro niño fue llorando al hombre bueno diciendo cómo un can grande quería comer a Esplandián. El hombre bueno salió y vio a la leona y fue allá, mas ella se vino a él halagándolo, y tomó el niño en sus brazos, que era ya despierto, y como vio la leona, dijo:

—Padre, hermoso can es éste, ¿es nuestro?

—No —dijo el hombre bueno—, sino de Dios, cuyas son todas las cosas.

—Mucho querría, padre, que fuese nuestro.

El ermitaño hubo placer y díjole:

—Hijo, ¿queréisle dar de comer.

—Sí —dijo él.

Entonces trajo una pierna de gamo que unos ballesteros le dieran, y el niño diola a la leona y llegóse a ella, y poníale las manos por las orejas y por la boca. Y sabed que de allí adelante siempre la leona venía cada día, y aguardábalo en tanto que fuera de la ermita andaba. Y de que más crecido fue, diole el ermitaño un arco a su medida y otro a su sobrino, y con aquéllos, después de haber leído, tiraban, y la leona iba con ellos, y si herían algún ciervo, ella se lo tomaba, y algunas veces venían allí unos ballesteros amigos del ermitaño e íbanse con Esplandián a cazar por amor de la leona, que les alcanzaba la caza, y de entonces aprendió Esplandián a cazar.

Así pasaba su tiempo debajo de la doctrina de aquel santo hombre. Y Amadís se partió de Gaula, como ya os contamos, con voluntad de hacer tales cosas en armas que aquéllos que lo habían sacado y menoscabado su honra, por luenga estaba que por mandado de su señora allí hiciera quedasen por mentirosos, y con este pensamiento se metió por la tierra de Alemania, donde en poco tiempo fue muy conocido, que muchos y muchas venían a él con tuertos agravios que les eran hechos, y les hacía alcanzar su derecho, pasando grandes afrentas y peligros de su persona, combatiéndose en muchas partes con valientes caballeros, a las veces con uno, otras veces con dos y tres, así como el caso era, ¿qué os diré? Tanto hizo, que por toda Alemania era conocido por el mejor caballero que en toda aquella tierra entrara y no le sabían otro nombre sino el Caballero de la Verde Espada, o del enano, por el enano que consigo traía. De esta ida que él hizo, en tanto pasaron cuatro años que nunca volvió a Gaula, ni a la Ínsula Firme, ni supo de su señora Oriana, que esto le daba mayor tormento y cuitaba tanto su corazón, que en comparación de ellos todos los otros peligros y trabajos tenía por holganza, y si algún consuelo sentía, no era sino saber cierto que su señora, siendo firme en su membranza, de él padecía otra semejante soledad. Pues así anduvo por aquella tierra todo el verano, y viniendo el invierno, temiendo el frío, acordó de se ir al reino de Bohemia y pasarlo allí con un muy buen rey llamado Tafinor; que a la razón reinaba, del cual grandes bienes y bondades oyera decir, el cual tenía guerra con el Patín, que era ya emperador de Roma, a quien él mucho desamaba por lo de Oriana su señora, que ya oísteis, y fuese luego para allá, y acaeció que luego llegando a un río de la otra parte vio andar mucha gente, y lanzaron un girifalte a una garza y vínola a matar, a la parte donde el Caballero de la Verde Espada estaba, y él se apeó así armado como andaba, y dio muchas voces a los de la otra parte si lo cebaría.

Ellos dijeron que sí. Entonces le dio allí de comer aquello que vio que era menester, como aquel que muchas veces lo había hecho.

El río era bien hondo y no podían allá pasar. Y sabed que era allí el rey Tafinor de Bohemia, y como vio al caballero y al enano con él, preguntó si lo conocían algunos de aquéllos, y no hubo quien lo conociese.

—Si será —dijo el rey— por ventura un caballero que ha andado por tierras de Alemania, que ha hecho maravillas en armas, de que todos por milagro hablaban de él y dícenle el Caballero de la Verde Espada y el Caballero del Enano. Dígolo por aquel enano que consigo trae.

Así había un caballero que decían Sandián y era caudillo de los que al rey guardaban, y dijo:

—Cierto este es que la espada verde trae ceñida.

El rey se dio prisa en llegar a un paso del río porque el de la Verde Espada venía ya con el girifalte en su mano. Y como él llegó, díjole:

—Mi buen amigo, vos, seáis muy bien venido a esta mi tierra.

—¿Sois vos el rey?

—Sí, soy —dijo él—, cuanto a Dios pluguiere.

Entonces llegó con mucho acatamiento por le besar las manos, y dijo:

—Señor, perdonadme aunque no os erré; que no os conocía; yo vengo por os ver y servir, que roe dijeron que teníais guerra con tal hombre y tan poderoso que habréis de menester el servicio de los vuestros y aun de los extraños, y comoquiera que yo sea uno de ellos en tanto que con vos fuere, por vasallo natural me podéis contar.

—¡Caballero de la Verde Espada!, mi amigo, cómo os agradezco esta venida y lo que me decís, aquel mi corazón que con ello ha doblado el esfuerzo lo sabe, y ahora acojámonos a la villa.

Así fue el rey hablando con él, y de todos era loado de hermosura y de parecer mejor armado que otro ninguno que visto hubiesen. Llegados al palacio, mandó el rey que allí le aposentasen, y desde que fue desarmado en una rica cámara, vistióse unos paños lozanos y hermosos que el enano le traía, y fuese donde el rey estaba con tal presencia que daba testimonio de ser creídas las grandes proezas que de él decían, y allí comió con el rey, servido como a mesa de tan buen nombre. Alzando los manteles, estando todos sosegados, el rey dijo:

—Caballero de la Verde Espada, mi amigo, las grandes nuevas y honrada presencia, movióme a os pedir ayuda, aunque hasta ahora no os lo merezca, pero placerá a Dios que en algún tiempo será galardonado. Sabed, mi buen amigo, que yo he guerra contra mi voluntad con el más poderoso hombre de los cristianos, que es el Patín, emperador de Roma, que así con su gran poder como con su gran soberbia, querría que este reino que Dios libre me dio, le fuese sujeto y tributario; pero yo hasta ahora, con la fianza y fuerza de mis vasallos y amigos, he se lo defendido reciamente y defenderé cuanto la vida me durare; pero como es cosa de gran trabajo y peligro defenderse mucho tiempo los pocos a los muchos, tengo siempre atormentado mi corazón en buscar el remedio. Pues éste no es, después de Dios, sino la bondad y esfuerzo que hay de los unos hombres a otros y porque Dios os ha hecho tan extremado en el mundo en bondad y fortaleza, tengo yo mucha esperanza en el vuestro gran esfuerzo que, como siempre, procura prez y honra la guerra ganar con los menos. Así que, buen amigo, ayudad a defender este reino, que siempre a vuestra voluntad será.

El Caballero de la Verde Espada le dijo:

—Señor, yo os serviré y como mis obras viereis así juzgad mi bondad.

Así como oís quedó el Caballero de la Verde Espada en casa del Tafinor de Bohemia, donde mucha honra le hacían, y en su compañía por mandado del rey un hijo suyo que Grasandor se llamaba, y un conde primo del rey, llamado Gaitines, porque más acompañado y honrado estuviese.

Pues así avino que un día cabalgaba el rey por el campo con muchos hombres buenos e iba hablando con su hijo Grasandor y con el Caballero de la Verde Espada en el hecho de su guerra que la tregua salía en esos cinco días, y así yendo en su habla vieron venir por el campo doce caballeros y las armas traían liadas en palafrenes, y los yelmos y escudos y lanzas, sus escuderos. El rey conoció entre ellos el escudo de don Garadán, que era primo hermano del emperador Patín y era el más preciado caballero de todo el señorío de Roma, y éste hacía la guerra a este rey de Bohemia, y dijo contra el Caballero de la Verde Espada, suspirando:

—¡Ay!, que de enojo me ha hecho aquel cuyo es aquel escudo, y mostróselo, y el escudo había el campo cárdeno y dos águilas de otro, tamañas como en él cabían.

El Caballero de la Verde Espada le dijo:

—Señor, cuantas más soberbias y demasías de vuestro enemigo recibiereis, entonces tened más fucia en la venganza que Dios os dará y, señor, pues que así vienen a vuestra tierra a se poner en vuestra mesura, honradlos y hablarles bien, pero pleitesía no la hagáis sino a vuestra honra y provecho.

El rey lo abrazó y le dijo:

—A Dios pluguiese por su merced que siempre fueseis conmigo y de lo mío hicieseis a vuestra voluntad.

Y llegaron a los caballeros, y a Garadán y sus compañeros fueron ante el rey, y él los recibió de mejor palabra que de corazón, y díjoles que se entrasen en la villa y les harían toda honra.

Don Garadán dijo:

—Yo vengo a dos cosas que antes sabréis, en que no habréis menester consejo sino de vuestro corazón, y respondednos luego, porque no nos podemos detener, que la tregua sale muy cedo.

Entonces le dio una carta de creencia, que era del emperador, en que decía cual hacía cierto y estable sobre su fe todo lo que don Garadán con él asentase.

—Paréceme —dijo el rey, después de la haber leído— que no se hace poca confianza de vos, y ahora decidlo qué os mandaron.

—Rey —dijo don Garadán—, comoquiera que el emperador sea de más alto linaje y señorío que vos, porque tiene mucho en otras cosas que entender quiere dar cabo en vuestra guerra de dos guisas, la una cual más os agradare, la primera si quisiereis haber batalla con Salustanquidio, su primo, príncipe de Calabria, de ciento por ciento hasta mil, y la segunda de doce por doce caballeros conmigo y con éstos que yo traigo que él lo hará, a condición que si nos venciereis seáis quito de él para siempre, y si vencido, que quedéis por su vasallo, así como en las historias de Roma se halla, que este reino lo fue en tiempos pasados de aquel Imperio, ahora tomad lo que os agradare, que si lo rehusáis el emperador os hace saber que, dejando todas las otras cosas, vendrá sobre vos en persona y no partirá de aquí hasta os destruir.

—Don Garadán —dijo el Caballero de la Verde Espada—, asaz habéis dicho de soberbias, así de parte del emperador como de la vuestra, pues Dios muchas veces las quebranta con poca de su piedad, y el rey os dará la respuesta que le pluguiere; pero quiero preguntar tanto si él tomase cualquiera de esas batallas, ¿cómo sería seguro que se le guardaría lo que decís?

Don Garadán le miró y maravillóse cómo respondiera sin mirar a lo que el rey diría, y díjole:

—Don caballero, yo no sé quién sois, mas en vuestro lenguaje parecéis de tierra extraña, y dígoos que os tengo por hombre de poco recaudo en responder sin que el rey lo mandase; pero si él ha por bien lo que decís y otorga lo que le yo pido, mostraré eso que vos preguntáis.

—Don Garadán —dijo el rey—, yo doy por dicho y otorgo todo los que el Caballero de la Verde Espada dijere.

Cuando Garadán oyó hablar de hombre de tan alto valor hecho de armas, mudósele el corazón en dos guisas, la una pesarle porque tal caballero fuese de la parte del rey y la otra placerle por se combatir con él, que, según él, en sí sentía pensaba vencerle o matarle, y ganar toda aquella honra y gloria que él había ganado por Alemania y por las tierras donde no se hablaba de ninguna bondad de caballero sino de la de él, y dijo:

—Pues ya os otorga el rey su voluntad, ahora decid si querrá alguna de estas batallas.

El Caballero de la Verde Espada le dijo:

—Eso el rey lo dirá como le más pluguiere, pero te digo os que en cualquiera de ellas que escogiere le serviré yo si me y meter querrá, y así lo haré en la guerra en tanto que en su casa morare.

El rey le echó el brazo al cuello y dijo:

—Mi buen amigo, en tanto esfuerzo me han puesto estas vuestras palabras, que no dudaré de tomar cualquier partido de los que se me ofrecen, y ruégoos mucho que escojáis por mí de ello lo que mejor os parezca.

—Cierto, señor, eso no haré yo —dijo él—, antes con vuestros hombres buenos os aconsejad sobre ello, y tomad lo que mejor fuere, y a mí mandadme en qué os sirva, que de otra guisa con mucha razón serían quejosos de mí, y yo tomaba a cargo aquello que en mi discreción no cabía; pero todavía digo, señor, que debéis ver el recaudo que don Garadán trae para lo hacer firme.

Cuando don Garadán esto oyó, dijo:

—Comoquiera que vos, don caballero por vuestras razones mostráis en alargar la guerra, yo quiero mostrar lo que pedís, por atajar vuestras dilaciones.

El Caballero del Enano le respondió:

—No os maravilléis, don Garadán, de eso, porque más sabrosa cosa es la paz que entrar en las batallas y peligrosas; pero la venganza trae y acarrea lo contrario, y ahora despreciáisme, que no me conocéis, mas tanto que el rey os dé la respuesta, yo fío en Dios que de otra guisa me juzgaréis.

Entonces don Garadán, llamando a un escudero que traía una arqueta, sacó de ella una carta en que andaban treinta sellos colgados de cuerdas de seda y todos eran de plata fina, el que en medio andaba que era de otro y del emperador, y los otros, de los grandes señores del Imperio, y diola al rey, y él se apartó con sus hombres buenos leyéndola halló ser cierto lo que Garadán decía, y que sin duda podía tomar cualquiera de las batallas y demandóles que le aconsejasen. Pues hablando en ello hubo algunos que tenían por mejor la batalla de los ciento por ciento, y otros la de los doce por doce, diciendo que en menor cantidad el rey podría mejor escoger en sus caballeros, y otros decían que sería mejor mantener la guerra como hasta allí y no poner su reino en ventura de una batalla.

Así que los votos eran muy diversos. Entonces el conde de Galtines dijo:

—Señor, remitíos al parecer de Caballero de la Verde Espada, que por ventura habrá visto muchas cosas y tiene gran deseo de os servir.

El rey y todos se otorgaron en esto e hiciéronle llamar, que él y Grasandor hablaban con don Garandán, y el Caballero de la Verde Espada lo miraba mucho, y como le veía tan valiente de cuerpo y que por razón debía haber en sí gran fuerza, algo le hacía dura su batalla, mas por otra parte veíala decir tantas palabras vanas y soberbiosas que le ponían en esperanza que Dios le daría lugar a que la soberbia le quebrantase, y como oyó el mandato del rey, fuese allá. Y el rey le dijo:

—Caballero del Enano, mi gran amigo, mucho os ruego que os no excuséis de dar aquí vuestro consejo sobre lo que hemos hablado.

Entonces le contaron en las diferencias que estaban. Oído todo por él, dijo:

—Señor, muy grande es la determinación de tan gran cosa, porque la salida está en las manos de Dios, y no en el juicio de los hombres, pero como quiera que sea, hablando en lo que yo, si el caso mío fuese, haría; digo, señor, que si yo tuviese un castillo solo y cien caballeros y otro mi enemigo teniendo diez castillos y mil caballeros me lo quisiese tomar, y Dios guiase por alguna vía que esto se partiese por una batalla de iguales partes de gente, haría cuenta que era gran merced que me hacía, y por esto que yo digo, vosotros, caballeros, no dejéis de aconsejar al rey lo que más su servicio sea, que de cualquier guisa que lo determinareis tengo de poner mi persona en ello —y quiso se ir, mas el rey lo tomó por la punta del manto e hizo sentar cabe sí y díjole:

—Mi buen amigo, todos nos otorgamos en vuestro parecer, y quiero que la batalla de los doce caballeros, y Dios, que sabe la fuerza que se me hace, me ayudará.

Así como lo hizo el rey Perión de Gaula no ha mucho tiempo, que teniéndole entrada su tierra el rey Abies de Irlanda con gran poder y estando en punto de la perder, fue remediado todo por una batalla que un caballero solo hubo con el mismo rey Abies, que era a la sazón uno de los más valientes y bravos caballeros del mundo, y el otro tan mancebo que no llegaba a dieciocho años, en la cual el rey de Irlanda murió y fue el rey Perión restituido en todo su reino. Y desde ha pocos días por una ventura maravillosa le conoció por su hijo, y entonces se llamaba el Doncel del Mar, y desde allí se llamó Amadís de Gaula, aquel que por todo el mundo es nombrado por el más esforzado y valiente que se halla hasta ahora, no sé si le conocéis.

—Nunca le vi —dijo el Caballero de la Verde Espada—, pero yo moré algún tiempo en aquellas partes y oí mucho decir de ese Amadís de Gaula y conozco a dos hermanos suyos, que no son peores caballeros que él.

El rey le dijo:

—Pues teniendo fucia en Dios como aquel rey Perión la tuvo, yo acuerdo de tomar la batalla de los doce caballeros.

—En el nombre de Dios —dijo el Caballero de la Verde Espada—, ése me parece a mí el mejor acuerdo, porque, aunque el emperador sea mayor que vos y tenga más gente para doce caballeros, tan buenos se hallaban en vuestra casa como en la suya, y si pudieres hacer con Garadán que aún fuese de menos, por bien lo tendría yo hasta venir de uno por uno, y si él quisiere ser, yo seré el otro, que fío en Dios, según vuestra gran justicia y su demasiada soberbia, que os daré venganza de él y partiré la guerra que con su señor tenéis.

El rey se lo agradeció mucho, y fuéronse para donde Garadán estaba, quejándose porque tardaban tanto en le responder. Y como llegaron a él dijo el rey:

—Don Garadán, no sé si será vuestro placer, pero otórgome en tomar la batalla de los doce caballeros y sea luego de mañana.

—Así Dios me salve —dijo Garadán—, vos habéis respondido a mi voluntad y mucho soy ledo de tal respuesta.

El de la Verde Espada dijo:

—Muchas veces son los hombres alegres con el comienzo, que la fin les sale de otra guisa.

Garadán le cató de mal semblante y díjole:

—Vos, don caballero, en cada pleito queréis hablar, bien parecéis extraño, pues tan extraña y corta es vuestra discreción, y si supiese que fueseis uno de los doce, daros habría yo estas lúas.

El de la Verde Espada las tomó mientras decía.

—Yo os prometo que estaré puntual en la batalla, y de esta manera como ahora aquí tomo estas lúas de vos, así en ella entiendo tomar y llevar vuestra cabeza, que vuestra gran soberbia y desmesura me la ofrecen.

Cuando le oyó ésto, Garadán fue tan sañudo que tornó como fuera de sesos, y dijo a una voz alta:

—¡Ay, de mí, sin ventura!, fuese ya mañana y estuviésemos en la batalla porque todos viesen, don Caballero del Enano, cómo vuestra locura castigada sería.

El de la Verde Espada le dijo:

—Si de aquí a mañana, por luengo plazo tenéis, aún el día es grande, en que el que hubiere ventura podrá matar al otro, y armémonos si vos quisiereis y comencemos la batalla por tal pleito, que el que vivo quedare puede ayudar mañana a sus compañeros.

Don Garadán le dijo:

—Cierto, don caballero, si como lo habéis dicho lo osáis hacer, ahora os perdono lo que contra mí dijisteis —y comenzó a pedir armas a gran prisa. El Caballero del Enano mandó a Gandalín que le trajese las suyas, y así lo hizo. Y a don Garadán armaron sus companeros, y al de la Verde Espada el rey y su hijo, y tiráronse afuera, dejándolos en el campo donde se habían de combatir.

Don Garadán cabalgó en un caballo muy hermoso y grande, y arremetiólo por el campo muy recio y volviéndose a sus compañeros les dijo:

—Tened buena esperanza, que de esta vez quedará este rey sujeto al emperador y vosotros sin herir golpe con mucha honra, esto os digo porque toda la esperanza de vuestros contrarios está en este caballero, el cual si esperarme osa venceré luego, y éste, muerto, no osarán mañana entrar en campo conmigo ni con vosotros.

El Caballero de la Verde Espada le dijo:

—¿Qué haces, Garadán, por qué pones tan poco cuidado que dejas pasar el día en alabanzas, pues cerca está de parecer quién será cada uno, que las lisonjas no han de hacer el hecho?

Y poniendo las espuelas a su caballo fue para él, y el otro vino contra él, e hiriéronlo con las lanzas en los escudos, que, aunque muy fuertemente eran, salieron falsados, tan grandes le dieron los golpes, y las lanzas, quebradas, mas juntáronse uno con otro de los escudos y de los yelmos tan bravamente, que el caballo del de la Verde Espada se retrajo desacordado atrás, pero no cayó, y Garadán salió de la silla y dio tan fuerte caída en el suelo que fue casi salido de su memoria, y el de la Verde Espada, que lo vio revolver por el campo por se levantar y no podía, quiso ir a él, mas el caballo no pudo moverse, tanto era cansado, y él era herido en el brazo siniestro de la lanza, que el escudo le había pasado, y apeóse luego como aquel que con. gran saña estaba, y poniendo mano a la su ardiente espada fue contra Garadán, que estaba asaz maltratado, pero más acordado, que tenía ya la espada en su mano esgrimiéndola y bien cubierto de su escudo, mas no tan bravo como antes, y fuéronse herir tan bravamente y de tan notables golpes, que mucho se maravillaban los que lo veían, mas el de la Verde Espada, como le tomó mal parado de la caída y él estaba con gran saña, cargóle de tantos golpes y tan pesados que no le pudiendo el otro sufrir, tiróse ya cuanto a fuera y dijo:

—Cierto, Caballero de la Verde Espada, ahora os conozco más que antes y más que antes os desamo, y como quiera que mucha de vuestra bondad me sea manifiesta, ni por eso la mía no es en tal disposición que sepa determinar cuál de nosotros será vencedor, y si os parece que debemos alguna pieza holgar, sino venid a la batalla.

El de la Verde Espada le dijo:

—Cierto, don Garadán, el holgar mujer mejor partido me sería a mí que de combatirme, lo que a vos, según vuestra gran bondad y alta proeza de armas, sería al contrario, según las palabras hoy habéis dicho, y porque tan buen hombre como vos no quede avergonzado no quiero dejar la batalla hasta que haya fin.

A don Garadán pesó mucho que se veía muy maltratado, y las armas y la carne cortada por muchos lugares, de que le salía mucha sangre, y hallábase muy quebrantado de la caída. Entonces le vino a la memoria la soberbia suya, especialmente contra aquel que delante de sí tenía, pero mostrando buen esfuerzo, trabajó de llegar al cabo de la mala ventura, haciendo todo su poder, y luego se acometieron como de primero, mas no tardó mucho que el Caballero del Enano lo traía a toda su guisa y voluntad, de manera que todos los que allí estaban veían que, aunque dos tanto bueno fuesen, no le tendría pro según su esfuerzo, y andando ambos a dos así revueltos, cayó Garadán sin sentido en el campo, maltratado de un gran golpe que el Caballero del Enano le diera encima del yelmo, que apenas la espada de él podía sacar, y fue luego sobre él con esfuerzo, y quitándole el yelmo de la cabeza, vio que de aquel golpe se la hendiera tanto que los meollos eran esparcidos, por ello de lo cual le plugo mucho por el pesar del emperador y por el placer del rey que él deseaba servir, y limpiando su espada y poniéndola en la vaina hincó los hinojos y dio gracias a Dios porque aquella honra y merced le hiciera.

El rey, como allí lo vio descendió del palafrén, y con otros dos caballeros se puso cabe el de la Verde Espada y violé las manos tintas en sangre, así de la suya como la de su contrario, y díjole:

—Mi buen amigo, ¿cómo os sentís?

—Muy bien —dijo él—, merced a Dios que aún yo seré de mañana con mis compañeros en la batalla.

Y luego le hizo cabalgar y lleváronlo a la villa con muy gran honra, donde fue en su cámara desarmado y curado de sus heridas. Los caballeros romanos llevaron a Garadán así muerto a las tiendas, y allí hicieron gran duelo sobre él, que mucho lo amaban, y hallábanlo mengua en la batalla que otro día esperaban tanto que mucho les hacía dudar, creyendo que faltando él y quedando en contra del Caballero de la Verde Espada, que no eran para en ninguna sostener, y hablando en lo que harían, hallaban dos cosas muy grandes. La primera ésta que oís, ser muerto aquel valiente companero suyo y quedar su enemigo en guisa de se poder combatir. La otra, que si la batalla dejasen el emperador quedaba deshonrado, y ellos a ventura de muerte, pero acogiéronse a no hacer la batalla y excusarse delante del emperador con las soberbias de Garadán, y cómo contra la voluntad de ellos había tomado la batalla en que muriera. Todos los más eran en este voto y los otros callaban.

Era allí entre ellos un caballero mancebo de alto linaje, Arquisil llamado, así como aquel que venía de la sangre derecha de los emperadores, y tan cerca que si el Patín muriese, sin hijo, éste heredaba todo el señorío, y por esta causa era desamado de él y lo traía alongado de sí, como vio el mal acuerdo de sus compañeros, y hasta allí por ser en tan poca edad que no pasaba de veinte años, no osaba hablar, díjoles:

—Ciertamente, señores, yo soy maravillado de caer tan buenos hombres como vos en tan gran yerro que si alguno hoy lo aconsejase lo deberíais tener por enemigo, y no tomarlo de vuestra voluntad, que si la muerte dudáis muy mayor es la que vuestra flaqueza y desaventura os acarrea, ¿qué es lo que dudáis o teméis, es gran diferencia de once a diez? Si lo hacéis por la muerte de don Garadán, antes os debo placer, que hombre tan soberbio y tan desconcertado sea fuera de nuestra compañía, porque de su culpa nos pudiera redundar a nosotros la pena. Pues si es por aquel caballero que tanto teméis, aquél yo lo tomo a mi cargo, que yo os prometo que nunca hasta la muerte de él me partir. Pues aquel ocupado alguna pieza de tiempo, mirad la diferencia que queda entre vosotros y los contrarios. Así que, mis señores, no deis causa de tan gran temor a vuestros ánimos, pues que de vuestro propósito se os seguirá muerte perpetua deshonrada.

Tantas fuerzas tuvieron estas palabras de Arquisil, que el propósito de sus compañeros fue mudado, y dándole muchas gracias fue y loando su consejo se determinaron con gran esfuerzo a tomar la batalla.

El Caballero de la Verde Espada, después que fue curado de sus llagas y le dieron de comer, dijo al rey:

—Señor, bien será que hagáis saber a los caballeros que han de ser mañana en la batalla, porque se aderecen y sean aquí al alba del día a oír misa en vuestra capilla, porque salgamos juntos al campo.

—Así se hará —dijo el rey—, que mi hijo Grasandor será el uno y los otros serán tales que, con ayuda de Dios y vuestra, ganaremos la victoria.

—No plega a Dios —dijo él— que en tanto que yo armas pueda tener, vos ni vuestro hijo las vistáis, pues que los otros serán tales que a él y aun a mí podrán excusar.

Grasandor le dijo:

—Señor Caballero de la Verde Espada, no seré yo excusado donde vuestra persona se pusiera así en esta batalla como en todas las otras que en mi presencia se hiciesen, y si yo fuese tan digno, que de tal caballero como vos me fuese un don otorgado, desde ahora os demandaría en que en vuestra compañía me trajeseis. Así que por ninguna guisa yo dejaré de ser mañana en esta afrenta, siquiera por aprender algo de vuestras grandes maravillas.

El de la Verde Espada se le humilló por la honra que le daba con gran acatamiento, como él lo merecía, y díjole:

—Mi señor, pues que así os place, así sea, con la ayuda de Dios.

El rey dijo:

—Mi buen amigo, vuestras armas son tales paradas que no tienen en sí defensa alguna, y yo os quiero dar unas que se nunca vistieron, que entiendo que os agradarán, y un caballo, que, aunque otros muchos habréis visto, no será ninguno mejor —y luego se lo hizo allí traer, enfrenado y ensillado de muy rica guarnición.

Cuando él lo vio tan hermoso y tan guarnido, suspiró, cuidando que si él estuviese en tal parte que no lo pudiese, enviar al su leal amigo Angriote de Estravaus que lo hiciera, que en aquel sería bien empleado; las armas eran muy ricas, y habían el campo de oro y leones cárdenos, y las sobreseñales de aquella guisa; pero la espada era la mejor que la nunca vio, fuera de la del rey Lisuarte y de la suya, y desde que la hubo mirado diola a Grasandor con que entrase en la batalla.

Otro día bien de mañana oyeron misa con el rey, y armáronse todos y besándole las manos cabalgaron en sus caballos y muchos caballeros con ellos, y fuéronse al campo donde había de ser la batalla, y vieron cómo los romanos salían ya armados y cabalgaban ya tañendo sus hombres muchas trompetas con gran alegría por los esforzar. Y Arquisil, entre ellos en un caballo blanco y las armas verdes, y dijo a sus compañeros:

—Miémbreseos los que hablamos, que yo tendré lo que prometí.

Entonces fueron unos contra otros, y Arquisil vio venir delante al Caballero de la Verde Espada y fue contra él, y encontráronse con las lanzas, que luego fueron quebradas, y Arquisil salió de la silla a las ancas del caballo, mas de tanto le avino que echó mano de los arzones y como era valiente y ligero tornó la a cobrar. El de la Verde Espada pasó por él y con un pedazo de la lanza que le quedara encontró al primero que ante sí halló en el yelmo y sácaselo de la cabeza, y hubiéralo derribado, mas a él le encontraron dos caballeros, el uno en el escudo y el otro en la pierna, que pasando por la falda de la loriga la cuchilla de la lanza le hizo una herida de que mucho se sintió y le hizo ensañar más que antes lo estaba, y poniendo mano a la espada hirió a un caballero, y el golpe fue en soslayo y descendió al cuello del caballo, y cortóselo todo, así que fue al suelo y cayó sobre la pierna de su señor y quebrósela.

Arquisil, que ya se enderezaba en la silla, apretó recio la espada y fue a herir al Caballero del Enano de toda su fuerza por encima del yelmo, que las llamas salieron de él y de la espada, e hízole bajar la cabeza ya cuanto, mas no tardó mucho de llevar el galardón, que él le hirió por encima del hombro y cortó las armas y la carne, de manera que Arquisil cuidó que el brazo había perdido.

El de la Verde Espada como así lo vio pasar por él y fue a herir en los otros, que Grasandor y los suyos los tenían maltratados. Mas Arquisil lo siguió, y heríale por todas partes, pero no con tanta fuerza como al comienzo.

El de la Verde Espada volvía a él y heríale, pero luego iba a dar en los otros, y no había gana de le herir, porque lo tenía en más que a todos los de su parte, que le viera adelantarse de los suyos, por encontrarse con él, mas Arquisil no curaba de golpes que le diesen, antes se metía entre todos y hería al Caballero de la Verde Espada como mejor podía. Y a esta hora ya los de su parte eran destrozados, de ellos muertos y otros heridos y los otros rendidos, que no se defendían. Y como el de la Verde Espada vio que Arquisil le seguía sin temer sus golpes dijo:

—¿No hay quien me defienda de este caballero?

Grasandor, que le oyó, fue con otros dos caballeros, y encontráronle todos juntos, y come le tomaron laso y cansado sacáronle por fuerza de la silla y dieron con él en el suelo y luego fueron con él para lo matar: mas el Caballero del Enano le socorrió y dijo:

—Señores, pues que de éste yo he recibido más mal que todos, a mí lo dejar para tomar la enmienda.

Luego se quitaron todos afuera, y él llegó y dijo:

—Caballero, sed preso y no queráis morir a manos de quien mucha gana lo tiene.

Arquisil, que ya otra cosa sino la muerte no esperaba, fue muy alegre, y dijo:

—Señor, pues que mi ventura quiso que más no pudiese hacer, yo me doy por vuestro preso y agradezco a vos la vida que me dais.

Y él tomóle la espada y diósela luego haciéndole fianza que haría lo que él mandase, y descendió de su caballo y estuvo con él, y haciéndole cabalgar en un caballo que le mandó traer, y él cabalgando en el suyo, se fueron al rey, que con gran gozo de ver su peligrosa guerra acabada los atendía, y tomándolos consigo se fue a su palacio, y puso en su cámara al Caballero de la Verde Espada, y él hizo estar allí consigo a su preso por le hacer mucha honra, porque él lo merecía que era buen caballero y de alta sangre, como ya oísteis, pero él le dijo:

—Señor Caballero de la Verde Espada, ruégoos por vuestra mesura que quedando yo por vuestro preso para os acudir cuando vos me llamaréis, y tened prisión donde por vos me fuere señalada, me deis licencia para ir a reparar mis compañeros aquéllos que vivos quedaron y hacer llevar los muertos.

El Caballero de la Verde Espada dijo:

—Yo os lo otorgo, y miémbreseos de la fianza que me hacéis.

Y abrazándolo lo despidió, y él se fue a sus compañeros, que los halló cual entender podéis, y luego dieron orden cómo llevasen a Garadán, y los otros muertos, y entraron en su camino. Así que ahora no se hablará más de este caballero hasta su tiempo, que se contará a qué pujó su gran valor.

El de la Verde Espada estuvo allí con el rey Tafinor hasta que fue sano de sus heridas. Y como vio la guerra del rey acabada pensó que las cuitas y los mortales deseos de su señora Oriana le causaba, de los cuales en aquella sazón muy ahincado era, que mejor los pasaría caminando y en fatiga que en aquel gran vicio y descanso en que estaba. Y habló con el rey, diciéndole:

—Señor, pues que ya vuestra guerra es acabada y el tiempo en que mi ventura asosegar no me deja es venido, conviene que negando mi voluntad la suya siga, y quiéreme partir mañana, y Dios por la su merced me llegue a tiempo que algo de las honras y mercedes que de vos he recibido os la pueda servir.

Cuando el rey esto le oyó fue muy turbado y dijo:

—¡Ay, Caballero de la Verde Espada!, mi verdadero amigo; tomad de mi reino lo que vuestra voluntad fuera, así del mando como de intereses, y no os vea apartar de mi compañía.

—Señor —dijo él—, creído tengo yo que, conociendo el deseo que yo tengo de os servir, que así me haríais la honra y la merced; pero no es en mí más ni puede sosegar hasta que mi corazón sea en aquella parte donde siempre el pensamiento tiene.

El rey, viendo su determinada voluntad y teniéndole por tan sosegado y cierto en sus cosas, que por ninguna guisa de aquel propósito sería mudado, díjole con semblante muy triste:

—Mi leal amigo, pues que así es, dos cosas os ruego: la una, que siempre de mí, y de este mi reino, se os acuerde en vuestras necesidades y os ocurrieren; y la otra, que mañana oigáis misa conmigo, que os quiero hablar.

—Señor —dijo él—, esta palabra que me dais yo la recibo para se me acordar de ella si el caso lo ofreciere, y mañana, armado y de camino, estaré con vos en la misa.

Esa noche mandó el Caballero de la Verde Espada a Gandalín que le aderezase todo lo que era menester, que otro día de mañana se quería partir, y así fue por él hecho.

Aquella noche no pudo él dormir, porque así como el trabajo del cuerpo se le había apartado, así el del espíritu, hallando mayor entrada con grandes cuitas y mortales deseos que de su señora le venían, le daba muy mayor fatiga.

Y venida la mañana, habiendo mucho llorado, se levantó, y armándose de sus armas, cabalgando en su caballo, y Gandalín y el enano en sus palafrenes llevando las cosas necesarias al camino, se fue a la capilla del rey y hallólo que le atendía, pues allí, oída la misa, el rey, mandando salir a todos fuera, con él solo quedando, le dijo:

—Mi grande amigo, demándoos un don que me otorguéis, y no será en estorbo de vuestro camino ni de vuestra honra.

—Así lo tengo yo —dijo él—, que vos, señor, lo pediréis según vuestra gran virtud, y yo os lo otorgo.

—Pues, mi buen amigo —dijo el rey—, demándoos que me digáis vuestro nombre, y cuyo hijo sois, y creed que por mí será encubierto hasta que por vos sea divulgado.

El Caballero de la Verde Espada estuvo una pieza que no habló, pesándole de lo que prometiera, y dijo:

—Señor, si a la vuestra merced pluguiera dejarse de esta pregunta pues que no le tiene pro.

—Mi buen amigo —dijo él—, no dudéis de me lo decir, que como por vos de mí será guardado.

Él le dijo:

—Pues que así os place, aunque por mi voluntad no sea, saber que yo soy aquel Amadís de Gaula, hijo del rey Perión, del que el otro día hablasteis en el concierto de la batalla.

El rey le dijo:

—¡Ay, caballero biaventurado de muy alto linaje, bendita fue la hora en que fuisteis engendrado, que tanto hora y provecho hubieron por vos vuestro padre y madre y todo vuestro linaje y después los que no lo somos, y habéisme hecho muy alegre en me lo decir, y fío en Dios que será por vuestro bien, y causa de pagar yo algo de las grandes deudas que os debo, y como quiera que este rey aquello más con buena voluntad lo dijo que por otra necesidad que él supiese tener a aquel caballero, así lo cumplió adelante en dos maneras. La una, que hizo escribir todas las cosas que en armas por aquellas tierras pasó. Y la otra, que le fue muy buen ayudador con su hijo y gentes de su reino en un gran menester en que se vio, como adelante en el libro cuarto se dirá.

Esto así hecho cabalgó en su caballo y despidióse del rey, haciéndole quedar que con él salir quería, saliendo con él Grasandor y el conde Galtines y muchos hombres buenos, se puso en el camino con intención de andar por las ínsulas de Romania, y probarse en las aventuras que en ellas hallase, y cuanto media legua de la villa, tornándose aquellos caballeros, le encomendaron a Dios y él siguió su camino.

Capítulo 71. Cómo el rey Lisuarte salió de caza con la reina y sus hijos, acompañado bien de caballero, y se fue a la montaña, donde tenía la ermita aquel santo hombre Nasciano, donde halló un muy apuesto doncel con una extraña aventura, el cual era hijo de Oriana y de Amadís, y fue por él muy bien tratado sin conocerle

Por dar descanso el rey Lisuarte a su persona y placer a sus caballeros, acordóse ir a la caza a la floresta, y llevar consigo a la reina y sus hijas y a todas sus dueñas y doncellas, y mandó que las tiendas le asentasen a la fuente de las Siete Hayas, que era lugar muy sabroso. Y sabed que ésta era la floresta donde el ermitaño Nasciano moraba, donde criaba y tenía consigo a Esplandián. Pues allí llegado el rey y la reina con su compaña, quedando la reina en las tiendas, el rey se metió con sus cazadores a los más espeso del monte, y como la tierra guardada era, hicieron gran caza, y así acaeció que estando el rey en su armada vio salir un ciervo muy cansado, y pensándolo matar corrió tras él en su caballo hasta entrar en el valle, y allí acaeció una cosa extraña, que vio descender por la cuesta de la otra parte un doncel de hasta cinco o seis años, el más hermoso que él nunca vio, y traía una leona en una traílla, y como vio el ciervo echóselo dando voces que le tomase.

La leona fue cuanto más pudo, y alcanzándolo derribólo en el suelo y comenzó a beberle la sangre. Y llegó el doncel muy alegre, y luego otro mozo poco mayor que venía tras él, y llegaron al ciervo haciendo gran alegría, y sacando sus cuchillos, cortaron por donde la leona comiese.

El rey estuvo entre unas matas, maravillado de aquello que veía, y el caballo se le espantaba de la leona y no podía llegar a ellos, y el hermoso doncel tocó una bocina pequeña que traía a su cuello y vinieron corriendo dos sabuesos, el uno amarillo y el otro negro, y encarnáronlos en el ciervo. Y cuando la leona hubo comido, pusiéronla en la traílla, y el doncel mayor íbase con ella por la montaña y el otro tras él. Mas el rey, que ya a pie estaba y había atado el caballo a un árbol, salió contra ellos y llamó al hermoso doncel que más zaguero iba que lo atendiese. El doncel estuvo quedo, y el rey llegó y violo tan hermoso que mucho fue maravillado, y dijo:

—Buen doncel, que Dios os bendiga y guarde a su servicio. Decidme dónde os criasteis y cuyo hijo sois.

Y el doncel le respondió y le dijo:

—Señor, el santo hombre Nasciano, ermitaño, me crió, y a él tengo por padre.

El rey estuvo una gran pieza cuidando cómo hombre tan santo y tan viejo tenía hijo tan pequeño y tan hermoso, pero a la fin no lo creyó, y el doncel quiso se ir, mas el rey le preguntó a qué parte era la casa del ermitaño.

—Acá suso —dijo él— es la casa en que moramos —y mostrándole un sendero pequeño no muy hoyado, le dijo—: Por allí iréis allá, y a Dios seáis, que me quiero ir tras aquel mozo que la leona lleva a una fuente donde tenemos nuestra caza.

Y así lo hizo.

El rey tornó a su caballo, y cabalgando en él se fue por el sendero, y no anduvo mucho que vio la ermita metida entre unas hayas y zarzales muy espesos. Y llegando a ella no vio persona alguna a quien preguntase, y apeóse del caballo, y atándolo debajo de un portal entró en la casa. y vio un hombre hincado de hinojos rezando por un libro, vestido de paños de orden y la cabeza toda blanca, e hizo su oración. El buen hombre, acabado de leer el libro, vínose al rey, que se le hincó de rodillas delante, rogándole que le diese la bendición. El hombre bueno se la dio, preguntándole qué demandaba.

El rey le dijo:

—Buen amigo, yo hallé en esta montaña un doncel muy hermoso cazando con una leona, y díjome que era vuestro criado, y porque me pareció muy extraño en su hermosura y apostura, y en traer aquella leona, vengo a os rogar que me digáis su hacienda, que yo os prometo como rey que de ello no vendrá a vos ni a él daño ninguno.

Cuando el hombre bueno aquello oyó, miróle más que antes, y conociólo que otras veces lo viera, e hincó los hinojos ante él por le besar las manos; mas el rey lo levantó y lo abrazó, y díjole:

—Mi amigo Nasciano, yo vengo con mucha gana de saber lo que os pregunto, y no dudéis de me lo decir.

El hombre bueno lo llevó fuera de la ermita al portal donde su caballo estaba, y sentados en un poyo, le dijo:

—Señor, bien tengo creído todo lo que me decís, que como rey guardaréis este niño, pues Dios le quiere guardar, y pues tanto os agrada de saber de él, dígoos que yo lo hallé y crié por muy extraña aventura.

Entonces le contó cómo lo tomara de la boca de la leona envuelto en aquellos ricos paños, y cómo lo criara a la leche de ella y de una oveja hasta que hubo ama natural, que fue una mujer de un su hermano que llamaron Sargil, y así se llama el otro mozo que con él visteis, y dijo:

—Cierto, señor, yo creo que el niño es de alto lugar, y quiero que sepáis que tiene una cosa la más extraña que nunca se vio. Y es ésta, que cuando le bauticé halléle en la diestra parte del pecho unas letras blancas en oscuro latín que dicen Esplandián, y así le puse el nombre. Y en la parte siniestra, en derecho del corazón, tiene siete letras más ardientes y coloradas como un fino rubí, pero no las puedo leer, que son fuera del latín y de nuestro lenguaje.

El rey le dijo:

—Maravillas me decís, padre, de que nunca oí hablar, y bien creo yo que pues la leona le trajo tan pequeño como decís que no lo podría tomar sino cerca de aquí.

—Eso no lo sé yo —dijo el ermitaño—, ni curemos de saber más de ello de lo que a Nuestro Señor Dios place.

—Pues mucho os ruego —dijo el rey— que seáis mañana a comer conmigo aquí, en esta floresta, a la fuente de las Siete Hayas, y allí hallaréis a la reina y a sus hijas y otros muchos de nuestra compaña, y llevad a Esplandián con la leona así como lo hallasteis, y el otro mozo, vuestro sobrino, que derecho he yo de le hacer bien por su padre Sargil, que fue buen caballero y sirvió bien al rey mi hermano.

Cuando esto oyó el santo hombre Nasciano, dijo:

—Yo lo haré como vos, señor, mandáis, y a Dios plega por su merced que se a su servicio.

El rey, cabalgando en su caballo, se tornó por el sendero que allí viniera, y anduvo tanto que llegó a las tiendas dos horas después de mediodía, y halló allí a don Galaor y a Norandel y Guilán el cuidador que llegaban entonces con dos ciervos muy grandes que habían muerto, con que holgó y rió mucho, pero de su aventura no les dijo nada, y demandando los manteles para comer, llegó don Grumedán y dijo:

—Señor, la reina no ha comido y pídeos por merced que antes que comáis habléis con ella, que así cumple.

Él se levantó luego y fue allá, y la reina le mostró una carta cerrada con una esmeralda muy hermosa, y pasaban por ella unas cuerdas de oro y tenía unas letras en derredor que decían:

—Éste es el sello de Urganda la desconocida —y dijo—: Sabed, señor, que cuando yo venía por el camino pareció allí una doncella muy ricamente vestida, en un palafrén, y con ella un enano encima de un caballo overo hermoso, y aunque llegaron a ella a los que delante de mí iban, no les quiso decir quién era, ni tampoco a Oriana ni a las infantas que con ella iban, y como yo llegué salió a mí y díjome:

—Reina, toma esta carta y léela con el rey hoy en este día antes que comáis, y partiéndose luego de mí, y el enano tras ella aguijonando el palafrén, se apartó tanto y tan presto que no hube lugar de preguntarle ninguna cosa.

El rey abrió la carta y leyóla, y decía así:

—Al muy alto y muy honrado rey Lisuarte: Yo, Urganda la Desconocida, que os mucho amo os aconsejo de vuestra pro, que al tiempo que el hermoso doncel criado de las tres amas desvariadas pareciese que lo améis y guardéis mucho y aun él os meterá en gran placer y quitará del mayor peligro que nunca hubisteis. Él es de alto linaje, y sabed rey que de la leche de su primera ama será tan fuerte y tan bravo de corazón que a todos los valientes de su tiempo pondrá en sus hechos de armas gran oscuridad, y la de la su segunda ama será manso, mesurado, humilde y de muy buen talante, y sufriendo más que otro hombre que en el mundo haya. Y de la crianza de la su tercera ama será en gran manera sesudo y de tan gran entendimiento, muy católico y de buenas palabras, y en todas las sus cosas será pujado y extremado entre todos, y amado y querido de los buenos tanto que ningún caballero será su igual, y los sus grandes hechos en armas serán empleados en el servicio del muy alto Dios, despreciando él aquello que los caballeros de este tiempo más por honra de vanagloria del mundo que de buena conciencia siguen, y siempre traerá así en la su diestra parte, y a su señora en la siniestra, y aún más te digo, buen rey, que este doncel será ocasión de poner entre ti y Amadís y su linaje paz que durará en tus días, lo cual en otro ninguno es otorgado.

El rey, acabando la carta de leer, santiguóse en ver tales razones, diciendo:

—La sabiduría de esta mujer no se puede pensar ni escribir —y dijo a la reina—: Sabed que hoy he hallado este mismo doncel que Urganda dice.

Y contóle en qué manera le vio con la leona, y cómo se fue al ermitaño y lo que de él supo, y cómo había de ser con ellos el otro día a comer, y que traería aquel niño. Mucho fue leda la reina de lo oír por ver el doncel extraño y por hablar con aquel santo hombre algunas cosas de su conciencia, y partiéndose el rey de ella, diciéndole que de ello ninguna cosa dijese, se fue a su tienda a comer, donde halló muchos caballeros que lo atendían, y allí estuvo hablando con ellos en las cazas que habían hecho, y diciéndoles que otro día ninguno fuese a cazar, porque les quería leer una carta que Urganda la Desconocida le enviara, y mandó a los monteros que llevasen todas las bestias que allí eran a un valle apartado donde todo el día detrás estuviesen. Esto hacía él porque no se espantasen de la leona.

Así como oís pasaron aquel día holgando por aquel prado, que era lleno de flores y de hierba fresca y verde.

Otro día vinieron todos a la tienda del rey, y allí oyeron misa, y luego el rey los tomó a todos consigo y fuese a la tienda de la reina, que sentada estaba cabe una fuente en un prado muy fresco para el tiempo, que era en el mes de mayo, y tenía las alas alzadas. Así que todas las dueñas e infantas y otras doncellas, de gran guisa se parecían, como eran en sus'estrados. Y allí llegaban los caballeros de gran cuenta a las hablar. Y siendo así todos, mandó el rey que leyesen la carta de Urganda que ya oísteis, la cual oyeron y fueron maravillados qué doncel tan bienaventurado sería aquél. Mas Oriana, que más que todos en ello catara, suspiró por su hijo que perdiera, pensando que por ventura podría ser aquél. El rey les dijo:

—¿Qué os parece esta carta?

—Ciertamente, señor —dijo don Galaor—, yo no dudo de pasar así como ella lo dice, por otras cosas muchas dichas por Urganda que tan verdaderas han salido, y aunque por ventura a muchos plega con la venida de este doncel, cuando Dios por bien tuviere de nos le mostrar, a mí con razón debe placer más que a todos, pues que será causa de ser cumplida la cosa que yo más deseo es ver en vuestro amor y servicio a mi hermano Amadís con todo mi linaje, como ya lo fueron.

El rey le dijo:

—Todo es en la mano de Dios; Él hará su voluntad y con ella seremos contentos.

Pues así estando, como oís, hablando en estas cosas vieron venir al ermitaño y sus criados con él. Esplandián venía delante, y Sargil su collazo tras él; y traía la leona en una traílla asaz flaca, en pos de ellos venían dos arqueros, aquéllos que ayudaron a criar a Esplandián en la montaña y traían en una bestia el ciervo que el rey viera matar y en otra dos corzos, y liebres y conejos que matara Esplandián, y ellos con sus arcos, y los dos sabuesos traía Esplandián en una traílla, y en pos de ellos venía el santo hombre Nasciano. Y cuando los de las tiendas vieron tal compaña y la leona tan grande y tan medrosa, levantáronse arrebatadamente, e íbanse a poner delante del rey, mas él tendió una vara e hizo que estuviesen en sus lugares, diciendo:

—Aquél que el poder de traer la leona tiene, os defenderá de ella.

Don Galaor dijo:

—Bien sea eso, mas a mí semeja que flaca defensa tenemos en el montero que la trae si ella se ensaña, y cosa maravillosa parece ver esto.

Los niños y los arqueros atendieron que el hombre bueno pasase delante, y siendo ya cerca del rey les dijo:

—Amigos, sabed que éste es el santo hombre Nasciano, que en esta montaña hace su vivienda. Vamos a él que nos dé su bendición.

Entonces se fueron a hincar de hinojos ante él, y el rey le dijo:

—Siervo de Dios bienaventurado, dadnos la bendición.

Él alzó la mano y dijo:

—En el su Nombre la recibid como de hombre pecador.

Y luego le tomó el rey y fue con él a la reina; mas cuando las mujeres vieron la leona tan fiera que revolvía los ojos a una y otra parte mirándolas y traía la su lengua bermeja por los bezos y mostraba los dientes tan fuertes y tan agudos que gran espanto les tomaba en la ver.

La reina y su hija y todas recibieron muy bien a Nasciano, y todas eran mucho maravilladas de la gran hermosura del doncel y dijo:

—Señora, traemos a vos aquí esta caza.

Y el rey le llegó así y dijo:

—Buen doncel partirla como vos quisiereis.

Esto hacía para ver lo que él haría en ello. El doncel dijo:

—La caza es vuestra, y vos dadla a quien vos quisiereis.

—Todavía —dijo el rey— quiero que vos la partáis.

El doncel hubo vergüenza y vínole una color al rostro como una rosa que mucho más hermoso lo hizo, y dijo:

—Señor, tomad vos el ciervo para vos y para vuestros compañeros —y fuese a la reina, que con su amo Nasciano hablaba, e hincando los hinojos le besó las manos y diole los corzos, y miró a su diestra, y parecióle que después de la reina no había ninguna más digna de ser honrada según su preferencia que Oriana su madre, que no lo conocía, y llegó a ella hincadas las rodillas y dioles las perdices y conejos y díjole:

—Señora, nos no cazamos con nuestros arcos otra caza sino ésta.

Oriana le dijo:

—Hermoso doncel, Dios os haga bien andante en vuestras cazas y en todo lo ál.

El rey lo llamó y Galaor y Norandel, que más cerca de él estaban, lo tomaron y abrazábanlo muchas veces como que la naturaleza que con él habían los atraía a ello. Entonces mandó el rey que todos callasen, y dijo al hombre bueno:

—Padre, amigo de Dios, ahora decid delante de todos, la hacienda de este doncel como a mí la dijisteis.

El hombre bueno les contó allí cómo saliendo de su ermita viera cómo traía una leona brava aquel doncel en la boca envuelto en ricos paños, para gobierno de sus hijos. Y cómo por la gracia de Dios se lo pusiera a sus pies. Y cómo le diera de su leche así ella como una oveja que él tenía parida, hasta que lo dio a criar a una ama, y contóles todas las cosas que en su crianza le acaecieron que no faltó nada, como el libro lo ha contado. Cuando Oriana y Mabilia y la doncella de Dinamarca esto oyeron, miráronse unas a otras y las carnes les temblaba de placer, conociendo verdaderamente ser aquel niño hijo de Amadís y de Oriana, el que la doncella de Dinamarca perdiera, como ya oísteis. Mas cuando vino el ermitaño a decir de las letras blancas y coloradas que en el pecho le halló, las cuales hizo allí ver a todas, de todo en todo creyeron ser su sospecha verdadera, de lo cual era tan gran alegría en sus ánimos que no se puede contar. Principalmente la muy hermosa Oriana cuando del todo conoció ser aquel su hijo que por perdido lo tenía.

El rey demandó al santo hombre Nasciano los donceles con mucha eficacia, para los hacer criar, el cual viendo que más para aquello que para la vida que él les daba los había Dios hecho, aunque gran soledad en sí sintiese, se los otorgó, mas con gran dolor que en su corazón quedaba, porque amaba mucho a Esplandián.

Y cuando el rey en su poder los tuvo, dio a Esplandián a la reina, que sirviese ante ella, y desde a poco tiempo le dio ella a su hija Oriana, que le mucho con él plugo, como aquélla que lo había parido.

Así como oís fue este niño en guarda de su madre, teniéndole perdido, como ya oísteis, huyendo con él de gran miedo sacado de la boca de aquella muy fiera leona, criado a su leche. Éstas son maravillas de aquel muy poderoso Dios y guardador de todos nosotros que Él hace cuando es su voluntad. Y a otros hijos de reyes y grandes señores ser criados en las ricas sedas, y en las cosas muy blancas y delicadas, y con tanto amor de quien los cría, con tanto regalo y cuidado sin dormir, sin sosegar los que en cargo los tienen con un pequeño accidente y flaco mal, son salidos de este mundo, quiérelo Dios que así pase como justo en todo, y así como cosa justa se debe recibir por los padres y madres dándole gracias porque quiso hacer su voluntad, que como las nuestras, errar no pueda.

La reina se confesó con aquel santo padre, y Oriana asimismo, al cual hubo de descubrir todo el secreto suyo y de Amadís, y como aquel niño era su hijo, y por cuál ventura lo perdiera, lo que hasta allí a persona del mundo no lo había dicho sino a aquéllos que lo sabían, rogándole que tuviese de él memoria en sus oraciones. El hombre bueno fue muy maravillado de tal amor en persona de tan alto lugar que muy más que otra obligada era a dar buen ejemplo de sí, y reprendiéndola mucho diciéndole que se dejase de tan gran yerro, sino que la no absolviera, y sería su ánima puesta en peligro. Mas ella le dijo llorando cómo al tiempo que Amadís la quitara de Arcalaus el Encantador, donde primero la conoció, tenía de él palabra como de marido se podía y debía alcanzar. De esto fue el ermitaño muy alegre, y fue causa de mucho bien para muchas gentes que fueron remediadas de las muertes crueles que esperaban, así como el cuarto libro más largo lo dirá. Entonces la absolvió y le dio penitencia cual convenía, y luego se fue para el rey, y tomando a Esplandián consigo abrazándole, llorando le dijo:

—Criatura de Dios, que por Él me fuiste dado a criar, Él te guarde y defienda y te haga hombre bueno al su santo servicio.

Y besándolo le echó la bendición y lo entregó al rey, y despedido de él y de la reina y de todos, tomando consigo la leona y los arqueros se tornó a su ermita, donde mucho hará de él mención la historia adelante. El rey se tornó con su compaña a la villa.

Capítulo 72. De cómo el Caballero de la Verde Espada, después que se partió del rey Tafinor de Bohemia para las Ínsulas de Romania, vio venir una muchedumbre de compañía, donde venía Grasinda y un caballero suyo llamado Brandasidel, y quiso por fuerza hacer al Caballero de la Verde Espada venir ante su señora Grasinda, y de cómo se combatió con él y lo venció

Contado os habemos ya, cómo el Caballero de la Verde Espada, al tiempo que del rey Tafinor de Bohemia se partió, su voluntad era de se meter por las Ínsulas de Romania, por haber oído ser allí bravas gentes, y así lo hizo, no por el derecho camino, mas andando a unas y a otras partes, quitando y enmendando muchos tuertos y agravios, que a personas flacas así hombres como mujeres, por caballeros soberbios se hacían, en lo cual muchas veces fue herido y otras veces doliente, así que le convenía mal su grado holgar. Pero cuando en las partes de Romania fue, allí pasó él de los mortales peligros con fuertes caballeros y bravos gigantes, que con gran peligro de su vida quiso Dios otorgarle la victoria de todos ellos, ganando tanta prez y tanta honra que como por maravilla era de todos mirado. Mas ni por esto no tuvieron tanta fuerza estas grandes afrentas y trabajos que de su corazón pudiesen apartar aquellas encendidas llamas y mortales cuitas y deseos que por su señora Oriana le venían. Y por cierto podéis creer que si no fuera por los consejos de Gandalín, que siempre lo esforzaba, no tuviera él tanto poder en sí que el su triste y atribulado corazón no fuese en lágrimas deshecho. Pues así andando por aquellas tierras en la vida que oís, discurriendo por todas las partes que él podía, no teniendo holganza del cuerpo ni del espíritu, aportó a una villa puerto de mar enfrente de Grecia, sentada en hermoso sitio y muy poblada de grandes torres y huertas al cabo de la tierra firme, y había en nombre Sadiana, y por ser grande parte del día por pasar, no quiso entrar en ella, mas íbala mirando que le parecía hermosa, y pagábase de ver el mar que lo no viera después que de Gaula partió, que serían ya pasados más de dos años, y yendo así, vio venir por la ribera de la mar contra la villa una gran compaña de caballeros y dueñas y doncellas, y entre ellos, una dueña vestida de muy ricos paños, sobre la cual traían un paño hermoso en cuatro varas por la defender del Sol. El Caballero de la Verde Espada, que no holgaba en ver gentes sino en andar solo pensando en su señora, desvióse del camino por no haber razón de los encontrar. Y no fue mucho alongado de ellos que vio venir contra sí un caballero en un gran caballo y bien armado, blandiendo una lanza en su mano que parecía quererla quebrar. El caballero era valiente de cuerpo, muy membrudo y bien cabalgante, así que parecía haber en sí gran fuerza, y una doncella de la compana de la dueña ricamente vestida con él, y como vio que contra él venían, estuvo quedo. La doncella llegó delante, y dijo:

—Señor caballero, aquella dueña, mi señora, que allí está, os manda decir que vayáis luego a ella a su mandado; esto os dice por vuestra pro.

El Caballero del Enano, comoquiera que el lenguaje de la doncella era alemán, entendióla luego muy bien porque él siempre procuraba de aprender los lenguajes por donde andaba, y respondióle:

—Señora doncella. Dios dé honra a vuestra señora y a vos, mas decidme: ¿aquel caballero qué es lo que demanda?

—No os tiene eso pro —dijo ella—, sino hacer lo que os digo.

—No iré con vos en ninguna guisa si no me lo decís.

En esto respondió ella y dijo:

—Pues así es, hacerlo he, aunque no a mi grado; sabed, señor caballero, que mi señora os vio, y vio ese enano que con vos andaba, y porque le han dicho de un caballero extraño que así anda por estas tierras haciendo maravillas de armas, las cuales nunca se vieron, cuidando que sois vos, quiere haceros mucha honra y descubriros un secreto que en él su corazón tiene, el cual hasta ahora nunca de ella persona lo supo. Y como este caballero entendía su voluntad dijo que él os haría ir a su mandado aunque no quisieseis, lo cual puede él bien hacer, según es poderoso en armas más que ninguno de estas tierras, y por esto os aconsejo yo que dejándolo a él os vengáis conmigo.

—Doncella —dijo él—, de vos he gran vergüenza por no cumplir el mandado de vuestra señora, pero quiero que veáis si hará lo que dijo.

—Pésame —dijo ella—, que muy pagada soy de vuestra palabra y mesura.

Entonces se apartó de él, y el Caballero de la Verde Espada se fue por el camino como antes iba. Cuando esto vio el otro caballero, dijo a una voz alta:

—Vos, don caballero malo, que no quisisteis ir con la doncella, descended luego de vuestro caballo y cabalgad aviesas, llevando la cola en la mano por freno y el escudo al revés, y así os presentar ante aquella señora si no queréis perder la cabeza; escoged lo que de ello quisiereis.

—Cierto, caballero —dijo él—; no tengo ahora en corazón de escoger ninguno de esos partidos, antes quiero que sean para vos.

—Pues ahora veréis —dijo él— cómo os lo haré tomar.

Y puso las espuelas a su caballo con esperanza que del primer encuentro lo lanzaría de la silla, así como a otros muchos lo había hecho, porque era el mejor ajustador que había en gran parte. El Caballero del Enano que tomara sus armas, movió para él, bien cubierto de su escudo, y aquella justa fue perdida de los primeros encuentros que las lanzas fueron quebradas, y el caballero amenazador fue fuera de la silla, y el de Verde Espada su escudo falsado y la loriga y la cuchilla de la lanza le hizo una llaga en la garganta de que se hubiera de sentir mal, y pasó por él, y quitando el pedazo de la lanza que por el escudo tenía metido, volvió contra Brandasidel, que así había nombre el caballero, y violo tendido en el campo como muerto, y dijo a Gandalín:

—Desciende y tira el escudo y yelmo a ese caballero y cátalo si es muerto.

Y él así lo hizo. Y el caballero cogió huelgo y esforzóse ya cuanto, pero no en manera que tuviese sentido. Y el de la Verde Espada le puso la punta de la espada en el rostro y rompióle ya cuanto, y dijo:

—Vos, don caballero, amenazador y desdeñador de quien no conocéis, conviene que perdáis la cabeza o paséis por la ley que señalasteis.

Él con el temor de la muerte acordó más y bajó el rostro, y el de la Verde Espada dijo:

—No queréis hablar, tajaros he la cabeza.

Entonces él dijo:

—¡Ay, caballero, por Dios, merced!, que antes haré vuestro mandado que morir en sazón en que perdiese el alma según en el estado en que ahora estoy. Pues luego sea hecho sin más tardar.

Brandasidel llamó a sus escuderos que allí tenía y pusiéronle por su mandado en el caballo al revés, y metiéronle el rabo en la mano y echáronle el escudo al revés al cuello, y así lo llevaron por delante de la hermosa dueña y por medio de la villa que lo viesen todos y fuese ejemplo para aquéllos que con su gran soberbia quieren bajar a menospreciar a los que no conocen y aun a Dios si alcanzarle pudiesen, no pensando en las desventuras que en este mundo y después en el otro se les aparejan. Y tanto cuanto la dueña y su compaña y las gentes de la villa se maravillaban de la desventura que aquél por tan fuerte caballero tenían alcanzado, tanto y más la fortaleza del que lo venciera ensalzaban y loaban, afirmando ser verdaderas las grandes cosas que hasta allí de él habían oído.

Pues esto así hecho, el Caballero de la Verde Espada vio la doncella que le llamara que la batalla había mirado, y oído todas las palabras que antes pasaran y yéndose contra ella, le dijo:

—Señora doncella, ahora iré al mandado de vuestra señora si a vos pluguiere.

—Mucho me place —dijo ella—, y así lo hará a Grasinda, mi señora, que así había nombre la dueña.

Así fueron de consuno, y como llegaron, el de la Verde Espada vio la dueña tan hermosa y tan lozana que después que de su hermana Melicia partiera no viera otra alguna que tanto lo fuese, y por el semejante pareció él a ella el más apuesto y más hermoso caballero que mejor pareciese armado de cuantos en su vida viera, y díjole:

—Señor, yo he oído hablar de muchas extrañas cosas que después que en esta tierra entrasteis en armas habéis hecho, según vuestra presencia veo a mí es muy cierto de lo creer, también me han dicho que estuvisteis en casa del rey Tafinor de Bohemia y la honra y provecho que de vos le ocurrió, y dijéronme que os llaman el Caballero de la Verde Espada o del Enano, porque todo lo veo junto con vos, y yo así os llamaré, pero ruégoos mucho por vuestro pro, que os veo llagado que seáis mi huésped en esta villa, y curaros han de vuestras llagas, que tal aparejo no lo hallaréis en toda la comarca.

Él le dijo:

—Mi señora, viendo yo la voluntad de vuestro ruego, si fuese cosa en peligro y afán aventurarse por vos, servir lo haría, cuanto más ser lo que tanto a mí necesario es.

La dueña tomándole consigo se fue para la villa, y un caballero viejo que de rienda la llevaba tendió la mano y diola al Caballero de la Verde Espada, y él se fue a la villa para aderezar donde el caballero posase, que éste era mayordomo de la dueña.

El Caballero del Enano llevó la dueña hablando con ella en algunas cosas. Y si antes le tenía por su gran fama en mucho, en más lo estimó viendo su gran discreción y apuesta habla, y así lo fue él de ella, que muy hermosa y graciosa era en todo su razonar. Y entrando por la villa salían todas las gentes a las puertas y ventanas por ver a su señora que de todos muy amada era, y al caballero que por sus grandes hechos en mucho tenían y parecíales el más hermoso y apuesto que habían visto y pensaban ellos que no había hecho mayor cosa en armas que haber vencido a Brandasidel según era dudado y temido de todos.

Así llegaron al palacio de la dueña, y allí le hizo ella aposentar en una muy rica cámara guarnida, como casa de tal señora, e hízole desarmar y lavar las manos y el rostro del polvo que traía, y diéronle una capa de escarlata rosada que cubriese.

Cuando Grasinda así lo vio fue maravillada de su gran hermosura, que no pensaba ella que tal hombre humano tener pudiese, e hizo venir allí luego un maestro de curar llagas suyo, el mejor y más sabido que en gran parte hallaría, y católe la herida de la garganta y díjole:

—Caballero, vos sois herido en lugar peligroso y es menester de holgar si no ver os halléis en gran trabajo.

—Maestro —dijo él—, ruégoos que por la fe que a Dios y a vuestra señora que aquí está debéis que tanto que yo sea en disposición de poder cabalgar me lo digáis, porque a mí rio conviene haber algún descanso ni reposo hasta que Dios por la su merced me llegue a aquella parte donde mi corazón desea.

Y diciendo esto le creció tal cuidado que no pudo excusar que las lágrimas a los ojos no le viniesen, de que hubo mucha vergüenza, y limpiándolas presto hizo alegre semblante.

El maestro le curó la herida y le dio a comer lo que era menester, y Grasinda le dijo:

—Señor, holgad y dormir e iremos nosotras a comer, y veros hemos cuando fuere tiempo, y mandad a vuestro escudero que sin empacho demande todas las cosas que menester hubiereis.

Con esto se despidió y él quedó en su lecho pensando muy ahincadamente en su señora Oriana, que allí era todo su gozo y toda su alegría mezclada con tormentos y pasiones que continuo en uno batallaban, y, ya cansado, se adormeció.

De Grasinda os digo que desde que hubo comido se retrajo a su cámara, y echada en su lecho comenzó a pensar en la hermosura del Caballero de la Verde Espada y en las grandes cosas que de él le habían dicho, y como quiera que ella tan hermosa y tan rica fuese y de tal linaje, como sobrina del rey Tafinor de Bohemia, y casada con un gran caballero, con el cual no vivió sino un año sin dejar hijo alguno, determinó de lo haber por marido aunque de él otra cosa no veía sino ser un caballero andante, y pensando en cual guisa se lo haría saber, vínole en miente cómo le viera llorar, y cuidó que aquello no sería sino por amor de alguna mujer que amase y no la podía haber. Esto la hizo detener hasta que de su hacienda más haber pudiese, y sabiendo ya cómo él era despierto, tomando consigo sus dueñas y doncellas, se fue a su cámara por le ver y honrar, y por el gran placer y deleite que en sí sentía en verle y hablar, y no menos lo había él, pero muy desviado de su pensamiento de lo que ella pensaba. Así estaba aquella dueña haciéndole compañía, dándole todo el placer que se le podía dar. Mas un día, no lo pudiendo más sufrir, apartando a Gandalín le dijo:

—Buen escudero, que Dios os ayude y haga bienaventurado. Decidme una cosa si la sabéis que os quiero preguntar, y yo os prometo que por mí nunca será descubierta, y esto es, si sois sabedor de alguna mujer que vuestro señor ame extremadamente de ahincado amor.

—Señora —dijo Gandalín—, yo ha poco que vivo con él, y este enano, que por las grandes cosas que de él supimos nos otorgamos a lo servir, y él nos dijo que no le preguntásemos por su nombre ni por su hacienda, sino que nos fuésemos a la buena ventura, y desde que con él quedamos hemos visto tanto de sus proezas y valentías que nos ha puesto en gran espanto como aquel que sin duda, señora, podéis creer que es el mejor caballero que en el mundo hay, y de su hacienda no sé más.

La dueña tenía la cabeza baja y los ojos, y pensaba mucho. Gandalín, que así la vio, pensó que amaba a su señor, y quísola quitar de aquélla que por ninguna guisa alcanzar podía, y díjole:

—Señora, yo le veo muchas veces llorar, y con tan gran angustia de su corazón que me maravillo cómo la vida puede sostener, y esto creo yo que según su gran esfuerzo que todas las cosas bravas y temerosas en poco tiene, que de otra parte no le puede venir sino de algún demasiado y ahincado amor que de alguna mujer tenga, porque ésta es una tal dolencia que al remedio de ella no basta esfuerzo ni discreción alguna.

—Así Dios me salve —dijo ella—, yo creo lo que me decís y mucho os lo agradezco; idos para él y Dios le ponga remedio en sus cuitas.

Y ella se fue a sus mujeres con voluntad de no se trabajar de allí adelante en lo que pensaba, por le ver tan sosegado que sus hechos y palabras, creyendo que no se mudaría de su propósito.

Así como oís estuvo el Caballero de la Verde Espada en casa de aquella gran señora hermosa y rica dueña Grasinda, curándose de sus llagas, donde recibió tanta honra y tanto placer como si de caballero pobre andante que parecía fuera manifestado a ella ser hijo de tan noble rey como lo era el rey Perión de Gaula, su padre. Y cuando en disposición de poderse armar se vio, mandó a Gandalín que le tuviese aparejadas las cosas necesarias al camino. Y le dijo que todo estaba aderezado. Y estando en esto hablando entró Grasinda, y con ella cuatro doncellas suyas, y él a ella saliendo, tomándola por la mano se sentó en un estrado encima de un paño de seda labrada con oro, y díjole:

—Mi señora, yo soy en disposición de andar camino, y la honra que de vos he recibido me pone gran cuidado cómo la podré servir; por ende, mi señora, si en algo mi servicio os puede placer acarrear, con toda voluntad se pondrá en obra.

Ella le respondió:

—Ciertamente, Caballero de la Verde Espada, así como lo decís lo tengo yo creído, y cuando la satisfacción del placer y servicio que aquí hallasteis si alguno fuese demandare, entonces sin ningún empacho ni vergüenza será descubierto a vos lo que ninguno de mí hasta hoy ha sabido, pero tanto os ruego que me digáis: ¿a cuál parte se otorga más vuestra voluntad de ir?

—A la parte de Grecia —dijo él—, si Dios lo enderezare, por ver la vida de los griegos y a su emperador, de quien buenas nuevas he oído.

—Pues yo quiero —dijo—, ayudar a tal viaje, y esto será que os daré una muy buena nave abastecida de marineros que os serán mandados, y de viandas que para un año basten, y daros he al maestro que os curó, que se llama Helisabad, que a duro de su oficio en gran parte otro tal se hallaría, con condición que siendo en vuestro libre poder seáis en esta villa conmigo dentro de un año.

El caballero fue muy alegre en tal socorro, que mucho lo había menester, y en gran cuidado era puesto pensando lo habría, y díjole:

—Mi señora, si os yo no sirviese estas mercedes que me hacéis, tenerme ya por el caballero más sin ventura del mundo, y por tal me tendría si por empacho o vergüenza supieseis que lo dejabais de demandar.

—Mi señor —dijo ella—, cuando Dios os trajere de este viaje, yo os demandaré aquello que mi corazón mucho tiempo ha deseado, qué será en acrecentamiento de vuestra honra, aunque algún peligro se aventure.

—Así será —dijo él—, porque yo fío en vuestra gran mesura que no me demandará sino cosa que yo con derecho otorgar deba.

—Pues holgaréis aquí —dijo Grasinda— estos cinco días, en tanto que las cosas al camino necesarias se aparejan.

Él lo acordó de lo hacer como quiera que otro día tenía en la voluntad de partir de allí. En este espacio de tiempo fue la nave abastecida de todo aquello que convenía llevar. Y el Caballero de la Verde Espada con el maestro Helisabad, en quien él después de Dios gran fucia de su salud tenía, entró en ella, y despedido de aquella hermosa señora, alzando las velas y dando a los remos tomaron su viaje no derechamente a Constantinopla, donde el emperador era, mas a las ínsulas de Romania que le habían quedado de andar y a otras del señorío de Grecia, por las cuales el Caballero de la Verde Espada anduvo asaz tiempo haciendo grandes cosas en armas combatiéndose con gentes extrañas, de ello con grandes causas que le movían por enderezar sus soberbias, y con otros que a la gran fama de él eran venidos a experimentar sus fuerzas con las suyas.

Así que muchas afrentas y peligros pasó y muchas heridas hubo, las cuales alcanzando la victoria y honra de todos por gloria se tenían, y de ellas fue curado por aquel maestro que consigo llevaba. Pues andando en esta gran revuelta, navegando de unas islas a otras y de otras a otras, los marineros sintiéndolo por mucha fatiga al maestro se querellaron de ello, y él diciéndolo al Caballero del Enano, acordóse que comoquiera que su voluntad aparejada estuviese en acabar de ver todas aquellas tierras que pues la de ellos en fatiga lo sentía, que derechamente volviesen la nao la vía de Constantinopla, porque en aquella ida y venida si Dios no lo conturbase llegaría al cabo del año a Grasinda prometido. Con este acuerdo a placer de todos los de la nave tomaron el viaje de Constantinopla con viento bueno y enderezado.

En el segundo libro os contamos cómo el Patín, siendo caballero sin estado alguno, no solamente esperando de lo haber después de la muerte del Siudán, su hermano, que emperador de Roma era, por no tener hijo que el imperio heredase, oyendo la gran fama de los caballeros que a la sazón en la

Gran Bretaña eran en servicio del rey Lisuarte, acordó de se venir a probar con ellos, y comoquiera que a la sazón fuese muy enamorado de la reina Sardamira, reina de Cerdeña, y por su servicio aquel camino empezase, llegado a casa del rey Lisuarte, donde muy honradamente según su gran linaje recibido fue, viendo a la muy hermosa Oriana, su hija, que en el mundo par de hermosura no tenía, tanto fue de ella pagado que olvidando el viejo amor, siguiendo aquel nuevo a su parte en casamiento le demandó, y aunque la respuesta con alguna esperanza honesta fuere, la voluntad del rey, muy apartada de tal juntamiento era, mas él teniendo que alcanzado había lo que deseaba, queriendo mostrar sus fuerzas, creyendo ser con ello de aquella señora más amado, por aquellas tierras a buscar los caballeros andantes para se con ellos combatir se fue, y su desventura que así lo siguió fue aportar en la floresta donde Amadís aquella sazón desesperado de su señora haciendo un llanto muy doloroso estaba, y allí habiendo primero sus razones, el Patín loándose del amor y Amadís quejándose de él, hubieron su batalla en la cual el Patín fue en tierra del justar y después cobrando el caballo de un solo golpe de la espada fue tan mal herido en la cabeza que llegó muchas veces al punto de la muerte, por causa de lo cual dejando en pendencia el casamiento de Oriana se tornó en Roma, donde a poco tiempo, muriendo el emperador, su hermano, él por emperador tomado fue, y no se le olvidando aquella pasión en que Oriana a su corazón puesto había, creyendo con el mayor estado en que puesto era más ligeramente la cobrar, acordó de la demandar otra vez al rey Lisuarte en casamiento, lo cual encomendó a un primo suyo, Salustanquidio llamado, príncipe de Calabria, caballero famoso en armas, y con él a Brondajel de Roca, su mayordomo mayor, y al arzobispo de Talancia, y con ellos hasta trescientos hombres, y la reina hermosa Sardamira con copia de dueñas y doncellas para la guarda de Oriana cuando la trajesen. Ellos, viendo ser aquello la voluntad del emperador, comenzaron a aderezar las cosas convenibles al camino, lo cuál adelante más largo se contará.

Capítulo 73. De cómo el noble Caballero de la Verde Espada, después de partido de Grasinda para ir a Constantinopla, le

forzó fortuna en el mar, de tal manera que te arribó en la Ínsula del Diablo, donde halló una bestia fiera llamada Endriago

Por la mar navegando el Caballero de la Verde Espada con su compaña la vía de Constantinopla, como oído habéis, con muy buen viento, súbitamente tornado al contrario como muchas veces acaece, fue la mar tan embravecida, tan fuera de compás, que ni la fuerza de la fusta que grande era, ni la sabiduría de los mareantes no pudieron tanto resistir, que muchas veces en peligro de ser anegada no fuese. Las lluvias eran tan espesas y los vientos tan apoderados y el cielo tan oscuro, que en gran desesperación estaban de ser las vidas remediadas por ninguna manera, ni lo podían creer así él, como el maestro Helisabad y los otros todos, si no fuese por la gran misericordia del muy alto Señor, y muchas veces la fusta, así de día como de noche, se les henchía de agua que no podían sosegar, ni comer, ni dormir, sin grandes sobresaltos, pues otro concierto alguno en ella no había, sino aquel que la fortuna le placía que tomase. Así anduvieron ocho días sin saber ni atinar a cuál parte de la mar anduviesen sin que la tormenta un punto ni momento cesase, en cabo de los cuales, con la gran fuerza de los vientos, una noche antes que amaneciese, la fusta a la tierra llegada fue tan reciamente, que por ninguna guisa la podían despegar. Esto dio gran consuelo a todos, como si de muerte a la vida tornados fueran, mas la mañana venida, reconociendo los marineros en la parte que estaban, sabiendo ser allí la Ínsula que del Diablo se llamaba, donde una bestia fiera toda la había despoblado, en dobladas angustias y dolores sus ánimos fueron, teniéndolo en muy mayor grado de peligro que el que en la mar esperaban, e hiriéndose con las manos en los rostros llorando fuertemente, al Caballero de la Verde Espada se vinieron sin otra cosa le decir. Él, muy maravillado de ser allí su alegría en tan tristeza tornada, no sabiendo la causa de ello, estaba como embarazado, preguntándoles qué cosa tan súbita y breve, tan presto su placer en gran lloro mudara.

—¡Oh, caballero! —dijeron ellos—, tanta es la tribulación, que las fuerzas no bastan para la recontar. Mas cuéntela ese maestro Helisabad que bien sabe por qué razón esta Ínsula del Diablo tiene nombre.

El maestro, que no menos turbado que ellos era esforzado por el Caballero del Enano, temblando sus carnes, turbada la palabra con mucha gravedad y temor, contó al caballero lo que saber quería diciendo así:

—Señor Caballero del Enano; sabed que de esta ínsula que aportados somos fue señor un gigante. Bandaguido llamado, el cual con su braveza grande y esquiveza, hizo sus tributarios a todos los más gigantes que con él comarcaban. Éste fue casado con una giganta mansa, de buena condición y tanto cuanto el marido con su maldad de enojo y crueldad hacía a los cristianos matándolos y destruyéndolos; ella con piedad los reparaba cada vez que podía. En esta dueña hubo Bandaguido una hija, que después que en talle de doncella fue llegada tanto la naturaleza ornó y acrecentó en hermosura, que en gran parte del mundo otra mujer de su grandeza ni sangre que su igual fuese no se podía hallar, mas como la gran hermosura sea luego junto con la vanagloria y la vanagloria con el pecador, viéndose esta doncella tan graciosa y lozana y tan apuesta y digna de ser amada de todos y ninguno por la braveza del padre no la osara emprender, tomó por remedio postrimero amar de amor feo y muy desleal a su padre, así que muchas veces siendo levantada su madre de cabe su marido, la hija viniendo allí mostrándole mucho amor, burlando y riendo con él lo abrazaba y besaba. El padre luego al comienzo aquello tomaba con aquel amor que de padre a hija se debía, pero la muy gran continuación y la gran hermosura demasiada suya y la muy poca conciencia y virtud del padre, dieron causa que sentido por él a qué tiraba el pensamiento de la hija, que aquel malo y feo deseo de ella hubiese efecto. De donde debemos tomar en ejemplo que ningún hombre en esta vida tenga tanta confianza de sí mismo que deje de esquivar y apartar la conversación y contratación, no solamente de las parientas y hermanas, más de sus propias hijas, porque esta mala pasión venida en el extremo de su natural encendimiento, pocas veces el juicio, la conciencia, el temor son bastantes de ponerle tal freno con que la retraer puedan. De este pecado tan feo y yerro tan grande se causó luego otro mayor. Así como acaece aquéllos que olvidando la piedad de Dios y siguiendo la voluntad del enemigo malo, quieren con un gran mal remediar otro, no conociendo que la medicina del pecador verdadera es el arrepentimiento verdadero y la penitencia, que le hace ser perdonado de aquel alto Señor, que por semejantes yerros se puso después de muchos tormentos en la Cruz, donde como hombre verdadero murió y fue como verdadero Dios resucitado. Que siendo este malaventurado padre en amor de la hija encendido, y ella asimismo en el suyo, porque más sin empacho el su mal deseo pudiesen gozar, pensaron de matar aquella noble dueña su mujer de él y madre de ella, siendo el gigante avisado de sus falsos ídolos en quien él adoraba, que si con su hija casase, sería engendrada una tal cosa en ella la más brava y fuerte que en el mundo se podría hallar, y poniéndolo por obra aquella malaventurada hija, que su madre más que a sí misma amaba, andando por una huerta, andando con ella, fingiendo la hija ver en un pozo una cosa extraña y llamando a la madre que lo viese, diole de las manos y echándola en lo hondo en poco espacio ahogada fue. Ella dio voces diciendo que su madre cayera en el pozo, acudieron todos los hombres y el gigante, que el engaño sabía, y como vieron la señora que muy amada de todos ellos era muerta, hicieron grandes llantos, mas el gigante les dijo: «No hagáis duelo, que esto los dioses lo han querido y yo tomaré mujer en quien será engendrada tal persona por donde todos seremos muy temidos y enseñoreados sobre aquéllos que mal nos quieren». Todos callaron por miedo del gigante y no osaron hacer otra cosa. Y luego ese día, públicamente ante todos, tomó por su mujer a su hija Bandaguida, en la cual aquella malaventurada noche fue engendrada una animalia por ordenanza de los diablos, en quien ella y su padre y marido creían de la forma que aquí oiréis. Tenía el cuerpo y el rostro cubierto de pelo, y encima había conchas sobrepuestas unas sobre otras, tan fuertes que ninguna arma las podía pasar, y las piernas y pies eran muy recios y gruesos, y encima de los hombros había alas tan grandes que hasta los pies le cubrían, y no de péndolas, mas de un cuero negro como la pez luciente, velloso, tan fuerte que ninguna arma la podía empecer, con las cuales se cubría como lo hiciese un hombre con un escudo y debajo de ellas le salían brazos muy fuertes así como de león, todos cubiertos de conchas más menudas que las del cuerpo, y las manos había de hechura de águila, con cinco dedos y las uñas tan fuertes y tan grandes que en el mundo podía ser cosa tan fuerte que entre ellas entrase que luego no fuese deshecha. Dientes tenía dos en cada una de las quijadas, tan fuertes y tan largos, que de la boca un codo le salían. Y los ojos grandes y redondos, muy bermejos, como brasas, así que de muy lueñe siendo de noche eran vistos y todas las gentes huían de él. Saltaba y corría tan ligero que no había venado que por pies se le pudiese escapar, comía y bebía pocas veces y algunos tiempos ninguna, que no sentía en ello pena ninguna, toda su holganza era matar hombres y las otras animalias vivas, y cuando hallaba leones y osos, que algo se le defendían, tornaba muy sañudo y echaba por sus narices un humo tan espantable que semejaba llamas de fuego y daba unas voces roncas y espantosas de oír, así que todas las cosas vivas huían ante él como ante la muerte. Olía tan mal, que no había cosa que no emponzoñase, era tan espantoso cuando sacudía las conchas unas con otras y hacía crujir los dientes y las alas que no parecía sino que la tierra hacía estremecer. Tal es esta animalia, Endriago llamado, como os digo —dijo el maestro Helisabad—. Y aún más os digo, que la fuerza grande del pecado del gigante y de su hija causó que en él entrase el enemigo malo que mucho en su fuerza y crueldad acrecienta.

Mucho fue maravillado el Caballero de la Verde Espada de esto que el maestro le contó de aquel diablo. Endriago llamado, nacido de hombre y de mujer, y la otra gente muy espantado, mas el caballero le dijo:

—Maestro, pues, ¿cómo cosa tan desemejada pudo ser nacida de, cuerpo de mujer?

—Yo os lo diré —dijo el maestro—, según se halla en un libro que el emperador de Constantinopla tiene, cuya fue esta ínsula, y hala perdido porque su poder no basta para matar este diablo, y sabed —dijo el maestro— que sintiéndose preñada aquélla de Bandaguido lo dijo al gigante y él hubo dello mucho placer, porque veía ser verdad lo que sus dioses le dijeran y así creía que sería lo ál, y dijo que era menester tres o cuatro amas para que lo criasen, pues que había de ser la más fuerte cosa que hubiese en el mundo, pues creciendo aquella mala criatura en el vientre de la madre, como era hechura y obra del diablo, hacíala adolecer muchas veces. Y la color del rostro y de los ojos eran jaldados de color de ponzoña, mas todo lo tenía ella por bien creyendo que según los dioses lo habían dicho, que sería aquel su hijo el más fuerte y más bravo que se nunca viera, y que tal fuese que buscaría manera alguna para matar a su padre y que se casaría con el hijo, que este es el mayor peligro de los malos, enviciarse y deleitarse tanto en los pecados, que aunque la gracia del muy alto Señor en ellos expira, no solamente no la sienten ni la conocen, mas como cosa pesada y extraña le aborrecen y desechan, teniendo el pensamiento y la obra en siempre creer en las maldades como sujetos y vencidos de ellas. Venido pues el tiempo parió un hijo y no con mucha premia, porque las malas cosas hasta la fin siempre se muestran agradables. Cuando las amas que para le criar aparejadas estaban vieron criatura tan desemejada mucho fueron espantadas, pero habiendo gran miedo al gigante callaron y envolviéronle en los paños que para él tenían, y atreviéndose una de ellas más que las otras dio de la teta y él la tomó tan fuertemente que la hizo dar grandes gritos, y cuando se lo quitaron cayó ella muerta de la mucha ponzoña que la penetrara. Esto fue dicho luego al gigante y viendo aquel su hijo maravillóse de tan desemejada criatura y acordó de preguntar a sus dioses por qué le dieran tal hijo, y fuese al templo donde los tenía y eran tres, el uno figura de hombre, el otro de león y el tercero de grifo, y haciendo sus sacrificios les preguntó por qué le habían dado tal hijo. El ídolo que era figura de hombre le dijo: «Tal convenía que fuese, porque así como sus cosas serán extrañas y maravillosas, así conviene que lo sea él, especialmente en destruir los cristianos, que a nosotros procuran de destruir, y por esto yo le di de mí semejanza en hacerle conforme al albedrío de los hombres, de que todas las bestias carecen». El otro ídolo le dijo: «Pues yo quise dotarlo de gran braveza y fortaleza como los leones lo tenemos». El otro dijo: «Yo le di alas y uñas, y ligereza sobre cuantas animalias serán en el mundo». Oído esto por el gigante díjoles: «¿Cómo lo criaré que el ama fue muerta luego que le dio la teta?». Ellos le dijeron: «Haz que las otras dos amas le den de mamar y éstas también morirán, mas la otra que quedare críelo con la leche de tus ganados hasta un año, y en este tiempo será tan grande y tan hermoso como lo somos nosotros que hemos sido causa de su engendramiento, y cata que te defendemos que por ninguna guisa tú, ni tu mujer ni otra persona alguna no lo vean en todo este año, sino aquella mujer que te decimos que de él cure». El gigante mandó que lo hiciesen así como los ídolos se lo dijeron y de esta forma fue criada aquella esquiva bestia, como oís. En cabo del año que supo el gigante del ama cómo era muy crecido y oíanle dar unas voces roncas y espantosas, acordó con su hija que tenía por mujer de ir a verlo y luego entraron en la cámara donde estaba, y viéronle andar corriendo y saltando. Y como el

Endriago vio a su madre vino para ella y saltando echóle las uñas al rostro; y hendióle las narices y quebróle los ojos, y antes que de sus manos saliese fue muerta. Cuando el gigante lo vio, puso mano a la espada para lo matar, y dio se con ella en la pierna tal herida que toda la tajó y cayó en el suelo, y a poco rato fue muerto. El Endriago saltó por encima de él, y saliendo por la puerta de la cámara, dejando toda la gente del castillo emponzoñada, se fue a las montañas, y no pasó mucho tiempo, que los unos muertos por él, y los que barcas y fustas pudieron haber para huir por la mar, que la Ínsula no fuese despoblada, y así lo está, pasa ya de cuarenta años. Esto es lo que yo sé de esta mala y endiablada bestia, dijo el maestro.

El Caballero de la Verde Espada dijo:

—Maestro, grandes cosas me habéis dicho, y mucho sufre Dios Nuestro Señor a aquéllos que le desirven, pero al fin, si no se enmienden, dales pena tan crecida como ha sido su maldad, y ahora os digo, maestro, que digáis de mañana misa, porque yo quiero ver a esta Ínsula, y si Él me aderezare tomarla a su santo servicio.

Aquella noche pasaron con gran espanto así de la mar, que muy brava era, como del miedo que de el Endriago tenían, pensando que saldría a ellos de un castillo que allí cerca tenían, donde muchas veces albergaba, y el alba del día venida, el maestro cantó misa, y el Caballero de la Verde Espada la oyó con mucha humildad, rogando a Dios le ayudase en aquel peligro, que por sus servicios se quería poner, y si su voluntad era que su muerte allí fuese venida. Él por la su piedad le hubiese merced al alma. Y luego se armó, e hizo sacar su caballo en tierra, y Gandalín con él, y dijo a los de la nao:

—Amigos, yo quiero entrar en aquel castillo, y si hallo el Endriago combatirme con él, y si no le hallo miraré si está en tal disposición para que allí seáis aposentados en tanto que la mar hace bonanza, y yo buscaré esta bestia por estas montañas, y si de ella escapo tornarme he a vosotros, y si no, haced lo que mejor vierais.

Cuando esto oyeron ellos fueron muy espantados, más que de antes eran, porque aún allí dentro en la mar todos sus ánimos no faltaban para sufrir el miedo del Endriago, y por más afrenta y peligro que la braveza grande de la mar tenían, y que bastase el de aquel caballero, a que de su propia voluntad fuese, a lo buscar para se con él combatir, y por cierto todas las otras grandes cosas que de él oyeran y vieran que en armas hecho había en comparación de ésta en nada lo estimaban, y el maestro Helisabad, como hombre de letras y de misa fuese, mucho se le extrañó trayéndole a la memoria que las semejantes cosas, siendo fuera de la naturaleza de los hombres por no caer en homicidio de sus ánimas se habían de dejar, mas el Caballero de la Verde Espada le respondió que si aquel inconveniente que decía tuviese en la memoria, excusado le fuera salir de su tierra para buscar las peligrosas aventuras, y que si por algunas habían pasado sabiéndose que ésta dejaba todas ellas en sí quedaban ningunas, así que a él le convenía matar a aquella mala y desemejada bestia o morir, como lo debían hacer aquéllos que dejando su naturaleza a la ajena iban para ganar prez y honra.

Entonces miró a Gandalín, que en tanto que él hablaba con el maestro y con los de la fusta se había armado de las armas que allí halló para le ayudar, y viole estar en su caballo llorando fuertemente, y díjole:

—¿Quién te ha puesto en tal cosa? Desármate, que si lo haces para me servir y me ayudar, ya sabes tú que no ha de ser perdiendo la vida, sino quedando con ella, para que la fortuna de mi muerte puedas recontar en aquella parte, que es la principal causa y membranza por donde yo la recibo.

Y haciéndole por fuerza desarmar, se fue con él la vía del castillo, y entrando en él halláronlo yermo, sino de las aves, y vieron que había dentro buenas cosas, aunque algunas eran derribadas y las puertas principales eran muy fuertes y recios candados con que se cerrasen, de lo cual le plugo mucho, y mandó a Gandalín que fuese a llamar a todos los de la galera y les dijese el buen aparejo que en el castillo tenían, y así lo hizo. Todos salieron luego, aunque con gran temor del Endriago, pero que la mar no cesaba de su gran tormenta, y entraron en el castillo, y el Caballero de la Verde Espada les dijo:

—Mis buenos amigos, yo quiero ir a buscar por esta Ínsula al Endriago, y si me fuere bien, tocará la bocina Gandalín, y entonces creed que él es muerto y yo vivo, y si mal me va, no será menester de haceros señal alguna, y en tanto cerrad estas puertas y traed alguna provisión de la galera, que aquí podéis estar hasta que el tiempo sea para navegar más enderezado.

Entonces se partió el Caballero de la Verde Espada de ellos, quedando todos llorando, mas las cosas de llantos y amarguras que Ardián, el su enano, hacía esto no se podrían decir, que él mesaba sus cabellos y hería con sus palmas el rostro y daba con la cabeza a las paredes llamándose cautivo porque su fuerte ventura lo trajera a servir a tal hombre, que mil veces le llegaba al punto de la muerte, mirando las extrañas cosas que le veía hacer, y en el cabo aquella donde el emperador de Constantinopla, con todo su gran señorío, no osaba ni podía poner remedio, y como vio que su señor iba ya por el campo, subióse por una escalera de piedra encima del muro casi sin ningún sentido, como aquel que mucho se dolía de su señor, y el maestro Helisabad mandó poner un altar con las reliquias que para decir misa traía, e hizo tomar cirios encendidos a todos, e hincados de rodillas rogaba a Dios que guardase aquel caballero que por servicio de Él y por escapar la vida de ellos así conocidamente a la muerte se ofrecía. El Caballero de la Verde Espada iba, como oís, con aquel esfuerzo y semblante que su bravo corazón lo otorgaba, y Gandalín en pos de él llorando fuertemente, creyendo que los días de su señor con la fin de aquel día la habrían ellos. El caballero volvió a él y díjole riendo:

—Mi buen hermano, no tengas tan poca esperanza en la misericordia de Dios, ni en la vista de mi señora Oriana que así te desesperes, que no solamente tengo delante de mí su sabrosa membranza, mas su propia persona y mis ojos la ven y me están diciendo que la defienda yo de esta bestia mala.

—Pues qué piensas tú, mi verdadero amigo, que debo yo hacer. ¿No sabes que en la su vida y muerte está la mía? Consejarme has tú que la deje matar y que ante mis ojos muera, no plega a Dios que tal pensase, y si tú no la ves, yo la veo que delante mí está. Pues si su sola membranza me hizo pasar a mí gran honra las cosas que tú sabes, qué tanto más debe poder su propia presencia.

Y diciendo esto crecióle tanto el esfuerzo que muy tarde se le hacía el no hallar el Endriago. Y entrando en un valle de brava montaña y peñas de mucha concavidad, dijo:

—Da voces, Gandalín, porque por ellas podrá ser que el Endriago a nosotros acudirá, y ruégote mucho que si aquí muriese procures de llevar a mi señora Oriana aquello que es suyo enteramente, que será mi corazón, y dile que se lo envío por no dar cuenta ante Dios de como lo ajeno llevaba conmigo.

Cuando Gandalín esto oyó, no solamente dio voces, mas mesando sus cabellos llorando dio grandes gritos deseando su muerte antes que ver la de aquél su señor que tanto amaba, y no tardó mucho que vieron salir de entre las peñas el Endriago muy más bravo y fuerte que lo nunca fue, de lo cual fue causa que como los diablos viesen que este caballero ponía más esperanza en, su amiga Oriana que en Dios, tuvieron lugar de entrar más fuertemente en él y le hace más sañudo, diciendo ellos:

—Si de éste le escapamos, no hay en el mundo otro que tan osado ni tan fuerte sea que tal cosa no ose acometer.

El Endriago venía tan sañudo echando por la boca humo mezclado con llamas de fuego e hiriendo los dientes unos con otros haciendo gran espuma y haciendo crujir las conchas y las alas tan fuertemente que gran espanto era de lo ver. Así hubo el Caballero de la Verde Espada, especialmente oyendo los silbos y las espantosas voces roncas que daba, y comoquiera que por palabra se lo señalaran, en comparación de la vista era tanto como nada. Y cuando el Endriago los vio, comenzó a dar grandes saltos y voces, como aquel que mucho tiempo pasara sin que hombre ninguno viera, y luego se vino contra ellos. Cuando los caballos del de la Verde Espada y de Gandalín lo vieron comenzaron a huir tan espantados que apenas los podían tener, dando muy grandes bufidos. Y cuando el de la Verde Espada vio que a caballo a él no se podía llegar, descendió muy presto, y dijo a Gandalín:

—Hermano, tente a fuera en ese caballo, porque ambos no nos perdamos, y mira la ventura que Dios me querrá dar contra este diablo tan espantable, y ruégale que por la su piedad me guíe, como le quite yo de aquí y sea esta tierra tornada a su servicio, y si aquí tengo de morir, que me haya merced del ánima y en lo otro haz como te dije.

Gandalín no le pudó responder: tan reciamente lloraba, porque su muerte veía tan cierta si Dios milagrosamente no lo escapase.

El Caballero de la Verde Espada tomó su lanza y cubrióse de su escudo como hombre que ya la muerte tenía tragada perdido todo su pavor, y lo más que pudo se fue contra el Endriago, así a pie como estaba.

El diablo como lo vio vino luego para él y echó un fuego por la boca con un humo tan negro que apenas se podían ver el uno con el otro. Y el de la Verde Espada se metió por el humo adelante, y llegando cerca de él le encontró con la lanza por muy gran dicha en el un ojo, así que se lo quebró, y el Endriago echó las uñas en la lanza y tomóla con la boca e hízola pedazos, quedando el hierro con un poco del asta metido por la lengua y por las agallas, que tan recio vino que él mismo se metió por ella y dio un salto por le tomar, mas con el desatiento del ojo quebrado no pudo y porque el caballero se guardó con gran esfuerzo y viveza de corazón, así como aquel que se veía en la misma muerte, y puso mano a su muy buena espada, y fue a él que estaba como desatentado así del ojo como de la mucha sangre que de la boca le salía, y con los grandes resoplidos y resollidos que daba todo lo más de ella se le entraba por la garganta, de manera que casi el aliento le quitaba y no podía cerrar la boca ni morder con ella, y llegó a él por el un costado y diole tan gran golpe por encima de las conchas que no le pareció sino que diera en una pena dura y ninguna cosa le cortó. Como el Endriago le vio tan cerca de sí, pensóle tomar entre sus unas, y no le alcanzó sino en el escudo, y llevóselo tan recio que le hizo dar de manos en tierra, y en tanto que el diablo lo despedazó todo con sus muy fuertes y duras uñas, hubo el Caballero de la Verde Espada lugar de levantarse, y como sin escudo se vio y la espada no cortaba ninguna cosa, bien entendió que su hecho no era nada si Dios no le enderezase a que el otro ojo le pudiese quebrar, que por otra ninguna parte no aprovechaba nada trabajar de lo herir, y con mucha saña pospuesto todo temor fue para el Endriago, que muy fallecido y flaco estaba así de la mucha sangre que perdía como del ojo quebrado, y como las cosas pesadas de su propia pesadumbre se caen y perecen, y ya enojado Nuestro Señor que el enemigo malo hubiese tenido tanto poder y hecho tanto mal en aquéllos que aunque pecadores en su santa fe católica creían, que sin ella ninguno fuera poderoso de acometer ni osar esperartan gran peligro a este caballero para que sobre toda orden de naturaleza diese fin a aquel que a muchos lo había dado, entre los cuales fueron aquellos malaventurados su padre y madre, y pensando acertarle en el otro ojo con la espada, quísole Dios guiar a que se la metió por una de las ventanas de las narices, que muy anchas las tenía, y con la gran fuerza que puso y la que el Endriago traía, la espada caló que le llegó a los sesos. Mas el Endriago como le vio tan cerca abrazóse a él y con las sus muy fuertes y agudas uñas rompióle todas las armas de las espaldas y la carne y los huesos hasta las entrañas, y como él estaba ahogado de la mucha sangre que bebía y con el golpe de la espada que a los sesos le pasó y sobre toda la sentencia que de Dios sobre él fue dada y no se podía revocar, no se pudiendo ya tener, abrió los brazos y cayó a la una parte como muerto sin ningún sentido. El Caballero como así lo vio tiró por la espada y metiósela por la boca cuanto más pudo tantas veces que lo acabó de matar; pero quiero que sepáis que antes que el alma le saliese salió de su boca el diablo, y fue por el aire con muy gran tronido, así que los que estaban en el castillo lo oyeron como si cabe ellos fuera, de lo cual hubieron gran espanto y conocieron cómo el caballero estaba ya en la batalla, y comoquiera que encerrados estuviesen en tan fuerte lugar, y con tales aldabas y candados, no fueron muy seguros de sus vidas y sino porque la mar todavía era muy brava, no osaban allí atender que a ella no se fueran, pero tornáronse a Dios con muchas oraciones, que de aquel peligro los sacase y guardase aquel caballero que por su servicio cosa tan extraña acometía.

Pues como el Endriago fue muerto, el caballero se quitó afuera y yéndose para Gandalín que ya contra él venía no se pudo tener, y cayó amortecido cabe a un arroyo de agua que por allí pasaba.

Gandalín como llegó y le vio tan espantables heridas cuidó que era muerto, y dejándose caer del caballo comenzó a dar muy grandes voces mesándose. Entonces el caballero acordó ya cuanto, y díjole:

—¡Ay, mi buen hermano y verdadero amigo!, ya ves que yo soy muerto, yo te ruego por la crianza que de tu padre y madre hube, y por el gran amor que siempre te he tenido, que me seas bueno en la muerte, como en la vida lo has sido, y como yo fuere muerto tomes mi corazón y lo lleves a mi señora Oriana, y dile que pues siempre fue suyo y lo tuvo en su poder desde aquel primer día que yo la vi, mientras en este cuitado cuerpo encerrado estuvo y nunca un momento se enojó de la servir, que consigo lo tenga en remembranza de aquel cuyo fue, aunque como ajeno lo poseía, porque de esta memoria allí donde mi ánima estuviese recibirá descanso —y no pudo hablar más.

Gandalín como así lo vio no curó de le responder, antes cabalgó muy presto en su caballo y subiéndose en un otero tocó la bocina lo más recio que pudo en señal que el Endriago era muerto. Ardián el Enano que en la torre estaba oyólo, y dio muy grandes voces al maestro Helisabad que acorriese a su señor, que el Endriago era muerto, y él como estaba apercibido cabalgó con todo el aparejo que menester era, y fue lo más presto que pudo por el derecho que el enano lo señaló, y anduvo mucho que vio a Gandalín encima del otero, el cual como al maestro vio, vino corriendo contra él y dijo:

—¡Ay, señor, por Dios y por merced! Acorred a mi señor, que mucho es menester que el Endriago es muerto.

El maestro cuando esto oyó hubo gran placer con aquellas nuevas que Gandalín decía, no sabiendo el daño del caballero, y aguijó cuanto más pudo, y Gandalín le guiaba hasta que llegaron donde el Caballero de la Verde Espada estaba y halláronlo muy desacordado sin ningún sentido y dando muy grandes gemidos, y el maestro fue a él y díjole:

—¿Qué es esto, señor caballero? ¿Dónde es ido el vuestro gran esfuerzo a la hora y sazón que más menester lo habíais? No temáis de morir, que aquí es vuestro buen amigo y leal servidor maestro Helisabad que os socorrerá.

Cuando el Caballero de la Verde Espada oyó al maestro Helisabad, Comoquiera que muy desacordado estuviese, conociólo y abrió los ojos y quiso alzar la cabeza, mas no pudo y levantó los brazos como que le quisiese abrazar.

El maestro Helisabad quitó luego su manto y tendiólo en el suelo, y tomáronlo él y Gandalín, y poniéndolo encima le desarmaron lo más quedo que pudieron, y cuando el maestro le vio las llagas, aunque él era uno de los mejores del mundo de aquel menester y había visto muchas y grandes heridas, mucho fue espantado y desahuciado de su vida; mas como aquel que le amaba y tenía como el mejor caballero del mundo, pensó de poner todo su trabajo por le guarecer, y catándole las heridas vio que todo el daño estaba en la carne y en los huesos, y que no le tocara en las entrañas, tomó mayor esperanza de lo sanar y concertóle los huesos y las costillas y cosióle la carne, y púsole tales medicinas y ligóle tan bien todo el cuerpo alrededor que le hizo restañar la sangre y el aliento que por allí salía. Luego le vino al caballero mayor acuerdo y esfuerzo, de guisa que pudo hablar, y abriendo los ojos dijo:

—¡Oh, Señor Dios Todopoderoso!, que por tu gran piedad quisiste venir en el mundo y tomaste carne humana en la Virgen María, y por abrir las puertas del paraíso que cerradas las tenían quisiste sufrir muchas injurias y al cabo muerte de aquella malvada y malaventurada gente. Pídote, Señor, como uno de los más pecadores, que hayas merced de mi ánima, que el cuerpo condenado es a la tierra.

Y callóse, que no dijo más. El maestro le dijo:

—Señor caballero, mucho me place de os ver con tal conocimiento, porque de Aquél que vos pedís merced os ha de venir la verdadera medicina y después de mí como de su siervo, que pondré mi vida por la vuestra y con su ayuda yo os daré guarida y no temáis de morir esta vez, solamente que os esforcéis, vuestro corazón que tenga esperanza de vivir como la tiene de morir.

Entonces tomó una esponja confeccionada contra la ponzoña y púsosela en las narices, así que le dio gran esfuerzo. Gandalín besaba las manos al maestro hincado de rodillas ante él, rogándole que hubiese piedad de su señor. El maestro le mandó que cabalgando en su caballo se fuese presto al castillo y trajese algunos hombres para que en andas llevasen al caballero antes que la noche sobreviniese. Gandalín así lo hizo, y venidos los hombres, hicieron unas andas de los árboles de aquella montaña como mejor pudieron, y poniendo en ellas al Caballero de la Verde Espada, en sus hombros al castillo lo llevaron, y aderezando la mejor cámara que allí había de ricos paños que Grasinda allí en la nave mandara poner, le pusieron en su lecho con tanto desacuerdo que no lo sentía, y así estuvo toda la noche que nunca habló, dando grandes gemidos como aquel que bien llegado estaba y queriendo hablar, mas no podía.

El maestro mandó hacer allí su cama y estuvo con él por consolarle, poniéndole tales y tan convenientes medicinas para le sacar aquella muy mala ponzoña que del Endriago cobrara que el alba del día le hizo venir un muy sosegado sueño, tales y tan buenas cosas le puso, y luego mandó quitar todos afuera, porque no lo despertasen, porque sabía que aquel sueño le era mucha consolación y al cabo de una gran pieza el sueño roto comenzó a dar voces con gran presurança y diciendo:

—Gandalín, Gandalín, guárdate de este diablo tan cruel y malo, no te mate.

El maestro que lo oyó fue a él riendo y de muy buen talante, mejor que en el corazón lo tenía, temiendo todavía su vida, y dijo:

—Si así os guardareis vos como él, no sería vuestra fama tan divulgada por el mundo.

Y alzó la cabeza y vio al maestro y díjole:

—Maestro, ¿dónde estamos?

Él se llegó a él y tomóle por las manos y vio que aún desacordado estaba, y mandó que le trajesen de comer y diole lo que veía que para lo esforzar era necesario, y él lo comió como hombre fuera de sentido.

El maestro estuvo con él poniéndole tales remedios como aquel que era de aquel oficio el más natural que en el mundo hallarse podría, y antes que hora de vísperas fuese le tomó en todo su acuerdo, de manera que a todos conocía y hablaba, y el maestro nunca de él se partió curado de él y poniéndole tantas cosas necesarias a aquella enfermedad, que así con ellas como principalmente con la voluntad de Dios que lo quiso, vio conocidamente en las llagas que lo podrían sanar, y luego lo dijo a todos los que allí estaban, que muy gran placer hubieron, dando gracias a aquel soberano Dios porque así los habían librado de la tormenta de la mar y del peligro de aquel diablo.

Mas sobre todos era la alegría de Gandalín, su leal escudero, y el enano, como de aquéllos que de corazón entrañable lo amaban, y tornaron de muerte a vida y luego todos se pusieron al derredor, con mucho placer, de la cama del Caballero de la Verde Espada, consolándose, diciéndole que no tuviese en nada el mal que tenía según la honra y buenaventura que Dios le había dado, la cual hasta entonces en caso de armas y de esfuerzos nunca diera a hombre terrenal que igual fuese, y rogaron muy ahincadamente a Gandalín les quisiese contar todo el hecho como había pasado, pues que con sus ojos lo había visto, porque supiesen dar cuenta de tan gran proeza de caballero. Y él les dijo que lo haría de muy buena voluntad, a condición que el maestro le tomase juramento en los Santos Evangelios, porque ellos lo creyesen y con verdad lo supiesen por escrito y una cosa tan señalada y de tan gran hecho no quedase en olvido de la memoria de las gentes.

El maestro Helisabad así lo hizo, por ser más cierto de tan gran hecho. Y Gandalín se lo contó todo enteramente, así como la historia lo ha contado, y cuando lo oyeron espantábanse de ello, como de cosa de mayor hazaña de que nunca oyeran hablar y aun ninguno de ellos nunca viera al Endriago, que entre unas matas estaba caído, y por socorrer al caballero no pudieron entender en ál. Entonces dijeron todos que quería ver al Endriago. Y el maestro les dijo que fuesen y dioles muchas condiciones para remediar la ponzoña. Y cuando vieron una cosa tan espantable y tan desemejada de todas las otras cosas vivas que hasta allí ellos vieron, fueron mucho más maravillados, que antes no podían creer que en el mundo hubiese tan esforzado corazón que gran diablura osase acometer, y aunque cierto sabían que el Caballero de la Verde Espada lo había muerto, no les parecía sino que lo soñaban, y desde que una gran pieza lo miraron tornáronse al castillo, razonando unos con otros de tan gran hecho poder acabar aquel Caballero de la Verde Espada. ¿Qué os diré? Sabed que allí estuvieron más de veinte días, que nunca el Caballero de la Verde Espada hubo tanta mejoría que del lecho donde estaba le osasen levantar, pero como por Dios su salud permitida estuviese y la gran diligencia de aquel maestro Helisabad le acrecentase, en este medio tiempo fue tan mejorado que sin peligro alguno pudiera entrar en la mar, y como el maestro en tal disposición le viese, habló con él un día y díjole:

—Mi señor, ya por la bondad de Dios, que lo ha querido, que otro no fuera poderoso, vos sois llegado a tal punto que yo me atrevo con su ayuda de vuestro buen esfuerzo de os meter en la mar y que vayáis donde os pluguiere y porque nos faltan algunas cosas muy necesarias, así para lo que toca a vuestra salud como para sostenimiento de la gente es menester que se dé orden para el remedio de ello, porque mientras más aquí estuviésemos más cosas nos faltarán.

El Caballero del Enano dijo:

—Señor y verdadero amigo, muchas gracias y mercedes doy a Dios porque así me ha querido guardar de tal peligro, más por la su santa piedad que por mis merecimientos, y al su gran poder no se puede comparar ninguna cosa, porque todo es permitido y guiado por su voluntad, y a él se deben atribuir todas las buenas cosas que en este mundo pasan, y dejando lo suyo aparte y a vos, mi señor, agradezco yo mi vida, que ciertamente yo creo que ninguno de los que hoy son nacidos en el mundo no fuera bastante para me poner el remedio que vos me pusisteis. Y comoquiera que Dios me haya hecho tan gran merced, mi ventura me es muy contraria, que el galardón de tan gran beneficio como de vos he recibido no lo pueda satisfacer, sino como un caballero pobre, que otra cosa sino un caballo y unas armas posee, así rotas como las veis.

El maestro le dijo:

—Señor, no es menester para mí otra satisfacción sino la gloria que yo conmigo tengo, que es haber escapado de muerte, después de Dios, el mejor caballero que nunca armas trajo, y esto ósolo decir delante, por lo que delante mí habéis hecho, y el galardón que yo de vos espero es muy mayor que el de ningún rey ni señor grande me podía dar, que es el socorro que en vos hallarán muchas y muchos cuitados que os habrán menester para su ayuda, a los cuales vos socorréis, y será para mí mayor ganancia que otra ninguna, siendo causa, después de Dios, de su reparo.

El Caballero de la Verde Espada hubo vergüenza de que se oía loar, y dijo:

—Mi señor, dejando esto en que hablamos, quiero que sepáis en lo que más mi voluntad se determina. Yo quisiera andar todas las ínsulas de Romania, y porque me dijisteis de la fatiga de los marineros mudé el propósito y volvime la vía de Constantinopla, la cual el tiempo tan contrarío que visteis nos la quitó y pues que ya es abonado todavía, tengo deseos de a él tomar y ver aquel grande emperador, porque si Dios me tornare donde mi corazón desea sepa contar algunas cosas extrañas y que pocas veces se puede ver sino en semejantes casos. Y mi señor maestro, por el amor que me habéis os ruego que en esto no recibáis enojo, porque algún día será de mí galardonado, y de allí que nos tomemos placiendo al soberano Señor Dios al plazo que aquella muy noble señora Grasinda me puso, porque me es fuerza de lo cumplir, como vos bien lo sabéis, para que si ser pudiere, según el deseo tengo, le pueda servir algunas de las grandes mercedes que de ella si sé lo merecer tengo recibido.

Capítulo 74. De cómo el Caballero de la Verde Espada escribió al emperador de Constantinopla, cuya era aquella ínsula, cómo había muerto aquella fiera bestia y de la falta que tenía de abastecimiento, lo cual el emperador proyectó con mucha diligencia, y al caballero pagó con mucha honra

y amor la honra y servicio que le había hecho en le librar aquella ínsula que perdida tenía tanto tiempo había

—Pues que ésta es vuestra voluntad, señor —dijo el maestro Helisabad—, menester es que escribáis al emperador de cómo os ha acaecido, y traerán de allá algunas cosas que para el camino nos faltan.

—Maestro —dijo él—, yo nunca le vi ni conozco, y por esto lo remito todo a vos, que hagáis lo que mejor os pareciere, y en esto recibiré de vos una señalada merced.

El maestro Helisabad por le complacer escribió luego una carta haciendo saber al emperador todo lo que al caballero extraño llamado el de la Verde Espada acaeciera después que de Grasinda su señora se partió, y cómo habiendo hecho muy grandes cosas en armas por las ínsulas de Romania, las que otro caballero ninguno hacer pudiera, se iban la vía donde él estaba y cómo la gran tormenta de la mar los echara a la Ínsula del Diablo, donde el Endriago era, y cómo aquel Caballero de la Verde Espada, de su propia voluntad, contra el querer de todos ellos, lo había buscado y combatiéndose con él lo matara, y escribiéndole por extenso cómo la batalla pasara y las heridas conque el Caballero de la Verde Espada escapó. Así que no faltó nada que saber no lo hiciese, y que pues aquella Ínsula era ya libre de aquel diablo y estaba en su señorío, mandase poner en ella remedio como se poblase y que el Caballero de la Verde Espada le pedía por merced que la mandase llamar la Ínsula de Santa María.

Esta carta, hecha como oís, diola a un escudero su pariente que allí consigo traía, y mandóle que en aquella fusta, tomando los marineros que eran menester, pasase en Constantinopla y la diese al emperador y trajese de allá las cosas que le faltaban para su provisión.

El escudero se metió luego a la mar con su compaña, que ya el tiempo era muy enderezado, y al tercero día fue la fusta llegada al puerto, y saliendo de ella al palacio del emperador se fue, al cual halló con muchos hombres buenos, como tan gran señor lo debía estar, e hincando los hinojos le dijo:

—Vuestro siervo el maestro Helisabad manda besar vuestros pies y os envía esta carta, que recibiréis muy gran placer.

El emperador la tomó, y leyéndola vio aquello que decía, de que muy espantado fue, y dijo a una voz alta que todos lo oyeron:

—Caballeros, unas nuevas que son venidas, tan extrañas que de otras tales nunca se oyó hablar.

Entonces se llegaron más a él Gastiles, su sobrino, hijo de su hermana la duquesa de Gajaste, que era buen caballero mancebo, y el conde Saluder, hermano de Grasinda, aquélla que tanta honra al Caballero de la Verde Espada hiciera, y otros muchos con ellos. El emperador les dijo:

—Sabed lo que el de la Verde Espada, que grandes cosas de armas nos han dicho, ha hecho en las ínsulas de Romania, él se combatió de su propia voluntad con el Endriago y lo mató, y si de tal cosa como ésta todo el mundo no se maravillase, ¿qué podría venir que espanto nos diese?

Y mostróles la carta de Helisabad. Y mandó al mensajero que de palabra les contase cómo había pasado, el cual lo dijo enteramente como aquel por quien todo pasara siendo presente, entonces dijo Gastiles:

—Ciertamente, señor, cosa es ésta de gran milagro, que yo nunca oí decir que persona mortal con el diablo se combatiese sino fuesen aquellos santos con sus armas espirituales, porque estos tales bien lo podrían hacer con sus santidades, y pues tal hombre como éste es venido en vuestra tierra con gran deseo de vos servir, sin razón sería no le hacer mucha honra.

—Sobrino —dijo él—, bien decís, y aparejad vos y el conde Saluder algunas fustas y traédmelo, que como cosa que nunca se vio lo debemos mirar, y llevar con vos maestros que me traigan pintado el Endriago así como es, porque le mandaré hacer de metal, y el caballero que con él se combatió, asimismo de la grandeza y semejanza que ambos fueron, y haré poner estas figuras en el mismo lugar donde la batalla pasó y en una gran tabla de cobre escribir cómo fue y el nombre del caballero y mandaré hacer allí un monasterio en que vivan frailes religiosos que tornen a reformar aquella ínsula en el servicio de Dios, que estaba muy dañada la gente de aquella tierra con aquella visión mala de aquel enemigo.

Mucho fueron todos alegres de aquello que el emperador decía, y mucho más que todos, Gastiles y el conde, porque los mandaba ir tal viaje, donde podrían ver el Endriago y aquel que lo mató, y haciendo enderezar las fustas entraron en la mar y pasaron en la Ínsula de Santa María, que así mandó el emperador que de allí adelante nombrada fuese, y como el Caballero de la Verde Espada supo su venida, mandó ataviar allí donde posaba de lo mejor y más rico que en su fusta Grasinda mandara poner, y él era ya en tal disposición, que andaba por la cámara algunas veces, y ellos llegaron al castillo ricamente vestidos y acompañados de hombres buenos, y el Caballero de la Verde Espada salió a recibirlos ya cuanto fuera de la cámara, y allí se hablaron con mucha cortesía e hízolos sentar en los estrados que para ellos mandara hacer, y ya sabía por el maestro Helisabad cómo el conde era hermano de su señora Grasinda, y allí les agradeció mucho lo que su hermana había por él hecho. Las honras y las mercedes que de ella había recibido y cómo después de Dios ella le diera la vida dándole aquel maestro que le había guarecido y librado de la muerte. Los griegos que allí venían miraban mucho al Caballero de la Verde Espada y comoquiera que de la flaqueza mucho de su parecer había perdido, decían que nunca haber visto caballero más hermoso ni más gracioso en su hablar, estando así con mucho placer, Gastiles le dijo:

—Buen señor, el emperador, mi tío, os desea ver, y por nos os ruega que a él vais porque os mande hacer aquella honra que él es obligado, según le servísteis en le ganar esta Ínsula que tenía perdida, y la que vos merecéis.

—Mi señor —dijo el Caballero del Enano—, yo haré lo que el emperador mandó, que mis deseos es de le ver y servir cuanto puede alcanzar un pobre caballero extraño, como yo lo soy.

—Pues veamos el Endriago —dijo Gastiles—, y verlo han los maestros que el emperador envía para que figurado se lo lleven enteramente según su figura y parecer.

El maestro dijo:

—Señor, menester es que vayáis bien guarnecido para la defensa de la ponzoña, si no podríais recibir gran peligro en vuestra vida.

Él le dijo:

—Buen amigo, vos lo habéis eso de remediar.

—Así lo haré; dijo él. Entonces les dio unas bujetas que a las narices pusiesen en tanto que lo mirasen, y luego cabalgaron, y Gandalín con ellos para se lo mostrar, e íbales contando lo que le acaeciera a su señor y a él en aquellos lugares por donde iban y de la manera que la batalla había sido y cómo a los gritos suyos mesándose por ver a su señor tan llegado a la muerte saliera aquel diablo y de la forma que a ellos venía y todo lo que les acaeciera, como oído habéis.

En esto llegaron al arroyo donde su señor cayó amortecido, y de allí metiólos por entre las matas cabe las peñas y hallaron el Endriago muerto, que muy gran espanto les puso, tanta qué no creían que en el mundo ni en el infierno hubiese bestia tan desemejada ni tan temerosa, y si hasta allí en mucho tenían lo que aquel caballero había hecho, en mucho más lo estimaron viendo aquel diablo, que, aunque sabían ser muerto, no lo osaban tocar ni se llegar a él, y decía Gastiles que tal esfuerzo como osar, acometer aquella bestia que se no debía tener en mucho, porque siendo tan grande no se debía atribuir a ningún hombre mortal, sino a Dios, que a él sin otro alguno era debido. Los maestros lo miraron y midieron todo para le sacar propio como él era, y así lo hicieron, porque eran singulares en aquel oficio a maravilla. Entonces se volvieron al castillo y hallaron a aquel Caballero del Enano, los atendía a comer y fueron allí servidos según el lugar donde estaban con mucho placer y alegría.

Todos allí holgaron en el castillo tres días, mirando aquella tierra que muy hermosa era y la huerta del pozo de la malaventurada hija lanzó a su madre, y al cuarto día entraron todos en la mar, así que en poco espacio de tiempo fueron aportados en Constantinopla debajo de los palacios del emperador. La gente salió a la finiestra por ver el Caballero de la Verde Espada, que lo mucho deseaban ver. Y el emperador les mandó llevar unas bestias en que cabalgasen. A la hora estaba más ya el Caballero de la Verde Espada, mucho más mejorado en su salud y hermosura, vestido de unos muy hermosos y ricos paños, que el rey de Bohemia le hizo tomar cuando de él se partió. A su cuello echada aquella extraña y rica espada verde que él ganara por el sobrado amor que a su señora tenía, que en la ver y se le acordar del tiempo en que la ganó, y el vicio en que entonces en Miraflores estaba con aquélla que le tanto amaba y tan apartada de sí tenía, muchas lágrimas derramaba, así angustiosas como deleitosas, siguiendo el estilo de aquéllos que de semejante pasión y alegría son sujetos y atormentados. Pues salido de la mar, cabalgando en aquellos ricos y ataviados palafrenes que le trajeran, se fueron al emperador, que ya contra ellos venía, muy acompañado de grandes hombres y muy ricamente ataviados. Y apartándose todos, llegó el Caballero de la Verde Espada, y quísose apear para le besar las manos, mas el emperador, cuando esto vio, no lo consintió, antes se fue para él y lo tuvo abrazado y mostrándole muy gran amor, que así lo tenía con él, y dijo:

—¡Por Dios!, Caballero de la Verde Espada, mi buen amigo, comoquiera que Dios me haya hecho tan grande hombre y venga del linaje de aquéllos que este señorío tan grande tuvieron, más merecéis vos la honra que yo la merezco, que vos la ganasteis con vuestro gran esfuerzo, pasando tan grandes peligros cual nunca otro pasó, y yo tengo la que me vino durmiendo y sin merecimiento mío.

El Caballero del Enano le dijo:

—Señor, a las cosas que tienen medida puede hombre satisfacer, pero no a ésta que por su gran virtud en tanto loor me ha puesto, y por esto, señor, quedará que esta mi persona hasta la muerte se sirva en aquellas cosas que me mandare.

Y así hablando se tornó al emperador con él a sus palacios, y el de la Verde Espada iba mirando aquella gran ciudad y las cosas extrañas y maravillosas que en ella vio y tantas gentes que lo salían a ver y daba en su corazón con grande humildad muchas gracias a Dios, porque en tal lugar le guiara donde tanta honra del mayor hombre de los cristianos recibía y todo cuanto en las otras partes viera le parecía nada en comparación de aquello. Pero mucho más maravillado fue cuando entró en el gran palacio, que allí le pareció ser junta toda la riqueza del mundo. Había allí un aposentamiento donde el emperador mandaba aposentar los grandes señores que a él venían, que era el más hermoso y deleitoso que en mundo se podría hallar, así de ricas cosas como de fuentes de agua y árboles muy extraños. Y allí mandó quedar al Caballero de la Verde Espada y al maestro Helisabad que lo curase, y a Gastiles y el conde Saluder que le hiciesen compañía, y dejándolo reposar fue con sus hombres buenos donde él posaba. Toda la gente de la ciudad que viera al Caballero de la Verde Espada hablaba mucho en su gran hermosura y mucho más en el grande esfuerzo suyo, que era mayor que de caballero e otro ninguno, y si él se había maravillado de ver tal ciudad, como aquélla y tanto número de gente, mucho más lo eran ellos en le ver a él solo, así que de todos era loado y honrado más que nunca lo fue rey ni grande ni caballero que allí de tierras extrañas viniese.

El emperador dijo a su mujer, la emperatriz:

—Señora, el Caballero de la Verde Espada, aquél de que tantas cosas famosas hemos oído, está aquí. Y así por su gran valor como por el servicio que nos hizo en nos ganar aquella ínsula que tanto tiempo en poder de aquel malvado enemigo estaba y pues que tal cosa como ésta hizo, es razón de le hacer mucha honra, por ende, mandad que vuestra casa sea muy bien aderezada, en tal forma y manera que donde él fuere pueda loarla con gran razón, y hable en ella como yo os hablaba de otras que en algunos lugares había visto, y quiero que vea vuestras drenas y doncellas con el atavío y aparejo que deben estar personas que a tan alta dueña, como vos sois, sirven.

Y visto todo lo que él decía, dijo ella:

—En el nombre de Dios, que todo se hará como vos mandáis.

Otro día de mañana levantóse el Caballero de la Verde Espada y vistióse de sus paños lozanos y hermosos, según él vestir los solía, y el conde y Gastiles con él y el maestro Helisabad, y fueron todos de consuno a oír misa con el emperador a su capilla, donde los atendía, y luego se fueron a ver a la emperatriz. Pero antes que a ella llegasen hallaron en medio muchas dueñas y doncellas muy ricamente ataviadas de ricos paños, que les hacían lugar por do pasaban y buen recibimiento. La casa era tan rica y tan bien guarnida, que si la rica cámara defendida de la Ínsula Firme no otra tal nunca el Caballero de la Verde Espada viera, y los otros le cansaban de mirar tantas mujeres y tan hermosas, y las otras cosas que veía, y llegando a la emperatriz que en su estrado estaba hincó los hinojos ante ella con mucha humildad y dijo:

—Señora, mucho agradezco a Dios en me traer donde viene a vos y a vuestra grande alteza y el valor que sobre las otras señoras tiene que en el mundo son y la vuestra casa acompañada y ornada de tantas dueñas y doncellas de tan gran guisa, y a vos, señora, agradezco mucho porque me ver me quisisteis. A él le plega por la su merced de me llegar a tiempo que algo de estas grandes mercedes le pueda servir, y si yo, señora, no acertare en aquellas cosas que la voluntad y lengua decir querrían, por ser este lenguaje extraño a mí, mándeme perdonar, que muy poco tiempo ha que del maestro Helisabad lo aprendí.

La emperatriz le tomó por las manos y díjole que no estuviese de hinojos e hízole sentar cerca de sí y estuvo con él hablando una gran pieza en aquellas cosas que tan alta señora con caballero extraño que no conocía debía hablar. Y él, respondiendo con tanto tiento y tanta gracia que la emperatriz, que muy cuerda era y lo miraba, decía entre sí que no podía ser su esfuerzo tan grande que a su mesura y discreción sobrepujar pudiese.

El emperador estaba a esta sazón en su silla sentado, hablando y riendo con las dueñas y doncellas como aquel que haciéndolas muchas mercedes dándoles grandes casamientos de todas muy amado era. Y díjoles en una voz alta, que todas lo oyeron:

—Honradas dueñas y doncellas, ved aquí el Caballero de la Verde Espada, vuestro leal sirviente, honradle y amadle, que así lo hace él a todas vosotras cuantas sois en el mundo, que poniéndose a muy grandes peligros por os hacer alcanzar derecho. Muchas veces es llegado al punto de la muerte, según que de él he oído aquéllos que sus grandes cosas saben.

La duquesa madre de Gastiles dijo:

—Señor, Dios le honre y lo ame y agradezca el amparamiento que a nosotras hace.

El emperador hizo levantar dos infantas, que eran hijas del rey Barandel, que era entonces rey de Hungría, y díjoles:

—Id por mi hija Leonorina y no vengan con ella sino vos ambas.

Ellas así lo hicieron, y a poco rato vinieron con ella, trayéndola entre sí por los brazos, y comoquiera que ella viniese muy bien guarnida todo parecía nada ante lo natural de su hermosura, que no había hombre en el mundo que la viese que no se maravillase y no alegrase en la mirar. Ella era niña, que no pasaba de nueve años, y llegando donde su madre, la emperatriz, estaba, besóle las manos con humilde reverencia y sentóse en el estrado más bajo que ella estaba.

El Caballero de la Verde Espada la miraba muy de grado, maravillándose mucho de su gran hermosura, que le parecía ser la más hermosa de las que él visto había por las partes donde andado había, y membróse aquella hora de la muy hermosa Oriana, su señora, que más que así amaba y del tiempo en que él la comenzó amar, que sería de aquella edad. Y de cómo el amor que entonces con ella pusiera siempre había crecido y no menguado y ocurriéndole en la memoria los tiempos prósperos que con ella hubiera de muy grandes deleites y los adversos de tantas cuitas y dolores de su corazón como a su causa pasado había. Así que en este pensar estuvo gran pieza. Y en cómo no esperaba verla sin que gran tiempo pasase, tanto fue encendido en esta membranza que como fuera de sentido le vinieron las lágrimas a los ojos. Así que todos le vieron llorar, que por su gran bondad todos en él paraban mientes, mas él, tornando en sí, habiendo gran vergüenza, limpió los ojos e hizo buen semblante. Mas el emperador, que más cerca estaba, que así lo vio llorar, atendió si viera alguna cosa que lo hubiese causado, mas no viendo en él más señales de ello, hubo gran deseo de saber cómo un caballero tan esforzado y tan discreto ante él y ante la emperatriz y tantas otras gentes había mostrado tanta flaqueza, que aún a una mujer en tal lugar, siendo alegre como lo era él, le fuera a mal tenido, pero bien creo yo que no lo haría sin algún gran misterio. Gastiles, que cabe él estaba, dijo:

—¿Qué será que tal hombre como éste en tal parte así llorase?

—Yo no se lo preguntaría —dijo el emperador—, más creo que fuerza de amor se lo hizo hacer.

—Pues, señor, si lo saber queréis, no hay quien lo sepa sino el maestro Helisabad, en quien mucho se fía y habla mucho con él apartadamente.

Entonces lo llamó mandar e hízolo sentar delante de sí, y mandando que todos se tirasen afuera, le dijo:

—Maestro, quiero que me digáis una verdad, si la sabéis, y yo os prometo como quien soy que por ello a vos ni a otro alguno no vendrá daño.

El maestro le dijo:

—Señor, tal confianza tengo yo en la vuestra gran alteza y virtud que así lo hará, que siempre me hará merced, aunque no lo merezca, y si yo la supiese decir os la he de muy buena voluntad.

—¿Por qué lloró ahora —dijo el emperador— el Caballero de la Verde Espada? Decídmelo, que de lo ver estoy espantado, que si alguna necesidad tiene en que haya menester mi ayuda, yo se la haré tan entera de que él será bien contento.

Cuando esto oyó el maestro, dijo:

—Señor, eso no lo sabría decir, porque es el hombre del mundo que mejor encubre aquello que él quiere que sabido no sea, porque es el más discreto caballero que jamás visteis; pero yo le veo muchas veces llorar y cuidar tan fieramente, que no parece en él haber sentido alguno y suspirar con tan gran ansia como si el corazón en el cuerpo le quebrase. Y ciertamente, señor, en cuanto yo cuido es gran fuerza de amor que le atormenta teniendo soledad de aquélla que ama, que si otra dolencia fuese, antes a mí que a otro ninguno soy cierto que se descubriría.

—Ciertamente —dijo el emperador—, así lo cuido yo, como lo decís, y si él ama alguna mujer a Dios pluguiese que acertase ser en mi señorío, que tanto haber y estado le daría yo que no hay rey ni príncipe que no hubiera placer de me dar su hija para él. Y esto haría yo muy de grado por le tener conmigo por vasallo, que no le podría hacer tanto bien que él más no me sirviese según su gran valor, y mucho os ruego, maestro, que trabajéis con él como quede conmigo, y todo lo que demandare se otorgaría —y estuvo una pieza cuidando que no habló, y después díjole:

—Maestro, id a la emperatriz y decidle en prioridad que ruegue al Caballero que quede conmigo, y vos así se lo aconsejad por mi amor, y en tanto proveeré yo una cosa que a memoria me ocurrió.

El maestro se fue a la emperatriz y al Caballero del Enano, y el emperador llamó a la hermosa Leonorina, su hija, y a las dos infantas que la aguardaban y habló con ellas una gran pieza ahincadamente, mas por ninguno era oído nada de lo que les decía. Y Leonorina, habiendo él ya acabado su habla, besóle las manos y fuese con las infantas a su cámara. Y él quedó hablando con sus hombres buenos. Y la emperatriz habló con el de la Verde Espada para que con el emperador quedase, y el maestro se lo rogaba y aconsejaba, y comoquiera que aquél le sería el mejor partido y más honroso que durante la vida del rey Perión, su padre, le podría venir, no lo pudo él acabar con su corazón que ningún reposo ni descanso hallaba, sino en pensar de ser tornado en aquella tierra donde la su muy amada señora Oriana era. Así que ruego ni consejo no le pudo atraer ni retraer de aquel deseo que tenía. Y la emperatriz hizo señas al emperador que el caballero no acertaba su ruego. Él se levantó y fuese para ellos, y dijo:

—Caballero de la Verde Espada, ¿podría ser por alguna guisa que quedaseis conmigo? No hay cosa que para ello me fuese demandada, y si en mi poder fuese que no la otorgase.

—Señor —dijo él—, tan grande es la vuestra virtud y grandeza que no osaría yo ni sabría pedir tanta merced como por ella me sería otorgada; pero no es en mí tanto poder que mi corazón lo pudiese sufrir, y, señor, no me culpéis en que no cumplo vuestro mandado, que si lo hiciese no me dejaría la muerte mucho tiempo en vuestro servicio.

El emperador creyó verdaderamente que su pasión no la causaba sino gran sobra de amor, y así lo pensaron todos, pues a esta sazón entró en el palacio aquella hermosa Leonorina con el su gesto resplandeciente que todas las hermosas desataba y las dos infantas con ella. Y ella traía en su cabeza una muy rica corona y otra muy más rica en las manos y fuese derechamente al caballero de la Verde Espada y díjole:

—Señor Caballero de la Verde Espada, yo nunca fui llegada a tiempo que pida don sino a mi padre, y ahora quiero lo pedir a vos; decidme, ¿qué haréis?

Y él hincó los hinojos ante ella y dijo:

—Mi buena señora, quién sería aquel de tan poco conocimiento que dejase de hacer vuestro mandado pudiéndolo cumplir no hiciese, y ahora, mi señora, demandad lo que más os agradare, que hasta la muerte será cumplido.

—Mucho me hicisteis alegre —dijo ella—, y mucho os lo agradezco, y quiero os pedir tres dones.

Y tirándose la hermosa corona de la cabeza dijo:

—Ésta sea el uno, que deis esta corona a la más hermosa doncella que vos sabéis, y saludándola de mi parte, le digáis que me envíe su mandado por carta o mensajero y que le envío yo esta corona, que son los dones que en esta tierra tenemos, aunque no la conozco.

Y luego tomó la otra corona en que había muchas perlas y piedras de muy gran valor, especialmente tres que alumbraban toda una cámara por oscura que estuviese, y dándola al caballero dijo:

—Ésta daréis a la más hermosa dueña que vos sabéis, y decidle que se la envío yo por haber su conocencia y que le ruego yo mucho que se me haga conocer por su mandado; éste es el otro don. Y antes que el tercero os demande, quiero saber qué haréis de las coronas.

—Lo que yo haré —dijo el caballero—, será cumplir luego el primer don y quitarme de él.

Entonces tomó la primera corona, y poniéndola en la cabeza de ella, dijo:

—Yo pongo esta corona en la cabeza de la más hermosa doncella que yo ahora sé, y si hubiese alguno que lo contrario dijese yo se lo haré conocer por armas.

Todos hubieron mucho placer de lo que él hizo, y Leonorina no menos, aunque con vergüenza estaba de se ver loar, y decían que con derecho se había quitado del don, y la emperatriz dijo:

—Por cierto, Caballero de la Verde Espada, antes querría yo por mí los que vencieseis por armas que las que mi hija venciese con su hermosura.

Él hubo vergüenza de se oír loar de tan alta señora, y no respondiendo nada volvióse a Leonorina, y dijo:

—Mi señora, ¿queréis me demandar el otro don?

—Sí —dijo ella—, y pido os que me digáis la razón por qué lloraste y quién es aquélla que ha tan gran señorío sobre vos y sobre vuestro corazón.

Al buen caballero se le mudó la color y el buen semblante en que antes era, así que todos conocieron que era turbado de aquella demanda, y dijo:

—Señora, si a vos pluguiere dejad esta demanda, y demandad otra que sea más vuestro servicio.

Y ella dijo:

—Esto es lo que yo demando, y más no quiero.

Él bajó la cabeza y estuvo una pieza dudando, así que muy grave parecía a todos haberlo él de decir, y no tardó mucho que alzando la cabeza, con semblante alegre, miró Leonorina ha que delante de él estaba, y dijo:

—Mi señora, pues que por ál no me puedo quitar de mi promesa, digo que cuando aquí primero entrasteis y os miré, acordéme de la edad y del tiempo en que ahora sois, y vino me al corazón una remembranza de otro tal tiempo que ya fue bueno y sabroso, tal que habiéndole ya pasado, me hizo llorar, como visteis.

Y ella dijo:

—Pues ahora me decís quién es aquélla por quien se manda vuestro corazón.

—La vuestra gran mesura —dijo él—, que a ninguno falleció, es contra mí, esto hace mi gran desdicha, y pues que más no puedo, conviene que contra mi placer lo diga. Sabed, señora, que aquélla que yo más amo es la misma a quien vos enviáis la corona que a mi cuidar, es la más hermosa dueña de cuantas yo vi, aun creo que de cuantas en el mundo hay, y por Dios, señora, no queráis de mí saber más, pues que soy quito de mi promesa.

—Quito sois —dijo el emperador—, mas por tal guisa que no sabemos más que antes, pues a mí parece —dijo—, el que dije tanto cual nunca por mi boca salió jamás, esto causó el deseo que yo tengo de servir a esta hermosa señora. Así Dios me salve —dijo el emperador—, mucho debéis ser guardado y cerrado en vuestros amores, pues esto tenéis en algo en lo haber descubierto, y pues que mi hija fue la causa de ello, menester es que os demande perdón.

—Este yerro —dijo él— has hecho otros muchos, y nunca tanto supieron de mí, así que, aunque de ellos fuese yo quejoso, lo suyo de esta tan hermosa señora tengo en merced, porque siendo ella tan alta y tan señalada en el mundo quiso con tanto cuidado saber las cosas de un caballero andante, como yo lo soy, mas a vos, señor, no perdonaré yo tan ligero, que según la luenga y secreta habla con ella, antes hubisteis bien parece que no por su voluntad, mas por la vuestra lo hizo.

El emperador se rió mucho, y dijo:

—En todo os hizo Dios acabado, sabed que así es como lo decís, por ende, yo quiero corregir lo suyo y lo mío.

El de la Verde Espada hincó los hinojos por le besar las manos, mas él no quiso, y dijo:

—Señor, esta enmienda la recibo yo para la tomar cuando por ventura más sin cuidado de ella estuviereis.

—Eso no podrá ser —dijo el emperador—, que vuestra memoria nunca de mí fallecerá, ni la enmienda de la mía cuando la quisiereis.

Estas palabras pasaron entre aquel emperador y el de la Verde Espada, casi como en juego, mas tiempo vino que el efecto de ellas salió en gran hecho, como en el cuarto libro de esta historia será contado.

La hermosa Leonorina dijo:

—Señor Caballero de la Verde Espada, comoquiera que de mi queja no halláis, no soy, por ende, quita de culpa en vos a hincar tanto contra vuestra voluntad, y en enmienda de ello quiero que hayáis este anillo.

Él dijo:

—Señora, la mano que lo trae me habéis vos de dar que la bese, como vuestro servidor, que el anillo no puede andar en otra donde quejoso de mí no fuese.

—Todavía —dijo ella—, quiero que sea vuestro, porque se os acuerde de aquel encubierto lazo que os armé y cómo con tanta sutileza de él escapasteis.

Entonces sacó el anillo y lanzólo ante el caballero en el estrado, diciendo:

—Otro tal queda a mí en esta corona, que no sé si con razón me la disteis.

—Grandes y buenos testigos —dijo él— son esos lindos ojos y hermosos cabellos con todo lo ál, que Dios, por su especial gracia, os dio.

Y tomando el anillo vio que era el más hermoso y mas extraño que él nunca viera ni en el mundo había sido la otra piedra que en la corona quedaba.

Y estando así mirando el Caballero de la Verde Espada, dijo el emperador:

—Quiero que sepáis de dónde vino esta piedra, ya veis cómo la mitad de ella es el más fino y ardiente rubí que nunca se vio, y la otra mitad de ella es rubí blanco, que por ventura nunca lo visteis, que mucho más hermoso es y más preciado que el bermejo, y el anillo de una esmeralda que a duro otra tal en gran parte se hallaría. Ahora sabed que Apolidón, aquel que por el mundo tanto sonado es, fue mi abuelo, no sé si lo oísteis así.

—Eso sé yo bien —dijo el de la Verde Espada—, porque siendo gran tiempo en la Gran Bretaña vi la Ínsula Firme que se llama, donde hay grandes maravillas que él dejó, la cual, según la memoria de las gentes, ganó mucho él a su honra, que llevando a hurto la hermana del emperador de Roma aportó con gran tormenta a aquella ínsula, y según la costumbre de ella, fuele forzado de ser combatir con un gigante que la sazón la señoreaba, al cual con gran esfuerzo matando quedó él por señor en la ínsula, donde moró gran tiempo con su amiga Grimanesa, y según las cosas allí dejó. Mas pasaron de cien años que nunca allí aportó caballero que de bondad de armas le pasase, y yo fui allí, y dígoos, señor, que parecéis bien ser de aquel linaje, según vuestra forma y la de las imágenes suyas que so el arco de los leales amadores dejó, que no parecen sino verdaderamente vivas.

—Mucho me hacéis alegre —dijo el emperador— en me traer a la memoria las cosas de aquel que en su tiempo par de bondad no tuvo, y ruégoos que me digáis el nombre del caballero que, mostrándose más valiente y fuerte en armas, que el de la Ínsula Firme ganó.

El caballero le dijo:

—Él ha nombre Amadís de Gaula, hijo del rey Perión, de quien tan grandes cosas y tan extrañas por todo el mundo suenan, aquel que en la mar en naciendo encerrado en una arca fue hallado, y llamándose el Doncel del Mar mató en batalla de uno por otro al fuerte rey Abiés de Irlanda y luego fue conocido de su padre y madre.

—Ahora soy más alegre —dijo él— que antes, porque según sus grandes nuevas no tengo por mengua que de bondad pasase a mi abuelo, pues que la pasa a todos cuantos hoy son nacidos, y si yo creyese que siendo el hijo de tal rey y tan gran señor que se atrevería a salir tan lueñe de su tierra. Ciertamente creería que erais vos más esto que digo me lo hace dudar, y también si lo fueseis no me haríais tal desmesura en que me lo no decir.

Mucho fue afrentado con esta razón el de la Verde Espada, mas todavía se quiso encubrir, y no respondiendo a esto nada, dijo:

—Señor, si a vuestra merced placerá, diga cómo la piedra fue partida.

—Eso os diré —dijo él de grado—, pues aquel Apolidón, mi abuelo, que os digo, siendo señor de este Imperio, envióle Felípanos, que a la sazón rey de Judea era, doce coronas muy ricas y de grandes precios, y aunque en todas ellas venían grandes perlas y piedras preciosas, en aquélla que a mi hija disteis venía esta piedra, que era toda una, pues viniendo Apolidón ser esta corona, por causa de la piedra, más hermosa, diola a Grimanesa, mi abuela, y ella, porque Apolidón hubiese su parte, mandó a un maestro que la partiese e hiciese de la mitad ese anillo, y dándolo a Apolidón, quedóle la otra media en aquella corona, como veis, así que ese anillo por amor fue partido y por él fue dado, y así creo que de buen amor mi hija os le dio, y podrá ser que de otro muy mayor será por vos dado.

Y así acaeció adelante como lo el emperador dijo, hasta que fue tornado a la mano de aquella donde salió por aquel que pasando tres años sin ver las muchas cosas en armas hizo y muy grandes cuitas y pasiones por su amor sufrió, así como en un ramo que de esta historia sale se recuenta, que las Sergas de Esplandián se llamaba, que quiere tanto decir como las proezas de Esplandián. Así como oís holgó el Caballero de la Verde Espada seis días en casa del emperador, siendo tan honrado de él y de la emperatriz y de aquella hermosa Leonorina que más no podía ser, y acordándose de lo que a Grasinda prometiera de ser con ella dentro de un año y el plazo se acercaba, habló con el emperador diciéndole cómo le convenía partir de allí mandase de él servir dondequiera que estuviese, que no sería en parte con tanta honra ni placer ni necesidad que todo por le servir no lo dejase y que si a su noticia de él viniese haberle menester para su servicio que no esperaría su mandado, que sin él tenía de allí acudir. El emperador le dijo:

—Mi buen amigo, esta ida tan breve me haréis a mi grado si excusarse se puede sin que vuestra palabra en falta sea.

—Señor —dijo él—, no se puede excusar, sin que mi honra y verdad pasen gran menoscabo, así como el maestro Helisabad lo sabe que tengo de ser a plazo cierto donde lo dejé prometido.

—Pues que así es —dijo él—, ruégoos que holguéis aquí tres días.

Él dijo que lo haría, pues que se lo mandaba, a esta sazón estaba delante la hermosa Leonorina, y tomándole del manto le dijo:

—Mi buen amigo, pues que a ruego de mi padre quedáis tres días, quiero yo que al mío quedéis dos, y éstos siendo mi huésped y de mis doncellas donde yo y ellas posamos, porque queremos hablar con vos sin que ninguno os empache, sino solamente dos caballeros, cuál vos más pluguiere que os haga compañía a vuestro comer y dormir, y este don os demando que lo otorguéis de grado, sino haré que os prendan estas mis doncellas y no habré que os agradezca.

Entonces le cercaron más de veinte doncellas, muy hermosas y ricamente guarnidas, y Leonorina, con su gran placer y risa, dijo:

—Dejadle hasta ver lo que dirá.

Él fue muy ledo de esto que aquella hermosa señora hacía, teniéndolo por la mayor honra que allí se le había hecho, y díjole:

—Bienaventurada y hermosa señora, ¿quién sería osado de no otorgar lo que vuestra voluntad es?; esperando, si no lo hiciese, ser puesto en tan esquiva prisión, y yo lo otorgo como mandáis, y así esto como todo lo otro que servicio de vuestro padre y madre y vuestro sea, y a Dios plega por la su merced, mi buena señora, que las honras y mercedes que de ellos y de vos recibo me llegue a tiempo que de mí y de mi linaje os sean agradecidas y servidas.

Esto se cumplió muy enteramente, no por este Caballero de la Verde Espada, mas por aquel su hijo Espladián, que socorrió a este emperador en tiempo y sazón que lo mucho había menester, así como Urganda la Desconocida en el cuarto libro lo profetizó, lo cual se dirá adelante en su tiempo. Las doncellas le dijeron:

—Buen acuerdo tomasteis, sino os pudierais escapar de mayor peligro que lo fue el del Endriago.

—Así lo tengo yo, señora —dijo él—, que mayor mal me podía venir enojando a los ángeles que al diablo, como lo él era.

Gran placer hubo de estas razones que pesaron, el emperador y la emperatriz y todos los hombres buenos que allí eran, y muy bien les parecía las graciosas respuestas que el Caballero de la Verde Espada daba a todo lo que le decían. Así que esto les hacía creer aún más que el su gran esfuerzo ser el hombre de alto lugar, porque el esfuerzo y valentía muchas veces acierta en personas de baja suerte y grueso juicio y pocas han esta mesura y pulida crianza, porque esto es debido a aquéllos que de limpia y generosa sangre vienen, no afirmo que lo alcanzan todos, mas digo que lo deberían alcanzar como cosa a que tan tenidos y obligados son, como este Caballero de la Verde Espada tenía, que poniendo a la braveza del su fuerte corazón una orla de gran sufrimiento y contradicción amorosa, defendía que la soberbia y la ira lugar no hallasen por donde su alta virtud dañar pudiesen.

Pues allí holgó el de la Verde Espada tres días con el emperador, haciendo que Gastiles, su sobrino, y el conde Saluder le trajesen por aquella ciudad y le mostrasen las cosas extrañas que en ella había, como cabeza y más principal cosa que era de la cristiandad y después en el palacio, siendo todo lo más del tiempo en la cámara de la emperatriz hablando con ella y con otras grandes señoras, de que muy guardada y acompañada era, y luego se pasó al aposentamiento de la hermosa Leonorina, donde halló muchas hijas de reyes y duques y condes y de otros hombres grandes, con las cuales pasó la más honrada y graciosa vida que fuera de la presencia de Oriana su señora en otro lugar tuvo, preguntándole ellas con mucha afición que les dijese las maravillas de la Ínsula Firme, pues que allá había estado, especialmente lo del arco de los leales amadores y de la cámara defendida y quién y cuántos pudieron ver las hermosas imágenes de Apolidón y Grimanesa y asimismo que les dijese la manera de las dueñas y doncellas de casa del rey Lisuarte y cómo se llamaban las más hermosas. Él respondióles a todo con mucha discreción y humildad lo que de ello sabía aquel que tantas veces lo viera y tratara, como la historia lo ha contado, y así acaeció que mirando él la gracia y sobrada hermosura de aquella infanta y de sus doncellas, comenzó a pensar en su señora Oriana, creyendo que si allí ella estuviese que toda la beldad del mundo sería junta y ocurriéndole en la memoria tenerla tan apartada y alongada de sí, sin ninguna esperanza de la poder ver, fue puesto en tan gran desmayo, que casi fuera de sentido estaba. Así que aquellas señoras conocieron, como nada de lo que le hablaban por él era oído, y así estuvo por una gran pieza hasta que la reina Menoresa, que era señora de la gran Ínsula llamada Gadabasta y la más hermosa mujer de toda Grecia, después de Leonorina, le tomó por la mano y le hizo recordar de aquel gran pensamiento tirándolo a sí, del cual se partió gimiendo y suspirando como hombre que gran cuita sentía, mas de que en su acuerdo fue hubo gran vergüenza, que bien conoció que todas ellas le había de ser refutado, y dijo:

—Señoras, no tengáis por extraño ni por maravilla a quien ve vuestras grandes hermosuras y, gracias a Dios, en vos puso de se membrar de algún bien si lo ya vio y pasó con grandes honras y placeres y sin merecimiento lo perder en tal guisa que no sé tiempo en que cobrarlo pueda por afán ni por trabajo que yo pueda haber.

Esto lo decía él con aquella tristeza que el su atormentado corazón su semblante enviaba, así que aquellas señoras fueron a gran piedad de él movidas, mas él, con gran fuerza retrayendo las lágrimas que del corazón a los ojos le venían, pudo tomar a sí y a ellas a la perdida alegría. En estas cosas y otras semejantes pasó allí el Caballero de la Verde Espada el tiempo prometido, y queriéndose ya despedir de aquellas señoras, le daban joyas muy ricas, pero él ninguna quiso tomar, sino tan solamente seis espadas que la reina Menoresa le dio, que eran de las hermosas y buen guarnidas que en el mundo se podían hallar, diciéndole que no se las daba sino porque cuando las diese a sus amigos se membrase de ella y de aquellas señoras que tanto le amaban.

La hermosa Leonorina le dijo:

—Señor Caballero del Enano, pídoos yo por cortesía que si ser pudiere presto nos vengáis a ver y estar con mi padre, que os mucho ama, y sé yo que le haréis mucho placer y a todos los hombres de su corte y a nosotras muchos más, porque seremos so vuestro amparo y defensa si alguno nos enojare, y si esto ser no puede, ruégoos yo, con todas estas señoras, que nos enviéis un caballero de vuestro linaje, cual entendiereis que será para nos servir do menester nos fuere y con quien en remembranza vuestra hablemos y perdamos algo de la soledad en que vuestra partida nos deja, que bien creemos según lo que en vos parece que los habrá tales que sin mucha vergüenza os podrán excusar.

—Señora —dijo él—, eso se puede con gran verdad decir, que en mi linaje hay tales caballeros que ante la su bondad la mía en tanto como nada se tendría, y entre ellos hay uno que fío yo por la merced de Dios si él a vuestro servicio venir puede, que aquellas grandes honras y mercedes que yo de vuestro padre y de vos he recibido sin se lo merecer, las satisfará con tales servicios que donde quiera que yo esté pueda creer ser ya fuera de esta tan gran deuda.

Esto decía él por su hermano don Galaor, que pensaba de le hacer venir allí donde tanta honra le harían, y también serían sus grandes bondades tenidas en aquel grado que debían ser. Mas esto no se cumplió así como el Caballero de la Verde Espada lo pensaba. Antes, en lugar de don Galaor, su hermano, vino allí otro caballero de su linaje en tal punto y sazón, que hizo a aquella hermosa señora sufrir tantas cuitas y tanto afán que a duro contarse podría: porque él pasó así por la mar como por la tierra las aventuras extrañas y peligrosas, cual nunca otro en su tiempo ni después de mucho tiempo se supo que igual le fuese, así como en un ramo que de estos libros sale, llamado las Sergas de Esplandián, como ya se os ha dicho, se recontará.

Pues aquella señora Leonorina, con mucha afición le rogando que él o aquel caballero que él decía les enviase, y él así se lo prometiendo dándole licencia se subieron todas a las finiestras del palacio, donde hasta le perder de vista por la mar, donde en su galera iba, no se quitaron. Ya se os ha contado antes cómo el Patín envió a Salustanquidio, su primo, con gran compaña de caballeros, y la reina Sargamira, con muchas dueñas y doncellas, al rey

Lisuarte a le demandar a su hija Oriana para casar con ella. Ahora sabed que estos mensajeros, por dondequiera que iban, daban cartas del emperador a los príncipes y grandes que por el camino hallaban, en que les rogaba que honrasen y sirviesen a la emperatriz Oriana, hija del rey Lisuarte, que ya por su mujer tenía. Y aunque ellos por sus palabras mostrasen buena voluntad a lo hacer, entre sí rogaban a Dios que tan buena señora, hija de tal rey, no llegase a hombre tan despreciado y desamado de todas las gentes que le conocían, lo cual era con mucha razón, porque su desmesura y soberbia eran tan demasiada que a ninguno, por grande que fuese, de los de su señorío y de los otros que él sojuzgar podía no hacía honra, antes los despreciaba y aviltaba como si con aquélla creyese ser su estado más seguro y crecido. ¡Oh, loco el tal pensamiento, creer ningún príncipe que siendo por sus merecimientos desamado de los suyos, que pueda ser amado de Dios! Pues si Dios es desamado, ¿qué puede esperar en este mundo y en el otro? Por cierto no ál, salvo en el uno y en el otro ser deshonrado y destruido, y su ánima es en los infiernos perpetuamente.

Pues estos embajadores llegaron a un puerto descontra la Gran Bretaña que llaman Zamando, y allí aguardaron hasta hallar barcas en que pasasen, y entrando hicieron saber al rey Lisuarte cómo ellos iban a él por mandado del emperador su señor, con que mucho le placería.

Capítulo 75. De cómo el Caballero de la Verde Espada se partió de Constantinopla para cumplir la promesa por él hecha a la muy hermosa Grasinda, y cómo estando determinado de partir con esta señora a la Gran Bretaña por cumplir su mandado, acaeció, andando a caza, que halló a don Bruneo de Bonamar malamente herido. Y también cuenta la aventura con que Angriote de Estravaus se topó con ellos y se vinieron juntos a casa de la hermosa Grasinda

Partido el Caballero de la Verde Espada del puerto de Constantinopla, el tiempo le hizo bueno y enderezado para su viaje, el cual era pensar ir a aquella tierra donde su señora Oriana era. Esto le hacía ser muy ledo, aunque en aquella sazón fuese tan cuidado y tan atormentado por ella como nunca tanto lo fue, porque él morara tres años en Alemania y dos en

Romania y en Grecia, que en este medio tiempo nunca de ella no solamente no hubo su mandado mas ni supo nuevas algunas. Pues también le avino que a los veinte días fue aportado en aquella villa donde Grasinda era. Y cuando ella lo supo fue muy leda, que ya sabía cómo el Endriago matara y los fuertes gigantes que en las ínsulas de Romania había vencido y muerto, y ella se aderezó lo mejor que pudo, como rica y gran señora que era, para lo recibir, y mandó que llevasen caballos para él y para el maestro Helisabad en que de la galera saliese, y el de la Verde Espada se vistió de ricos paños, y en un caballo hermoso y el maestro en un palafrén, se fueron a la villa, donde habiendo ya sabido sus extrañas y famosas cosas por maravilla era mirado y honrado de todos, y asimismo el rico en aquella tierra era.

Grasinda le salió a recibir al palacio con todas sus dueñas y doncellas, y él, descabalgando, se le humilló mucho, y ella a él, como aquéllos que de buen amor se amaban, y Grasinda le dijo:

—Señor Caballero de la Verde Espada, en todas las cosas os hizo Dios cumplido, que habiendo pasado tantos peligros, tantas extrañas cosas, la vuestra buena ventura que lo quiso os trajo a cumplir y quitar la palabra que me dejasteis, que de hoy en cinco días es la fin del año por vos prometido y a él plega de os poner en corazón que tan enteramente me cumpláis el otro don que aún por demandar está.

—Señora —dijo él—, nunca yo, si Dios quisiere, faltaré lo que por mí fuere prometido, especialmente a tan buena señora como vos sois, que tanto bien me hizo, que si en vuestro servicio la vida pusiere no se me debe agradecer, pues que por vuestra causa dándome al maestro Helisabad la tengo.

—Bien empleado sea él servicio —dijo ella—, pues que tan bien agradecido es, y ahora vos id a comer, que no puedo yo por mi voluntad pedir tanto que vuestro gran esfuerzo no cumpla más.

Entonces lo llevaron al corral de los hermosos árboles, donde ya de la herida le habían curado, como se os contó, y allí fue servido y el maestro Helisabad, como en casa de señora que tanto los amaba, y en una cámara que con aquel corral se convenía albergó el Caballero de la Verde Espada aquella noche, y antes que durmiese habló muy gran pieza con Gandalín, diciéndole cómo iba ledo en su corazón por ir contra la parte donde su señora era si el don de aquella dueña no le estorbase. Gandalín le dijo:

—Señor, tomad el alegría cuando viniere y lo ál remitid a Dios Nuestro Señor, que puede ser que el don de la dueña será en ayudar y acrecentar vuestro placer.

Así durmió aquella noche con algo más de sosiego, y a la mañana siguiente se levantó y fue a oír misa con Grasinda en su capilla, que con sus dueñas y doncellas lo atendía, y desde que fue dicha, mandando a todos apartar, tomándole por la mano en un poyo que allí estaba, con él se sentó, y razonando con él dijo:

—Caballero de la Verde Espada, sabréis como un año antes que aquí vos vinieseis todas las dueñas que extremadamente sobre las otras hermosas eran, se juntaron en unas bodas que el duque de Basilea hacía, a las cuales bodas fui yo en guarda del marqués Saluder, mi hermano, que vos conocéis. Estando todas juntas, y yo con ellas, entraron y todos los altos hombres que a aquellas fiestas vinieron, y el marqués, mi hermano, no sé si por afición o por locura, dijo en alta voz que todos lo oyeron que tan grande era mi hermosura que vencía a todas las dueñas que allí eran, y si alguno lo contrario dijese que él por armas se lo haría decir, y no sé si por su esfuerzo de él o porque así a los otros como a él pareciese, hasta que no respondiendo ninguno yo quedé y fui sojuzgada por la más hermosa de Romania, que es tan grande como vos lo sabéis. Así con esto siempre mi corazón es muy ledo y muy lozano, y mucho más lo sería y en muy mayor alteza si por vos pudiese alcanzar lo que tanto mi corazón desea, y no dudaría trabajo de mi persona ni gasto de mi estado por grande que fuese.

—Mi señora —dijo él—, demandad lo que más os placerá y sea cosa que yo cumplir pueda, porque sin duda se pondrá luego en ejecución.

—Mi señor —dijo ella—, pues lo que yo os pido por merced es que, siendo sabedora de cierto haber en la casa del rey Lisuarte, señor de la Gran Bretaña, las más hermosas mujeres de todo el mundo, me llevéis allí. y por armas, si por otra guisa ser no puede, me hagáis ganar aquella gran gloria de hermosura sobre todas las doncellas que allí hubiera, que aquí en estas partes gané sobre las dueñas, como ya os diré, diciendo que en su corte no hay ninguna doncella tan hermosa como lo es una dueña que vos lleváis, y si alguno lo contradijera, se lo hagáis conocer por fuerza de armas, y yo llevaré una rica corona que por mi parte pongáis, y así ponga otra el caballero que con vos se hubiere de combatir para que el vencedor, en señal de tener la más hermosa de su parte, las lleve a ambas, y si Dios con honra nos hiciere partir de allí, llevarme habéis a una que llaman la Ínsula Firme, donde me dicen que hay una cámara encantada en que ninguna mujer, dueña ni doncella, entrar puede, sino aquélla que de hermosura pasare a la muy hermosa Grimanesa, que en su tiempo par no tuvo, y éste es el don que yo os demando.

Cuando esto fue oído por el Caballero de la Verde Espada fue todo demudado y dijo, con semblante muy triste:

—¡Ay, señora, muerto me habéis, y si gran bien me hicisteis, en crecido mal me lo habéis tornado!, y fue allí tollido, que ningún sentido le quedó. Esto fue cuidando que si con tal razón a la corte del rey Lisuarte fuese era perdido con su señora Oriana, que más que a la muerte temía, y sabía bien que en la corte había muy buenos caballeros que por él la tomaría la empresa que teniendo el derecho y la razón de su parte, tan enteramente según la diferencia tan grande de la hermosura de Oriana a la de todas las del mundo, que no podía él salir de la tal demanda que tomase sino deshonrado o muerto. Y de otra parte pensaba si falleciese de su palabra aquella dueña, que sin le conocer tantas honras y mercedes de ella había recibido, que sería muy gran confundimiento de su prez y honra. Así que él estaba en la mayor afrenta que después que de Gaula saliera estado había, y maldecía a sí y a su ventura y a la hora en que naciera y a la venida en aquellas tierras de Romania, pero luego le vino súbitamente un gran remedio a la memoria, y éste fue acordársele que Oriana no era doncella y que el que por ella la batalla tomase la tomaba a tuerto. Y cuando después él pudiese ver a Oriana le haría entender la razón de cómo aquello pasaba. Y hallado este remedio, dejando el cuidado grande en que estaba, que mucho atormentado le había a le poner en el mayor estrecho que él nunca pensó tener, mas luego tomó muy ledo y de buen semblante, como si por él nada pasado hubiera —y dijo a Grasinda:

—Mi buena señora, demándoos perdón por el enojo que os he hecho, que lo quiero cumplir todo lo que pedís si la voluntad de Dios fuere y si en algo dudé, no por mi voluntad, mas por la de mi corazón, a quien yo resistir no puedo que a otra parte enderezaba su viaje; de las palabras que yo dije él fue la causa, como aquél que en todas las cosas sojuzgado me tiene; mas las grandes honras que yo de vos he recibido tuvieron tales fuerzas que las suyas quebrantando me dejan libre para que sin ningún entrevalo aquello que tanto os agrada cumplir pueda.

Grasinda le dijo:

—Cierto, mi buen señor, yo creo muy bien lo que me dices, mas dígoos que fui puesta en muy gran alteración cuando así os vi.

Y tendiendo los sus muy hermosos brazos, poniéndolos en sus hombros, le perdonó aquélla que había pasado, diciendo:

—Mi señor, cuándo veré yo aquel día que la vuestra gran prez de armas me hará en mi cabeza tener aquella corona que de las más hermosas donce-llas de la Gran Bretaña por vos ganada será, tornando a mi tierra con aquella gran gloria que de todas las dueñas de Romania de ella me partí.

Y él dijo:

—Mi señora, quien tal camino ha de andar no debe perder el cuidado que habéis de pasar por muy extrañas tierras y gentes de lenguajes desvariados donde gran trabajo y peligro se ofrece, y si el don yo no hubiese prometido y mi consejo se demandase, no sería otro salvo que persona de tanta honra y estado como vos lo sois, no se debería poner a tal afrenta por ganar aquello que sin ello con tan gran parte de beldad y de hermosura muy bien y con mucha gloria pasar puede.

—Mi señor —dijo ella—, más me pago de vuestro buen esfuerzo que para el camino tomasteis, que del consejo que me daríais, pues que teniendo tal ayudador como vos sin recelo alguno, espero satisfacer a mi deseo que tan-to tiempo por lo alcanzar con mucha pena ha estado, y esas extrañas tierras y gentes que decís muy bien excusarse pueden, pues que por la mar mejor que por la tierra se podrá hacer nuestro camino, según de muchos que lo saben soy informada.

—Mi señora —dijo él—, yo os he de aguardar y servir, mandad lo que más a vuestra voluntad satisface, que aquello por mí en obra será puesto.

—Mucho os lo agradezco —dijo ella—, y creed que yo llevaré tal atavío y compaña cual tal caudillo como vos lo sois merece.

—En el nombre de Dios —dijo él—, sea todo —y así quedó la habla por entonces, y desde que el Caballero de la Verde Espada holgó dos días hubo favor de ir a correr monte, así como aquel que no habiendo en qué las armas ejercitar en otra cosa su tiempo no pasaba, y tomando consigo algunos caballeros que allí había y monteros sabedores de aquel menester, se fue a un muy espeso monte dos leguas de la villa, donde muchos venados había, y pusiéronle a él con dos muy hermosos canes en una armada entre la espesa montaña y una floresta, que no muy lejos de ellos estaba, donde más continuo la caza acostumbraba salir, y no tardó mucho que mató dos venados muy grandes y los monteros mataron otro, y siendo ya cerca de la noche tocaron los monteros las bocinas, mas el Caballero de la Verde Espada queriendo a ellos ir vio salir de una gran mata a un venado muy hermoso a maravilla, y poniendo los canes, el venado como muy aquejado se vio, metióse en una gran laguna pensándose guarecer, mas los canes entraron dentro como iban muy codiciosos de la caza y tomáronlo, y llegando el Caballero de la Verde Espada lo mató. Y Gandalín, que con él estaba, con quien él gran alegría recibía, y había mucho hablado en aquella ida, que a la tierra donde su señora estaba cedo pensaba ir y tomando en ello muy gran descanso como aquel que no la había visto gran tiempo había, como habéis oído, se apeó muy prestamente de su caballo y encarnó los canes, que muy buenos eran, como aquel que muchas veces de aquella arte usado había. En este tiempo ya la noche era cerrada que casi nada veían, y poniendo el venado muy prestamente en una mata echando sobre él de las ramas verdes, cabalgaron en sus caballos prestamente perdiendo el tino donde habían de acudir con la gran espesura de las matas no sabían qué hiciesen, y sin saber dónde iban anduvieron una pieza por la montaña pensando topar algún camino o alguno de su compaña, mas no lo hallando acaso dieron en una fuente, y allí bebieron sus caballos, y ya sin esperanza de tener otro albergue descabalgaron de ellos, y quitándoles las sillas y los frenos los dejaron pacer por la hierba verde que allí cabe ya era, mas el de la Verde Espada mandando a Gandalín que los guardase, se fue contra unos grandes árboles que cerca de allí eran, porque estando solo mejor pudiese pensar en su hacienda, y de su señora, y llegando cerca de ellos vio un caballero blanco muerto, herido de muy grandes golpes, y oyó entre los árboles gemir muy dolorosamente, mas no veía quién, que de la noche era oscura y los árboles muy espesos, y sentándose debajo de un árbol estuvo escuchando qué podría ser aquello, y no tardó mucho que oyó decir con gran angustia y dolor:

—¡Ay!, cautivo mezquino sin ventura, Bruneo de Bonamar, hoy te conviene que contigo fenezcan y mueran los tus mortales deseos de que tan atormentado siempre fuiste; ya no verás aquel tu gran amigo Amadís de Gaula, por quien tanto afán y trabajo por tierras extrañas has llevado, aquél que tan preciado y amado de ti sobre todos los del mundo era, pues sin él y sin pariente ni amigo que de ti se duela te conviene pasar de esta vida a la cruel muerte que ya llega —y después dijo—: ¡Oh, mi señora Melicia, flor y espejo sobre todas las mujeres del mundo!; ya no os verá ni servirá el vuestro leal vasallo Bruneo de Bonamar, aquel que en hecho ni dicho nunca falleció de os amar más que así. Mi señora, vos perdéis lo que jamás cobrar podéis, que cierto mi señora nunca habrá otro que tan lealmente como yo os ame. Vos erais aquélla que con vuestra sabrosa membranza era yo mantenido y hecho lozano, donde me venía esfuerzo y ardimiento de caballero sin que os lo pudiese servir, y ahora que en obra lo ponía en buscar este hermano que vos tanto amáis, de la demanda del cual jamás me partiera sin lo hallar ni osara ante vos parecer, mi fuerte ventura no me dando lugar que este servicio os hiciese me ha traído la muerte, la cual siempre temí, que por causa vuestra de venirme había —y luego dijo—: ¡Ay, mi buen amigo Angriote de Estravaus, donde sois ahora vos que tanto tiempo esta demanda mantuvimos, y en el fin de mis días que no pueda haber socorro ni ayuda, cruda fue mi ventura contra mí cuando quiso que ambos anoche partidos fuésemos, áspero y cuidoso fue aquel partimiento, que ya mientras el mundo durare nunca más nos veremos, mas Dios reciba la mi ánima y la vuestra gran lealtad guarde como lo ella merece.

Entonces callando gemía y suspiraba muy dolorosamente.

El Caballero de la Verde Espada que todo lo oyera estaba muy fieramente llorando, y como le vio sosegado fue a él y dijo:

—¡Ay, mi señor y buen amigo don Bruneo de Bonamar, no os quejéis y tened esperanza en aquel muy piadoso Dios, que quiso a tal sazón os hallase para socorreros con aquello que bien menester habéis, que será medicina para el mal de que vos pena sufrís, y creed, mi señor don Bruneo, que si hombre puede haber remedio y salud por sabiduría de persona mortal que lo vos habréis con ayuda de nuestro señor Dios.

Don Bruneo cuidó que Lasindo su escudero era según tan fieramente lo vio llorar, que había enviado a buscar algún religioso que lo confesase, y dijo:

—Mi amigo Lasindo, mucho tardaste, que mi muerte se llega ahora; te ruego que tanto que de aquí me lleves te vayas derechamente a Gaula y besa las manos a la infanta por mí, y dale esta parte de una manga de mi camisa en que siete letras van escritas con un palo tinto de la mi sangre, que las fuerzas no bastaron para más; yo fío en la su gran mesura, que aquella piedad que sosteniendo la vida de mí como hubo que viéndolas con algún doloroso sentimiento de mi muerte la habrá considerado haberla en su servicio recibido, buscando con tantas afrentas y trabajos aquel hermano que ella tanto amaba.

El Caballero de la Verde Espada le dijo:

—Mi amigo don Bruneo, no soy yo Lasindo, sino aquel por quien tanto mal recibisteis; yo soy vuestro amigo Amadís de Gaula, que así como vos vuestro peligro siento, no temáis, que Dios os socorrerá, y yo con un tal maestro, que con su ayuda tanto que el ánima de las carnes despedida no sea os dará salud.

Don Bruneo, comoquiera que muy desacordado y flaco estuviese de la mucha sangre que se le fuera, conociólo en la palabra, y tendiendo los brazos contra él lo tomó y juntó consigo, cayéndole las lágrimas por las sus faces en gran abundancia. Mas el de la Verde Espada asimismo teniéndolo abrazado y llorando dio voces a Gandalín que presto a él viniese, y llegando le dijo:

—¡Ay, Gandalín, ves aquí mi señor y leal amigo don Bruneo, que por me buscar ha pasado gran afán y ahora es llegado al punto de la muerte; ayúdame a lo desarmar.

Entonces lo tomaron ambos y muy paso lo desarmaron y pusieron encima de un tabardo de Gandalín, y cubriéndolo con otro del Caballero de la Verde Espada y mandóle que lo más presto que pudiese, subiendo en algún otero, atendiese la mañana y se fuese a la villa al maestro Helisabad y le dijese de su parte que por la gran confianza que en tenía, tomando todas las cosas necesarias se viniese luego para él a curar de un caballero que mal llagado estaba, y que creyese que era uno de los mayores amigos que él tenía. Y a Grasinda, que le pedía mucho por merced mandase traer aparejo en que lo llevasen a la villa tal cual convenía a caballero de tan alto linaje y de tan gran bondad de armas como él lo era, y quedando allí con él teniéndole la cabeza en sus hinojos consolándole, se fue luego Gandalín con aquel mandado, y subido en un otero alto de la floresta, el día venido vio luego la villa y puso las espuelas a su caballo, y fue para ella y así con aquella prisa que llevaba entró por ella sin responder ninguna cosa a los que le preguntaban por no se detener, y todos pensaban que alguna ocasión aconteciera a su señor; y llegó a la casa del maestro Helisabad, el cual oído el mandado del Caballero de la Verde Espada y la gran prisa de Gandalín, creyendo que el hecho era muy grande, como todo aquello que para tal menester necesario era, y cabalgando en su palafrén aguardó a Gandalín que lo guiase, que estaba ¿contando a Grasinda lo que a su señor le acaeciera y lo que le pedía por merced, y partiéndose de ella tomaron el camino de la montaña, donde en poco espacio de tiempo fueron llegados al lugar do los caballeros estaban. Y cuando el maestro Helisabad vio cómo el Caballero de la Verde Espada, su leal amigo, tenía la cabeza del otro caballero en su regazo y fieramente lloraba, bien pensó que lo amaba mucho y llegó riendo, y dijo:

—Mis señores, no temáis, que Dios os pondrá presto consejo con que seréis alegres.

De sí llegóse a don Bruneo, y católe las llagas y hallólas hinchadas y enconadas del frío de la noche, mas le puso en ellas tales medicinas que luego el dolor le fue quitado, así que el sueño le sobrevino, que le fue gran bien, y descanso. Y cuando el de la Verde Espada vio aquello, y como el maestro en poco el peligro de don Bruneo tenía fue muy alegre, y abrazándole le dijo:

—¡Ay, maestro Helisabad!, mi buen señor y amigo, en buen día fui en vuestra compañía, donde tanto bien y tanto provecho se me ha seguido. Pido yo a Dios por merced que en algún tiempo os lo pueda galardonar, que aunque ahora me veis como un pobre caballero puede ser que antes que mucho pase de otra guisa me juzgaréis.

—Así Dios me salve, Caballero de la Verde Espada —dijo él—, más contento y agradable es a mí serviros y ayudar a la vuestra vida que vos lo seríais en me dar el galardón, que bien cierto soy yo que nunca el vuestro buen agradecimiento me faltara, y en esto no se hable más y vamos a comer, que tiempo es.

Y así lo hicieron, que Grasinda se lo mandara llevar muy adobado como aquélla que de más de ser tan gran señora tenía mucho cuidado de dar placer al Caballero de la Verde Espada en lo que se ofrecía. Y desde que comieron estaban hablando en cómo eran muy hermosas aquellas hayas que allí veía, y que a su parecer eran los más altos árboles que en ninguna parte habían visto, y ellos estándolos catando vieron venir un hombre a caballo y traía dos cabezas de caballeros cargadas del petral y en sus manos una hacha toda tinta de sangre, y como vio aquella gente cabe los árboles estuvo quedo y quísose tirar afuera; mas el Caballero de la Verde Espada y Gandalín lo conocieron, que era Lasindo, escudero de don Bruneo, y temiéndose si a ellos llegase que con inocencia los descubriría, el de la Verde Espada dijo:

—Estad todos quedos, y yo veré quién es aquel que de nos se recela y por cuál razón trae así aquellas cabezas.

Entonces, cabalgando en un caballo y con una lanza se fue para él y dijo a Gandalín que fuese en pos de él:

—Y si aquel hombre no me atiende seguirle has tú.

El escudero cuando vio que contra él iban fuese tirando afuera por la floresta con temor que había, y el de la Verde Espada tras él; mas llegando a un valle que los ya no podían ver ni oír comenzólo a llamar, diciendo:

—Atiéndeme, Lasindo, no temas de mí.

Cuando él esto oyó volvió la cabeza y conoció que era Amadís, y con mucho placer a él se vino y besóle las manos, y díjole:

—¡Ay, señor, ¿no sabéis las desventuras y tristes nuevas de mi señor don Bruneo, aquel que tantos peligrosos afanes en os buscar ha por tierras extrañas pasado? —y comenzó a hacer gran duelo, diciendo—: Señor, estos dos caballeros dijeron a Angriote que muerto aquí cerca en esta floresta lo dejaban, sobre lo cual les tajó estas cabezas y mandóme que las pusiese cabe él si era muerto, y si vivo, que de su par se las presentase.

—¡Ay, Dios! —dijo el Caballero de la Verde Espada—, ¿qué es esto que me dices?, que yo hallé a don Bruneo, pero no en tal disposición que ninguna cosa contarme pudiese, y ahora detente un poco, y Gandalín contigo, como que él te alcanzó y te dijo las nuevas de tu señor, y cuando ante mí fueres no me llames sino el Caballero de la Verde Espada.

—Ya de eso —dijo Lasindo— estaba yo avisado que así lo debía hacer, y allá nos contarás las nuevas que sabes.

Y luego se tornó a su compaña y dijo cómo Gandalín iba en pos del escudero, y a poco rato viéronlos venir a entrambos, y como Lasindo llegó y vio al Caballero de la Verde Espada descendió presto y fue hincar los hinojos ante él, y dijo:

—Bendito sea Dios que a este lugar nos trajo, porque seáis ayudador en la vida de mi señor don Bruneo, que vos tanto amáis.

Y él lo alzó por la mano y dijo:

—Mi amigo Lasindo, tú seas bienvenido y a tu señor hallarás en buen estado. Mas ahora nos cuentas por cuál razón traes así esas cabezas de hombres.

—Señor —dijo él—, ponedme ante don Bruneo y allí os lo contaré, que así me es mandado.

Luego se fueron a él donde estaba en un tendejón que Grasinda con las otras allí mandó traer, y Lasindo hincó con los hinojos ante él, y dijo:

—Señor, veis aquí las cabezas de los caballeros que os tan gran tuerto hicieron y envíaoslas vuestro leal amigo Angriote de Estravaus, que sabiendo él aleve que se os hicieran se combatió con ellos ambos y los mató y será aquí con vos a poca de hora, quedó en un monasterio de dueñas que es en cabo de esta floresta a se curar de una llaga que en la pierna tiene, y cuando la sangre haya restañada luego se vendrá.

—Dios valga —dijo don Bruneo—, ¿y cómo acertará acá venir? Él me dijo que viniese a los más altos árboles de esta floresta, que muerto os hallaría, que él así lo cuidaba según lo que uno de estos traidores le dijo antes que lo matase, y el duelo que por vos hace no se puede contar ni decir.

—¡Ay, Dios! —dijo el Caballero de la Verde Espada—, guardadlo de mal peligro. Decid —dijo a Lasindo— ¿saberme has de guiar a ese monasterio?

—Sabré —dijo él.

Entonces dijo al maestro Helisabad que llevasen a don Bruneo en andas a la villa, y armándose de las armas de don Bruneo cabalgó en su caballo y metióse en la floresta, y Lasindo con él, que el escudo, yelmo y lanza le llevaba, y llegando donde esa noche había dejado el venado debajo del árbol, vieron venir a Angriote en su caballo, la cabeza baja como que duelo hacía, con el cual el de la Verde Espada gran placer hubo, y luego vio venir en pos de él cuatro caballeros muy bien armados que a altas voces le decían:

—Esperad, don falso caballero; conviene que la cabeza perdáis por las que tajaste a los que mucho más que vos valían.

Angriote volvió su caballo contra ellos y embrazó su escudo y quiso de se ellos defender sin que el de la Verde Espada viniese. El cual ya tomara sus armas y fue cuanto el caballo llevarlo pudo, y llegó a Angriote antes que a los otros llegase, y dijo:

—Buen amigo, no temáis, que Dios será con vos.

Angriote cuidó por las armas que don Bruneo era de muy alegre sin comparación fue, mas el de la Verde Espada hirió al primero que delante los otros venía, que era Brandasidel, aquel con quien ya ajustara e hiciera llevar la cola del caballo en la mano caballero al revés, como ya oísteis, que era uno de los más valientes en armas que en toda aquella comarca se hallaba, y encontróle por cima del escudo so la falda del yelmo en el pecho, tan fuertemente que lo lanzó de la silla en el campo, sin que pie ni mano bullese, y los otros hirieron a Angriote y él a ellos, así como aquél que muy esforzado era, mas el de la Verde Espada puso mano a ella y metióse con tanta saña entre ellos, hiriéndolos de tan fuertes golpes, que de un golpe que al uno dio por cima del hombro no pudieron tanto las armas resistir que cortadas no fuesen con la carne y con el hueso, así que cayó a los pies de Angriote, que mucho se maravillaba de tales heridas que no pudiera él creer que tanta bondad en don Bruneo hubiese, que ya había él derribado otro. El que quedaba solo vio venir contra sí al de la Verde Espada, y no lo osando atender comenzó de huir al más no correr del caballo, y el de la Verde Espada iba tras él por le herir, y el otro con el gran miedo erró un paso de un río y cayó en el hondo, así que saliendo el caballo, el caballero con el peso de las armas ahogado fue; entonces, dando el escudo y el yelmo a Lasindo se tornó para Angriote, que espantado estaba de su gran valentía, cuidando que don Bruneo fuese como ya os dije, mas llegando cerca conoció que era Amadís y fue contra él los brazos tendidos, dando gracias a Dios que se lo hiciera hallar, y el de la Verde Espada asimismo fue a lo abrazar, viniendo al uno y al otro las lágrimas a los ojos de buen talante que se mucho amaban, y el de la Verde Espada le dijo:

—Ahora parece mi señor aquel leal y verdadero amor que me habéis en me buscar tanto tiempo con tantos peligros por tierras extrañas.

—Mi señor —dijo—, no puedo tanto hacer ni trabajar en vuestra honra ni servicio que a más vos no sea obligado, pues que me hicisteis haber aquélla que sin ella no pudiera yo sostener la vida, y dejemos esto, pues que la deuda es tan grande que a duro se podrá pagar; mas decidme si sabéis las desventuradas nuevas de vuestro gran amigo don Bruneo de Bonamar.

—Ya las sé —dijo el de la Verde Espada—, y sin de buenaventura, pues Dios por su merced quiso que en tal sazón yo lo hallase.

Entonces le contó por cuál guisa lo hallara y cómo le dejaba en guarda del mejor maestro que en el mundo había con seguridad de la vida. Angriote alzó las manos al cielo, agradeciendo a Dios que así lo había remediado. Entonces movieron para se ir, y pasando cabe los caballeros que había vencido hallaron el uno de ellos que vivo estaba, y el de la Verde Espada se pasó sobre él, y díjole:

—Mal caballero que Dios confunda, decid por qué a sin guisado queréis matar a los caballeros andantes; ¡decidlo luego, si no tajaros he la cabeza!; y si fuisteis vos en el mal del caballero que traía estas armas que yo tengo.

—Eso no lo puede negar —dijo Angriote—, que yo lo dejé con otros dos en su compañía con don Bruneo y después hallé los dos que se alababan que habían muerto a don Bruneo, el cual los llevaba para les ayudar diciéndole que les querían quemar una hermana suya. Así que todos debieron ser en la traición, porque don Bruneo se fue con ellos a salva fe por socorrer las doncella que no pereciese, y yo me fui con un caballero viejo que esa noche nos había albergado, por le hacer tornar un hijo suyo que preso le tenían en unas tiendas acá suso en una ribera, y avínome también que se lo hice dar, y metí en su prisión al que preso se lo tenía, y en esta manera nos partimos el uno del otro. Ahora diga éste por qué le hicieron tan grande aleve.

El de la Verde Espada dijo a Lasindo:

—Desciende y tájale la cabeza, que traidor es.

El caballero hubo gran miedo, y dijo:

—Señor, merced por Dios, que yo os diré la verdad de lo que pasó. Sabed, señor caballero, que no supimos cómo estos dos caballeros buscaban al Caballero de la Verde Espada, que nosotros mortalmente desamamos, y sabiendo cómo eran sus amigos acordamos de los matar, y no lo pensando acabar tomándolos juntos movimos aquellas razones que este caballero ha dicho, y yendo nuestro camino con achaque de librar la doncella hablando, desarmadas las cabezas y las manos, llegamos a aquella fuente de las altas hayas, y en tanto que el caballero daba a beber a su caballo, tomamos las lanzas, y yo que cabe él estaba arrebatéle la espada de la vaina, y antes que él se pudiese valer lo derribamos del caballo y dímosle tantas heridas que por muerto lo dejamos, y así creo yo que él lo estará.

El de la Verde Espada le dijo:

—¿Por qué razón me desamáis, que tal aleve cometisteis?

—Y cómo —dijo él—, ¿vos sois el Caballero de la Verde Espada?

—Sí soy —dijo él—, y veis aquí la traigo.

—Pues ahora os diré lo que preguntáis: bien se os acordará cómo habrá un año que pasasteis por esta tierra y combatióse con vos aquel caballero que allí muerto yace —y tendió la mano contra Brandisel—, que era el más recio y fuerte caballero de toda esta tierra, y la batalla fue ante la hermosa Grasinda, y Brandasidel con gran soberbia puso la ley que el vencido había de guardar, la cual era que cabalgando aviesas en el caballo y el escudo al revés y la cola del caballo en la mano por freno pasase ante aquella hermosa dueña por medio de una villa suya, lo cual Brandasidel, como vencido, le convino cumplir con gran deshonra y mengua suya. Y por está deshonra que le hicisteis os desamaba él de muerte y todos aquéllos que sus parientes y amigos somos y caímos en aquel yerro que habéis visto. Ahora mandadme matar o dejad vivo, que dicho os he lo que saber queríais.

—No os mataré —dijo el de la Verde Espada—, porque los malos viviendo mueren muchas veces y pagan aquello que sus malas obras merecen, que según vuestras mañas así se cumplirá como lo digo.

Y mandó a Lasindo que tomase un caballo de aquéllos que sueltos andaban para llevar el venado, y desenfrenando los otros caballos corriéndolos por la floresta se fueron contra la villa, donde pensaban hallar a don Bruneo, y llevaron ante sí en el caballo el venado. Y el Caballero de la Verde Espada había gran sabor de preguntar a Angriote por nuevas de la Gran Bretaña, y él le contaba las que sabía, aunque ya había año y medio que él y don Bruneo de allá en su demanda de él había partido, y entre las otras cosas le dijo:

—Sabed, mi señor, que en casa del rey Lisuarte queda un doncel, el más extraño y más hermoso que se nunca vio, del cual Urganda la Desconocida ha hecho por su carta saber al rey y a la reina las grandes cosas si vive a que ha de pujar, y contóle cómo el ermitaño lo criara sacándolo de la boca de una leona y en la forma que el rey Lisuarte lo halló, y díjole de las letras blancas y coloradas que en el pecho tenía, y cómo el rey lo criara muy honradamente por lo que Urganda dijera, y cómo de más de ser el doncel tan hermoso de buen donaire era muy bien acostumbrado en todas sus cosas.

—¡Dios val! —dijo el Caballero de la Verde Espada—, de muy extraño hombre me habláis, ahora me decid qué edad habrá.

—Puede ser hasta doce años —dijo Angriote—, y él y Ambor de Gandel, mi hijo, sirven ante Oriana, que nunca merced les hace tanto es bueno su servicio, tanto que en aquella casa del reino no hay otros tan honrados ni mirados como ellos. Pero muy diferente son en el parecer, que el uno es más hermoso que se hallar podría, y muy mejor acostumbrado, y Ambor me semeja muy perezoso.

—¡Ay, Angriote! —dijo el Caballero de la Verde Espada—, no juzguéis a vuestro hijo en la edad que ni bien ni mal puede alcanzar a saber, y dígoos, mi buen amigo, que si él de más días fuese y Oriana me lo quisiese dar, que lo traería yo conmigo y haría caballero a Gandalín, que tanto tiempo ha que me sirve.

—Así Dios me salve —dijo Angriote—, eso merece él muy bien, y creo que la caballería será en él muy bien empleada, como en uno de los mejores escuderos del mundo, y siendo el caballero y mi hijo entrado a vos servir en su lugar, entonces perdiera yo la sospecha que tengo y sería puesto en gran esperanza que de vuestra compañía saldría en tal que mucha honra diese a su linaje, y dejémoslo ahora hasta su tiempo, que Dios lo enderece.

Y luego le dijo:

—Sabed, señor, que don Bruneo y yo hemos andado por todas las partes de estas ínsulas de Romania, donde hallamos grandes cosas que en armas habéis hecho, así contra caballeros muy soberbios como contra fuertes y esquivos gigantes, que todas las gentes que lo saben quedan con espanto en ver cómo pudo un cuerpo de hombre solo tales afrentas y peligros sufrir, y allí supimos de la muerte del temeroso y fuerte Endriago que nos habéis hecho mucho maravillar como osasteis acometer al mismo diablo, que así nos dicen que es su hechura y que ellos lo engendraron y criaron, como quiera que hijo de aquel gigante y su hija fuese, y ruégoos, mi señor, que me digáis cómo con él vos hubisteis, por oír la más extraña y fuerte cosa que nunca por hombre mortal pasó.

Y el Caballero de la Verde Espada le dijo:

—De esto que preguntáis son mejores testigos que yo Gandalín y el maestro que de don Bruneo cura. Y ellos os lo dirán.

Así hablando como oís, llegaron a la villa, donde con mucho placer de Grasinda recibidos fueron, siendo ya Angriote avisado que lo no había de llamar por otro nombre sino de la Verde Espada, y hallaron piezas de caballeros armados que por mandado de Grasinda los querían ir a buscar, y tomándolos ella consigo los llevó a la cámara del Caballero de la Verde Espada, donde tenía en un lecho a don Bruneo de Bonamar. Y cuando entraron dentro y lo hallaron en buena disposición, quién os podría decir el placer que a sus ánimos vino en se ver todos tres juntos, y así lo había aquella señora muy hermosa, teniéndose por mucho honrada de ser en su casa y en guarda de caballeros tan preciados, donde hallaba la guarida y reparo que a duro en otra parte no podrían hallar, y luego fue cuando Angriote de la herida de su pierna, que mucho enconada, con el camino y con la fuerza que en la batalla de los caballeros puso, traía, y en otra cama junto con la de don Bruneo fue echado, y cuanto hubieron comido aquello que el maestro mandó, saliéronse todos fuera por dejar dormir y sosegar y dieron de comer al Caballero del Enano en otra cámara, y allí estuvo contando a Grasinda la bondad y gran valor de aquéllos sus muy leales amigos, y desde que hubo comido, ella se fue a sus dueñas y doncellas, y el de la Verde Espada sus compañeros, que los mucho amaba, a los cuales halló despiertos y hablando. Mandó juntar su lecho con los suyos y allí holgaron con mucho placer hablando en muchas cosas porque habían pasado, y el Caballero de la Verde Espada les contó el don que a la dueña había prometido, y lo que ella le demandó, y cómo aderezaba para ir por la mar a la Gran Bretaña, de que mucho a don Bruneo y

Angriote plugo, porque ya ellos habiendo hallado a aquel que demandaban deseaban volver a aquella tierra. Estaban, pues, así como la historia cuenta en casa de aquella hermosa dueña Grasinda, el de la Verde Espada y don Bruneo de Bonamar y Angriote de Estravaus con mucho placer, y cuando fueron en disposición que sin peligro de sus personas estar pudiesen en la mar, ya la flota estaba guarnecida de viandas para un año y de gente de mar y de guerra, tanto cuando convenía.

Y un domingo de mañana, en el mes de mayo, entraron en las naves y con buen tiempo comenzaron a navegar la vía de la Gran Bretaña.

Capítulo 76. Cómo llegaron a la alta Bretaña la reina Sardamira con los otros embajadores que el emperador de Roma enviaba para que se llevasen a Oriana, hija del rey Lisuarte, y de lo que les acaeció en una floresta donde se salieron a recrear con un caballero andante que los embajadores maltrataron de lengua, y el pago que les dio de las desmesuras que le dijeron

Los embajadores del emperador Patín, que en la Lombardía eran llegados, hubieron barcas y pasaron en la Gran Bretaña y aportaron en Fenusa, donde el rey Lisuarte era, del cual con mucha honra fueron muy bien recibidos, y les mandó dar muy abastadamente buenas posadas y todo lo ál que menester habían. Y a esta sazón eran con el rey muchos hombres buenos y atendía a otros por quien había enviado por haber consejo con ellos, de lo que en el casamiento de su hija Oriana haría, puso plazo a los embajadores de un mes para les dar la respuesta, poniéndoles en gran esperanza de que sería tal con que alegres fuesen. Y acordó que la reina Sardamira, que allí el emperador con veinte dueñas y doncellas había enviado para que a Oriana por la mar hiciesen compañía y la sirviesen que se fuese a Miraflores, donde ella estaba, y le contase las grandezas de Roma y la gran alteza en que sería con aquel casamiento, mandó tantos reyes y príncipes y otros muchos grandes señores. Esto hacía el rey Lisuarte porque de su hija conocía tomar mucho contra su voluntad aquel casamiento y porque esta reina, que muy cuerda era, la atrajese a ello; pero a esta sazón era Oriana tan cuitada y con tan gran angustia, que el entendimiento y la palabra le faltaban, cuidando que su padre contra toda su voluntad la entregaría a los romanos, por donde a ella y a su amigo Amadís la muerte sobrevendría. Pues la reina Sardamira partió para Miraflores y don Grumedán, por mandado del rey, con ella, para que le hiciese servir, e iban en su guarda caballeros romanos y de Cerdeña, donde ella era reina. Y así acaeció que estando en una ribera verde y de hermosas flores esperando que la calor del Sol pasase, los sus caballeros, que preciados en armas eran, pusieron sus escudos fuera de las tiendas, y eran cinco, y don Grumedán les dijo:

—Señores, haced meter los escudos en la tienda si no queréis mantener la costumbre de la tierra, que es que cualquiera caballero que pone el escudo o lanza fuera de la tienda o casa o choza donda posare le conviene mantener justa a los caballeros que se la demandaren.

—Bien entendemos esa costumbre, y por eso lo ponemos fuera —dijeron ellos—. Dios mande que antes que de aquí manos nos sea la justa por algunos demandada.

—En el nombre de Dios —dijo don Grumedán—, pues algunos caballeros suelen andar por aquí, y si vinieren miraremos cómo lo hacéis.

Y estando como oís, no tardó mucho que vino aquel preciado y valiente don Florestán, que muchas tierras había andado buscando a su hermano Amadís, que nunca de él ningunas nuevas supo. Y andaban con gran pesar y tristeza, y porque supo que en casa del rey Lisuarte eran venidas gentes de Roma y de otras partes que pasaran la mar, vino allí por saber de ellos algunas nuevas de su hermano, y cuando vio las tiendas cerca del camino por donde él iba, fuese para allá por saber quién allí estaba, y llegando a la tienda de la reina Sardamira, violo estar en un estrado, y era una de las más hermosas mujeres del mundo, y la tienda tenía las alas alzadas, así que se parecían todas sus dueñas y doncellas, y por mirar mejor a la reina, que tan bien y tan apuesta semejaba, llegóse así a caballo por entre las cuerdas de la tienda por la mejor mirar, y estúvola catando una pieza, y así estando llegó a él una doncella que le dijo:

—Señor caballero, no estáis muy cortés a caballo tan cerca de tan buena reina y otras señoras de gran guisa que allí están; mejor os estaría catar a aquellos escudos que allí están que os demandan y a los señores de ellos.

—Cierto, muy buena señora —dijo don Florestán—. Vos decís gran verdad, mas por fuerza, mis ojos deseando ver la muy hermosa reina dieron causa que en tan gran yerro cayese, y pidiendo perdón a la buena señora y a todas vosotras haré la enmienda que por ella me fuere mandada.

—Bien decís —dijo la doncella—. Pero es menester que antes del perdón que la enmienda se haga.

—Buena doncella —dijo don Florestán—, eso luego lo haré yo si por mi fe puede hacer, con tal que no se me demande que deje de hacer lo que debo contra aquellos escudos os lo mandar poner dentro en la tienda.

—Señor caballero —dijo ella—, no creáis que tan ligeramente los escudos allí se pusieron, que antes que sean quitados habrán ganado por el gran esfuerzo de sus señores todos los que por aquí pasaren, que defendérseles quisieran para los llevar a Roma, y los nombres de los caballeros cuyos fueron escritos en los brocales en señal que parezca la bondad que tos romanos han, sobre los caballeros de otras tierras, y si queréis guardaros de vergüenza caer, tornad vos por do vinisteis y no será llevado vuestro escudo y nombre, donde con, pregón vuestra honra será menoscabada.

—Doncella —dijo él—, si a Dios pluguiere no me guardaré de esas vergüenzas que me decís, ni me fío tanto en vuestro amor que a ninguno de estos consejos me atenga, antes entiende llevar estos escudos a la Ínsula Firme.

Entonces dijo a la reina:

—Señora, a Dios seáis encomendada y Él, que tan hermosa os hizo, vos dé mucha alegría y placer.

Y movió contra los escudos. Y don Grumedán, que bien oyera todo los que con la doncella pasó, preciólo mucho, y más cuando en la Ínsula Firme le oyó hablar que luego cuidó que del linaje de aquel esforzado Amadís sería, y bien creyó que haría lo que a la doncella había dicho de llevar los escudos a la Ínsula Firme, y plúgole mucho por ver los caballeros romanos qué tales eran en armas, y no conocía él a don Florestán, pero parecióle muy bien armado a maravilla, y muy hermoso cabalgante, y así lo era, y teníale por muy esforzado en acometer tan gran cosa, y deseábale todo bien, y más lo hiciera si supiera ser don Florestán que mucho le amaba y le apreciaba, y don Florestán, que se veía delante del que sabía no haber en toda la corte caballero que tanto conocimiento de las cosas de las armas como él hubiese, crecíale el corazón y ardimiento, porque en él punto de cobardía no sintiese. Y llegóse a los escudos y puso el cuento de la lanza en el primero y segundo y tercero y cuarto y quinto, y esto hacía él porque así había de ir a las justas uno en pos de otro, según los escudos tocados fueron. Esto hecho apartóse por el campo cuanto un trecho de arco, y echó su escudo al cuello, y tomó una lanza gruesa y buena, y enderezándose en la silla, estuvo atendiendo, y don Florestán traía siempre consigo cada que podía dos o tres escuderos por ser mejor servido, y porque le trajesen lanzas y hachas, de que él muy bien se sabía ayudar, que en muchas tierras no se hallaría otro caballero que tan bien justase como él, y estando así atendiendo los romanos que armados estaban en una tienda, arrebatáronse a cabalgar presto e ir a él, y don Florestán les dijo:

—¿Qué es eso señores; queréis venir todos a uno? Quebráis las costumbres de esta tierra.

Y Gradamor, un caballero romano por quien los otros se mandaban dijo a don Grumedán que les dijese cómo debían hacer, pues que él mejor que otros lo sabían. Don Grumedán les dijo:

—Así como los escudos fueron tocados uno en pos de otro, así como los caballeros han de ir a las justas, y si me creyereis no iréis locamente, que según lo que de aquel caballero parece, no querrá para sí la vergüenza.

—Don Grumedán —dijo Gradamor—, no son los romanos de la condición de vosotros, que os loáis antes que el hecho venga. Y nosotros aún lo que hacemos lo dejamos olvidar, y por esto no hay ninguno que iguales no sean, y a Dios pluguiese que sobre esta razón fuese nuestra batalla y de aquel caballero. Aunque mis compañeros no metiesen ahí la mano.

Don Grumedán le dijo:

—Señor, pasad ahora con aquel caballero lo que a Dios pluguiere, y si él quedare libre y sano de estas justas yo haré que sobre esta razón que decís se combatan con vos, y si por ventura tal impedimento hubiere que no lo pueda hacer yo tomaré la batalla en mí en el nombre de Dios, e id ahora a vuestra justa y si de ella bien escapaseis quedaremos delante de esta noble reina que nos no podamos tirar afuera.

Gradamor rió como en desdén, y dijo:

—Ahora tuviésemos esa batalla que decís tan cerca como la justa de aquel caballero sandío que nos osa esperar —y dijo al caballero del primer escudo que se tocó—: Id luego y hacer de guisa que nos libréis del poco prez que en vencer a aquel caballero se ganaría.

—Ahora holgar —dijo el caballero—, que yo os lo traeré a toda vuestra voluntad y del escudo y de su nombre haced como os es mandado del emperador, y el caballo, que me semeja bueno, será mío.

Entonces en su caballo pasó el agua y fuese enderezando sus armas contra don Florestán, el cual que lo así vio venir y que el agua pasara hirió el caballo de las espuelas y fue para él, y el romano así mismo, y juntáronse de los caballos y escudos uno con otro que de los encuentros de las lanzas fallecieron y el romano que peor cabalgante era fue en tierra sin detenimiento y fue la caída tan grande que el brazo diestro hubo quebrado y fue muy mal tullido, así que a los que miraban les semejaba que muerto era tal le vieron; y don Florestán mandó descender a un escudero de los suyos que le tomase el escudo y lo colgase de un árbol, y asimismo le hizo tomar el caballo y él se tornó al lugar donde antes estaba haciendo señales como que se quejaba contra sí, porque el encuentro errara, y puso el cuento de la lanza en tierra, y luego vio venir otro caballero contra sí y para él fue lo más recio que el caballo lo pudo llevar, mas no erró aquella vez el golpe, antes lo hirió tan fuertemente en el escudo que se lo saltó y puso tan recio que lo lanzó del caballo y la silla sobre él en el campo y la lanza metida por el escudo y por la carne, que de la otra parte le apuntó, y don Florestán pasó por él muy apuesto y buen cabalgante y luego tornó sobre él y díjole:

—Don caballero romano, la silla que con vos llevasteis sea vuestra y el caballo sea mío, y si estas fuerzas en Roma quisiereis contar, yo os lo otorgo.

Y esto decía él en voz tan alta que bien lo oían la reina y sus dueñas y doncellas. Y digo os de don Grumedán que en gran manera fue alegre cuando esto oyó que el caballero de la Gran Bretaña decía y hacía con el de Roma, y dijo contra Gradamor:

—Señor, si vos y vuestros compañeros mejores no os mostráis no es razón que os derriben los muros de Roma por donde entréis cuando allá llegareis.

Gradamor le dijo:

—En mucho teméis lo que pasó, pues si mis compañeros acabasen sus justas, yo haré que a él digáis, y no con tanta ufanía como ahora tenéis.

—Cerca estamos de lo ver —dijo don Grumedán—, que según me parece aquel caballero de la Ínsula Firme bien defiende su ropa, y yo fío tanto en él que excusará la batalla que yo con vos tengo puesta.

Gradamor comenzó a reír sin gana y dijo:

—Cuando a mí viniere el hecho, yo os otorgaré todo lo que decía.

—¡En el nombre de Dios! —dijo don Grumedán—, y yo tendré mi caballo y mis armas presto para cumplir lo que dije, que según vuestro parecer poco os durará aquel caballero en el campo, aunque yo creo que su pensamiento es muy diverso del vuestro.

Y la reina pesaba mucho en oír las locuras de Gradamor y de los otros romanos. Mas don Florestán hizo tomar el escudo y el caballo al caballero, que como muerto estaba, y cuando se sacaron el trozo de la lanza, dio el caballero una voz dolorida demandando confesión. Y don Florestán, tomando una lanza, se tornó al mismo lugar donde antes estaba y no tardó que vio venir otro caballero en un grande y hermoso caballo, pero no con tanto esfuerzo como el primero, y fue cuanto pudo a don Florestán y salió al encuentro en soslayo, así que la lanza baraustó y fue perdido el encuentro y dio Florestán lo hirió en el yelmo y quebrándole los lazos se lo derribó de la cabeza rodando por el campo e hízole abrazar a las cervices del caballo, más no cayó. Y don Florestán tomó la lanza y sobremano y vino a él muy sañudo, y el caballero que lo vio venir así alzó el escudo y don Florestán le dio un tal golpe en él que se lo hizo juntar al rostro, así que fue aturdido, y perdió la rienda de la mano y como lo vio con tal desacuerdo, don Florestán dejó caer la lanza y tiró por el escudo tan recio que se lo sacó del cuello, y diole con él por encima de la cabeza dos golpes tan pesados que lo hizo caer del caballo tan sin sentido, que no hacía sino revolverse por el campo, y mandó tomar el caballo y a él le diesen su lanza, y fue al romano y díjole:

—De hoy más, si pudiereis, podéis ir a Roma a loaros de los caballos de la Gran Bretaña.

Y enderezándose en la silla fue contra el cuarto caballero que vio venir contra sí, más su justa fue por los primeros encuentros partida que don Florestán lo encontró tan duramente que él y caballo fueron en tierra, y el caballero hubo la pierna quebrada cabe el pie, y levantándose el caballo, el caballero quedó en el suelo sin se poder levantar, e hízole tomar el escudo, y el caballero como a los otros y él tomó una muy buena lanza de sus escuderos, y vio que venía contra él Gradamor con unas armas muy hermosas y frescas, y en un caballo obeso, grande y hermoso, y blandiendo la lanza como que la quería quebrar, de éste tenía don Florestán gran saña porque le amenazaba y Gradamor decía a una voz alta:

—Don Grumedán, no dejéis de os armar, que antes que en vuestro caballo seáis yo haré que este caballero que me atiende os haya menester en su ayuda.

—Ahora lo veremos —dijo don Grumedán—, mas por esas alabanzas no me quiero poner en ese trabajo hasta que vea cómo lo pasáis.

Gradamor que ya el agua pasara, vio a don Florestán contra sí venir al más correr de su caballo, muy cubierto de su escudo y la lanza baja por lo herir. Y él movió contra él a gran correr de su caballo y ambos los caballeros eran fuertes y valientes, y encontráronse de las lanzas, y Gradamor le pasó el escudo en derecho, del costado siniestro, y quebrantó las hojas por fuerza del golpe, que fue grande, y lanzólo fuera de la silla en una cava que ahí había que yacía llena de agua y de lodo y pasó por él, y mandóle tomar el caballo a sus escuderos, y don Grumedán que esto vio dijo contra la reina:

—Señora, seméjame que ya podré una pieza holgar en cuanto Gradamor enjuga sus armas y busca otro caballo en que se combata.

La reina dijo:

—Malditas sean sus locuras y soberbias de ellos que a todo el mundo hacen ensañar contra sí, después pasándolo a su vergüenza.

Gradamor se estuvo revolviendo en el agua y en el lodo una pieza, y cuando de ello hubo gran pesar de lo que le viniera, y quitó el yelmo de la cabeza y limpióse con su mano los ojos y el rostro del agua y del lodo que en él tenía y sacudió de ello lo más que pudo de sí, lanzó el yelmo en la cabeza, y don Florestán que lo así vio llegóse a él y díjole:

—Señor caballero amenazador, dígoos que si no os ayudáis mejor de la espada que de la lanza no será por vos llevado mi escudo ni mi nombre a Roma.

Gradamor le dijo:

—Pésame de la prueba de las lanzas, más no traigo esta espada sino para vengarme, y esto os haré yo luego ver si la costumbre de esta tierra osareis mantener.

Y don Florestán, que muy mejor que él la sabía, le dijo:

—¿Y qué costumbre es ésta que decís?

—Que me deis mi caballo —dijo él—, o descender del vuestro, y a pie nos ensayaremos de las espadas y será el juego común, y el que peor lo jugase quede sin mesura y merced.

Don Florestán le dijo:

—Bien creo yo que esta costumbre no la mantendréis vos, siendo vencedor, pero yo quiero descender de mi caballo, porque no es razón que caballero romano tan hermoso como vos sois, suba en caballo que el otro derribase.

Entonces se apeó y dio el caballo a sus escuderos y metió mano a su espada, y cubriéndose muy bien de su escudo, fue a gran paso contra él, con muy gran saña e hiriéndose de las espadas muy bravamente, así que la batalla era asaz brava y parecía a todos bien peligrosa por la saña que entre ellos era, más no duró que don Florestán, que más recio y fuerte era en bondad de armas, viendo que la reina y las mujeres lo miraban y don Grumedán, que muy mejor que ellas sabía de tales hechos, probó toda su fuerza, dándole tan grandes y pesados golpes que Gradamor, aunque muy valiente era, no lo pudo sufrir e íbale dejando el campo, tirándose a fuera contra la tienda de la reina, a fucia que don Florestán por su acatamiento de ella lo dejaría. Mas don Florestán se le pasó delante de su pesar, le hizo volver contra donde viniera y tanto lo cansó que Gradamor cayó tendido en el campo desapoderado de toda su fuerza y la espada le cayó de la mano y don Florestán le tomó el escudo y diolo a sus escuderos de sí, trabólo del yelmo y tíróselo tan fuertemente de la cabeza que una pieza lo arrastró por el campo y lanzó el yelmo en la cava del lodo, que ya oísteis, y tornó a él y tomándolo de la una pierna quísolo asimismo echar en el yelmo, y Gradamor comenzó a decir a altas voces que por Dios lo hubiese piedad, y la reina que lo veía dijo:

—Mal ha baratado aquel desventurado cuando sacó que el vencedor no hubiese mesura ni merced del vencido.

Y don Florestán dijo a Gradamor:

—Postura que tan honrado caballero como vos puso, no es razón que quebrada sea, y vos la tendréis muy cumplidamente, así como ahora veréis.

Y cuando esto oyó dijo:

—¡Ay, cautivo que muerto soy!

—Así es —dijo don Florestán—, si no hacéis mi mandado en dos cosas.

—Decidlas —dijo él—, que yo las haré.

—La una —dijo don Florestán—; que por vuestra mano y de la sangre vuestra y de vuestros compañeros escribáis vuestro nombre y los suyos en los brocales de los escudos, y esto hecho deciros he la otra cosa que quiero que hagáis.

Y diciéndole esto, tenía sobre él su espada esgrimiéndola y el otro debajo temiendo con gran espanto, e hizo llamar un escribano suyo y mandóle que quitando la tinta de su tintero, lo hinchase de su sangre y escribiese su nombre en el escudo, pues que él no podía, y todos los nombres de sus compañeros en los otros sus escudos, y que lo hiciese presto, porque él no perdiese la cabeza. Esto fue luego así hecho y don Florestán limpió su espada y púsola en la vaina y fue a cabalgar en el caballo suyo, y cabalgó muy ligeramente, así que semejaba que no había aquel día trabajado ninguna cosa, y dio su escudo al escudero, mas el yelmo no quitó porque don Grumedán no lo conociese; y el caballo en que estaba era grande y hermoso y de extraño color, y el caballero era de una grandeza y talle tan apuesto que pocos se hallarían que bien como él pareciesen armados, y tomó en su mano una lanza con un pendón rico y hermoso y paróse sobre Gradamor, que ya sé levantaba, y blandiendo la lanza le dijo:

—Vuestra vida no está sino en que don Grumedán me pida que os no mate ante él.

Él comenzó a dar grandes voces que por Dios le socorriese, pues que en él era su vida y su muerte. Y luego don Grumedán vino a pie como estaba y dijo:

—Cierto, Gradamor, si os no vale merced ni piedad, esto es con gran derecho, porque con vuestra soberbia así lo pedisteis a este señor, mas yo le ruego que os deje vivir porque mucho se lo agradeceré y serviré.

—Esto haré yo de grado —dijo don Florestán— por vos, y todo lo ál que vuestra honra y placer sea.

Y luego dijo:

—Vos, don caballero romano, de hoy más cuando os pluguiere podréis contar en el juicio de Roma si allá fuereis las grandes soberbias y amenazas que vos contra los caballeros de la Gran Bretaña habéis dicho. Y como con ellos os mantuvisteis, y la gran prez y honra que de ellos ganasteis en tan poco espacio de un día y así lo decir al vuestro emperador, y a las potestades, porque de ello haya placer. Y yo haré saber en la Ínsula Firme cómo los caballeros de Roma son tan liberales y francos que dan ligeramente sus caballos y armas a los que no conocen. Mas yo de esta dádiva que a mí hicisteis no tengo que os agradecer, y agradézcolo yo a Dios sin que vuestro grado me lo quiso dar.

Gradamor, que tan maltratado estaba, cerca de le salir el alma que esto oía, más grave le eran estas palabras que las heridas, y don Florestán le dijo:

—Señor caballero, vos llevaréis a Roma toda la soberbia que de allá trajisteis, pues que la aman y precian, que en esta tierra los caballeros de ella no la desean ni conocer, sino aquello que vosotros aborrecéis, que es mesura y buen talante, y si vos, mi señor, sois tan enamorado como valiente en armas y quisiereis que a la Ínsula Firme os lleve, probaréis el arco encantado de los leales amadores que allí van con lealtad de sus amigas, y con este prez y honra que de la Gran Bretaña llevaréis, preciaros ha mucho más vuestra amiga, y si es de buen conocimiento nos trocará por otro alguno.

Dígoos de don Grumedán que había gran favor de oír aquellas palabras, y reía de mucha gana en ver quebrantada la soberbia de los romanos. Mas no lo hacía así Gradamor, antes las oía con gran quebranto de su corazón, y dijo a don Grumedán:

—Buen señor, por Dios mandadme llevar a las tiendas, que mucho soy maltratado.

—Bien parece en vos y en vuestras armas —dijo él—, y vuestra es la culpa.

Entonces lo hizo tomar a sus escuderos que lo llevasen, y dijo a don Florestán:

—Señor, si os pluguiere decimos vuestro nombre, que tan buen hombre como vos no lo debe encubrir.

Y él dijo:

—Mi señor don Grumedán, ruégoos que no os pese de no lo decir, porque según la descortesía que yo hice a aquella muy hermosa reina, por ninguna guisa no querría que lo supiesen, que por muy culpado me siento, aunque ella y sus doncellas lo son más, que la su gran hermosura fue ocasión de me hacer errar, que de mi entendimiento me sacaron, y ruégoos, señor don Grumedán, que hagáis con ellas que tomando pueda me perdonen, y me enviéis la respuesta de ello a la ermita redonda que es cerca de aquí, que allí albergaré hoy.

Don Grumedán le dijo:

—Yo lo haré al mi poder como lo queréis, y con el recaudo que hallaré os enviaré un mi escudero, y a mi grado el mandado que os llevará será bueno, como vos lo merecéis.

El caballero de la Ínsula Firme le dijo:

—Ruégoos, señor don Grumedán, que si algunas nuevas de Amadís sabéis me las digáis.

Y don Grumedán, que mucho amaba a aquel por quien le preguntaba, viniéronle las lágrimas a los ojos con soledad de él, y dijo:

—Así Dios me salve, buen caballero, desde que aquel tiempo que él se partió de Gaula de casa de su padre el rey Perión nunca de él oí nuevas ningunas, y mucho sería alegre de las oír y decir a vos y a todos los sus amigos.

—Eso creo yo bien —dijo don Florestán—, según vuestro buen talante y la gran lealtad que en vos, señor, mora, que si todos tales fuesen, la desmesura y deslealtad no hallarían posada en ningún lugar donde albergasen, y saldrían por fuerza fuera del mundo, y a Dios seáis encomendado, que me voy a la ermita que os dije a esperar vuestro escudero.

—A Dios vayáis —dijo don Grumedán. Y fuese a las tiendas, y don Florestán a donde sus escuderos estaban, y mandó que los caballos que había ganado los llevasen a las tiendas, y el caballo obeso lo diesen a don Grumedán de su parte, porque le parecía bueno, y los otros cuatro los diesen a la doncella que con él hablara que hiciese de ellos a su voluntad y le dijesen que se los enviaba don Florestán.

Mucho fue alegre don Grumedán con el caballo por haber sido de los romanos, y mucho más en saber que aquél era don Florestán, quien él mucho amaba y preciaba, y los escuderos dieron los otros caballos a la doncella, y dijéronle:

—Señora doncella, aquel caballero que con vuestras palabras hoy despreciasteis en loor de los vuestros romanos, os envía estos caballeros que los deis a quien os plazca y que los toméis en señal de hacer verdad las palabras que os dijo.

—Mucho se lo agradezco —dijo ella—, y cierto él los ganó con grande prez y alta bondad, pero más me pluguiera que dejara aquí el suyo solo que recibir estos cuatro.

—Bien puede ser —dijo uno de los escuderos—, mas quien el suyo hubiere de ganar menester habrá mejores caballeros que éstos que se lo demandaban.

La doncella dijo:

—No os maravilléis en que yo deseo más la honra de éstos que la del que no conozco ni sé quién es. Pero como quiera que ello sea, él me envió hermoso don y pésame de haber dicho a tan buen hombre cosa que le diese enojo, mas yo lo enmendaré en lo que él mandare.

Con esto se tornaron a su señor que los atendía y contáronle lo que habían pasado, de que placer hubo. Él, mandando tomar los escudos de los romanos a sus escuderos, se fue a la ermita redonda por atender allí el mandado de don Grumedán y por que aquél que era el derecho camino de la Ínsula Firme, que no había voluntad de entrar en la corte del rey Lisuarte y quería hablar a don Gandales que la Ínsula tenía y preguntarle si sabía algunas nuevas de su hermano y poner allí los escudos que llevaba.

Mas dígoos que don Grumedán que luego fue delante de la reina Sardamira y muy humildemente le dijo lo que don Florestán encomendara, y díjole su nombre: la reina lo escuchó muy bien y dijo:

—¿Si será este don Florestán hijo del rey Perión y de la condesa de Salandia?

—Éste es el mismo que vos, señora, decís, y creed que es uno de los esforzados y mesurados caballeros del mundo.

—Acá no sé cómo le ha ido —dijo ella—, mas dígoos, don Grumedán, que extrañamente hablan de él los hijos del marqués de Ancona, de su alta bondad de armas y su alto hecho y de cómo es entendido y mesurado, y débese creer, porque éstos fueron sus compañeros en las grandes guerras que en Roma hubo, donde él tres años moró cuando era él caballero mancebo, pero la su bondad no la osan decir ante el emperador, que no lo ama ni quiere oír que de él bien digan.

—¿Sabéis vos —dijo don Grumedán— por qué no lo ama el emperador?

—Sí —dijo la reina—. Por razón de su hermano Amadís de que el emperador ha gran queja porque conquirió las venturas de la Ínsula Firme, que él iba a ganar, y fue allí primero que él, y por esto le desama mucho el le haber quitado la honra y el prez que en ello ganar alcanzaba.

Don Grumedán se sonrió ende, y dijo:

—Ciertamente, señora, su queja es sin razón, antes entiendo que por solo esto le debía amar, pues le quitó que no alcanzase allí la mayor deshonra que por ventura nunca le vino, así como la hubieron otros muchos caballeros que lo probaron de alta bondad de armas, y no lo pudo ganar sino aquél a quien Dios extremado sobre todos los del mundo hizo un esfuerzo y en todas las otras maneras, que buen caballero debe haber, y creed, mi señora, que otra aventura fue porque el emperador lo desama.

La reina dijo:

—Por la fe que a Dios debéis, don Grumedán, que me lo digáis.

—Señora —dijo él—, yo os lo diré, y no os enojéis de ello.

Y ella, riendo, le dijo:

—Comoquiera que sea, saberlo quiero.

—En el nombre de Dios —dijo él. Entonces le contó todo cuanto aviniera al emperador con Amadís en la floresta de noche, cuando se iba loando del amor, y Amadís quejando a todas las palabras que entre ellos pasaron y en qué guisa la batalla fue así como ya en el segundo libro lo oísteis.

Mucho se pagaba la reina de lo oír e hízoselo contar tres veces, y dijo:

—Así Dios me salve, don Grumedán, según la que me decís, bien me dio a entender que ese caballero que puede servir al amor, siendo él contento, y hacer lo contrario, cuando el amor lo hiciese, pero a mi parecer no fue esta pequeña causa para poner desamor entre el emperador y Amadís.

Capítulo 77. De cómo la reina Sardamira envió su mensaje a don Florestán rogándole, pues que había vencido los

caballeros poniéndolos malparados, que quisiere ser su guardador hasta el castillo de Miraflores, donde ella iba a hablar con Oriana, y de lo que allí pasaron

Así estaban hablando la reina Sardamira y don Grumedán en esto que oído habéis y ella lo escuchaba alegremente, porque creía que aquel camino que el emperador entonces hiciera, llamándose el Patín, fuera por su amor de ella que la mucho amaba, y pensando ganarla vino en la Gran Bretaña a se probar con los buenos caballeros que allí había, y de esto que con Amadís le avino nunca nada le dijo, y reíase mucho entre sí como se lo encubriera, y don Grumedán le dijo:

—Señora, dadme el recado que os más pluguiere que envíe a don Florestán.

Ella estuvo una pieza cuidando, después dijo:

—Don Grumedán, vois veis a mis caballeros tan maltratados que no pueden aguardar a mí ni a sí, y querría, pues los caballeros de esta tierra son tales, que don Florestán fuese mi aguardador con vos.

Él dijo:

—Yo os digo, mi señora, que don Florestán es tan mesurado que no ha cosa que dueña o doncella le ruegue que no la haga, cuanto más por vos, que sois tal señora, y a quien ha de hacer enmienda del yerro que hizo.

—Mucho me place —dijo ella— de lo que me decís, y ahora me dar quien guíe a aquella doncella, y enviarle he mi mandado.

Él le dio cuatro escuderos, y la reina envió con una carta de creencia a la doncella que hubo los caballeros, y dijo en poridad lo que dijese, y cabalgando en su palafrén y los escuderos con ella, se ocultó mucho por andar el camino, así que llegado a la ermita redonda halló a don Florestán que con el ermitaño hablaba e hizo se apear del palafrén, y como el rostro llevaba descubierto, conocíala luego don Florestán y recibióla muy bien. Ella le dijo:

—Señor, tal hora fue hoy que no cuidaba buscaros, porque mi pensamiento era que de otra guisa pasara el hecho entre vos y los nuestros caballeros.

—Buena señora —dijo él—, ellos hubieron la culpa que me demandaron lo que no podía excusar sin mi vergüenza, mas tanto me decid si la reina vuestra señora albergará ahí esta noche donde la yo dejé.

La doncella le dijo:

—Mi señor, la reina os envía a saludar, y tomad esta carta que de ella os traigo.

Él la vio y dijo:

—Señora, decid lo que os mandaron y yo haré mandado.

—No es sin razón —dijo ella— que así lo hagáis, antes es vuestra honra y cortesía de buen caballero, y dígoos que me mandó que os dijese que los caballeros que la aguardaban dejasteis tan maltratados, que no se puede de ellos servir, y pues de vos le vino este estorbo quiere que seáis su guardador de ella hasta la poner en Miraflores donde ella va a ver a Oriana.

—Mucho agradezco y a vuestra señora lo que me envía a mandar, y en grande honra y merced lo tengo para que se lo servir, y partamos de aquí a tal hora que a la luz del alba seamos en su tienda.

—En el nombre de Dios —dijo la doncella—, y ahora os digo que sois bien conocido de don Grumedán, que él dijo a la reina que tal respuesta como dais se hallará en vos.

Mucho fue pagada la doncella de la buena palabra y gran mesura de don Florestán y de cómo era hermoso y de buen donaire y en todo le semejaba hombre de alto lugar, así como lo era. Pues allí cenaron de consuno y estuvieron hablando en muchas cosas gran pieza de la noche, y cuando fue razón de dormir hicieron en la ermita a la doncella en qué albergarse, y don Florestán estuvo so los árboles con los escuderos y durmió aquella noche muy sosegado del afán del día, mas cuando fue tiempo despertáronlo los escuderos y armándose tomó consigo la doncella y la otra compaña y fuese camino de las tiendas y llegaron a ellas bien de mañana. La doncella se fue a la reina y don Florestán a la tienda de don Grumedán, que ya era levantado y andaba hablando con sus caballeros y quería oír misa, y cuando vio a don Florestán en gran manera fue ledo y abrazáronse ambos con mucho placer y fuéronse luego a la tienda de la reina, y don Grumedán le dijo:

—Señor, esta reina quiere vuestro aguardamiento, bien es que lo hagáis, que mucho es noble señora, y paréceme que no barata mal ganando a vos y perdiendo sus caballeros.

Esto le decía a él riendo.

—Así Dios me salve —dijo don Florestán—, mucho querría poderla servir en algo que le pluguiese, especialmente yendo en vuestra compañía, que ha mucho que no os vi.

—Señor, cómo a mí place con vuestra vista —dijo él—, Dios lo sabe, y decidme qué hicisteis de los escudos que de aquí llevasteis.

—Enviélos esta noche con un mi escudero a la Ínsula Firme a vuestro amigo don Gandales que los ponga en lugar que sean vistos de cuantos allí vinieren y lo sepan los de Roma si los querrán venir a demandar.

—Si eso ellos hacen —dijo don Grumedán—, bien abastecida será la isla de sus escudos y armas.

Así hablando llegaron donde la reina era, que ya sabía su venida, y don Florestán fue ante ella y quísole besar las manos, más ella no quiso y púsole su mano en la loriga en señal de buen recibimiento, y díjole:

—Don Florestán, mucho os agradezco vuestra venida y el afán que en mi servicio queréis tomar, y pues que así habéis enmendado, razón es que perdonado os sea.

—Mi buena señora —dijo él—, no siento yo afán ni trabajo en os servir; antes mucho más lo sintiera sin con enojo os dejara, y en esto yo recibo honra y gran merced, y en lo que más os fuere os pido yo, señora, que como a vuestro caballero y servidor me mandéis, y aquello con toda afición por mí se cumplirá.

La reina preguntó a don Grumedán si estaba aparejado todo para el camino. Oído lo que decía, dijo él:

—Señora, cuando os plazca podéis andar, y estos caballeros heridos hacerlos he llevar a una villa que cerca de aquí es, donde curarán de ellos hasta que sean guaridos, porque según sus heridas no podrían ir con nos hasta que sean sanos.

—Así se haga —dijo ella.

Entonces trajeron a la reina un palafrén blanco como la nieve y venía ensillado de una silla toda guarnida de oro muy bien labrada a maravilla, y asimismo el freno, y ella vestida de muy ricos paños y al cuello perlas y piedras de gran valor que mucho en su gran hermosura acrecentaban, y luego cabalgaron sus dueñas y doncellas ricamente ataviadas, y tomando don Florestán a la reina por la rienda entraron en el camino de Miraflores. Dígoos de

Oriana que ya sabía su venida, de que mucho le pesaba, que en el mundo no habría cosa que más grave le fuese que oír hablar en el emperador de Roma, y sabía cierto que esta reina no venía a otra cosa; mas mucho le plugo con la venida de don Florestán cuando supo que con ella venía por le preguntar por nuevas de Amadís y por se le quejar del rey su padre. Pero comoquiera que su turbación grande fuese, tuvo por bien de mandar aderezar la casa de hermosos y ricos estrados para los recibir, y vistióse ella de lo mejor que tenía, y así lo hizo Mabilia y las otras sus doncellas, y cuando la reina Sardamira entró por el palacio donde Oriana estaba llevábala por el brazo don Florestán y Grumedán, y cuando Oriana la vio venir mucho le pareció bien y pensó que si su demanda no fuese tal que gran placer hubiera con ella, y llegando la reina humillóse ante Oriana y quísole besar las manos, mas ella las tiró así y díjole que ella era reina y señora y ella una doncella pobre a quien sus pecados querían hacer mal. Entonces le saludaron Mabilia y las otras doncellas mostrando muy gran placer por lo dar a la reina, mas eso no hacía Oriana, que nunca lo hubiera después que los romanos fueran en casa de su padre. Mas dígoos que con don Florestán y don Grumedán holgó mucho, como que su corazón con ellos algo descansaba, y todos se sentaron en un estrado, y Oriana hizo asentar ante sí a don Florestán y a don Grumedán, y desde que habló algo contra la reina volvióse a don Florestán y díjole:

—Buen amigo, muy gran tiempo ha que no os vi y pésame de ello, que mucho os amo, así como lo hacen todos aquéllos que os conocen, y grande es la mengua que vos y Amadís y vuestros amigos hacéis el ser fuera de la Gran Bretaña, según los grandes tuertos y agravios que en ella enmendar hacíais, y malditos sean aquéllos que fueron causa de os aparta de mi padre, que si aquí ahora os hallareis juntos como solía, alguna desventura que ahora su mal atiende en ser desheredada y llegada hasta el punto de la muerte pudiera tener esperanza de algún remedio, y así allí fueseis razonaríais por ella y seríais en su defensa como siempre lo hicisteis, que nunca desamparasteis a los cuitados que os hubieron menester; mas tal fue la ventura de ésta que digo que todo le fallece sino la muerte.

Y cuando esto decía lloraba fuertemente, y esto por dos cosas: la una porque si su padre la entregase a los romanos esperaba de echarse en la mar, y la otra con soledad de Amadís, que la remembranza de don Florestán que delante de sí tenía le daba que le mucho semejaba. Y don Florestán, que mucho entendido era, bien conoció que por sí misma lo decía, y dijo:

—Mi buena señora, a las grandes cuitas acorre Dios con la su piedad, y en él tened vos, señora, esperanza que pondrá consejo en vuestras cosas, y de lo que decís de Amadís, mi señor hermano, aquel que yo deseo mucho ver, y así como en las unas partes fallece su socorro, así en las otras lo hallan aquéllos que menester lo han, y creed, mi buena señora, que él es sano, y en su libre poder, y anda por tierras extrañas haciendo maravillas en armas y socorriendo a los que tuerto reciben, así como aquél que Dios extremó en este mundo sobre cuantos en el nacer hizo.

La reina Sardamira, que cerca estaba de ellos y oía toda la habla dijo:

—¡Ay!, Dios le guarde a Amadís de caer en las manos del emperador, que muy mortalmente los desama, y yo habría pesar de su enojo por el que tan preciado es y por vos, don Florestán, que es vuestro hermano.

—Señora —dijo él—, otros muchos le aman y desean su bien y honra.

—Yo os digo —dijo la reina—, que según he oído, no hay hombre que tanto desame el emperador como a él si no es un caballero que moró un tiempo en casa del rey Tafinor de Bohemia, en tiempo que gentes del emperador lo guerreaban, y aquel caballero que os digo mató en batalla a don Garadán, que era el mejor caballero que en todo el linaje del emperador había y en todo el señorío de Roma, sino en Salustanquidio, este príncipe muy honrado que vino con mandado del emperador a vuestro padre en hecho de vuestro casamiento, aquel caballero que os digo, hizo vencer otro día después que mató a don Garadán por la su gran bondad de armas, otrosí, caballeros del emperador, de los mejores que en toda Roma había, y con estas dos batallas que os digo, hizo aquel caballero quedar libre de la guerra al rey de Bohemia, que con el emperador tenía, donde no esperaba remedio sino de perder todo su reino. Así que en buen día entró en su casa tan noble caballero para sus males remediar.

Entonces les contó la reina Sardamira la razón de las batallas mucho por extenso y cómo la guerra fue partida tanto a honra y provecho del rey Tafinor, así como este libro os lo ha contado, y desde que ella se calló, dijo don Florestán:

—Mi buena señora, ¿sabéis vos cómo ha nombre ese caballero que todas esas cosas pasó a su honra?

—Sí —dijo la reina—, que lo llaman el Caballero de la Verde Espada, o el Caballero del Enano, y a cada uno de estos nombres responde él cuando lo llaman, pero bien creído tienen todos que no es aquél su derecho nombre, mas porque dicen que trae una grande espada de un guarnimiento verde y un enano en su compañía, le llaman estos nombres. Y comoquiera que otro escudero contigo trae, nunca el enano de él se parte.

Cuando don Florestán esto oyó fue muy ledo y creyó verdaderamente que Amadís su hermano sería, según las señales de él oía, y así lo creyeron Oriana y Mabilia y don Florestán estuvo una pieza pensando, que tanto que aquellas cortes del rey Lisuarte se partiesen lo iría a buscar. Y Oriana que moría por hablar con Mabilia, dijo a la reina:

—Buena señora, vos venís de lueñe y habéis menester de holgar y será bien que descanséis en las buenas posadas que tenéis.

—Así se haga —dijo ella—, pues que, señora, lo mandáis.

Entonces se fueron todas juntas al aposentamiento de la reina, que muy sabroso era allí de árboles y fuentes como de casas muy ricas, y dejándola allí con sus dueñas y doncellas y don Grumedán, que las hacía servir.

Oriana se tornó a su cámara y apartando a Mabilia y a la doncella de Dinamarca, les dijo cómo creía verdaderamente que aquel caballero que la reina Sardamira dijera, sería Amadís, y ellas dijeron que así lo creían y cuidaban, y Mabilia dijo:

—Señora, ahora es suelto un sueño que esta noche soñaba, que es, que me parecía que estábamos metidas en una cámara muy cerrada y oíamos de fuera muy gran ruido, así que nos ponía en pavor y el vuestro caballero quebrantaba la puerta y preguntaba a grandes voces por vos, y yo os mostraba que estabais echada en un estrado, y tomándoos por la mano nos sacaba a todas de allí y nos ponía en una muy alta torre a maravilla, y decía: «Vos estad en esta torre y no temáis de ninguno», y a esta sazón desperté, y por esto señora mi corazón es mucho esforzado y él os acorrerá.

Cuando esto oyó Oriana, fue muy leda, y abrazóla, llorando de sus ojos, que las lágrimas le caían por las sus muy hermosas faces, y díjole:

—¡Ay!, Mabilia, mi buena señora y verdadera amiga, qué bien me acorréis con vuestro esfuerzo y buenas palabras, y Dios mande por la su merced que así avenga de vuestro sueño como lo decís, y si esto no es su voluntad, que haga de guisa que viniendo Amadís ambos muramos y no quede ninguno de nos vivo.

—Dejaros de eso —dijo Mabilia—, que Dios que también aventurado en las cosas extrañas, le hizo, no le desamparará en las suyas propias, y hablad con don Florestán mostrándole mucho amor, y rogadle que él y sus amigos pugnen cuanto pudieren como no seáis fuera de esta tierra llevada, y que así lo diga a don Galaor de vuestra parte y de la suya.

Mas dígoos que don Galaor, sin que ninguno se lo dijese, estaba ya él en este cuidado, puesto de lo así consejar al rey, y deciros hemos en qué manera. Sabed que el rey Lisuarte fuera a caza y con él don Galaor, y desde que hubieron cazado, yendo el rey por un valle tomó la rienda a su palafrén y pasando todos adelante llamó a don Galaor y díjole:

—Mi buen amigo y leal servidor, nunca en cosa os demandé consejo que bien de ello no me hallase. Ya sabéis el gran poder y alteza del emperador de Roma, que a mi hija envía a pedir para emperatriz, y yo entiendo en ellos dos cosas, mucho de mi pro. La una casar a mi hija tan honradamente, siendo señora de un tal alto señorío, y tener aquel emperador para mi ayuda cada que menester hubiese. Y la otra, que mi hija Leonoreta quedara señora y heredera de la Gran Bretaña, y esto quiero lo hablar con mis hombres buenos por quien he enviado, para ver en este casamiento qué me aconsejaran y en tanto decidme vos aquí donde apartados estamos, si os placerá, qué os parece de esto, que bien conocido os tengo, que en este caso me aconsejareis todo aquello que mucho a mi honra será.

Don Galaor cuando esto le oyó, estuvo una pieza, cuidando de sí dijo:

—Señor, no soy yo de tan gran seso ni por mí han patado tantas cosas de esta calidad, que en una cosa de tan gran hecho como esta supiese dar entrada ni salida, y por esto, señor, sea yo excusado de ello si os pluguiere, porque esos que decís con quien se ha de platicar os dirán mucho mejor lo que vuestra honra y servicio sea, porque muy mejor que yo lo alcanzarán.

—Don Galaor —dijo el rey—, todavía quiero que me lo digáis, sino recibiría el mayor pesar del mundo, especialmente que hasta hoy nunca de vos recibí sino mucho placer y servicio.

—Dios me guarde de os enojar —dijo don Galaor—, y pues que todavía os place probar mi simpleza, quiérolo hacer, y digo que en lo que decir que casaréis vuestra hija muy honradamente y con gran señorío, esto me parece muy al contrario, porque siendo ella vuestra sucesora, heredera de estos reinos, después de vuestros días no le podéis hacer mayor mal que quitárselos y ponerla en sujeción de hombre extraño donde mando ni poder tendrá, y puesto caso que alcance aquello que es el cabo de semejantes señoras, que son los hijos de éstos ver casados luego será puesta en mayor sujeción y pobreza que antes, viendo mandar otra emperatriz. En esto que decís de os ayudar de él, cierto señor según vuestra persona y vuestros caballeros y amigos que tanto valen con que habéis adelantado vuestros señoríos y gran fama por el mundo, antes os sería mengua pensar y creer que aquél os había de sacar de necesidades que según sus maneras soberbiosas que dicen todos tiene, tornárseos ya al revés, que siempre recibiríais por mi causa afrentas y gastos muy sin provecho y lo que peor de esto sería, es que como servicio le hicieseis seríais sojuzgado y así quedaríais perpetuamente en sus libros y crónicas, así que, señor, esto que vos por gran honra tenéis, tengo yo por la mayor deshonra que os podría venir, y en lo que decís de heredar a vuestra hija Leonoreta en la Gran Bretaña, éste es un muy mayor yerro, que así acaece, de uno venir muchos, si la buena discreción no lo ataja. Quitaros, señor, este señorío a una tal hija en el mundo señalada viniéndole de derecho, y darlo a quien no lo debe haber, nunca Dios plega que tal consejo y diese y no digo a vuestra hija, mas a la más pobre mujer del mundo no sería en que el suyo se lo quitase. Esto he dicho por la lealtad que a Dios y a vos y a mi ánima debo y a vuestra hija, que por ser yo vuestro vasallo por señora la tengo, y yo me voy mañana, si a Dios pluguiere, camine de Gaula, que el rey mi padre no sé por cuál razón me envió a llamar, y si os pluguiere yo dejaré un escrito de mi mano que hagáis mostrar a todos vuestros hombres buenos de lo que os he dicho, y si caballero hubieres que lo contrario diga, teniéndolo por mejor, yo se lo combatiré y le haré conocer ser verdad todo lo que dicho tengo.

El rey cuando esto le oyó fue muy mal pagado de sus razones, aunque no se lo demostró, y díjole:

—Don Galaor, amigo, pues que vos ir queréis, dejadme el escrito.

Mas esto no lo demandaba él para lo mostrar sino en caso que mucho menester fuese. Así como oído habéis, se fue el rey Lisuarte con don Galaor, hasta que llegaron a su palacio, y aquella noche holgaron con mucho placer, y hablando todos en este casamiento, principalmente el rey que de él mucha gana tenía. Y otro día de mañana don Galaor dióle el escrito, y despidióse de él y de los hombres buenos y partióse para Gaula. Y sabed que la intención de don Galaor en este hecho era estorbar aquel casamiento, porque no sentía ser pro del rey, y que también sospechaba lo de Amadís y de Oriana, hija del rey Lisuarte, aunque ninguno no se lo dijera, y quiso hallarse fuera donde más en ello hablar no pudiese. Conociendo estar ya de todo en todo el rey determinado a lo hacer, y de esto no sabía nada Oriana, y por esto rogaba ella a don Florestán como ya oísteis que lo hablase de su parte a don Galaor, pues así pasaron aquel día como oís en Miraflores, siendo la reina Sardamira espantada mucho de la gran hermosura de Oriana, que no pudiera creer que persona mortal tanto lo fuese, aunque muy menoscabada era de lo que solía por las grandes angustias y tribulaciones de su corazón que muy propincuas le eran, temiendo aquel casamiento del emperador y no sabiendo nuevas del de su amado amigo Amadís de Gaula y no quiso la reina hablara por entonces en hecho de emperador, salvo en otras cosas de nuevas y de placer.

Mas otro día qué en ello le habló hubo tal respuesta de Oriana, comoquiera que honesta y con cortesía fuese, que nunca más osó decir ni hablarle en ello, pues Oriana, sabiendo cómo don Florestán se quería partir, tomólo consigo, y llevándolo so unos árboles que allí eran, donde había un muy rico estrado, y haciéndolo sentar ante sí, díjole descubiertamente toda su voluntad y la gran fuerza que su padre le hacía queriéndola desheredar y enviarla a tierras extrañas, rogándole que de ella se doliese, pues que no esperaba otra cosa sino la muerte, y que no solamente a él que ella tanto amaba y en quien tanta esperanza y fucia tenía, mas a todos los grandes de aquellos reinos se quería quejar y a todos los caballeros andantes que hubiesen de ella duelo y gran piedad y rogasen a su padre que de tal propósito mudado fuese y vos, mi buen señor y amigo don Florestán, dijo ella, así se lo rogad y aconsejad que lo haga, haciéndole entender el gran pecado en que está por esta gran crueldad y tuerto que hacerme quiere. Don Florestán le dijo:

—Mi buena señora, sin duda podéis bien creer que os tengo de servir en todo lo que por vos me fuere mandado con tanta voluntad y humildad como lo haría a mi señor el rey Perión, mi padre, mas esto que me decís que a vuestro padre ruego, no lo puedo hacer en ninguna manera, porque yo no soy su vasallo, ni él me pondría en su consejo, sabiendo que lo desamo por el mal que a mí y a mi linaje ha hecho, y si algún servicio de mí hubo, no hay porque me lo deba agradecer, que yo lo hice por mandado de mi hermano y mi señor Amadís, a quien yo contradecir no podía ni debía, el cual no por el rey vuestro padre, mas porque si esta tierra se perdiese la perderíais vos, se dispuso a ser en aquella batalla de los siete reyes y traer consigo al rey Perión y a mí, así como lo supisteis, porque él os tiene como una de las mejores infantas del mundo, y si él ahora supiese esta fuerza y agravio que tanto contra vuestra voluntad se os hace, creed mi señora que con todas sus fuerzas y amigos se pondría al remedio de ella, y no digo por vos que tan alta señora sois, mas la más pobre mujer del mundo lo haría, y vos, mi buena señora, tened buena esperanza, que aún plazo habrá para os poder socorrer si a Dios pluguiere, que yo no pagaré hasta ser en la Ínsula Firme, donde es el caballero Agrajes, que mucho en gran grado os desea servir por aquella crianza que su padre y madre os hicieron, y por el gran amor que a su hermana Mabilia tenéis, y allí habremos consejo de lo que hacerse pueda.

—¿Sabéis vos —dijo Oriana— ser allí cierto Agrajes?

—Selo —dijo él—; que don Grumedán me lo dijo que lo sabía por un escudero suyo que le envió.

—A Dios merced —dijo ella—, y él lo guía y mucho me lo saludad y decidle que en él tengo yo aquella verdadera esperanza que con razón de haber tengo, y si en este medio tiempo algunas nuevas supiereis de vuestro hermano Amadís, hacédmelo saber, porque las diga a Mabilia su cohermana, que muere con soledad de él, y Dios guíe como vos y Agrajes halláis algún buen acuerdo en mi hacienda.

Don Florestán, besando las manos de Oriana, se despidió de ella, y tomando consigo a don Grumedán se fue a la reina Sardamira y díjole:

—Señora, yo quiero me andar y por doquiera que fuere soy vuestro caballero y servidor, y así os ruego yo que lo tengáis y me mandéis en qué os sirva.

La reina le dijo:

—Mucho sería sin conocimiento la que no quisiese servicio y honra de hombre de tanto valor como vos, don Florestán, lo sois, y si Dios quiere, en tal yerro no caeré yo, antes recibo vuestra buena cortesía y os lo agradezco cuanto puedo, y siempre tendré memoria de os rogar lo que por mí hacer pudiereis.

Don Florestán, que mucho mirándola estaba, dijo:

—Dios que tan hermosa os hizo os agradezca por mí esta respuesta, pues que yo por ahora no puedo sino con la voluntad y con la palabra.

Y con esto se despidió de ella y de Mabilia, y todas las otras señoras que allí estaban, rogando a don Grumedán que si nuevas de Amadís supiese las hiciese saber en la Ínsula Firme y fue a su posada y armóse y cabalgó en su caballo y con sus escuderos entró en el derecho camino de la Ínsula Firme, donde él quería ir con intención de hablar con Agrajes y dar orden cómo con sus amigos, Oriana socorrida fuese si su padre la diese a los romanos.

Capítulo 78. Cómo el Caballero de la Verde Espada, que después llamaron el Caballero Griego, y don Bruneo de Bonamar y Angriote de Estravaus se vinieron juntos por el mar acompañando aquella muy hermosa Grasinda, que venía a la corte del rey Lisuarte, el cual estaba delibrado de enviar su hija Oriana al emperador de Roma por mujer, y de las cosas que pasaron declarando su demanda

Con Grasinda fueron navegando por el mar el Caballero de la Verde Espada y don Bruneo de Bonamar y Angriote de Estravaus, a las veces con buen tiempo y otras con contrario, así como Dios lo enviaba, hasta que llegaron al mar Océano, que es en derecho de la costa de España, y cuando el de la Verde Espada se vio tan llegado a la Gran Bretaña, agradecióle mucho a Dios, porque habiéndose escapado de tantos peligros y de tantas tormentas como por la mar pasado había, le trajera donde ver pudiera aquella tierra donde su señora era. Así que muy grande alegría le sobre vino a su corazón. Entonces con gran alegría hizo juntar todas las fustas y rogó a todos los hombres que en ellas eran, que no lo llamasen por otro nombre sino el Caballero Griego, y mandóles que pugnasen de se llegar a la Gran Bretaña. Entonces se sentó con Grasinda en su estrado y díjole:

—Hermosa señora, ya se llega el tiempo por vos deseado, en que si a Dios pluguiere será cumplido lo que tanto vuestro corazón ha deseado y desea, y cierto creed, señora, que por afán ni peligro de mi persona no dejaré de os pagar algo de las mercedes que me hicisteis.

—Caballero Griego, mi amigo —dijo ella—, tal confianza tengo yo en Dios que así lo guiará, que si otra voluntad fuera no me diera por guardador tal caballero como vos, y mucho os agradezco lo que me decís, pues que estando tan cerca de tal afrenta, parece que el corazón dobla su ardimiento.

El Caballero Griego mandó a Gandalín que le trajese las seis espadas que la reina Menoresa en Constantinopla le diera, y Gandalín las trajo y se las puso delante y dio las dos de ellas a don Bruneo y Angriote que maravillados fueron de ver la riqueza de sus guarnimientos, y el Caballero Griego tomó otra para sí y mandó a Gandalín que guardando la verde suya donde no la viesen, aquélla pusiese con sus armas, esto hacía él, porque en la corte del rey Lisuarte donde él iba y se quería encubrir no fuese por la Verde Espada descubierto, y cuando así en esto que oís estaban siendo entre nona y vísperas, Grasinda que muy enojada de la mar andaba, hizo con el Caballero Griego y don Bruneo y Angriote que la sacasen al borde de la fusta, porque viendo la tierra algún descanso sintiese. Y así estando todos cuatro hablando en lo que más les agradaba, siguiendo su viaje a la hora que el Sol se quería poner, vieron una fusta que queda estaba en la mar, y el Caballero Griego mandó a unos marinos que enderezasen contra ella, y llegando cerca que bien podrían oír, dijo el Caballero Griego a Angriote que preguntase a los de la fusta por algunas nuevas, y Angriote los saludó muy cortésmente y dijo:

—¿Cuya es esta fusta y quién anda en ella?

Ellos cuando oyeron esta pregunta le dijeron:

—La fusta es de la Ínsula Firme, y andan en ella dos caballeros que os dirán lo que os pluguiere.

Y cuando el Caballero Griego oyó hablar de la Ínsula Firme alegróse el corazón y a sus compañeros por los oír hablar de lo que deseaban saber, y Angriote dijo:

—Amigos, ruégoos por cortesía que digáis a esos caballeros que se lleguen ende y preguntarles hemos por nuevas que querríamos saber, si os pluguiere decidnos quién son.

—Eso no haremos nos, más decirles hemos vuestro mandado.

Y llamándolos se pusieron los dos caballeros allí cabe sus hombres. Entonces Angriote dijo:

—Señores, querríamos saber de vos, en qué lugar es el rey Lisuarte, si por ventura lo sabéis.

—Todo lo que sabemos —dijeron ellos— se os dirá, pero antes querríamos saber una cosa que por de ella ser certificados hemos llevado mucho afán.

—Y aún llevar más dan en ella dos caballeros que os dirán lo que os pluguiere —dijo Angriote—, que si lo sé, saberlo habéis vos.

Ellos dijeron:

—Amigo, lo que nos deseamos es saber nuevas de un caballero que se llama Amadís de Gaula, aquél que por le hallar andan todos sus amigos muriendo y lacerando por tierras extrañas.

Cuando el Caballero Griego esto oyó, las lágrimas le vinieron a los ojos y muy presto con el gran placer que su ánimo sintió, en ver cómo sus parientes todos y amigos le eran leales, pero estuvo callado y Angriote les dijo:

—Ahora me decís quién sois y yo os diré lo que de ello supiere.

El uno de ellos dijo:

—Sabed que yo he nombre Dragonís, y éste mi compañero Enil, y queremos correr el mar Mediterráneo y los puertos de la una y otra parte, si pudiéramos saber nuevas de éste por quien preguntamos.

—Señores —dijo Angriote—, Dios os dé nuevas buenas de él, y en estas fustas vienen gentes de muchas partes, y yo preguntaré si algo de ello saben y os lo diré de grado.

Esto decía él por mandado del Caballero Griego, y díjoles:

—Ahora os ruego que me digáis dónde es el rey Lisuarte, y qué nuevas de él sabéis y de la reina Brisena, su mujer, y de su corte.

—Eso os diré yo —dijo Dragonís—. Sabed que él es una su villa que Tagades se llama, que es un gran puerto de mar contra Normandía y ha hecho cortes en que están todos sus hombres buenos por haber con ellos consejo, si dará a su hija Oriana al emperador de Roma, que por mujer le pide y allá son para la llevar muchos romanos, entre los cuales es el mayor Salustanquidio, príncipe de Calabria, y otros muchos a quien él manda, que son caballeros de cuenta, y tienen consigo una reina que Sardamira se llama, para acompañar a Oriana y que el emperador la llamaba ya emperatriz de Roma.

Cuando esto oyó el Caballero Griego estremeciósele el corazón y estuvo una pieza desmayado. Mas cuando Dragonís vino a contar las cosas que Oriana hacía de amarguras y llantos y cómo se había enviado a quejar a todos los altos hombres de la Gran Bretaña, sosegósele el corazón y esforzóse pensando que pues a ella pensaban que los romanos no serían tantos ni tan fuertes, que él no se la tomase por la mar o por la tierra y que aquello haría él por la más pobre doncella del mundo, pues qué debía hacer por la que si solo un momento perdía la esperanza de ella él no podría 'vivir, y daba muchas gracias a Dios porque en tal sazón lo arribara en aquella tierra donde pudiese servir a su señora algo de las grandes mercedes que le había hecho, y que tomándola la tendría como lo él deseaba, sin su culpa de ella, y con esto se haría tan alegre y tan lozano como si ya hecho y acabado lo tuviese, y díjole paso a Angriote que preguntase a Dragonís dónde sabía él aquellas nuevas, y preguntando por él Dragonís, le dijo:

—Hoy ha cuatro días que llegaron a la Ínsula Firme donde nos partimos con Cuadragante y su sobrino Landín y Gavarte de Val Temeroso y Mandacián de la Puente de la Plata y Elián el Lozano. Estos cinco vinieron por haber consejo con Florestán y Agrajes, que ahí son como les parece que deben entrar en la demanda de Amadís, aquél que nos buscamos y don Cuadragante quería enviar a la corte del rey Lisuarte por saber de aquellas gentes extrañas que allí son, algunas nuevas y aquel muy esforzado Amadís.

Mas don Florestán le dijo que no lo hiciese, que él venía de allá y no sabían ningunas nuevas y sus escuderos han dicho de una contienda que con los romanos hubo de que su gran prez será loada en tanto que el mundo durare. Cuando esto oyó Angriote, dijo:

—Señor caballero, decidnos qué hombre es ese, que cosas que hizo tan loadas son.

—Éste es —dijo Dragonís— hijo del rey Perión de Gaula, y bien parece en la su gran bondad a sus hermanos.

Y contóle todo lo que le acaeciera con los caballeros romanos delante de la reina Sardamira, y cómo llevó los escudos de ellos a la Ínsula Firme, y los nombres de los señores de ellos escritos de su sangre, y este don Florestán contó allí las nuevas que os dijimos. Y cómo siendo los caballeros de la reina Sardamira tan maltratados que por ruego suyo de ella la aguardó don Florestán hasta la poner en Miraflores donde ella iba a ver a Oriana, la hija del rey Lisuarte.

Mucho fueron alegres el Caballero Griego y sus compañeros de aquella buena ventura de don Florestán. Y cuando el Caballero Griego oyó mentar a Miraflores, el corazón le saltaba que no lo podía sosegar, viniéndole a la memoria el sabroso tiempo que allí pasó con aquélla que de allí señora era, y dejando a Grasinda y a los otros caballeros, se apartó con Gandalir. y díjole:

—Mi verdadero amigo, ya has oído las nuevas de Oriana, que si así pasase pasaríamos ella y yo por la muerte. Ruégote mucho que tomes gran cuidado en esto que yo te mandaré, y esto es que te despidas tú y Ardián el Enano de mí y de Grasinda, diciendo que os queréis ir con aquellos de la fusta a buscar a Amadís, y di a mi primo Dragonís y a Enil todas las nuevas de mí y que luego se tornen a la Ínsula Firme y cuando allí llegaréis diréis a don Cuadragante y Agrajes que le ruega yo mucho que no se partan ende, que yo seré con ellos en estos quince días, y que tenga consigo todos esos caballeros nuestros amigos que ende están y envíen por más si de ellos supieren, y di a don Florestán y a tu padre don Gandales que hagan abastecer todas las fustas que ahí se hallaren de viandas y armas, porque tengo de ir con ellos a un lugar que prometido tengo, lo cual de mí sabrán cuando los viere, y en esto pon gran recaudo, que ya sabes lo que en ello me va.

Entonces llamó al Enano y díjole:

—Ardián, vete con Gandalín y haz lo que te mandare.

Gandalín, que mucho deseaba cumplir el mandado de su señor, fuese para Grasinda y díjole:

—Señora, nosotros queremos dejar al Caballero Griego por entrar en la demanda con aquellos caballeros que en aquellas fustas andan buscando a Amadís, y Dios os agradezca las mercedes que de vos, señora, recibidas tenemos.

Y asimismo se despidieron del Caballero Griego y de don Bruneo y de Angriote, y ellos los encomendaron a Dios y entraron en la fusta, y Angriote les dijo:

—Señores, veis ende un escudero y un enano que andan en la demanda que vos andáis.

Mas cuando ellos vieron que eran Gandalín y el enano mucho fueron alegres, y como supieron las nuevas ciertas de ellos partiéronse de la flota con su galera y llevaron el camino de la Ínsula Firme y el Caballero Griego y Grasinda, con su compaña fueron corriendo su mar contra Tagades, donde el rey Lisuarte era.

El rey Lisuarte era en Tagades, aquélla su villa, y estaban con él juntos muchos grandes, y otros hombres buenos de su reino que los hiciera llamar para aconsejarse con ellos lo que haría del casamiento de Oriana, su hija, que aquel emperador de Roma para se casar con ella le enviaba muy ahincadamente a demandar, y todos le decían que no lo hiciese, que era cosa en que mucho contra Dios erraría quitando a su hija aquel señorío de que heredera había de ser y ponerla en sujeción de hombre extraño, de condición liviana muy mudable, que así como por el presente aquello mucho deseaba, allí a poco espacio de tiempo otra cosa se le antojaría y muy cierto es que esta es la manera de los hombres livianos. Pero el rey, pesándole de este tal consejo siempre en su propósito firme estaba, permitiéndolo Dios que aquel Amadís que tantas veces le aseguró su reino y su vida, haciéndole tan señalados servicios, poniéndole en la mayor fama, en la mayor alteza que ningún de su tiempo estaba, y tan malas gracias de ello sacó sin lo merecer de aquel mismo, su grandeza, su gran honra menoscabada y abatida fuese, como en el cuarto libro más largo se dirá. Pero aun este rey Lisuarte no parece volver de su propósito, mas porque su porfía y rigurosidad más clara a todos manifiesta fuese, tuvo por bien que al mismo consejo fuese llamado el conde Argamón, su tío, que muy viejo y doliente de gota estaba. Él a sabiendas no quería salir de su casa, conociendo la voluntad errada que el rey en aquel caso tenía, pues que en todo le había de contradecir, mas como el mandado del rey vio fue luego para allá y llegando a la puerta del palacio allí salió el rey a lo recibir, y tomándole por la mano se fue con él a su estrado e hízole sentar cabe sí, y díjole:

—Buen tío, yo os hice llamar y a estos hombres buenos que aquí veis, por haber consejo de lo que hacer debo en este casamiento de mi hija con el emperador de Roma, y mucho os ruego que me digáis vuestro parecer y ellos asimismo.

—Mi señor —dijo él—, muy grave cosa me parece aconsejar en esto que mandáis, porque aquí hay dos cosas: la una, queriendo seguir vuestra voluntad, y la otra queriéndola contradecir. Que si la contradecimos tomaréis enojo, así como por la mayor parte de los reyes lo hacen, que con el su gran poder querían contentar y satisfacer sus opiniones no siendo increpados ni contrariados de aquéllos que mandar pueden. La otra que si la otorgamos, ponéisnos a todos en gran condición con Dios y con su justicia y con el mundo en gran deslealtad y aleve que por nos se ha otorgado que vuestra hija siendo heredera de estos reinos, después de vuestros días los pierda porque aquel mismo derecho y aún más fuerte tiene ella a ellos que vos tuvisteis de los haber del rey vuestro hermano.

—Pues, señor, mirad bien que tanto sentiríais vos al tiempo que vuestro hermano murió, si haciendo a vos extraño de lo que de razón haber debíais, lo diera a otro que no le pertenecía, y si por ventura vuestra intención es haciendo a Oriana emperatriz y a Leonoreta, señora de estos vuestros reinos a entrambas las dejáis muy grandes y muy honradas, si lo miráis todo por razón, puede al contrario salir, que no pudiendo vos de derecho remover la orden de vuestros antecesores, que fueron señores de estos reinos, quitando ni acrecentando. El emperador, teniendo por mujer Oriana vuestra hija, tendrá por si el derecho de los heredar con ella, y como es poderoso, si vos faltaseis, no con mucho trabajo los podría tomar, así que entrambas siendo desheredadas, sería esta tierra tan honrada y señalada en el mundo, sujeta a los emperadores de Roma, sin que Oriana en ella más mando tuviese de lo que fuese otorgado por el emperador, de manera que de señora la dejáis sujeta. Y por esto, mi señor, si Dios quiere, yo me excusaré de dar consejo a quien muy mejor que yo sabe lo que hacer debe.

—Tío —dijo el rey—, bien entiendo lo que me decís, pero más me pluguiera que me loareis vos y ellos esto que tengo dicho y prometido a los romanos, pues que en ninguna guisa de ello no me puedo retraer.

—En esto no os detengáis —dijo el conde—, que todas las cosas consisten en el cómo se han de hacer y asegurar y allí, guardando vuestra vergüenza y palabra honestamente podéis desviar o allegar lo que mejor os estuviere.

—Bien decís —dijo el rey—, y por ahora no me hable más.

Así se desbarató aquel consistorio y fueron a sus posadas.

Y los marineros que en las fustas de la hermosa Grasinda venían donde estaba el Caballero Griego y don Bruneo de Bonamar y Angriote de Estravaus, que por la mar navegaban, como ya oísteis, divisaron una mañana la montaña que Tagades había nombre, por donde se llamó así la villa do era el rey Lisuarte, que al pie de la montaña estaba y fueron donde su señora estaba hablando con el Caballero Griego y con sus compañeros, y dijéronles:

—Señores, dadnos albricias, que si este viento no se cambia, antes de una hora seréis arribados en el puerto de Tagades, donde ir queréis.

Grasinda fue muy alegre, y el Caballero Griego asimismo, y fuéronse todos al borde de la nao, y miraban con gran gozo aquella tierra que tanto ver deseaban, y Grasinda daba muchas gracias a Dios por la haber así guiado, y con mucha humildad le rogaba que enderezasen su hacienda y la hiciese ir de allí con la honra que deseaba. Mas del Caballero Griego os digo, que mucho holgaban sus ojos en ver aquella tierra donde era su señora de quien tanto tiempo tan alongado anduviera, y no pudo tanto resistir que las lágrimas no le viniesen y volvió el rostro de Grasinda porque no se las viese y limpiólas lo más cubierto que pudiese, y haciendo buen semblante se volvió a ella y díjole:

—Mi señora, tened esperanza que iréis de esta tierra con la honra que, deseáis, que yo muy esforzado estoy viendo la vuestra gran hermosura que me hace cierto de tener el derecho y razón de mi parte, y pues Dios es el juez querrá que así lo sea la honra.

Grasinda, que temerosa estaba como quien ya al estrecho era llegada, esforzóse mucho y díjole:

—Caballero Griego, mi señor, mucha más fucia tengo yo en vuestra buena ventura y buena dicha que en la hermosura que decís y aquello teniendo vos en la memoria hará que vuestro buen prez se adelante como en todas las otras grandes cosas que con ello habéis acabado y a mí la más alegre de cuantas viven.

—Dejémoslo a Dios —dijo él—, hablemos en lo que conviene que se haga.

Entonces llamaron a Grinfesa, una doncella hija del mayordomo, que era buena y entendida y sabía ya cuanto del lenguaje francés, la cual el rey Lisuarte entendía y diéronle un escrito en latín que de antes tenían hecho para que le diese al rey Lisuarte y la reina Brisena, y mandáronle que no hablase ni respondiese sino por el lenguaje francés en tanto que entre ellos estuviese, y que tomando la respuesta se volviese a las fustas. La doncella tomando el escrito se fue a la cámara de su señora y vistióse unos paños muy ricos y hermosos y como ella era en floreciente edad y asaz hermosa, pareció muy bien y apuesta a los que la miraban. Y su padre el mayordomo mandó sacar de una fusta palafrenes y caballos muy bien guarnecidos, y los marineros lanzaron un batel en el agua y tomaron la doncella y dos sus hermanos, buenos caballeros, y dos escuderos que las armas les llevaban y pasáronlos prestamente en tierra contra la villa, y el Caballero Griego mandó sacar de la mar en otro batel a Lasindo, escudero de don Bruneo, y díjole que se fuese por otro camino a la villa y preguntase allá si sabían nuevas de su señor, diciendo que él quedara doliente de su tierra al tiempo que don Bruneo se metió en la demanda de Amadís y que con este achaque pugnase mucho en saber que recaudo se le daba a su señora y que en todo caso se volviese a él a la mañana, que él haría que con un batel lo atendiesen. Lasindo se partió de él y se fue a recaudar su mandado. Y dígoos de la doncella cuando entró por la villa, que todos habían placer de la mirar y decían que a maravilla venía bien guarnida y acompañada de aquellos dos caballeros y ella iba preguntando dónde eran los palacios del rey. Pues así acaeció, que el hermoso doncel Esplandián y Amborde Padel, hijo de Angriote, que por mandado de la reina allí estaban para la servir en tanto que aquella gente extraña allí estuviese, salían ambos a caza de esmejerones y encontraron la doncella, y como viesen que preguntaba por los palacios del rey, dio Esplandián el esmerejón a Sargil y fuese para ella, que la vio extrañamente vestida, y díjole por lenguaje francés:

—Mi buena señora, yo os guiaré si os pluguiere y os mostraré al rey si no lo conocéis.

La doncella lo miró y fue muy maravillada de su gran hermosura y buen donaire, tanto que a su parecer nunca en su vida viera hombre ni mujer tan hermoso, y dijo:

—Gentil doncel, a quien Dios haga tan bienaventurado como hermoso, mucho os lo agradezco lo que me decís y a Dios que con tan buen guardador me hizo encontrar.

Entonces su hermano dio la rienda al doncel, y él, tomándola, se fue con ellos hasta llegar al palacio. Y a esta sazón estaba el rey en el corral debajo de unos portales muy bien labrados y con él muchos hombres buenos y todos los de Roma, y entonces acababa de les prometer a su hija Oriana para que la llevasen al emperador y ellos de la recibir por su señora.

Y la doncella, siendo ya apeada de su palafrén, entró por la puerta, llevándola de la mano Esplandián, y sus hermanos con ella. Y como llegó al rey hincó los hinojos y quísole besar las manos, mas él no se las dio, porque no lo acostumbraba sino cuando hacía merced señalada a alguna doncella, y dándole la carta le dijo:

—Señor, menester es que la oiga la reina y todas sus doncellas, y si por ventura las doncellas se enojaren de oír lo que ende viene, procuren de haber de su parte algún buen caballero, como mi señora lo trae, por cuyo mandado aquí vengo.

El rey mandó al rey Arbán de Norgales y a su tío, el conde Argamón, a que fuesen por la reina y trajesen consigo todas las infantas y doncellas que en su palacio eran. Esto fue así hecho, que la reina vino con tanta compaña de señoras, así de hermosura como guarnidas ricamente, cual en todo el mundo a duro se podría hallar, y sentóse cerca del rey y de las infantas, y todas las otras enderredor de ella. La doncella mandadera fue a besar las manos de la reina y díjole:

—Señora, si mi demanda extraña os pareciese, no os maravilléis, pues que para semejantes cosas extremó Dios esta vuestra corte de todas las del mundo y esto causa la gran bondad del rey y vuestra, y pues aquí se halla el remedio que en otras partes fallece, oíd esta carta y otorgadlo que por ella se os pide y vendrá a vuestra corte una hermosa dueña y el valiente Caballero Griego que la aguarda.

El rey mandóla leer, y decía así:

Al muy alto y honrado Lisuarte, rey de la Gran Bretaña:

Yo, Grasinda, señora de la hermosura de todas las dueñas de Romania, mando besar las vuestras manos y hágoos saber, mi señor, cómo yo soy venida en vuestra tierra en guarda del Caballero Griego, y la causa de ello es, porque así como yo fui juzgada por la más hermosa dueña de todas las de Romania, así siguiendo aquella gloria que mi corazón tan alegre hizo, lo quiero ser más que ninguna de cuantas doncellas de vuestra corte son, porque con el vencimiento de las unas y de las otras yo pueda quedar en aquella holganza que tanto deseo, y si tal caballero hubiere que por alguna de vuestras doncellas esto quiera contradecir, aparéjese a dos cosas: la primera, a la batalla con el Caballero Griego, y la otra, a poner en el campo una rica corona, como yo la traigo, para que el vencedor la pueda, en señal de haber ganado aquella victoria, dar a aquélla por quien se combatiere. Y, muy alto rey, si esto a que yo vengo os place que en efecto venga, mandadme asegurar con toda mi compaña y al Caballero Griego, sino solamente de aquéllos que con él la batalla querrán haber, y si el caballero fuese vencido, venga el segundo así y así el tercero, que a todos mantendrá campo con la su alta bondad.

Leída la carta, el rey dijo:

—Así Dios me salve, yo creo que la dueña es muy hermosa, y el caballero no se precia poco de armas, mas comoquiera que ello sea, ellos han comenzado gran fantasía de que sin su daño se podrían excusar, pero las voluntades de las personas son en diversas maneras y en ellas ponen sus corazones y no dudan las venturas que les podrán venir, y vos, doncella, podréis ir, y yo mandaré pregonar la aseguranza como lo pide vuestra señora, así que ella podrá venir cuando le plazca, y si no hallare quien su demanda contradiga, habrá satisfecho su voluntad.

—Mi señor —dijo ella—, vos respondéis así, como lo atendíamos, que de vuestra corte ninguno con razón puede ir con querella y porque el Caballero

Griego trae consigo dos compañeros que justas demandan es menester que la misma aseguranza hallan.

—Así sea —dijo el rey.

—En el nombre de Dios —dijo la doncella—, pues mañana los veréis en vuestra corte, y vos, mi señora —dijo a la reina—, mandad estar vuestras doncellas donde vean cómo su honra se adelanta o menoscaba por sus aguardadores, que así lo hará mi señora, y a Dios seáis encomendada.

Entonces se despidió de ellos y se fue a las barcas, donde con placer fue recibida, y contándoles cómo había su mensaje librado, mandaron luego sacar de las fustas sus armas y caballos e hicieron armar una muy rica tienda y dos tendejones en la ribera de la mar, mas aquella noche no salió en tierra sino el mayordomo con algunos sirvientes para la guarda de ello. Y ahora sabed que, al tiempo que la doncella mandadera de Grasinda se partió del rey Lisuarte y de la reina con el recaudo que ya oísteis, Salustanquidio, cohermano del emperador de Roma, que presente estaba, se levantó en pie, y cien caballeros romanos con él, y dijo al rey en alta voz, así que todos lo oyeron:

—Mi señor, yo y estos hombres buenos de Roma que aquí ante vos somos os queremos pedir un don, que será vuestro pro y honra nuestra.

—Mucho me place de os dar cualquier don que demandareis —dijo el rey—, ende más tal como el que decís.

—Pues dadnos —dijo Salustanquidio— que podamos tomar la demanda por las doncellas, que muy mejor recaudo daremos de ella que los caballeros de esta vuestra tierra, porque nosotros y los griegos nos conocemos bien, y más nos temerán solamente por el nombre de romanos que por el hecho y obra de los de acá.

Don Grumedán, que allí estaba, se levantó en pie y fue ante el rey y dijo:

—Señor, como quiera que grande honra sea a los príncipes venir las extrañas venturas a sus cortes y mucho sus honras y reales estados acreciente, muy presto se podrían tornar en deshonras y menguas, si no son con buena discreción recibidas y gobernadas. Y digo yo, señor, por este Caballero Griego que nuevamente en tal demanda es venido, y si su gran soberbia hubiese lugar a que por él fuesen vencidos aquéllos que en vuestra corte contradecirle quisiesen, aunque el peligro y daño fuese suyo de ellos, la honra y mengua vuestra sería, así que, señor, paréceme que sería bien, antes que por vos ninguna cosa se determine, que esperéis a don Galaor y a Norandel, vuestro hijo, que, según y sabido, serán aquí dentro de cinco días, y en este tiempo será mejorado don Guilán el Cuidador y podrá tomar armas, y éstos tomarán la empresa de forma que vuestra honra y la suya sean guardadas.

—Eso no puede ser —dijo el rey—, que ya les he el don otorgado, y tales son que a mayor hecho que éste darán buen fin.

—Bien pueda ser —dijo don Grumedán—, mas yo haré que las doncellas a que esto atañe no lo otorguen.

—Dejaos de eso —dijo el rey—, que todo lo que yo hago por las doncellas de mi casa hecho es, de más esto que a mí es demandado.

Salustanquidio fue besar las manos al rey, y dijo a don Grumedán:

—Yo pasaré esta batalla a mi honra y de las doncellas, y pues vos, don Grumedán, en tanto tenéis esos caballeros que decís y a vos, creyendo que mejor ellos que nosotros lo pasarían, si tal de la batalla saliere que armas pueda tomar, yo tomaré dos compañeros y me combatiré con ellos y con vos, y si yo no pudiere, daré otro en mi lugar, que ligeramente me podrá excusar.

—En el nombre de Dios —dijo don Grumedán—, yo tomo esta batalla por mí y por aquéllos que conmigo entrar quisieren, y sacando un anillo del dedo lo tendió contra el rey y díjole:

—Señor, veis aquí mi gaje por mí y por los que conmigo metiere en la batalla, y pues esto por ellos se demandó no lo podéis negar de derecho si se nos otorgan por vencidos.

Salustanquidio dijo:

—Antes las mares serán secadas que palabra de Roma se torne atrás, sino a su honra, y si a vuestra vejez se os quitó el seso, el cuerpo lo pagará si en la batalla lo metiereis.

—Ciertamente —dijo don Grumedán—, no soy tan mancebo que no haya asaz de días, y esto que vos pensáis que me será contrario, esto tengo por mayor remedio, que con ellos he visto muchas cosas, entre las cuales sé que la soberbia nunca hubo buen fin, y así espero yo que os acaecerá, pues que según vuestra alabanza sois capitán y caudillo de ella.

El rey Arbán de Norgales se levantó para responder a los romanos, y bien treinta caballeros que las venturas demandaban con él, y más otros cientos; mas el rey, que lo conoció, tendió una vara y mandóles que en aquello no hablasen, y así lo mandó a don Grumedán.

El conde Argamonte dijo al rey:

—Mandad, señor, a los unos y a los otros que se vayan a sus posadas, que mengua es vuestra pasar ante vos tales razones.

Y el rey así lo hizo, y el conde le dijo:

—¿Qué os parece, señor, de la locura de esta gente romana que así menguan a los de vuestra corte? No os teniendo ningún acatamiento, pues, ¿qué harán estando en su tierra, o en qué vuestra hija será tenida? Que me dicen, señor, que se la habéis ya prometido. No sé qué engaño es éste, hombre tan cuerdo y que tantas buenas venturas por el querer de Dios ha habido y por el vuestro buen seso, en lugar de le dar gracias por ello queréis le tentar y enojar. Catad que muy presto podría hacer que la fortuna su rueda revolviese, y cuando así es enojada de aquéllos que muchos bienes hizo, no con un azote solo, mas con muchos muy crueles los castiga. Y como las cosas de este mundo sean transitorias y perecederas, no dura más la gloria y la fama de ellas de cuanto ante los ojos andan, ni es juzgado cada uno sino como al presente le ven, que todas aquellas buenas venturas vuestras y grande alteza en que sois ahora serían en olvido puestas, sumidas so la tierra si la fortuna os fuese contraria, y si alguna recordación de ellas se hubiese no sería sino para que, culpándoos en lo pasado, os amenguasen en lo presente. Acuérdeseos, señor, del yerro tan grande que sin causa ninguna hicisteis en apartar de vuestra casa tan honrada caballería como lo era Amadís de Gaula y sus hermanos y los de su linaje y otros muchos caballeros que por causa suya os dejaron, con que tal honrado y temido por todo el mundo erais, y casi no siendo aún salido de aquel yerro queréis entrar en otro peor, pues esto no os viene sino de gran parte de soberbia, que si así no fuese temeríais a Dios y tomaríais consejo de los que os han de servir lealmente, y yo, señor, con esto descargo aquella fe y vasallaje que os debo y quiérome ir a mi tierra, que si Dios quisiere no veré yo llantos y amarguras que vuestra hija Oriana hará al tiempo que la entreguéis, que me han dicho que para ello la mandáis venir de Miraflores.

—Tío —dijo el rey—, no habléis más en esto que es hecho y que deshacer no se puede, y ruégoos que os detengáis hasta tercero día, por ver a qué fin vendrán estas batallas que aquí son puestas, y seréis juez de ellas con otros caballeros cuales quisiereis. Esto haced, porque mejor que hombre de mi tierra entendéis el lenguaje griego, según el tiempo que en Grecia morasteis.

Argamón le dijo:

—Pues así os place, yo lo haré; pero pasadas las batallas no me detendré más, que no lo podría sufrir.

Quedando la habla se fue el conde a su posada y el rey quedó en su palacio.

Lasindo, el escudero de don Bruneo, que por mandado del Caballero Griego allí viniera, aprendió bien todo lo que ante el rey pasara después que la doncella de allí partiera, y fuese luego a las naos y contó cómo los romanos pidieron al rey las batallas y él se las otorgara y las palabras que Grumedán pasó con Salustanquidio y cómo tenían su batalla aplazada y todas las otras que ya oísteis que así pasaron. Y asimismo dijo cómo el rey había enviado por su hija Oriana para la entregar a los romanos tanto que las batallas pasasen.

Cuando el Caballero Griego oyó decir que los romanos habían de haber las batallas y se habían de combatir por las doncellas, fue muy alegre, porque lo que él más dudaba en aquella afrenta era pensar que su hermano don Galaor tomaría aquella batalla por las doncellas, que esto tenía él en más que otra afrenta que venirle pudiese, porque don Galaor fue el caballero que en más estrecho le puso que ninguno con quien él se combatiera, aunque gigante fuese. Así como lo cuenta el primer libro de esta historia, que bien creía que si en la corte se hallara que como el más preciado en armas de todos los que en ella había tomara esta recuesta, de la cual no podía redundar sino dos cosas: la una, o morir él, o matar a su hermano don Galaor, que antes sufriera la muerte que otorgar cosa que mengua le tomase, y por esto fue alegre el saber que en la corte no era, y más de esto porque no se había de combatir con ninguno de sus amigos que en la corte eran. Y dijo a Grasinda:

—Señora, en la mañana oigamos misa en aquella tienda y guisaos muy apuestamente y llevad las doncellas que os pluguieren bien ataviadas, e iremos a dar cabo en esto en que estamos, que fío en la merced de Dios alcanzaréis aquella honra por vos tanto deseada y porque a esta tierra vinisteis.

Con esto se acogió Grasinda a su cámara y el Caballero Griego y sus compañeros a la fusta.

Capítulo 79. De cómo el Caballero Griego y sus compañeros sacaron del mar a Grasinda y la llevaron con su compaña a la plaza de las batallas, donde su caballero había de defender su partido cumpliendo su demanda

De la mar sacaron a Grasinda con cuatro doncellas y fuéronse a oír misa a la tienda y de allí cabalgaron ellos todos tres armados en sus caballos, y Grasinda, tan apuesta ella y su palafrén de paños de oro y de seda con perlas y piedras tan preciosas que la mayor emperatriz del mundo no pudiera más llevar, porque esperando ella siempre aquel día en que estaba, mucho antes se apercibía de tener para ello las más hermosas y ricas cosas que pudo haber, como gran señora que era, que no teniendo marido ni hijos ni gente y siendo abastada de gran tierra y renta, no pensaba en lo gastar, salvo en esto que oís, y sus doncellas, asimismo de preciosas ropas vestidas, y como Grasinda de su natural hermosura fuese, aquellas riquezas artificiales tanto la acrecentaban que por maravilla lo tenían todos los que la miraban y gran esfuerzo daba su parecer a aquel que por ella se había de combatir, y llevaba encima de su cabeza solamente la corona que en señal de ser más hermosa que todas las dueñas de Romania había ganado, como ya oísteis, y el Caballero Griego la llevaba de rienda y armado de unas armas que Grasinda le mandara hacer y la loriga, que era tan alba como la nieve, y las sobreseñales, de la misma librea y colores que Grasinda era vestida, y abrochábase de una y de otra parte con cuerdas tejidas de oro, y el yelmo y escudos eran pintados de las mismas señales de la sobrevista, y don Bruneo llevaba unas armas verdes y en el escudo había figurado una doncella y ante ella un caballero armado de ondas de oro y de cárdeno y semejaba que le demandaba merced, y Angriote de Estravaus iba en un caballo recio y ligero y llevaba unas armas de veros de plata y de oro y llevaba por la rienda a la doncella que ya oísteis que fuera al rey con el mensaje, y don Bruneo llevaba otra su hermana, y todos llevaban los yelmos enlazados, y el mayordomo y sus hijos con ellos en tal compaña, llegaron a una plaza, en cabo de la villa, donde las batallas se acostumbraban hacer. En medio de la plaza había un padrón de mármol, alto como estado de hombre, y los que justas y batallas allí venían a demandar ponían sobre él el escudo o yelmo o ramo de flores o guante, en señal de ello. Y llegando allí el Caballero Griego y su compaña vieron al rey al un cabo del campo, y al otro, los romanos, y entre ellos, a Salustanquidio con unas armas prietas y por ellas unas sierpes de oro y plata, y era tan grande que parecía un gigante y estaba en un caballo muy crecido a maravilla. La reina estaba a sus finiestras y las infantas cabe ella, y Olinda la hermosa, que entre sus ricos atavíos tenía encima de sus hermosos cabellos una rica corona. Cuando el Caballero Griego llegó al campo vio la reina y las infantas y otras dueñas y doncellas de gran guisa, y como no vio a su señora Oriana, que entre ellas ver solía, estremeciósele el corazón con soledad de ella, y cuando vio estar a Salustanquidio bravo y fuerte, tornó el rostro contra Grasinda y viola estar ya cuanto desmayada y díjole:

—Mi señora, no os espantéis por ver hombre tan desmesurado de cuerpo, que Dios será por vos, y yo os haré ganar aquello que a vuestro corazón holganza será.

—Así plega a Él por la su piedad —dijo ella.

Entonces le tomó él la rica corona que en la cabeza tenía y fue su paso en su caballo y púsola encima del padrón de mármol, y de ahí tornóse luego a do estaban sus escuderos, que le tenían tres lanzas muy fuertes, con pendones ricos de diversos colores, y tomando la que mejor le pareció, echó su escudo al cuello y fuese do el rey estaba, y díjole, habiéndosele humillado, en lenguaje griego:

—Sálvete Dios, rey; yo soy un caballero extraño que del Imperio de Grecia vengo con pensamiento de me probar con tus caballeros que tan buenos son, y no por mi voluntad, mas por la de aquélla que en este caso mandarme puede; ahora, guiándolo mi dicha, paréceme que la requesta será entre mí y los romanos; mandadles que pongan en el padrón la corona de las doncellas, así como vos mi doncella lo asentó.

Entonces blandió la lanza recio y arremetió su caballo cuanto pudo y púsose al un cabo del campo, y el rey no entendió lo que le dijo, que no sabía el lenguaje griego, pero dijo a Argamón, que cabe él estaba:

—Seméjame, mi tío, que aquel caballero no querrá la mengua para sí, según parece.

—Cierto, señor —dijo el conde—; aunque aquí alguna vergüenza pasaseis por estar esta gente de Roma en vuestra casa, muy ledo sería en que algo de su soberbia quebrantada fuese.

—No sé lo que será —dijo el rey—, mas creo que hermosa justa se apareja.

Los caballeros y la otra gente de la casa del rey, que vieron lo que el caballero hiciera, maravilláronse, y decían que nunca vieran tan apuesto ni tan hermoso caballero armado, sino Amadís. Salustanquidio, que cerca estaba y vio cómo toda la gente tenían los ojos en el Caballero Griego y lo loaban, dijo con gran saña:

—¿Qué es esto, gente de la Gran Bretaña? ¿Por qué os maravilláis en ver un caballero griego loco, que no sabe ál sino trebejar por el campo? Bien parece que los no conocéis como nosotros, que como al fuego el nombre romano temen, que señal de no haber visto ni pasado por vosotros grandes hechos de armas cuando de éste tan pequeño os espantáis, pues ahora veréis cómo aquel que tan hermoso armado y a caballo os parece, cuán frío y deshonrado en el suelo os parecerá.

Entonces se fue a la parte donde la reina estaba, y dijo contra Olinda:

—Mi señora, dadme esa vuestra corona, que vos sois la que yo amo y precio sobre todas; dádmela, mi señora, y no dudéis que yo os la tornaré luego con aquello que en el padrón está, y con ella entraréis en Roma, que el rey y la reina serán contentos que os yo con Oriana os lleve y os haga señora de mí y de mi tierra.

Olinda, que esto oía, no tuvo en nada sus locuras y estremeciósele el corazón y las carnes y vínole una color viva al rostro, pero no le dio la corona. Salustanquidio, que así lo vio, dijo:

—No temáis, mi señora, de me dar la corona, que yo haré que quedando vos con esta honra, sin ella vaya de aquí aquella dueña loca que la quiso poner en la fuerza de aquel griego cobarde.

Mas por todo esto Olinda nunca se la quiso dar, hasta que la reina se la tomó de la cabeza y se la envió, y tomándola en su mano la fue poner en el padrón cabe la otra y demandó sus armas a gran prisa, y diéronselas presto tres caballeros de Roma, y tomó su escudo y echóle al cuello y puso el yelmo en su cabeza, y tomando una lanza más gruesa que otra, con su hierro grande y agudo, se asosegó en su caballo, y como se vio tan grande y tan bien armado le miraban, creció le el esfuerzo y la soberbia, y dijo contra el rey:

—Ahora quiero que vean vuestros caballeros la diferencia de ellos y de los romanos, que yo venceré aquel griego, y si él dijo que venciendo a mí se combatiría con dos, yo me combatiré con los dos mejores que él trae, y si el esfuerzo les faltare, entre el tercero.

Don Grumedán, que estaba hirviendo con saña en oír aquello y en ver la paciencia del rey, díjole:

—Salustanquidio, ¿olvídaseos la batalla que habéis de haber conmigo, si de ésta escapáis, que demandáis otra?

—Ligero es eso de pensar —dijo Salustanquidio.

Y el Caballero Griego dijo a altas voces:

—Bestia mala desemejada, ¿qué estáis hablando?, ¿cómo dejas pasar el día? Entiende en lo que has de hacer.

Cuando esto oyó, movió el caballo contra él, y movieron uno contra otro a gran correr de los caballos, las lanzas bajas y cubiertos de sus escudos; los caballos eran ligeros y corredores, y los caballeros, fuertes y sañudos; juntáronse en medio de la plaza, y ninguno saltó en su golpe, y el Caballero Griego le hirió so el brocal del escudo y saltóselo, y la lanza topó en unas hojas fuertes y no las pudo pasar, mas empujólo tan fuertemente que lo echó fuera de la silla, así que todos fueron maravillados y pasó por él muy apuesto, llevando la lanza de Salustanquidio metida por el escudo y por la manga de la loriga, así que todos pensaron que iba herido, mas no era así, y tirando las lanzas del escudo la tomó a sobremano y fuese donde estaba Salustanquidio y viole que no bullía y yacía como muerto, y no era maravilla, que él era grande y pesado y cayera del caballo, que era alto, y las armas pesadas y el suelo duro, así que todo fue causa de le llegar cerca de la muerte, como lo estaba, y sobre todo hubo el brazo siniestro, sobre que cayera, quebrado cabe la mano y las más costillas movidas de su lugar. El Caballero Griego, que pensó que más esforzado estaba, paróse sobre él así a caballo y púsole el hierro de la lanza en el rostro, que el yelmo le cayera de la cabeza con la fuerza de la caída, y díjole:

—Caballero, no seáis de tan mal talante en otorgar las coronas de las doncellas a aquella hermosa dueña, pues que las merece.

Salustanquidio no respondió, y dejándole allí se fue para el rey y dijo en su lenguaje:

—Buen rey, aquel caballero, aunque ya está sin soberbia, no quiere otorgar las coronas a aquella señora que las atiende ni la quiere defender ni responder; otorgadlas vos por juicio, como es derecho, si no cortarle he la cabeza y serán las coronas otorgadas.

Entonces se tornó donde el caballero estaba, y el rey preguntó lo que dijera, y el conde su tío se lo hizo entender, y díjole:

—Vuestra es la culpa en dejar morir aquel caballero ante vos, pues que no puede defenderse; con derecho podéis juzgar las coronas para el Caballero Griego.

—Señor —dijo don Grumedán—, dejad al caballero, haga lo que quisiere, que en los romanos hay más artes que en la raposa, que si él vive dirá que aún estaba en disposición de mantener la batalla si os no quejareis tanto en el juicio.

Todos se reían de lo que don Grumedán dijo, y a los romanos les quebraban los corazones. Y el rey, que vio al Caballero Griego descender del caballo y querer cortar la cabeza a Salustanquidio, dijo a Argamonte:

—Tío, acorred presto y decidle que sufra de lo matar y que tome las coronas, que yo se las otorgo, y las sé donde debe.

Argamonte fue contra él dando voces que oyese el mandado del rey. El Caballero Griego tiróse afuera y puso la espada sobre el hombre, en esto llegó el conde y díjole:

—Caballero, el rey os ruega que por el vos sufráis de matar ese caballero y mandaos que toméis las coronas.

—Pláceme —dijo él—, y sabed, señor, que si yo me combatiese con algún vasallo del rey, no lo mataría si por otra cualquier guisa pudiese acabar lo que comenzase; mas a los romanos matarlos y deshonrarlos, como a malos que ellos son, siguiendo las falsas maneras de aquel soberbio emperador su señor, de quien todos ellos aprenden a ser soberbios y a la fin cobardes.

El conde se tornó al rey y díjole cuanto el caballero dijera. Y el caballero cabalgó en su caballo, y tomando del padrón ambas las coronas las llevó a Grasinda y púsole en la cabeza la corona de las doncellas y la otra diola a una su doncella que la guardase; el Caballero Griego dijo a Grasinda:

—Mi señora, vuestro hecho es en el estado que deseabais, y yo, por la merced de Dios quito del don que os prometí; idos, si os pluguiere, a la tienda a holgar, y yo atenderé si los romanos, con este pesar que han habido, saldrán al campo.

—Mi señor —dijo ella—, yo no me partiré de vos por ninguna guisa, que no puedo yo haber mayor descanso ni holganza en cosa que en ver vuestras grandes caballerías.

—Hágase —dijo él— vuestra voluntad.

Entonces arremetió el caballo, y hallólo recio y holgado que poco afán llevara aquel día, y echó su escudo al cuello y tomó una lanza con un pendón muy hermoso y llamó a la doncella que allí viniera con el mensaje de Grasinda, y díjole:

—Amiga, id al rey y decidle que ya sabe cómo quedo, que si de la primera batalla yo quedase para me poder combatir, que tendría campo a dos caballeros que juntos a mí viniesen, y ahora conviene me cumplir aquella locura y que le pido de merced que no mande combatir conmigo ninguno de sus caballeros, porque ellos son tales que no ganarían honra conmigo en me vencer, mas déjeme con los romanos, que han comenzado sus batallas, y verá si por yo ser griego los temeré.

La doncella se fue al rey, y por el lenguaje francés le dijo aquello que el Caballero Griego mandara decir.

—Doncella —dijo el rey—, a mí no me place que ninguno de mi casa ni de mi señorío se combata con él; él lo ha pasado hoy a su honra, y yo le precio mucho, y si le pluguiese quedar conmigo hacerle había mucho bien, y los de mi corte y tierra defiendo yo que lo dejen que en él tengo que hacer; pero los romanos, que son sobre sí, hagan lo que les pluguiere.

Esto decía el rey, porque tenía mucho que hacer en la partida de Oriana, su hija, y porque no tenía a esa sazón en su corte ninguno de sus preciados caballeros que por no ver la crueldad y sinrazón que a su hija hacía de allí se habían partido, solamente eran en la corte don Guilán el Cuidador, que doliente estaba, y Cendil de Ganota, que las piernas tenía pasadas de una flecha, con que le hirió Brondajel de Roca, romano, en un monte, que el rey corría por dar a un venado. Oída la respuesta por la doncella que el rey le dio, díjole:

—Señor, muchas mercedes halláis del bien y merced que al Caballero Griego hacéis, mas ser cierto que si él en Gracia quisiese quedar con el emperador, todo lo que él demandara le fuera otorgado; pero su voluntad no es sino de andar suelto por el mundo socorriendo a las dueñas y doncellas que tuerto reciben, y a otros muchos que se lo piden justamente, y en estas cosas y otras que siempre se le descubren, ha hecho tanto que no tardará de venir a vuestra noticia por do en mucho más de vos, señor, y de los otros que no lo conocen será tenido y preciado.

—Así Dios os salve, doncella; decidme: ¿de quién será ese mandado?

—Cierto, señor, yo no lo sé; pero si su fuerte corazón de alguna cosa es sojuzgado, creo que no será sino de alguna que en extremo ama, que bajo de su señorío es puesto, y a Dios quedad encomendado, que a él me vuelvo con esta respuesta, y quien lo quisiere, allí en este campo lo hallará hasta mediodía.

Oída la respuesta, el Caballero Griego fuese yendo un paso contra donde Grasinda estaba, y dio al uno de los hijos del mayordomo el escudo y al otro la lanza, y no se quitó el yelmo por no ser conocido, y dijo al que le tomara el escudo que lo fuese poner encima del padrón y que dijese que el Caballero Griego lo mandara poner contra los caballeros de Roma para atender lo que había prometido, y él tomó a Grasinda por la rienda y estuvo con ella hablando. Había entre los romanos un caballero que después de Salustanquidio en mayor prez de armas lo tenían, que Maganil había nombre, y bien pensaban ellos que dos caballeros de aquella tierra no le tendrían campo, y él traía dos hermanos consigo, otrosí buenos caballeros, y como el escudo fue en el padrón puesto, miraban los romanos a este Maganil como que de él esperaban la honra y la venganza; pero él les dijo:

—Amigos, no me miréis, que no puedo en aquello hacer ninguna cosa, que yo tengo prometido al príncipe Salustanquidio si saliese de su batalla en guisa de se combatir no pudiese, que tomare a mi cargo la batalla de don Grumedán, y mis hermanos conmigo, y si él no osare combatir con nosotros y sus compañeros, que por él la he de tomar, entonces yo os vengaré del caballero.

Y ello estando así hablando vinieron dos caballeros de su compaña romana; bien armados de ricas armas y en hermosos caballos, al uno decían Gradamor y al otro Lasamor, y ambos eran hermanos, y sobrinos de Brondajel de Roca, hijos de su hermana, que era brava y soberbia, y así lo era el marido y los hijos, por causa de lo cual eran muy temidos de los suyos, y por ser sobrino de Brondajel, que era mayordomo mayor del emperador; y éstos llegados al campo como oís, sin hablar ni se humillar al rey, fuéronse al padrón, y el uno de ellos tomó el escudo del Caballero Griego y dio con él tal golpe en el padrón que lo hizo pedazos, y dijo en voz alta:

—Mal haya quien consiente que delante de romanos se ponga escudo de griego contra ellos.

El Caballero Griego, cuando su escudo vio quebrado, fue tan sañudo que el corazón le ardía con saña, y dejando a Grasinda fue a tomar la lanza que el escudero le tenía, y no se curó del escudo, aunque Angriote le decía que tomase el suyo, y dejóse ir a los caballeros de Roma y ellos a él, e hirió de la lanza al que le quebrara el escudo tan duramente que lo lanzó de la silla y de la caída le saltó el yelmo de la cabeza, así que quedó tullido, sin se poder levantar, y todos pensaron que muerto era, y allí perdió la lanza el Caballero Griego y echó mano a su espada y volvió a Lasanor, que de grandes golpes le hería, y diole por cima del hombro y cortóles las armas y la carne hasta los huesos e hízole caer la lanza de la mano y diole otro golpe por encima del yelmo, que perdiendo las estriberas le hizo abrazar a la cerviz del caballo. Y como así lo vio, pasó presto la espada a la mano siniestra y trabóle del escudo y llevóselo del cuello, y el caballero cayó en el campo, mas levantóse luego con el temor de la muerte, y vio a su hermano que estaba en pie, la espada en la mano, y fuese juntar con él, y el Caballero Griego, temiendo que el caballo le matarían, descabalgó de él y embrazó su escudo que él tomara y con su espada se fue para ellos e hiriólos tan recio que los hermanos no lo pudieron sufrir ni tener campo, así que los que le miraban se espantaban de le ver tan valiente que en poco los estimaba. Allí hizo él conocer a los romanos su bondad y la flaqueza de ellos y dio luego a Lasanor un golpe en la pierna siniestra que no se pudo tener, pidiéndole merced, mas él hizo que no le entendía y diole del pie en los pechos y lanzóle en el campo tendido y tornó contra el otro que el escudo le quebraba, mas no le osó atender, que mucho dudaba la muerte que contra él venía y fuese a donde el rey estaba, pidiéndole merced a altas voces que no lo dejase matar. Mas aquel que lo seguía se le paró delante, y a grandes golpes que le dio le hizo tornar al padrón, y cuando a él llegó andaba al derredor por le guardar de los golpes. Y el Caballero Griego, que gran saña tenía, queríale herir, y a las veces acertaban el padrón, que de piedra muy dura era, y hacía de él y de la espada salir llamas de fuego, y como le vio cansado que ya no se mudaba, tomóle entre sus brazos y apretóle tan fuertemente que de toda su fuerza lo desapoderó y dejóle caer en el campo. Entonces tomóle el escudo y diole con él tal golpe encima de la cabeza que fue hecho piezas, y el romano quedó tal como muerto y púsole la punta de la espada en el rostro y púsola ya cuanto, y Gradamor estremecióse y escondía el rostro del gran miedo y ponía sus brazos sobre la cabeza, con temor de la espada, y comenzó a decir:

—¡Ay, buen griego, señor, no me matéis y mandad lo que haga!

Mas el Caballero Griego mostraba que no lo entendía, y como lo vio acordado, tomóle por la mano, y dándole de llano con la espada en la cabeza le hizo mal de su grado con él en pie e hízole señal que se subiese en el padrón, mas él era tan flaco que no podía, y el griego le ayudó, y estando así de pie sosegado, diole de las manos tan recio que le hizo caer tendido, y como era grande y pesado y cayera de alto quedó tan quebrantado que no bullía, y el griego le puso las piezas del escudo sobre los pechos y yendo a Lasanor tomóle por la pierna y llevólo arrastrando cabe su hermano, y todos pensaban que los quería descabezar, y don Grumedán, que con placer lo miraba, dijo:

—Paréceme que el griego bien ha vengado su escudo.

Esplandián el doncel, que la batalla miraba, pensando que el Caballero Griego quería matar a los dos caballeros que vencidos tenía, habiendo duelo de ellos, dio de las espuelas a su palafrén y llamó a ambos su compañero y fue donde los caballeros estaban.

El Caballero Griego que así lo vio venir, esperóle por ver lo que quería, y como cerca llegó parecióle el más hermoso doncel de cuantos en su vida viera, y Esplandián llegó a él y díjole:

—Señor, pues que estos caballeros son en tal estado que no se pueden defender y es conocida la vuestra bondad, hacedme gracia de ellos, pues con vos queda toda la honra.

Y él daba a conocer que no lo entendía.

Y Esplandián llamó a altas voces al conde Argamonte que se llegase allí, que el Caballero Griego no le entendía su lenguaje. Y el conde vino y el griego le preguntó qué demandaba el doncel, y él le dijo:

—Pídeos, señor, esos caballeros que se los deis.

—Mucho favor había de los matar —dijo él—, pero yo se los otorgo.

Y díjole al conde:

—Señor, ¿quién es este tan hermoso doncel y cuyo hijo es?

El conde le dijo:

—Cierto, caballero, eso no os diré yo, que no lo sé, ni ninguno que en esta tierra sea, y contóle la manera de su crianza.

—Yo ya oí hablar de este doncel en Romania —dijo él—, y pienso que se llama Esplandián, y dijeron que tenía en los pechos unas letras.

—Y verdad es —dijo el conde—, y bien las podéis ver si queréis.

—Mucho os lo agradeceré y a él que me las enseñe, que extraña cosa es de oír y más de ver.

El conde le rogó a Esplandián que se las mostrase y llegóse más cerca, y traía cota y capirote francés, tronado con leones de oro, una cinta de oro estrecha, ceñida, y el sayo y capirote se abrochaba con broches de oro, y quitando alguna de las brochas mostró el Caballero Griego las letras de que fue maravillado, teniéndolo por la más extraña cosa que nunca oyera, y las letras blancas decían Esplandián, mas las coloradas no lo pudo entender, aunque bien cortadas y hechas eran, y díjole:

—Doncel hermoso, Dios os haga bienaventurado.

Entonces se despidió del conde y cabalgó en su caballo, que allí su escudero le tenía, y fuese donde Grasinda estaba y díjole:

—Señora, enojada habéis estado en esperar mis locuras, mas poned la culpa a la soberbia de los romanos que lo han causado.

—Así Dios me salve —dijo ella—, antes las vuestras venturas buenas me hacen ser muy alegre.

Entonces movieron de allí contra las fustas, y Grasinda, con gran gloria y alegría de su ánimo, y no menos el Caballero Griego en haber parado tales a los romanos, de que muchas gracias daba a Dios. Pues llegados a las barcas, haciendo poner las tiendas dentro, movieron luego la vía de la Ínsula Firme. Mas dígoos de Angriote de Estravaus y don Bruneo que quedaron por mandado del Caballero Griego en una galera, porque escondidamente ayudasen a don Grumedán en la batalla que puesta tenía con los romanos, rogándoles que pasando aquella afrenta como Dios pluguiese procurasen de saber algunas nuevas de Oriana y se fuesen luego a la Ínsula Firme. Al buen doncel Esplandián fue mucho agradecido lo que hizo por los caballeros romanos en les quitar la muerte a que tan allegados estaban.

Capítulo 80. Cómo el rey Lisuarte envió por Oriana para la entregar a los romanos, y de lo que acaeció con un caballero de la Ínsula Firme, y de la batalla que pasó entre don Grumedán y los compañeros del Caballero Griego contra los tres romanos desafiadores, y de cómo, después de ser vencidos los romanos, se fueron a la Ínsula Firme los compañeros del Caballero Griego, y de lo que allí hicieron

Oído habéis cómo Oriana estaba en Miraflores y la reina de Sardamira con ella, que por mandado del rey Lisuarte la fue a ver para le contar las grandezas de Roma y el mando tan crecido que con aquel casamiento del emperador se le aparejaba.

Ahora sabed que habiéndola ya el rey su padre prometido a los romanos, acordó de enviar por ella para dar orden como la llevasen, y mandó a Giontes, su sobrino, que tomase consigo otros dos caballeros y algunos sirvientes y la trajesen y no consintiesen que ningún caballero con ella hablase.

Giontes tomó a Gangel de Sadoca y a Lasamor y otros servidores y fuese donde Oriana estaba, y tomándola en unas andas, que de otra guisa venir no podía según estaba desmayada del mucho llorar, y sus doncellas y la reina Sardamira con su compaña partieron de Miraflores, y veníanse camino de Tagades, donde el rey estaba, y al segundo día acaeció lo que ahora oiréis, que cerca del camino, debajo de unos árboles, cabe una fuente estaba un caballero en un caballo pardo, y él muy bien armado, y sobre su loriga vestida una sobreseñal verde, que de una parte y otra se abrochaba con cuerdas verdes y ojales de oro, así que les pareció en gran manera hermoso, y tomó un escudo y echólo al cuello y tomó una lanza con un pendón verde y blandióla un poco y dijo a su escudero:

—Ve y dile a aquellos guardadores de Oriana que les ruego yo que me den lugar como yo la hable, que no será daño de ellos ni de ella, y si lo hicieren que se lo agradeceré, si no que me pesará, pero será forzado de probar lo que puedo.

El escudero llegó a ellos y díjoles el mensaje, y cuando les dijo que haría su poder por la hablar, riéronse de ello y dijéronle:

—Decid a vuestro señor que la no dejaremos ver y que cuando su poder probare no habrá hecho nada.

Mas Oriana, que lo oyó, dijo:

—¿Qué os hace a vosotros que el caballero me hablen? Quizá me trae algunas nuevas de mi placer.

—Señora —dijo Giontes—, el rey, vuestro padre, nos mandó que no consintiésemos que ninguno se llegase a os hablar.

El escudero se fue con esta respuesta, y Giontes se aparejó para la batalla, y como el caballero de las armas verdes la oyó, fue luego contra él y diéronse grandes encuentros en los escudos así que las lanzas fueron en piezas, mas el caballo de Giontes, con la gran fuerza del encuentro, hubo la una pierna salida de su lugar y cayó con su señor y tomándole el un pie debajo con la estribera, donde le tenía, no se pudo levantar.

El caballero de las Armas Verdes pasó por el hermoso cabalgante y tomó luego y dijo:

—Caballero, ruégoos que me dejéis hablar con Oriana.

Él le dijo:

—Ya por mi defensa no la perderéis, aunque mi caballo ha la culpa.

Entonces Gangel de Sadoca le dio voces que se guardase y no pusiese las manos en el caballero, que moriría por ello.

—Ya os tuviese a vos en tal estado —dijo él, y movió contra él cuanto el caballo lo pudo llevar con otra lanza que su escudero le dio, y erró el encuentro, y Gangel de Sadoca lo encontró en el escudo, donde quebró la lanza, mas otro mal no le hizo, y el caballero tomó a él, que le vio entrar con su espada en la mano, y encontróle tan fuertemente que la lanza voló en piezas y Gangel fue fuera de la silla y dio gran caída, y luego sobrevino Lasamor.

Mas el caballero, que muy diestro era en aquel menester, guardóse tan bien que le hizo perder el golpe de la lanza, así que Lasamor la perdió de la mano, y juntáronse tan bravamente uno con otro que los escudos fueron quebrados, y Lasamor hubo el brazo en que lo tenía quebrado, y el de las Armas Verdes, que a él volvió con la espada en la mano, vio cómo estaba desacordado y no lo quiso herir, mas desenfrenóle el caballo y diole de llano con la espada en la cabeza e hízole ir huyendo por el campo con su Señor, y como así lo vio ir no pudo estar que no riese. Entonces tomó una carta que traía y fuese contra donde Oriana en sus andas estaba, y ella que así lo vio vencer a aquellos tres caballeros tan buenos en armas, cuidó que era Amadís y estremeciósele el corazón, mas el caballero llegó a ella con mucha humildad y tendió la carta y dijo:

—Señora, Agrajes y don Florestán os envían esta carta, en la cual hallaréis tales nuevas que os darán placer, y a Dios quedéis, señora, que yo me vuelvo a aquéllos que a vos me enviaron, que sé cierto que me habrán menester, aunque sea de poco valor.

—Al contrario de eso me parece a mí —dijo Oriana—, según lo que he visto, y ruégoos que me digáis vuestro nombre que tanto afán pasasteis por me dar placer.

—Señora —dijo él—, yo soy Gavarte de Val Temeroso, a quien mucho pesa de lo que el rey vuestro padre contra vos hace, mas yo confío en Dios, que muy duro le será de acabar, antes morirán tantos de vuestros naturales y de otros que por todo el mundo será sabido.

—¡Ay, don Gavarte, mi buen amigo, a Dios plega por la su merced de me llegar a tiempo que esta vuestra gran lealtad de mí os sea galardonada!

—Señora —dijo él—, siempre fue mi deseo de os servir en todas las cosas como a mi señora natural, y en ésta mucho más, conociendo la gran sinrazón que os hacen, y yo seré en vuestro socorro con aquéllos que la servir quisieren.

—Mi amigo —dijo ella—, ruégoos mucho que así lo razonéis donde os halléis.

—Así lo haré —dijo él—, pues que con lealtad hacerlo puedo.

Entonces se despidió de ella, y Oriana se fue a Mabilia, que estaba con la reina Sardamira, y la reina le dijo:

—Paréceme, mi señora, que iguales hemos sido en nuestros guardadores, no sé si lo ha hecho su flaqueza o la desdicha de este camino, que aquí donde los vuestros los míos fueron vencidos y maltratados.

De esto que la reina dijo rieron todas mucho, mas los caballeros estaban avergonzados y corridos que no osaban ante ellas aparecer. Oriana estuvo allí una pieza, en tanto que los caballeros se remediaban que el caballo que llevaba Lasamor no lo pudo volver hasta gran pieza, y apartóse con Mabilia y leyeron la carta, en la cual hallaron cómo Agrajes y don Florestán y don Gandales le hacían saber cómo era ya en la Ínsula Firme Gandalín y Ardián el Enano, y que en esos ocho días sería con ellos Amadís, y cómo por ellos les enviaba decir que tuviesen una gran flota aparejada que la había menester para ir a un lugar muy señalado, y que así la tenían ellos que hubiese placer y tuviese esperanza, que Dios sería por ella.

Mucho fueron alegres de aquellas nuevas sin comparación, como quien por ellas esperaban vivir, que por muertas se tenían, si aquel casamiento pasase, y Mabilia confortaba a Oriana y rogábala que comiese, y ella hasta allí con la gran tristeza no podía ni quería comer, ni con la mucha alegría. Así fueron por su camino hasta que llegaron a la villa donde el rey era, pero antes salió el rey y los romanos a las recibir y otras muchas gentes.

Cuando Oriana los vio comenzó a llorar fuertemente e hízose descender de las andas y todas sus doncellas con ella, y como la veían hacer aquel llanto tan dolorido lloraban ellas y mesaban sus cabellos y besábanle las manos y los vestidos como si muerta ante si la tuviesen, así que a todos ponían gran dolor.

El rey, que así las vio, pesóle mucho, y dijo al rey Arbán de Norgales:

—Id a Oriana y decidle que siento el mayor pesar del mundo en aquello que hace y que la envío a mandar que se acoja a sus andas y sus doncellas y haga mejor semblante y se vaya a su madre, que yo le diré tales nuevas que será alegre.

El rey Arbán se lo dijo como le fue mandado, mas Oriana respondió:

—¡Oh, rey de Norgales, mi buen primo, pues que mi gran desventura me ha sido tan cruel, que vos y aquéllos que por socorrer las tristes y cuitadas doncellas muchos peligros habéis pasado no me podéis con las armas socorrer ahora, acorrerme siquiera con vuestra palabra, aconsejando al rey mi padre que no me haga tanto mal, y no quiera tentar a Dios porque las sus buenas venturas que hasta aquí le ha dado al contrario no se las torne, y trabajar vos mi primo cómo aquí me lo hagáis llegar, y vengan con él el conde Argamón y don Grumedán, que en ninguna guisa de aquí no partiré hasta que esto se haga.

El rey Arbán en todo esto no hacía sino llorar muy fuertemente, y no la pudiendo responder, se tornó al rey, y díjole el mandado de Oriana, mas a él se le hacía grave ponerse con ella en la plaza en aquella afrenta, porque mientras más sus dolores y angustias eran a todos notorias, más la culpa de él era crecida. El conde Argamón, viéndole dudar, rogóselo mucho que lo hiciese y tanto le ahincó que venido don Grumedán, el rey con ellos tres se fue a su hija, y cuando ella le vio fue contra él, así de hinojos como estaba, y sus doncellas con ella, pero el rey se apeó luego, y alzándola por la mano le abrazó, y ella le dijo:

—Mi padre y mi señor, habed piedad de esta hija que en fuerte punto de vos fue engendrada, y oídme ante estos hombres buenos.

—Hija —dijo el rey—, decid lo que os pluguiere, que con el amor de padre que os debo os oiré.

Ella se dejó caer en tierra por le besar los pies, y él se tiró afuera y levantóla suso. Ella dijo:

—Mi señor, vuestra voluntad es de me enviar al emperador de Roma y partirme de vos y de la reina mi madre y de esta tierra donde Dios natural me hizo, y de esta ida yo no espero sino la muerte o que ella me venga, o que yo misma me la dé, así que por ninguna guisa se puede cumplir vuestro querer, de lo que a vos se sigue gran pecado en dos maneras. La una ser yo a vuestro cargo desobediente. Y la otra morir a causa vuestra, y porque todo esto sea excusado y Dios sea de nosotros servido yo quiero ponerme en orden y allí vivir, dejándoos libre para que de vuestros reinos y señoríos dispongáis a vuestra voluntad y yo renunciaré todo el derecho que Dios me dio en ellos a Leonoreta, mi hermana, y a vos cual vos quisiereis, y, señor, mejor seréis servido del que con ella casare que de los romanos que por causa mía allá me teniendo luego vuestros enemigos serán. Así que por esta vida que los ganar cuidáis, por esta misma no solamente los perdéis, mas, como dicen, los hacéis enemigos mortales vuestros, que nunca en ál pensarán, sino en cómo habrán esta tierra.

—Mi hija —dijo el rey—, bien entiendo lo que me decís y yo os daré la respuesta ante vuestra madre. Acogeos a vuestras andas e idos por ella.

Entonces aquellos señores la pusieron en las andas y la llevaron a la reina su madre, y a la llegada recibióla con mucho amor, pero llorando, que mucho contra su voluntad se hacía aquel casamiento. Mas ni ella, ni todos los grandes del reino, ni los otros menores nunca pudieron mudar al rey de su propósito, y esto causó que ya la fortuna, enojada y cansada de le haber puesto en tan gran alteza y buenas venturas, por causa de las cuales mucho más que solía de la ira y de la soberbia se iba haciendo sujeto, quiso más por reparo de su ánima que de su honra mudársela al contrario, como en el cuarto libro de esta grande historia os será contado, porque ahí se declara más largamente. Mas la reina, con mucha piedad que tenía, consolaba a la hija, y la hija, con muchas lágrimas, con mucha humildad, hincados los hinojos, le demandaba misericordia, diciendo que pues ella señalada en el mundo fuese para consolar las mujeres tristes y para buscar remedio a las atribuladas que, ¿cuál más que ella ni tanto en todo el mundo hallarse podría? En esto y en otras cosas de gran piedad a quien las veía estuvieron abrazadas la madre y la hija, mezclando con los grandes deleites pasados las angustias y grandes dolores que muchas veces a las personas les son sobrevenidos sin que ninguno, por grande, por discreto que sea, los puede huir.

Y el conde Argamón y el rey Arbán de Norgales y don Grumedán apartaron al rey debajo de unos árboles, y el conde le dijo:

—Señor, por dicho me tenía de vos no hablar más este caso, porque siendo vuestra gran discreción tan extremada entre todos, conociendo mejor lo bueno y lo contrario, bien y honestamente me podría excusar, pero como yo sea de vuestra sangre y vuestro vasallo, no me contento ni satisfago con lo dicho, porque veo, señor, que así como los cuerdos muchas veces aciertan, así cuando una vez yerran es mayor que de ningún loco, porque atreviéndose en su saber no tomando consejo, cegándoles amor, desamor, codicia o soberbia, caen donde muy a duro levantarse puede. Catad, señor, que hacéis gran crueldad y pecado, y muy presto podríais haber tal azote del señor muy alto con que la vuestra gran claridad y gloria en mucha oscuridad puesta fuese, acogeos a consejo esta vez, considerando cuantos cuerdos desechando los suyos, doblando sus voluntades, los vuestros y la vuestra siguieron, porque si de ello mal os viniere, de ellos más que de vos quejaros podáis, que éste es un gran remedio y descanso de los errados.

—Buen tío —dijo el rey—, bien tengo en la memoria todo lo que antes me habéis dicho, mas yo no puedo más hacer, sino cumplir lo que a éstos tengo prometido.

—Pues, señor —dijo el conde—, demándoos licencia para que a mi tierra me vaya.

—Adiós vayáis —dijo el rey.

Así se partieron de aquella habla, y el rey se fue a comer, y los manteles alzados mandó llamar a Brondajel de Roca y díjole:

—Mi amigo, ya veis cuánto contra voluntad de mi hija y de todos mis vasallos, que la mucho aman, se hace este casamiento; pero yo, conociendo darla a hombre tan honrado y ponerla entre vosotros, no me quitaré de lo que os he prometido, por ende, aparejad las fustas, que dentro en tercero día os entregaré a Oriana con todas sus dueñas y doncellas, y poned en ella recaudo que no salga de una cámara porque no acaezca algún desastre.

Brondajel le dijo:

—Todo se hará, señor, como lo mandáis, y aunque se le haga grave a la emperatriz mi señora salir de su tierra donde a todos conoce, viendo las grandezas de Roma y el su gran señorío, como los reyes y príncipes ante ella para la servir se humillaren, no pasará mucho tiempo que su voluntad con mucho contentamiento será satisfecha, y tales nuevas, antes de mucho, os serán, señor, escritas.

El rey le abrazó, riéndole, y díjole:

—Así Dios me salve, Brondajel, mi amigo, yo creo que tal sois vosotros que muy bien sabréis hacer como ella sea en su alegría cobrada.

Y Salustanquidio, que ya se levantara, le pidió por merced que mandase ir con su hija a Olinda y que él le prometía que siendo él rey, como el emperador se lo prometiera en llegando con Oriana, él la tomaría por su mujer. Al rey plugo de ello y estúvosela loando mucho, diciendo que según su discreción y honestidad y gran hermosura, que muy bien merecía ser reina y señora de gran tierra.

Así como oís pasaron aquella noche, y otro día pusieron en las barcas todo lo que habían de llevar, y Maganil y sus hermanos parecieron ante el rey y con gran orgullo dijeron a don Grumedán:

—Ya veis cómo se acerca el día de vuestra vergüenza, que mañana se cumple el plazo en que la batalla que con locura demandasteis se ha de hacer. No penséis que la partida la ha de estorbar ni otra cosa ninguna que necesario es, si no os otorgáis por vencido, que paguéis los desvaríos que dijisteis, como hombre de muy mayor edad que seso ni tiento.

Don Grumedán, que casi fuera de sentido estaba oyendo aquello, levantóse para responder. Mas el rey, que lo conocía ser muy sensible en las cosas de honra, tuvo recelo de él y dijo:

—Don Grumedán, ruégoos por mi servicio que no habéis en esto y aparejaos a la batalla, pues que vos mejor que ninguno sabéis que semejantes actos más consisten en obras que en palabras.

—Señor —dijo él—, haré lo que mandáis por vuestro acatamiento, y mañana yo seré en el campo con mis compañeros y allí parecerá la bondad o maldad de cada uno.

Los romanos se fueron a sus posadas, y el rey llamó aparte a don Grumedán y díjole:

—¿Quién tenéis que os ayude contra estos caballeros, que me parecen recios y valientes?

—Señor —dijo él—, yo he por mí a Dios y este cuerpo y corazón y manos que él me dio, y si don Galaor viniere mañana hasta la tercia haberlo he, que soy cierto que mantendrá él mi razón y no me quejaría por el tercero, y si no viniere, con batirme con ellos uno a uno si de derecho hacer se puede.

—No veis —dijo el rey— que la batalla fue demandada de tres por tres y vos así lo otorgasteis, y no la querrán mudar, porque así lo tienen puesto y jurado en las manos de Salustanquidio. Don Grumedán —dijo el rey—, así Dios me salve, mucho he gran pesar en el mi corazón, porque os veo menguado de tales compañeros cuales habéis menester en tal afrenta y mucho me temo de cómo esta vuestra hacienda irá.

—Señor —dijo él—, no temáis en poca hora, hace Dios gran merced y acorre a quien le place, y yo voy contra la soberbia con la mesura y buen talante ello, y si don Galaor no viniere, ni otro de los buenos caballeros de vuestra casa meteré conmigó dos de estos míos cuales mejor viniere.

—No es eso nada —dijo el rey—, que lo habéis con fuertes hombres y usados de tal menester, y no os cumple tales compañeros, mas, mi amigo don Grumedán yo os daré mejor consejo, yo quiero secretamente meter mi cuerpo con el vuestro en esta batalla, que muchas veces lo aventurasteis vos en mi servicio y, mi amigo leal, mucho sería yo desagradecido si en tal sazón no supiese yo por vos mi vida y mi honra, en pago de cuantas veces pusisteis la vuestra en el extremo y filo de la muerte por me servir.

Y en todo esto lo tenía abrazado el rey, cayéndole las lágrimas de los ojos. Don Grumedán le besó las manos y le dijo:

—No plega a Dios que tan leal rey como vos lo sois cayese en tal yerro por aquel que siempre en crecer vuestra fama y honra será como quiera, señor, que eso tenga en una de las más señaladas mercedes que de vos he recibido, y mis servicios no puedan ser bastantes para lo servir, no se recibirá por mí, por ser vos el rey y señor y juez, que así a los extraños como a los vuestros justamente juzgar en tal caso debe. Bienaventurados los vasallos a quien Dios tales reyes da, que teniendo en más el amor que les deben que los servicios que les hacen, olvidando sus vidas, sus grandezas, quieren poner sus cuerpos a la muerte por ellos, como éste hacerlo quería por un pobre caballero, aunque muy rico y abastado de virtudes.

—Pues que así es —dijo el rey—, no puedo hacer ál sino rogar a Dios que os ayude.

Don Grumedán se fue a su posada y mandó a dos caballeros de los suyos que se aderezasen para otro día ser con él en la batalla, mas dígoos que aunque muy esforzado y fuerte era y usado en las armas, que tenía su corazón quebrantado, porque los que consigo metía en la batalla no eran cuales él había menester para tan gran hecho, que él era de tan alto y fuerte corazón que antes la muerte que cosa en que vergüenza se le tornase haría ni diría, pero esto no lo mostraba sino al contrario todo.

Aquella noche albergó en la capilla de Santa María, y a la mañana oyeron misa con mucha devoción, y don Grumedán, rogando a Dios que le dejase acabar aquella batalla a su honra, y si su voluntad fuese de ser allí sus días acabados le hubiese merced al ánima. Y luego, con gran esfuerzo, demandó sus armas, y desde que vistió su loriga fuerte y muy blanca vistió encima una sobreseñal de sus colores que era cárdena, y cisnes blancos, y aún no era acabado de armar cuando entró por la puerta la hermosa doncella que con mandado de Grasinda y del Caballero Griego allí había venido, y con ella venían dos doncellas y dos escuderos, y traía en su mano una muy hermosa espada y ricamente guarnida, y preguntaba por don Grumedán, y luego se lo mostraron. Ella le dijo por el lenguaje francés:

—Señor don Grumedán, el Caballero Griego que os mucho ama por las nuevas que de vos ha oído, después que en esta tierra es y porque ha sabido una batalla que con los romanos tenéis aplazada, déjaos dos caballeros muy buenos, que visteis que le aguardaban, y envíaos decir que no queráis otros para esta batalla y que sobre su fe los toméis sin otra cosa tener, y envíaos esta hermosa espada, que por muy buena es ya probada, según visteis en los grandes golpes que con ella dio en el padrón de piedra cuando el caballero le andaba huyendo.

Muy alegre fue don Grumedán cuando esto oyó, considerando en la necesidad que puesto estaba y que en compañía de tal hombre como el Caballero Griego no podía andar sino quien mucho valiese, y díjole:

—Doncel, haya buena ventura el buen Caballero Griego que tan cortés es contra quien no conoce, y eso causa la su gran mesura, a Dios plega de me llegar a tiempo que se lo pueda servir.

—Señor —dijo ella—, mucho lo preciaríais si lo conocieseis, y así lo haréis a estos compañeros suyos tanto que los hayáis probado, y cabalgad luego, que a la entrada del campo do habéis de lidiar os esperan.

Don Grumedán sacó la espada y católa cómo era muy limpia, y no parecía en ella señal alguna de los golpes que en el padrón diera y santiguándola la ciñó y dejó la suya, y cabalgando en el caballo que don Florestán le diera cuando lo ganó a los romanos, como ya oísteis, pareciendo en él hermoso viejo y valiente se fue a los caballeros que lo atendían, y todos tres se recibieron muy alegremente; mas don Grumedán nunca ninguno de ellos pudo conocer, y así entraron en el campo tan bien apuestos, que los que a don Grumedán bien querían hubieron gran placer. El rey, que ya venido era, fue maravillado cómo aquellos caballeros, sin causa ninguna, no conociendo a don Grumedán, se querían poner a tan gran peligro, y como vio la doncella, mandóla llamar; ella vino ante él, y díjole:

—Doncella, ¿por cuál razón estos dos caballeros de vuestra compaña han querido ser en batalla tan peligrosa no conociendo a aquel por quien la hacen?

—Señor —dijo, ella—, los buenos, así como los malos, por sus nuevas son conocidos. Y oyendo el Caballero Griego las buenas maneras de don Grumedán y la batalla que aplazada tenía, sabiendo que a esta razón son aquí pocos de los vuestros caballeros, tuvo por bien de dejar estos dos compañeros suyos que le ayudasen, que son de tan alta bondad y prez de armas que antes que el mediodía pasado sea será aún más quebrantada la gran soberbia de los romanos y la bondad de los vuestros muy guardada, y no quiso que don Grumedán lo supiese hasta los hallar en el campo como vos, señor, habéis visto.

Mucho fue alegre el rey con tal socorro, que el corazón tenía quebrantado temiendo alguna desventura que a don Grumedán, por falta de ayudarle en aquella batalla, le podría sobrevenir, y mucho le agradeció al Caballero Griego, aunque lo no mostraba tanto como en la voluntad tenía.

Los caballeros, yendo don Grumedán en medio, se pusieron a un cabo de la plaza, esperando a sus enemigos, que luego entraron en ella el rey Arbán de Norgales y el conde de Clara por su parte para los juzgar, y por parte de los romanos fueron Salustanquidio y Brondajel de Roca, todos por mandado del rey, y a poco rato llegaron los romanos que se habían de combatir, y venían en hermosos caballos y armas frescas y ricas, y como eran membrudos y altos, mucho parecía que habían en si gran fuerza y valentía, y traían consigo gaitas y trompetas y otras cosas que gran ruido hacían, y todos los caballeros de Roma que los acompañaban, y así llegaron ante el rey y dijéronle:

—Señor, nosotros queremos llevar las cabezas de aquellos caballeros griegos a Roma, y no os pese que así lo hagamos en la de don Grumedán, que de vuestro enojo nos pesaría, o mandadle que se desdiga de lo que ha dicho y que otorgue ser los romanos los mejores caballeros de todas las tierras.

El rey no les respondió a aquello que decían, mas dijo:

—Id a hacer vuestra batalla, y los que ganaren las cabezas de los otros hagan de ellas lo que por bien tuvieren.

Ellos entraron en el campo, y Salustanquidio y Brondajel los pusieron a una parte de la plaza, y el rey Arbán y el conde de Clara pusieron a don Grumedán y a sus compañeros a la otra. Entonces llegó la reina con sus dueñas y doncellas a las finiestras por ver la batalla, y mandó venir allí a don Guilán el Cuidador, que flaco estaba de su dolencia, y a don Cendil de Ganota, que aún no era bien sano de su llaga, y dijo a don Guilán:

—Mi buen amigo, ¿qué os parece que será en esto que mi padre don Grumedán está puesto —que la reina siempre le llamaba padre, porque él la criara—, que veo aquellos diablos tan grandes y tan valientes que me ponen gran espanto?

—Mi señora —dijo él—, todo el hecho de las armas en la mano de Dios es, y en la razón que los hombres por sí toman, que es el conforme, y no en la gran valentía, y, señora, conociendo yo a don Grumedán por un caballero muy cuerdo, temeroso de Dios, y defendiendo justicia y a los romanos tan desmesurados, tan soberbios, tomando las cosas por sola voluntad, dígoos que si yo estuviese donde Grumedán está con aquellos dos compañeros, que no temería tres romanos que el cuarto a ellos se llegase.

Mucho fue la reina consolada y esforzada con lo que don Guilán le dijo, y rogaba a Dios de corazón que ayudase a su amo y le sacase con honra de aquel peligro.

Los caballeros que en el campo estaban enderezaron los caballos contra sí y movieron al más correr de ellos, y como ellos fuesen muy diestros en las armas y en las sillas parecían unos y otros muy apuestos, y encontráronse muy bravamente en los escudos, que ninguno falleció de su encuentro, así que las lanzas fueron quebradas, y acaeció entonces lo que se nunca viera en batalla, que en casa del rey se hiciese de tantos por tantos que todos tres romanos fueron lanzados de las sillas en el campo, y don Grumedán y sus compañeros pasaron muy apuestos y sin ser de las sillas movidos por ellos, y tornaron luego los caballos contra ellos y viéronlos cómo pugnaban de se levantar y juntar con ellos. Don Bruneo hubo una herida no grande en el costado siniestro, de la lanza de aquel con quien justara.

Muy grande fue el pesar que los romanos hubieron de la justa, y grande el placer de las otras gentes que los desamaban y amaban a don Grumedán.

El Caballero de las Armas Verdes dijo a don Grumedán:

—Pues que les habéis mostrado cómo saben justar, no es razón que a caballo los acometamos siendo ellos a pie.

Don Grumedán y el otro caballero dijeron que decía bien y fueron todos tres juntos contra los romanos, que ya no estaban tan bravos como antes, y el de las Armas Verdes dijo:

—Señores caballeros de Roma, dejasteis vuestros caballos; esto no debe ser sino por nos tener en poco, pues aunque no seamos de tal nombradía como la vuestra no quisimos que esta honra nos llevaseis y por eso descendimos de los nuestros.

Los romanos, que antes muy locos eran, estaban espantados de se ver tan ligeramente en el suelo, y no respondían ninguna cosa y tenían sus espadas en las manos y sus escudos ante sí, y luego se acometieron muy bravamente, y dábanse muy duros golpes, tanto que a todos los que miraban hacían maravillar, y en poco espacio pareció en sus armas la valentía y saña de ellos, que por muchas partes fueron rotas, y la sangre salía por ellas, y asimismo los yelmos y escudos eran maltratados; mas don Grumedán, con la grande enemistad y saña que tenía, quejóse mucho, y adelantábase de sus compañeros, de manera que recibiendo más golpes era mal herido, y sus compañeros, que. eran los que sabéis y que más temían vergüenza que muerte, viendo que los romanos se defendían probaron todas sus fuerzas y comenzaron a los cargar de grandes golpes que hasta allí se habían sufrido, así que los romanos se espantaron, creyendo que las fuerzas se les doblaban, y tanto fueron afrentados y apretados, que en otra cosa no entendían sino en se guardar, y tirábanse afuera tan desacordados que no tenían tiento para se juntar; mas los otros, que de vencida los llevaban, no los dejaban descansar, que entonces hacían en sus enemigos maravillas, como si en todo el día no hirieran golpe.

Maganil, que el mayor de los hermanos era y el más valiente, que en todo el día mucho de ellos se había señalado, viendo su escudo hecho piezas y el yelmo cortado y abollado en muchas partes y en la loriga que no había defensa, fuese cuanto pudo contra las finiestras de la reina, y el de las armas de los veros que los seguía no lo dejaba descansar, mas él daba voces diciendo:

—Señora, merced por Dios; no me dejéis matar, que yo otorgo ser verdad todo lo que don Grumedán dijo.

—Mal hayáis —dijo el de los veros—, que eso conocido es.

Y tomándole por el yelmo se lo sacó de la cabeza e hizo que se la quería cortar, y la reina que lo vio tiróse de la finiestra.

Don Guilán, que allí estaba a las finiestras de la reina, como ya oísteis, díjole:

—Señor Caballero de Grecia, no os tome codicia de llevar a vuestra tierra cabeza tan soberbia como ella; dejadla si os pluguiere volver a Roma, donde son preciadas sus maneras, y allá serán aborrecidas.

—Hacedle he —dijo él—, porque pidió merced a la señora reina, y por vos que lo queréis aunque no os conozca, yo os lo dejo; mandadle sanad las heridas, que de la locura curado es.

Y volviéndose a sus compañeros vio cómo don Grumedán tenía al uno de los romanos de espaldas en el suelo, y él las rodillas sobre sus pechos, y dábale en el rostro grandes golpes de la manzana de la espada, y el romano decía a grandes voces:

—¡Ay, señor Grumedán!, no me matéis que yo otorgo ser verdad todo lo que vos dijisteis en loor de los caballeros de la Gran Bretaña, y lo mío es mentira.

El caballero de las armas de los veros, que mucho placer había de cómo don Grumedán estaba, llamó los fieles que oyesen lo que el caballero decía, y como el de las Armas Verdes había echado del campo al otro que ya le huyera; mas Salustanquidio y Brondajel de Roca fueron tan tristes y tan quebrantados en ver aquel vencimiento tan aviltado, que sin hablar al rey se salieron del campo y se fueron a sus posadas y mandaron que les llevasen aquellos caballeros que se desdijeran, pues que su fuerte ventura les fuera tan contraria; y don Grumedán, viendo que no quedaba que hacer, con licencia de los fieles cabalgó él y sus compañeros y fueron a besar las manos al rey, y el de las Armas Verdes le dijo:

—Señor, a Dios quedéis encomendado que no vayamos al Caballero Griego en cuya compañía somos muy honrados y bienaventurados.

—Dios os guíe —dijo él—, que bien nos habéis mostrado él y vosotros que sois de alto hecho de armas.

Así se despidieron de él, y la doncella que allí con ellos viniera llegó al rey y dijo:

—Mi señor, oídme a poridad si vos pluguiere antes que me vaya.

El rey hizo apartar a todos, y díjole:

—Ahora decid lo que vos pluguiere.

—Señor —dijo ella—, vos fuisteis hasta aquí el más preciado rey de los cristianos y siempre vuestro buen prez llevasteis adelante, y entre las vuestras buenas maneras tuvisteis siempre en la memoria el hecho de las doncellas haciéndolas mercedes, y cumpliéndoles de derecho, siendo muy cruel contra aquéllos que tuerto les hacían, ahora perdida aquella grande esperanza que en vos tenían, tiénense todas por desamparadas de vos, viendo lo que contra vuestra hija Oriana hacéis queriéndola tan sin causa ni razón desheredar de aquello que Dios heredera la hizo, mucho son despavoridas y espantadas como aquella vuestra noble condición, así están al contrario en este caso tomada, que muy poca fucia tendrán en su remedio cuando así contra Dios y contra vuestra hija, y de todos vuestros naturales usáis de tanta crueldad, siendo más que otro ninguno obligado no como rey, que a todos derecho ha de guardar, mas como padre, que aunque de todo el mundo ella fuese desamparada, de vos había con mucho amor ser acogida y consolada, y no solamente al mundo es mal ejemplo, mas ante Dios sus llantos, sus lágrimas, reclamarán. Miradlo, señor, y conformad el fin de vuestros días con el principio de ellos, pues que más gloria y fama os han dado que a ninguno de los que viven, y mi señor a Dios seáis encomendado, que me voy a aquellos caballeros que me atienden.

—A Dios vayáis —dijo el rey—, que así Dios me salve, yo os tengo por buena y de buen entendimiento.

Ella se fue para sus guardadores, y tomándola entre sí se fueron a la galera que el tiempo les hacía enderezado para su viaje, pues luego movieron del puerto, y como sabían que el rey Lisuarte había de entregar su hija Oriana a los romanos y que día había de ser, apresuráronse mucho de andar porque lo supiese el Caballero Griego. Así que en dos días y dos noches le alcanzaron, porque él los iba esperando.

Mucho bien se recibieron y con gran placer por así haber acabado aquellas venturas tanto a su honra. La doncella les contó cómo la batalla pasara y lo que se había hecho en ayuda de don Grumedán y la necesidad tan grande que tenía por falta de companeros, y el placer que con ella hubo, y las gracias que enviaba al Caballero Griego por tal socorro, todo lo contó que no faltó nada.

Grasinda dijo:

—¿Supisteis lo que el rey ordena de hacer de su hija?

—Sí, señora —dijo la doncella—, que en cuatro días después que de allí partisteis la han de meter en la mar en poder de los romanos para que la lleven; mas ver, señora, los llantos que ella y sus doncellas hacen, y todos los del reino; no hay persona que lo pueda contar.

A Grasinda le vinieron las lágrimas a los ojos, y rogaba a Dios que mostrando la su misericordia en esta gran sin razón le enviase algún remedio. Mas el Caballero Griego fue muy alegre de aquellas nuevas, porque ya tenía él, en su corazón, de la tomar y no veía la hora de estar envuelto con los romanos, y que esto hecho gozaría de su señora con descanso de su triste corazón, que por otra guisa no la podía haber, que lo del rey Lisuarte ni del emperador no lo tenía en mucho, que bien pensaba de les dar harto que hacer, y lo que más a su ánimo alegría daba era pensar que sin culpa de su señora esto se hacía.

Pues así, hablando y holgando como oís, llegaron un día a hora de tercia al gran puerto de la Ínsula Firme, y los de la Ínsula, que ya por Gandalín sabían el tiempo de su venida, vieron de muy lejos las fustas y conociéronle según las señas que él diera, y alegría fue muy grande en todos ellos, que mucho lo amaban, y acudieron con mucha prisa a la ribera y con ellos todos los grandes hombres de su linaje y amigos que lo atendían, y cuando Grasinda llegó al puerto y vio tanta gente y el alegría que en todas partes hacían, mucho fue maravillada, y más cuando oyó decir a todos:

—Bien venga el nuestro señor, que tanto tiempo de nos ha sido alongado.

Y dijo contra el Caballero Griego:

—Señor, ¿por qué causa os hacer estas gentes tanto acatamiento y honra diciendo; bien venga nuestro señor?

Él le dijo:

—Señora, demándoos perdón porque tan luengamente de vos me encubrí, que no pude menos hacer sin más peligro de mi vergüenza, y así lo he hecho por todas las tierras extrañas que anduve, que mi nombre ninguno saber pudo; y ahora quiero que sepáis que yo soy el señor de esta Ínsula y soy aquel Amadís de Gaula de que algunas veces oiríais hablar, y aquellos caballeros que allí veis son de mi linaje, y mis amigos y las otras gentes mis vasallos, y a duro se hallarían en el mundo otros tantos caballeros que en gran valor se les igualasen.

—Si yo, señor —dijo Grasinda—, placer siento en saber vuestro nombre, así mi corazón es triste en no nos haber hecho aquel servicio que hombre tan alto y de tal linaje merecía, y habiéndoos tratado como un pobre caballero andante, siéntome por muy desdichada, y si alguna cosa me consuela no es ál salvo que la honra que en mi tierra se os hizo, si alguna fue, que os agradase; se puede atribuir al valor de vuestra sola persona, sin dar parte ninguna al vuestro grande estado ni alto linaje, ni tampoco a estos caballeros que tanto me loáis.

Amadís le dijo:

—Señora, no se hable más en esto, que las honras y mercedes que de vos recibí fueron tantas y tales y en tal sazón que conmigo ni con aquéllos que allí veis, que más que yo valen, no las podría pagar.

Entonces se llegaron al puerto, donde todos los atendían, y allí era don Gandales con veinte palafrenes, en que las mujeres subiesen arriba al castillo; mas para Grasinda sacaron de las naos un palafrén muy hermoso con guarniciones de oro y plata esmaltados, y ella se vistió de paños ricos a maravilla, y desde el batel donde ella y Amadís venían echaron tablas muy fuertes hasta el arena, por donde salieron, y a la ribera los atendían Agrajes, y don Cuadragante, y don Florestán, y Gavarte de Val Temeroso, y el bueno de don Dragonís, y Orlandín, y Ganjes de Sadoca, y Argomón el valiente, y Sardanán, hermano de Angriote de Estravaus, y sus sobrinos Pinores y Sarquiles, y Madansil de la fuente de plata y otros muchos hombres buenos que las aventuras demandaban, más de treinta, y Enil el bueno y entendido estaba ya dentro en el batel hablando con Amadís, Ardián el Enano y Gandalín con las doncellas de Grasinda. Entonces tomó Amadís a Grasinda por el brazo y sacóla del batel hasta la poner en tierra, donde con mucho acatamiento y cortesía de todos aquellos señores fue recibida, y diola a Agrajes y a Florestán, que en el palafrén la pusieron. Mucho fueron todos pagados de su gran hermosura y rico atavío, así que la llevaron como oís a sus dueñas y doncellas a la Ínsula donde en las hermosas casas que Amadís y sus hermanos albergaron cuando fue la ínsula ganada, la hicieron estar, y allí por le hacer mayor fiesta comieron con ella todos los más de aquellos caballeros, que don Gandales lo hiciera tener muy bien aparejado, siendo maestresala Ardián el Enano, que de placer no cabía consigo, diciendo muchas cosas con que les hacía reír; mas Amadís, en toda esta revuelta, nunca de sí tiró al maestro Helisabad, antes lo traía por la mano, y mostrándolo a todos les decía que Dios y aquél le hicieron vivir, y a la mesa lo hizo sentar entre él y don Gavarte de Val Temeroso; pero todos estos placeres y la vista de aquellos caballeros que Amadís tanto amaba no podían tanto que su corazón no fuese en grande apretura puesto, pensando que los romanos podrían con Oriana pasar por la mar antes que él los encontrase, y no podía sosegar ni haber descanso con otra ninguna cosa, porque en comparación de aquélla que él tanto amaba todo lo otro le era causa de gran soledad.

Pues habiendo todos con gran placer comido y levantado los manteles, Amadís les rogó que ninguno de su lugar se moviese, que les quería hablar, y ellos lo hicieron así.

Viendo, pues, Amadís sosegados aquellos caballeros que a las mesas estaban atendiendo lo que él diría, hablóles en esta guisa:

—Después que no me visteis, mis buenos señores, muchas tierras extrañas he andado y gran desventuras han pasado por mí, que larga sería de contar, pero las que más me ocuparon y mayores peligros me trajeron fue socorrer dueñas y doncellas en muchos tuertos y agravios que les hacían, porque así como éstas nacieron para obedecer con flacos ánimos, y las más fuertes armas suyan sean lágrimas y suspiros, así los de fuertes corazones extremadamente entre las otras cosas las suyas deben tomar, amparándolas, defendiéndolas de aquéllos que con poca virtud las maltratan y deshonran, como los griegos y los romanos en los tiempos antiguos lo hicieron, pasando los mares, destruyendo las tierras, venciendo batallas, matando reyes y de sus reinos los echando, solamente por satisfacer las fuerzas e injurias a ellas hechas, por donde tanta fama y gloria de ellos en sus historias ha quedado y quedará en cuanto el mundo durare, pues lo que en nuestros tiempos pasa, ¿quién mejor que vosotros, mis buenos señores, lo sabe? Que sois testigos por quien muchas afrentas y peligros por esta causa cada día pasan, no os hago tan luenga habla poniendo delante los ejemplos antiguos verdaderos, pensando con ellos esforzar vuestros corazones, que ellos son en sí tan fuertes que si lo que les sobre en el mundo repartirse pudiese ningún cobarde en él quedaría. Mas porque las buenas hazañas pasadas acordasen las memorias con mayor cuidado y con mayor deseo las presentes se procuran y toman. Pues viniendo al caso, yo he sabido después que a esta tierra vine el gran tuerto y agravio que el rey Lisuarte a su hija Oriana hacer quiere, que siendo ella la legítima sucesora de su reino, él contra todo derecho, desechándola de ellos, al emperador de Roma por mujer le envía, y, según me dicen, mucho contra la voluntad de todos sus naturales, y más de ella, que con grandes llantos, grandes querellas a Dios y al mundo, reclamando de tan gran fuerza se querella. Pues si es verdad que este rey Lisuarte, sin temor de Dios ni de las gentes tan crueldad hace, dígoos que en fuerte punto acá nacimos, si por nosotros remediada no fuese, pues que dejándola pasar se pasaban y ponían en olvido los grandes peligros y trabajos que por ganar honra y prez hasta aquí tomado habemos. Ahora diga cada uno, si os pluguiere, su parecer, que el mío ya os he manifestado.

Luego respondió Agrajes por ruego de todos aquellos caballeros, y dijo:

—Aunque vuestra presencia, mi señor y buen primo, nuestras fuerzas doblado haya, y las cosas que antes mucho dudábamos, con ella livianas y de poca sustancia parezcan, nosotros con poca esperanza de vuestra venida, habiendo sabido esto, que el rey Lisuarte hacer quiere, determinados éramos al remedio y socorro de ella, no dejando tan gran fuerza pasar, antes ellos o nosotros ser pasados de la vida a la muerte, y pues que en la voluntad conformes somos, seámoslo en la obra y tan presto que aquella gloria que deseamos alcanzarse pueda, sin que nuestra negligencia se pierda.

Oído por aquellos caballeros la respuesta de Agrajes, todos a una voz teniéndola por buena, dijeron que el socorro de Oriana se debía hacer, y que se no tardase, que si era verdad que por muchas cosas livianas sus vidas aventuraban, con más voluntad lo debían hacer en esta tan señalada que perpetua gloria en este mundo les daría.

Como Grasinda vio el concierto, abrazando a Amadís le dijo:

—¡Ay, Amadís, mi señor! Ahora parece bien el vuestro gran valor y el de los vuestros amigos y parientes en hacer el mejor socorro que nunca caballeros hicieron, que no solamente a esta tan buena señora, mas a todas las dueñas y doncellas del mundo se hace, porque los buenos y esforzados caballeros de otras tierras, tomando ejemplo en esto, con mayor cuidado y osadía se pondrán en lo que con razón por ellas deben hacer, y los desmesurados y sin virtud habiendo temor de ser tan duramente constreñidos, refrenarse han de les hacer tuertos y agravios, y mi señor, id con la bendición de Dios y Él os guíe y enderece; yo os atenderé aquí hasta ver el cabo, y después haré lo que mandareis.

Amadís se lo agradeció mucho y dejóla en guarda de Ysanjo, el gobernador de la ínsula, que la hiciese servir y le mostrase todas las cosas sabrosas que por la ínsula eran e hiciese mucha honra a su grande amigo maestro Helisabad; mas el maestro le dijo:

—Buen señor, si yo en algo os puedo servir, no es sino en semejantes cosas que estas a que vais, que con las armas según mi hábito excusado me habréis, así que por ninguna guisa quedaré, antes quiero ser en socorro vuestro con esto que Dios me dio, si a vos, señor, pluguiere, que bien sé, según la gran locura de los romanos y la porfía de vosotros, que seréis de mí bien servidos y ayudados.

Amadís lo abrazó, y dijo:

—¡Ay, maestro, mi verdadero amigo! A Dios plega por la su merced, que lo que por mí habéis hecho y hacéis de mí os sea galardonado, y pues os place de ir, entremos luego en la mar con la ayuda de Dios.

Como la flota aparejada estuviese de todo lo necesario al viaje, y la gente apercibida, a la prima noche, mandando Amadís que todos los caminos se tomasen porque nuevas algunas de ellos no fuesen sabidas, entraron todos en la flota y sin hacer ruido ni bullicio comenzaron a navegar contra aquella parte que los romanos habían de acudir, según el camino que les pertenecía llevar para que en la delantera los hallasen.

Capítulo 81. Cómo el rey Lisuarte entregó su hija muy contra su gana, y del socorro que Amadís, con todos los otros caballeros de la Ínsula Firme, hicieron a la muy hermosa Oriana

Como determinado estuviese el rey Lisuarte en entregar a su hija Oriana a los romanos, y el pensamiento tan firme en ello que ninguna cosa de las que habéis oído le pudo remover, llegado el plazo por él prometido habló con ella, tentando muchas maneras para la traer que por su voluntad entrase en aquel camino que a él tanto le agradaba; mas por ninguna guisa pudo sus llantos y dolores amansar. Así que, yendo muy sañudo, se apartó de ella y se fue a la reina, diciéndole que amansase a su hija, pues que poco le aprovechaba lo que hacía que no se podía excusar aquello que él prometiera. La reina, que muchas veces con él hablara sobre ello, pensando hallar algún estorbo y siempre en su propósito le halló sin le poder ninguna cosa mudar, no quiso decirle otra cosa sino hacer su mandado, aunque tanta angustia su corazón sintiese que más ser no podía, y mandó a todas las infantas y otras doncellas que con Oriana habían de ir, que luego a las barcas se acogiesen; solamente dejó con ella a Mabilia y Olinda, y la doncella de Dinamarca, y mandó llevar a las naves todos los paños y atavíos ricos que ella le daba. Mas Oriana, cuando vio a su madre y a su hermana, fuese para ellas haciendo muy gran duelo, y trabando de la mano a su madre comenzósela de besar, y ella le dijo:

—Bueno, hija, ruégoos ahora que seáis alegre en esto que os el rey manda, que fío en la merced de Dios que será por vuestro bien y no querrá desamparar a vos ni a mí.

Oriana le dijo:

—Señora, yo creo que este apartamiento de vos y de mí será para siempre, porque la mi muerte es muy cerca.

Y diciendo esto cayó amortecida, y la reina otrosí, así que no sabían de sí parte. Mas el rey, que luego así sobrevino, hizo tomar a Oriana así como estaba y que la llevasen a las naos, y Olinda con ella, la cual, hincando los hinojos, le pedía por merced con muchas lágrimas que la dejase ir a casa de su padre y no la mandase ir a Roma; pero él era tan sañudo que no la quiso oír e hízola luego llevar tras Oriana, y mandó a Mabilia y a la doncella de Dinamarca que asimismo se fuesen luego.

Pues todas recogidas a la mar y los romanos como oísteis, el rey Lisuarte cabalgó y fuese al puerto donde la flota estaba. Y allí consolaba a su hija con piedad de padre, mas no de forma que esperanza se pusiese de ser su propósito mudado. Y como vio que ésta no tenía tanta fuerza que a su pasión algún descanso diese, hubo en alguna manera piedad, así que las lágrimas le vinieron a los ojos, y partiéndose de ella habló con Salustanquidio y con Brondajel de Roca, y al arzobispo de Talancia encomendándosela que la guardasen y sirviesen, que de allí se la entregaba como lo prometiera, y volvióse a su palacio dejando en las naves los mayores llantos y cuitas en las dueñas y doncellas cuando ir lo vieron, que escribir ni contar se podrían.

Salustanquidio y Brondajel de Roca, después que el rey Lisuarte fue de ellos partido, teniendo ya en su poder a Oriana y a todas sus doncellas metidas en las naves, acordaron de la poner en una cámara, que para ella muy ricamente estaba ataviada, y puesta allí y con ella Mabilia, que sabían saber ésta la doncella del mundo que ella más amaba, cerraron la puerta con fuertes candados y dejaron en la nave a la reina Sardamira con su compaña y otras muchas dueñas y doncellas de las de Oriana. Y Salustanquidio, que moría por los amores de Olinda, la hizo llevar a su nave con otra pieza de doncellas, no sin grandes llantos, por se ver así apartar de Oriana su señora, la cual oyendo en la cámara donde estaba lo que ellas hacían, y cómo se llegaban a la puerta de la cámara abrazándola y llamándola a ella que la socorriese muchas veces, se amortecía en los brazos de Mabilia.

Pues así todo enderezado, dieron las velas al viento y movieron su vía con gran placer por haber acabado aquello que el emperador, su señor, tanto deseaba, e hicieron poner una muy grande seña del emperador encima del mástil de la nave donde Oriana iba, y todas las otras naves alderredor de ella guardándola. Y yendo así muy lozanos y alegres miraron a su diestra y vieron la flota de Amadís que mucho se les llegaba en la delantera, entrando entre ellos y la tierra donde salir querían, y así era en ello que Agrajes, y don Cuadragante, y Dragonís, y Listorán de la Torre Blanca pusieron entre sí que antes que Amadís llegase ellos se envolviesen con los romanos y pugnasen de socorrer a Oriana, y por eso se metían entre su flota y la tierra. Mas don

Florestán y el bueno de don Gavarte de Val Temeroso y Orlandín e Ymosil de Borgoña otrosí habían puesto con sus amigos y vasallos de ser los primeros en el socorro, e iban a más andar metidos entre la flota de los romanos y la nave de Agrajes, y Amadís, con sus naves muy acompañadas de gentes, así de sus amigos como de los de la Ínsula Firme, venían a más andar, porque el primero que el socorro hiciese fuese él. Dígoos de los romanos que cuando la flota de lueñe vieron, pensaron que alguna gente de paz sería que por la mar, de un cabo a otro, pasaban; mas viendo que en tres partes se partían y que las dos les tomaban la delantera a la parte de la tierra y la otra los seguía, mucho fueron espantados, y luego fue entre ellos hecho gran ruido, diciendo a altas voces:

—¡Armas, armas, que extraña gente viene!

Y luego se armaron muy presto. Y pusieron los ballesteros, que muy buenos traían, donde habían de estar, y la otra gente y Brondajel de Roca con muchos y buenos caballeros de la corte del emperador estaba en la nave donde Oriana era y donde pusieran la seña que ya oísteis del emperador. A esta sazón se juntaron los unos y otros, y Agrajes y don Cuadragante se juntaron a la nave de Salustanquidio, donde la hermosa Olinda llevaban, y comenzaron de se herir muy bravamente, y don Florestán y Gavarte de Val Temeroso, que por medio de las flotas entraron, hirieron en las naves que iban el duque de Ancona y el arzobispo de Talancia, que gran gente tenían de sus vasallos que muy armados y recios eran. Así que la batalla fue fuerte entre ellos, y Amadís hizo aderezar su flota a la que la seña del emperador llevaba, y mandó a los suyos que lo aguardasen, y poniendo la mano en el hombro de Angriote le dijo así:

—Señor Angriote, mi buen amigo, miémbreseos la gran lealtad que siempre hubisteis y tenéis a los vuestros amigos; trabajad de ayudar esforzadamente en este hecho, y si Dios quiere que yo con bien lo acabe, aquí acabaré con toda mi honra y toda mi buena ventura cumplidamente, y no os apartéis de mí en tanto que pudiereis.

Él le dijo:

—Mi señor, no puedo más hacer sino perder la vida en vuestro favor y ayuda, porque vuestra honra sea guardada y Dios sea por vos.

Luego fueron juntas las naves, y grande era allí el herir de saetas y piedras y lanzas de la una y de la otra parte, que no parecía sino que llovía, tan espesas andaban, y Amadís no entendía con los suyos en otra cosa sino en juntar su fusta con la de los contrarios, mas no podían, que ellos, aunque muchos eran, no se osaban llegar viendo cuán denodadamente eran acometidos, y defendíanse con grandes garfios de hierro y otras armas muchas de diversas guisas. Entonces, Tantalis de Sobradisa, mayordomo de la reina Briolanja, que en el castillo estaba, como vio que la voluntad de Amadís no podía tener efecto, mandó traer una áncora muy gruesa y pesada trabada a una fuerte cadena, y desde el castillo lanzáronla en la nave de los enemigos, y así él como otros muchos que le ayudaban tiraron tan fuerte por ella que por gran fuerza hicieron juntar las naves unas con otras, así que no se podían partir en ninguna manera si la cadena no quebrase. Cuando Amadís esto vio, pasó por toda la gente con gran afán, que estaban muy apretados, y por la vía que él entraba iban tras él Angriote y don Bruneo, y como llegó en los delanteros puso el un pie en el borde de su nave y saltó en la otra, que nunca los contrarios quitar ni estorbarlos pudieron, y como el salto era grande y él iba con gran furia, cayó de rodillas, y allí le dieron muchos golpes, pero él se levantó mal su grado de los que le herían tan malamente y puso mano a la su buena espada ardiente, y vio como Angriote y don Bruneo habían con él entrado y herían a los enemigos de muy fuertes y duros golpes, diciendo a grandes voces:

—Gaula, Gaula, que aquí es Amadís, que así se lo rogaba él que lo dijesen si la nave pudiesen tomar.

Mabilia, que en la cámara encerrada estaba con Oriana, que oyó el ruido y las voces después aquel apellido, tomó a Oriana por los brazos, que más muerta que viva estaba, y díjole:

—Esforzad, señora, que socorrida sois de aquel bienaventurado caballero, vuestro vasallo y leal amigo.

Y ella se levantó en pie, preguntando qué sería aquello, que del llorar estaba desvanecida, que no oía ninguna cosa y la vista de los ojos casi perdida.

Y después que Amadís se levantó y puso mano a la su espada y vio las maravillas que Angriote y don Bruneo hacían, y cómo los otros de su nave se metían de rondón con ellos, fue con su espada en la mano contra Brondajel de Roca, que delante sí halló, y diole por cima del yelmo tan fuerte golpe que dio con él tendido a sus pies, y si el yelmo tal no fuera, hiciera la cabeza dos partes, y no pasó adelante porque vio que los contrarios eran rendidos y demandaban merced, y como vio las armas muy ricas que Brondajel tenía, bien cuidó que aquél era al que los otros aguardaban, y quitándole el yelmo de la cabeza dábale con la manzana de la espada en el rostro, preguntándole dónde estaba Oriana, y él le mostró la cámara de los candados, diciendo que allí la hallaría. Amadís se fue aprisa contra allá, y llamó a Angriote y a don Bruneo, y con la gran fuerza que de consuno pusieron derribaron la puerta y entraron dentro y vieron a Oriana y a Mabilia, y Amadís fue hincar los hinojos ante ella por le besar las manos, mas ella lo abrazó y tomóle por la mano de la loriga, que toda era tinta de sangre de los enemigos.

—¡Ay, Amadís! —dijo ella—, lumbre de todas las cuitas, ahora parecerá vuestra gran bondad en haber socorrido a mí y a estas infantas, que en tanta amargura y tribulación puestas éramos, y por todas las tierras del mundo se ha sabido y ensalzado vuestro loor.

Mabilia estaba de hinojos ante él y teníale por la falda de la loriga, que teniendo él los ojos en su señora no la había visto, mas como la vio levantóla y abrazóla, y con mucho amor le dijo:

—Mi señora y prima, mucho os he deseado.

Y quísose partir de ellas, por ver lo que se hacía, mas Oriana le tomó por la mano y dijo:

—Por Dios, señor, no me desamparéis.

—Señora —dijo él—, no temáis, que dentro en esta fusta está Angriote de Estravaus y don Bruneo y Gandales con treinta caballeros que os aguardarán, y yo iré a correr a los nuestros, que muy gran batalla han.

Entonces salió Amadís de la cámara y vio a Landín de Fajarque, que había combatido los que en el castillo estaban y se le habían dado, y mandó que pues a prisión se daban que no matase a ninguno, y luego se pasó a una muy hermosa galera en que estaban Enil y Gandalín con hasta cuarenta caballeros de la Ínsula Firme, y mandóla guiar contra aquella parte que oía el apellido de Agrajes, que se combatía con los de la gran nave de Salustanquidio, y cuando él llegó vio que la habían entrado, y llegóse con su galera hasta el borde por entrar en la nao, y el que le ayudó fue don Cuadragante, que ya dentro estaba, y la prisa y el ruido era muy grande, que Agrajes y los de su compaña los andaban hiriendo y matando muy cruelmente; mas desde que a Amadís vieron los romanos, saltaban en los bateles y otros en el agua, y de ellos morían, y otros se pasaban a las otras naves que aún no eran perdidas. Mas Amadís iba todavía adelante por entre la gente, preguntando por Agrajes, su primo, y hallólo y vio que tenía a sus pies a Salustanquidio, que le diera una gran herida en un brazo y pedíale merced; mas Agrajes, que de antes sabía cómo amaba a Olinda, no dejaba de lo herir, y allegarlo a la muerte, como aquél que mucho desamaba, y don Cuadragante le decía que no lo matase, que buen preso tendría en él. Mas Amadís le dijo riendo:

—Señor don Cuadragante, dejad a Agrajes cumpla su voluntad, que si dende lo partimos todos somos muertos cuantos de nos hallare, que no dejará hombre a vida.

Pero en estas razones la cabeza de Salustanquidio fue cortada, y la nave libre de todos, y los pendones de Agrajes y don Cuadragante puestos encima de los castillos, y ambos muy bien guardados de muy caballeros y muy esforzados.

Esto hecho, Agrajes se fue luego a la cámara, donde le dijeron que estaba Olinda, su señora, que demandaba por él, y Amadís, y don Cuadragante, y Landín, y Listorán de la Torre Blanca, todos juntos fueron a ver cómo le iba a don Florestán y a los que le aguardaban, y luego entraron en la galera que allí Amadís trajera, y luego encontraron otra galera de don Florestán en que venía un caballero, su pariente de parte de su madre, que había nombre Ysanes, y díjoles:

—Señores, don Florestán y Gavarte de Val Temeroso os hacen saber como han muerto y preso todos los de aquellas fustas y tienen al duque de Ancona y al arzobispo de Talancia.

Amadís, que de ello mucho placer hubo, envióles decir que juntasen su galera con la que él había tomado donde estaba Oriana, y que allí habrían consejo de lo que hiciesen. Entonces miraron a todas partes y vieron que la flota de los romanos era destrozada, que ninguno de ellos se pudo salvar, aunque lo probaron en algunos bateles. Mas luego fueron alcanzados y tomados de forma que no quedó quien la nueva pudiese llevar, y fuéronse derechamente a la nave de Oriana, y allí era preso Brondajel de Roca. Entraron dentro y desarmaron las cabezas y las manos y laváronse de la sangre y sudor, y Amadís preguntó por don Florestán, que no le veía allí, Landín de Fajarque le dijo:

—Está con la reina Sardamira en su cámara, que a altas voces demandaba por él y diciendo que se lo llamasen prestamente, que él sería su ayudador, y ella está ante los pies de Oriana pidiéndole merced que no la dejase matar ni deshonrar.

Amadís se fue allá y preguntó por la reina Sardamira, y Mabilia se la mostró, que estaba con ella abrazada, y don Florestán la tenía por la mano, y fue ante ella muy humildoso, y quísole besar las manos, y ella las tiró a sí, y díjole:

—Buena señora, no temáis nada, que teniendo a vuestro servicio y mandado a don Florestán, a quien todos aguardamos y seguimos, todo se hará a vuestra voluntad, dejando aparte nuestro deseo, que es servir y honrar todas las mujeres a cada una según su merecimiento, y como vos, buena señora, entre todas muy señalada y extremada seáis, así extremadamente es razón que mucho se mire vuestro contentamiento.

La reina dijo contra don Florestán:

—Decidme, buen señor, ¿quién es este caballero tan mesurado y tan vuestro amigo es?

—Señora —dijo él—, es Amadís, mi señor y mi hermano, con quien aquí todos somos en este socorro de Oriana.

Cuando esto oyó levantóse a él con gran placer, y dijo:

—Buen señor Amadís, si os no recibí como debía no me culpéis, que el no tener conocimiento de vos fue la causa, y mucho agradezco a Dios que en esta tanta tribulación me haya puesto en la vuestra mesura y en la guarda y amparo de don Florestán.

Amadís la tomó por la otra mano y lleváronla al estrado de Oriana, y allí la hicieron sentar, y él se sentó con Mabilia, su prima, que mucho deseo tenía de la hablar, mas en todo esto la reina Sardamira, comoquiera que supiese ser la flota de los romanos vencida y destrozada y la gente muchos muertos y otros presos, aún no había venido a su noticia la muerte del príncipe Salustanquidio, a quien ella de bueno y leal amor mucho amaba y tenía por el más principal y grande de todos los del señorío de Roma, ni lo supo de esa gran pieza. Estando así sentados como oís, Oriana dijo a la reina Sardamira:

—Reina señora, hasta aquí fui yo enojada de vuestras palabras que al comienzo me dijisteis, porque eran dichas sobre cosa que tan aborrecida tenía, mas conociendo cómo vos de ellas partisteis y la mesura y cortesía vuestra en todo lo otro que por vos pasa, dígoos que siempre os amaré y honraré y acataré de todo corazón, porque a lo que a mí pesaba erais constreñida sin poder hacer otra cosa, y lo que me daba contentamiento manaba y sucedía de vuestra noble condición y propia virtud.

—Señora —dijo ella—, pues que tal es vuestro conocimiento, excusado será hacer yo de ello más salva.

En esto hablando, llegó Agrajes con Olinda y las doncellas que con ella se habían apartado. Cuando Oriana la vio, levantóse a ella y abrazábala como si mucho tiempo pasara que no la viera, y ella le besaba las manos, y volviéndose a Agrajes lo abrazó con gran amor, y así recibió a todos los caballeros que con él venían, y dijo contra Gavarte de Val Temeroso:

—Mi amigo Gavarte, bien os quitasteis de la promesa que me disteis, y cómo os lo agradezco y el deseo que tengo de lo galardonar, el Señor del mundo lo sabe.

—Señora —dijo él—, yo he hecho lo que debía como vuestro vasallo que soy, y vos, señora, como mi señora natural, cuando el tiempo fuere acuérdeseos de mí, que siempre seré en vuestro servicio.

A esta sazón eran allí juntos todos los más honrados caballeros de aquella compaña, los cuales a un cabo de la nao se apartaron por hablar qué consejo tomarían, y Oriana llamó a Amadís a un cabo del estrado, y muy paso le dijo:

—Mi verdadero amigo, yo os ruego y mando, que aquel verdadero amor que me tenéis, que ahora más que nunca se guarde el secreto de nuestros amores y no habléis conmigo apartadamente, sino ante todos, y lo que os pluguiere decirme en secreto habladlo con Mabilia y pugnad cómo de aquí nos llevéis a la Ínsula Firme, porque estando en lugar seguro Dios proveerá en mis cosas, como Él sabe que tengo la justicia.

—Señora —dijo Amadís—, yo no vivo sino en esperanza de os servir, y si ésta faltase, faltarme había la vida, y como lo mandáis se hará, y en esta ida de la Ínsula bien será que con Mabilia lo enviéis a decir a estos caballeros, porque parezca que más de vuestra gana y voluntad que de la mía procede.

—Así lo haré —dijo ella—, y bien me parece. Ahora vos id —dijo— a aquellos caballeros.

Amadís así lo hizo, y hablaron en lo que adelante se debía hacer; mas como eran muchos, los acuerdos eran diversos, que a los unos parecía que debían llevar a Oriana a la Ínsula Firme, otros a Gaula y otros a Escocia, a la tierra de Agrajes, así que no se acordaban. En esto llegó la infanta Mabilia y cuatro doncellas con ella. Todos la recibieron muy bien y la pusieron entre sí, y ella les dijo:

—Señores, Oriana os ruega por vuestras bondades y por el amor que en este socorro le habéis mostrado que la llevéis a la Ínsula Firme, que allí quiere estar hasta que sea en el amor de su padre y madre, y ruégaos, señores, que a tan buen comienzo deis el cabo mirando su gran fortuna y fuerza, que se le hace, y hagáis por ella lo que por las otras doncellas hacer soléis que no son de tal alta guisa.

—Mi buena señora —dijo don Cuadragante—, el bueno y muy esforzado de Amadís y todos los caballeros que en su socorro hemos ido, estamos de voluntad de le servir hasta la muerte, así con nuestras personas como con las de nuestros parientes y amigos, que mucho pueden y mucho serán, y todos seremos juntos en su defensa contra su padre y contra el emperador de Roma, si a la sazón y justicia no se allegaren con ella, y decidle que si Dios quisiere que así como dicho tengo se hará sin falta, y así lo tengo firme en su pensamiento, y ayudándonos Dios, por nosotros no faltará, y si con deliberación y esfuerzo este servicio se le ha hecho, que así con otro mayor y mayor acuerdo será por nos sostenido, hasta que su seguridad y nuestras honras satisfechas sean.

Todos aquellos caballeros tuvieron por bien aquello que don Cuadragante respondió, y con mucho esfuerzo otorgaron que de esta demanda nunca serían partidos hasta que Oriana en su libertad y señorío restituida fuese, siendo cierta y segura de los hacer, si ella más que su padre y madre la vida poseyese. La infanta Mabilia se despidió de ellos y se fue a Oriana, y por ella sabida la respuesta y recaudo de su mensaje le traía fue muy consolada, creyendo que la permisión del justo juez lo guiaría de forma que la fin fuese la que ella deseaba.

Con este acuerdo se fueron aquellos caballeros a sus naves por mandar poner reparo en los presos y despojo que muchos eran, y dejaron con Oriana todas sus doncellas y a la reina Sardamira con las suyas, y a don Bruneo de Bonamar, y Landín de Fajarque, y a don Gordán, hermano de Angriote de Estravaus; y a Sarquiles, su sobrino, y Orlandín, hijo del conde de Irlanda; y a Enil, que andaba llagado de tres llagas, las cuales él encubría como aquel que era esforzado y sufridor de todo afán. A estos caballeros fue encomendada la guarda de Oriana y de aquellas señoras de gran guisa que con ella eran y no se partiesen de ella hasta que en la Ínsula Firme puestas fuesen, donde tenían acordado de las llevar.

ACÁBASE EL TERCER LIBRO DEL NOBLE Y VIRTUOSO CABALLERO AMADÍS DE GAULA

Libros a la carta

A la carta es un servicio especializado para

empresas,

librerías,

bibliotecas,

editoriales

y centros de enseñanza;

y permite confeccionar libros que, por su formato y concepción, sirven a los propósitos más específicos de estas instituciones.

Las empresas nos encargan ediciones personalizadas para marketing editorial o para regalos institucionales. Y los interesados solicitan, a título personal, ediciones antiguas, o no disponibles en el mercado; y las acompañan con notas y comentarios críticos.

Las ediciones tienen como apoyo un libro de estilo con todo tipo de referencias sobre los criterios de tratamiento tipográfico aplicados a nuestros libros que puede ser consultado en Linkgua-ediciones.com.

Linkgua edita por encargo diferentes versiones de una misma obra con distintos tratamientos ortotipográficos (actualizaciones de carácter divulgativo de un clásico, o versiones estrictamente fieles a la edición original de referencia).

Este servicio de ediciones a la carta le permitirá, si usted se dedica a la enseñanza, tener una forma de hacer pública su interpretación de un texto y, sobre una versión digitalizada «base», usted podrá introducir interpretaciones del texto fuente. Es un tópico que los profesores denuncien en clase los desmanes de una edición, o vayan comentando errores de interpretación de un texto y esta es una solución útil a esa necesidad del mundo académico.

Asimismo publicamos de manera sistemática, en un mismo catálogo, tesis doctorales y actas de congresos académicos, que son distribuidas a través de nuestra Web.

El servicio de «libros a la carta» funciona de dos formas.

1. Tenemos un fondo de libros digitalizados que usted puede personalizar en tiradas de al menos cinco ejemplares. Estas personalizaciones pueden ser de todo tipo: añadir notas de clase para uso de un grupo de estudiantes,

introducir logos corporativos para uso con fines de marketing empresarial, etc. etc.

2. Buscamos libros descatalogados de otras editoriales y los reeditamos en tiradas cortas a petición de un cliente.

www.ingramcontent.com/pod-product-compliance
Lightning Source LLC
Chambersburg PA
CBHW020348030726
47496CB00007B/2052